1

VICTOR HUGO

ヴィクトル・ユゴー文学館　第一巻

詩集

辻 昶／稲垣直樹／小潟昭夫＝訳

潮出版社

目次

ヴィクトル・ユゴー文学館　第一巻

装幀　鈴木成一デザイン室

オードとバラッド集

目次

鼓手の許嫁《いいなずけ》

J・F氏に

深く愛したために訪れる死は心地よい！
デポルト[*1]「ソネ」

「ブルターニュ[*2]の公爵様は、
激しい戦《いくさ》をするために、
ナント[*3]とモルターニュ[*4]のあいだの
平野や山から、召集なさいました、
家来の戦士をひとり残らず。

馳《は》せ参じた諸侯たち、そのおのおのの紋章で、
堀をめぐらした、砦《とりで》は飾られます。
危険な戦場で歳《とし》を重ねた騎士の群、
騎士の従者と兵卒たち、
その中のひとりがあたしの許嫁《いいなずけ》です。

あの人は鼓手になって、アキテーヌ[*5]へ
出陣しました。鼓手とはいっても、あの人は、
隊長さんとだって間違えられてしまいます。
誇りに満ちた顔つきや、
金色にかがやく胴着を、人がひと目見ただけで！

あの日以来、あたしの心は不安のとりこです。
あの人の運命はあたしの運命。あたしは唱えました。
『あなたをお守りくださる聖女ブリギッタ[*6]様、
あの人の守護天使が、けっしてあの人から離れないよう
　に、
どうぞ見張っていてくださいませ！』と。

あたしは神父様にもお願いしました。『神父様、
味方の兵隊さんたちのために、心をこめてお祈りくださ
　い！』
そして神父様がお望みだという話ですから、
聖ギルダス[*7]様の聖遺物箱の上に、
太い蠟燭《ろうそく》を三本ともしました。

ロレート[*8]の聖母マリア様には、
暗く悲しい気持で、こう誓いました。

『ぶしつけな人々にあたしの胸が見えないように、
きっちり閉じたこの飾り襟につけます、
巡礼さんが持ってきてくれた貝殻を』[*9] と。

あの人はいろいろ愛の証《あかし》を述べて、故郷のあたしを
慰めることはできませんでした。なにしろ国をあとにし
ていましたから。
優しい便りを届けたくても、
家臣の娘では召使はおりません、
家臣のあの人も従者なんかおりません。

あの人は、きょう戦《いくさ》から
殿様のお供をして帰ってくるはず。
これからはもう、ありふれた恋人ではありません。
あたしはいままで伏せていた顔をあげます。
誇りに満ちたあたしは幸せ!

勝ち戦の公爵様が持って帰られるのは、
露営でぼろぼろになった軍旗。
みんな古い城門のところへいらっしゃい、
意気揚々たるお供の列と、殿様と
あたしの許嫁《いいなずけ》が通るのを見に!

見にいらっしゃい、めでたいこの日、
美しく飾ったあの人の馬を、
背中の重みにいななないて立ち止まり、
頭を振りたてて、また進む、
赤い羽根で頭を飾ったあの人の馬を!

さあ、おめかしに手間どるみなさん、
見にいらっしゃい、戦に勝ったあたしの許嫁のそばまで、
きらきら光るいくつもの小太鼓を、
あの人に打たれて鳴りつづけ、
みんなの胸を躍らせるいくつもの小太鼓を!

それよりなにより見にいらっしゃい、あたしが刺繍《ししゅう》して
あげた
外套《がいとう》を身につけた、あの人の姿を。
さぞ立派でしょうね! あの人こそあたしの恋人!
まるで王冠みたいな
鬣《たてがみ》をいっぱいつけた兜《かぶと》をかぶっています!

神様をけがす放浪の女占い師が
あたしを柱の陰に呼びよせて、

(神様、どうぞお守りください!) きのう、こう言いま
した、
お供の軍楽隊から鼓手がひとり、
いなくなっていることだろうよ、と。

でも、あんなにお祈りしたのだから、きっと大丈夫!
蝮《まむし》のような目つきをしたあの占いのお婆さんは、
自分が暗い隠れ家にしている墓のような場所を指さして、
こんなことを言ったけど、
『あそこであした待ってるよ!』と。

さあ、急ぎましょう! 不吉なことはもう考えずに!
太鼓の音が聞こえてきます。
奥方たちもつめかけて、
緋色《ひいろ》のテントが立ち並び、
花が飾られ、旗がひるがえっています。

二列になって、行列がうねりながらやってきます。
先頭が重々しい足どりの槍兵隊《そうへいたい》。
つづいて、いっぱいにひろげた軍旗のもと、
絹の衣を身につけた諸侯たちが、
ビロードの縁無し帽をかぶって進みます。

あちらは式服の司祭様。
白い駿馬《しゅんめ》にまたがる伝令官。
みんな、遠い祖先の思い出に、
代々の主人の紋章を
鋼鉄の胴鎧《どうよろい》に描かせて。

地獄までその名をとどろかす聖堂騎士団[10]の
ペルシア式の鎧のすばらしさ!
長い戈《ほこ》を頭上に仰いだ
ローザンヌ[11]の弓兵隊、
水牛の革の鎧に、剣《つるぎ》を帯びた弓兵隊。

まもなく公爵様のお通りです。軍旗が
騎士たちのあいだでひるがえっています。
分捕品《ぶんどりひん》の旗が何本か、
恥ずかしげに、最後に通っていくと……――
みなさん、あそこに鼓手隊が!……」

そう言って、彼女は視線を泳がせて、
列の人波を食い入るように見た。でも、あの人はいない。
そして、なんにも知らない群衆の中に、

彼女は倒れた、冷たく息も絶えだえに……
――そのとき、鼓手隊はもう通りすぎていた。

一八二五年十月十八日

＊1　フランスの詩人、聖職者（一五四六―一六〇六）。国王アンリ三世の寵を得た宮廷詩人。
＊2　フランスの西の端、ブルターニュ半島を中心とする地方。
＊3　ブルターニュ地方の南部にある町。
＊4　ノルマンディー地方の南部にある町。
＊5　フランスの南西部にある地方。中心都市はボルドー。
＊6　十四世紀のスウェーデンの聖女。
＊7　六世紀のイギリスの聖人。ガリアを旅し、大ブリテンやアイルランドにキリスト教をひろめた。
＊8　イタリア中部の町。有名な聖母像がある。
＊9　巡礼が持ち帰った貝殻を衣服につけて、お守りのようにして使う習慣があった。
＊10　十二世紀に作られた騎士団。元来は、パレスチナの防衛と聖地への巡礼を保護する役目をもっていた。
＊11　ローザンヌはスイス西部の町。中世末期に編制されたスイス人の民兵は優秀だった。中にはフランス軍に編入されていた者もある。

秋の木の葉

目次

〔今世紀は二歳だった![*1]……〕

与えられた運命に従って。
セント・ジョン家[*2]の家訓

今世紀は二歳だった! スパルタのあとを受けて、ローマ帝国が君臨しようとしていた。[*3]
ボナパルトの顔の下に、すでにナポレオンの顔がのぞいていた。
あちこちで、第一執政の窮屈な仮面を
すでに破り、皇帝の顔がのぞいていた。[*4]
そのころだ。ブザンソン[*5]に、昔はスペイン人の治めていたあの町に、
風のまにまに運ばれる種子に似て、この世に捨てられでもしたように、
ブルターニュとロレーヌの血を受けて、[*6]
青い顔、うつろな目、声もたてない子供が生まれた。
ひどくひ弱で、この世のものとも思われず、

母親をのぞいては、すべての人に見放された子供。
首はか細い葦《あし》のように曲がっていたから、
揺り籠《かご》と同時に柩《ひつぎ》が用意されたのだった。
人生の名簿から消されようとしていたこの子供、
明日《あす》をも知れぬ命だった子供、
それが、この私なのだ。——

たぶん、いつかはお聞かせできよう、
どれほど清らかな母親の乳、どれほど多くの心づかいと祈願と愛とが
惜しみなく費やされて、生まれながらに死を言いわたされたこの私に命を与え、
母の子である私を、あくまでも望みを捨てぬ母の子にもう一度したかを。
あとを追って離れぬ三人の息子[*7]のうえに、
愛情を注いで惜しまなかった天使のような母よ!
ああ! 母親の愛! 誰もが忘れることのない愛よ!
神のような人が分けあたえ無数に増やす奇跡のパンよ!
父の家にいつも整えられている命の糧《かて》よ!
ひとりひとりがこの愛を分けあいながら、しかもその愛を余すところなく受けるのだ!

いつかお聞かせすることもできよう、そこはかとない夜の雰囲気にうながされ、
話好きな老人となった私が、夜ごと身の上話をするようなときが来たならば、
栄光と恐怖に満ちたあの至高な運命、
「皇帝」の進撃につれて世界を揺すぶったあの運命が、
有無《うむ》をいわせずこの私をその荒れ狂う息吹の中に巻きこんで、
私の少年時代を風のまにまに転々と漂わせたことの次第を。

激しい北風が高鳴る波浪をたたくときは、
身をよじらせる大海原は同じように激しく揺するのだ、
嵐《あらし》に砲声をとどろかす三層甲板の巨船も、
海辺の木立を離れたか弱い木の葉も！

若いとはいえ、たび重なる試練を経てきた今[*8]、
私の心にはかずかずの思い出が深く刻まれ、
さまざまな思いが刻むこの幾筋もの額の皺《しわ》には、
過ぎし日の数多くの苦しみが見てとれるだろう。
そうだ、情熱も髪も消えうせ、むなしい願いをし尽くしたあげくの果て、
疲れきって倒れた老人たちでさえ、波間の淵《ふち》をのぞくように、
私の魂をのぞいたら、そのひとりならずがきっと、顔青ざめることだろう。
そこには私の思いが数知れず宿っているのだ。
私が堪え忍んできたすべてのこと、企ててきたすべてのこと、
実らずに終わった果実のように、私の期待を裏切ったすべてのこと、
過ぎさってよみがえる望みもない私のいちばん楽しかった日々、
青春時代の恋、仕事、かずかずの喪、
そして、未来がほほえんでいる年頃なのに、
もう余白もないほど書きこまれてしまった私の心の日記、
こうしたものを目にしたならば、老人たちはきっと青ざめることだろう。

ときおり私の胸の中からは、さまざまな思いが、
詩が、飛びたって、ちりぢりに世界に散っていく。
また、風刺と揶揄《やゆ》の小説の片隅に、
私は好んで私の恋と悩みを秘め、
また、空想の力にものをいわせて舞台を沸かせ、
粒選《つぶよ》りの観衆の前で、これもまた粒選りの登場人物、

その全部がともに私の霊感の息吹から命を吹きこまれ、
私の声で民衆に語りかける劇中の人物たちを、舞台の上
でぶつけ合わせる。
また、私の頭脳、その中で精神が燃えさかる坩堝《るつぼ》が、
たぎりたち煙を吐く青銅の詩句を、
神秘の鋳型、深遠な韻律の中に投げこむと、
そこからは詩節が翼をひろげて空に飛びたったりもする。
それというのも、恋愛や死や栄光や人生、
つぎつぎに寄せては返すあの波動、
息吹という息吹、光という光が、好ましくあれ忌まわし
くあれ、
水晶のような私の魂を光りかがやかせ、打ちふるわせる
からだ、
千もの声で鳴りひびく私の魂、私の崇《あが》めるあの神が
朗々たるこだまとして万象の中心に据えたこの魂を。
それにしても、私は不遇な日々もひたすら清らかに過ご
してきた。
私は知っている、私の過去を、未来がどうかは知らない
が。
党派の争いの嵐が、その火のような風で、
私の魂をかき乱したが、心の水は濁らなかった。
私の心には少しのけがれもないのだ、そよとの風にも、
澄んだ心の紺碧《こんぺき》の色を濁らすような不純な泥土などは！
歌いおえると、私はさまざまな声に耳を傾け、じっと思
いを凝らす。
倒れた皇帝のためには、心の片隅に御堂《みどう》を建て、
見事な実や花をつける「自由」を愛し、
正当な権利として王権を、かずかずの不運に同情して王
を愛している。*9
つまり、私は忠実なのだ、皇帝の古参のつわものだった
父と、
王党派の母が、私の血管に流し伝えたあの血潮に！

一八三〇年六月二十三日

*1　ユゴーが生まれたのは一八〇二年。むろん、ここでユゴーは、十九世紀が一八〇〇年一月一日から始まるものとして計算している。

*2　イギリスの名門の家系。ここで、その「家訓」とされているのは、ウェルギリウス著『アイネイス』第一巻三八二行からの引用。

*3　「スパルタ」は、フランス革命の嵐が吹き荒れた時代を象徴し、そのあとを受ける「ローマ帝国」は、ナポレオン一世統治下の第一帝政を象徴している。

*4　一八〇二年、ユゴーが生まれた当時は、ボナパルトはまだ第一執政だったが、やがて、一八〇四年に皇帝ナポレオ

ン一世となる。

＊5　フランス東部にある町。十七世紀にスペインに占領されたことがある。

＊6　ユゴーの父はロレーヌ地方の町ナンシーの生まれ。母はブルターニュ地方の町ナントの生まれ。

＊7　ユゴーは三人兄弟の末っ子。長兄はアベル（一七九八—一八五五）、次兄はウジェーヌ（一八〇〇—三七）。

＊8　当時二十八歳だったユゴーは、『エルナニ』の成功などで文学的な名声を博していた。だが結婚に際して周囲の激しい反対にあったり、結婚直後兄が精神障害になったり、両親や初めての子レオポルを亡くしたり、さまざまな苦しい体験も味わってきていた。

＊9　自由主義に目覚めたとはいえ、この当時ユゴーはまだ、王による統治を社会にとって必要なものと考えていた。また、当時の国王シャルル十世は、兄のルイ十六世がギロチンの露と消えたり、息子のベリー公が暗殺されたり、自身は長い亡命生活を送ったりして、数多くの辛酸をなめた。

〔ああ、私の愛の手紙よ……〕

ああ春よ！　一年のうちの青春の時期よ！
ああ青春よ！　人生の春よ！[*1]
ああ、私の愛と純潔と青春をおさめたかずかずの手紙よ、
きみたちなのだ！　いまもなお、私は若い日の感激に酔い、
　ひざまずいて、きみたちを読むのだ。
許しておくれ、どうかきょうひと日、私がきみたちの歳《とし》にたち戻るのを！
幸せで[*2]分別もあるこの私が、人目を忍んで、
　きみたちといっしょに涙を流すのを！
あのころ私は十八歳だった！　私の胸は夢でいっぱいだった！
希望は歌をうたいながら、偽りの夢で私をあやしていた。
　ひとつの明星が私の前に輝いていた！
妻よ[*3]、私はきみの神様だった、きみの名前はこの胸内《むなうち》だけにしまっておくが！
ああ！　私は聖《きよ》らかな子供だった、大人になったいまの私がその前に出たら、
　恥ずかしくなるような！
ああ、夢と力と魅力に満ちた時代よ！
あのころ、私は待っていた、いつも夕方きみの服が通りをとおるのを。[*4]
　私はきみが脱いだ手袋に接吻《くちづけ》した！
人生のすべてのものを、愛を、権力を、名声を望んでい

た！
清らかで誇り高く、気高く、そして信じていたのだ、
　この世には清らかなものがいろいろあると！
いまではもう私は感じた、見た、そしていろいろなことを知っている。――いいではないか、
ほんの少しの夢でも、私の戸口を開きにやってきてくれるならば、
　開くとき、うめき声をたてるこの戸口を！
ああ！　あの情熱に満ちた時代が、あのころはとても暗いものに思われた時代が、
その陰に私をかくまってくれる幸せな暮らしの傍らで、
　いまではなんと輝いて見えることか！
いったい私はおまえたちになにをしたのか、おお、若かりし時代の日々よ、
私の心が満ち足りたと思いこんで、私のもとからあんなに早く逃げだして、
　遠くへ去ってしまうとは？
ああ！　もうおまえたちの翼に乗せて私を運べないというのに、
こんなに美しい姿でまた私のところへ戻ってくるとは、
　いったい私はおまえたちになにをしたのか？
ああ！　あの懐かしい過去の日々が、あのけがれない年頃が、
人の世を歩む私たちのもとに、愛情が浸《し》みこんだ
　白い服をまとって戻ってくると、
その服にすがり、人はみなどんなに多くの苦い涙を流すことか、
その手にいまも残された、若々しい空夢《ゆめ》を述べた
　この色褪《いろあ》せた紙片の上に！
忘れよう！　忘れよう！　青春の日々が死んだからには。
身を任せよう、あの風に、青春の日々を暗い地平に
　連れさるあの風に。
なにも残らない、われわれのすることなどは。人間の仕事とは不確かなもの。
人間はさまよう亡霊、壁に映る自分の影さえも
　残さずに過ぎていく！

一八三〇年五月

*1　この引用の一行目は、イタリアの詩人グワリーニ（一五三八―一六一二）の戯曲『忠実な羊飼』の第三幕第一場か

らとられている。二行目はユゴーが自分で考えて付け加えたものらしい。

*2　この詩を書く数か月前、一八三〇年二月に、有名な戯曲『エルナニ』の初演が大成功をおさめ、ロマン主義演劇が文壇の主流にのし上がるとともに、作者ユゴーも赫々たる名声を得た。

*3　ユゴーが、まだ交際中だったころ、熱烈な愛の手紙をひっきりなしに送った妻アデールへの呼びかけ。

*4　ユゴーとアデールのふたりの交際には、長いあいだどちらの親も反対であった。交際が思うにまかせず、ユゴーは思いあまって、通りで何時間もアデールを待ったり、アデールの家のまわりを歩きまわったりした。

〔子供が現われると……〕

家は賑《にぎ》わい楽しげな様子。
アンドレ・シェニエ[*1]

子供が現われると、家の円居《まどい》は
やんやと囃《はや》す。子供のやさしい瞳《ひとみ》は輝いて、
　みんなの目を輝かす。
世にも悲しく、罪にけがれた顔さえも
すぐにほころびる、子供が無心に朗らかに
　現われるのを目にすると。

六月がわが家の戸口を緑に染めるときにも、十一月が
部屋の中でゆらゆらとさかんに燃える火をかこんで、
　みんなの椅子《いす》を触れあわすときにも、
子供が現われると、喜びもやってきて私たちを明るくする。
みんなが笑い声をあげ、呼びかける。そして母親は
　よちよち歩きにはらはらする。

ときおり私たちは、灯火《ともしび》の光をゆらめかせて、活発に話す、
祖国や神や詩人たちのことを、祈りによって
　高められる魂のことを。
そこへ子供が現われる、すると天国や祖国や
詩聖たちともおさらば！　しかつめらしいおしゃべりは、
　ほほえみのうちに止んでしまう。

夜、人が眠り、心が夢を見るころ、
葦《あし》のあいだの小波《さざなみ》が、泣き声のように悲しげな音を
　たてるときでも、
ひとたび暁があちらの空に灯台のように輝けば、

東雲《しののめ》の光は、野に鐘の音《ね》と小鳥たちのさえずりの
　楽しい吹奏楽を目覚めさせる！

いとし子よ、おまえは暁、そして私の心は広野《ひろの》、
私の息吹は、このうえもなく甘い花々の香りに匂《にお》うのだ、
　おまえが私の息吹を吸いこむときには。
私の心は小暗い枝葉のしげる森。その枝は
ただおまえのためだけに、心地よいつぶやきと
　金色の光に満ちる！

それは、おまえの美しい目が、限りないやさしさに満ち
　ているから。
おまえの楽しげで、祝福された小さな手が
　まだ一度も悪いことをしてはいないから。
幼いおまえの足はこの世の泥に触れたことがない。
聖《きよ》らかな頭《こうべ》よ！　金髪の幼子よ！　金色の後光をもった
　美しい天使よ！

おまえは私たち家族の箱舟の鳩《はと》[*2]。
やわらかで、清らかなおまえの足は、まだ歩く年齢《とし》には
　なっていない。
おまえの翼は空の色。

おまえはまだ分からぬままに、人の世を眺めている。
ふたつながらの純潔よ！　すこしのけがれもない体と
　すこしのけがれもない魂よ！

子供はじつに美しい。やさしいほほえみ、
純な心、なんでもつつまずに言おうとする声、
　すぐになだめられるその涙。
驚いたり喜んだりして、あちらを見、こちらを見、子供
は、
いたるところで差しのべる、幼い魂を人生に、
　唇を接吻《くちづけ》に！

主よ！　私を、私の愛する人々を、
兄弟を、両親を、友達を、そしてまた、悪に栄える
　私の敵たちまでもお守りください。
主よ！　一度も見ないで済みますように！　朱色の花の
　咲かない夏を、
鳥のない鳥籠《とりかご》を、蜜蜂《みつばち》のいない巣を、
　幼子のいない家を！

一八三〇年五月十八日

*1　フランスの詩人（一七六二―九四）。ここでの引用は

『田園詩』におさめられた長詩「物乞い」からとられている。引用箇所は「家は賑わい、聖らかな香りで楽しげな様子」という原文の一部。

＊2　ノアの箱舟の物語に出てくる鳩。大洪水ののち、ノアは水が引いたのを確かめるために鳩を放ち、この鳩が箱舟に戻ってこないことから洪水の終わりを知った。

〔ああ！　きみが若者、老人、
金持、賢者のいずれであれ……〕

恋を知らない者は、生きている人間とは呼べない。[＊1]

ああ！　きみが若者、老人、金持、賢者のいずれであれ、
きみがもし、夕暮、軽やかな足どりで、快い足どりで
過ぎていく女《ひと》の白いベールをうかがった例《ためし》がないならば、
そのベールが、闇《やみ》を滑り闇に消えさり、
陰鬱《いんうつ》な夜半《よわ》を縫う流星のように、
輝く星をきみの心に残した例がないならば、
もしもきみが、溜息《ためいき》まじりにうたう恋する詩人の
言葉でしかあの幸福を味わった例がないならば、

我々の青春を彩るあのすばらしい幸福、
有無《うむ》をいわせず、はっきりと恋する男の気持をとらえ、
その男の目に愛する乙女の瞳《ひとみ》だけが、光とも星とも太陽とも
映るような、あのすばらしい幸福を味わった例がないならば、
もしもきみが、うち沈み、暗い面持《おももち》で、
闇にかがやく舞踏会の窓辺の下にたたずみながら、
戸が開き人が帰っていくあのときに、
美しい意中の女《ひと》が、きらめく稲妻のように、
青い目の、薔薇《ばら》に似たうら若い乙女が、額に花を飾り、
光の中を過ぎるのを待ちわびた例がないならば、
もしも、妻に求める乙女がよその男に選ばれるのを見、
愛する女の胸がよその男の胸で脈打つのを目にして、
狂おしい怒りにとらわれた例がないならば、
また、もしも、みだらに渦巻く不潔なワルツが、
その動きに乗せて女たちと花々を散らせるのを、
怒りの眼差《まなざ》しで見つめた例がないならば、
もしもきみが、聖《きよ》らかな感動に心があふれ、

丘をくだった例がないならば、
夕暮、菩提樹《ぼだいじゅ》の木陰で、幸せに寄りそい、
数知れぬ星が大空にきらめくそのあいだ、
人目を避け、きみたちふたりだけなのに、わざわざ声を
　ひそませあって、
闇につつまれる喜びを味わった例がないならば、

もしも乙女の手に触れて、きみの手がふるえた例がない
　ならば、
あなたが好きです！　と言い交わしたあのひと言で、
きみの心がひねもす満たされた例がないならば、
恋することで満ちたりた気持になってもいいのに、
王杖《おうじょう》や、王冠や、栄光や、帝国を国王たちが求めるのを
　見て、
きみが彼らを憐《あわ》れんだ例がないならば！

夜半、容器の中で終夜灯の火が燃えつきようとするころ、
ロマネスク式のあの塔も、ゴシック式のあの大聖堂も
夜霧にすっかりつつまれたパリの町が、
数えもせず暗闇の中に時間を流させているころ、
十二時を打つ鐘の音が、むなしい夢を振りまきながら、
方々の鐘楼からふぞろいな音の塊となって飛びたつころ、

もしもきみが、あらゆるものの寝静まるころ、
いとしい女《ひと》がきみを忘れて乙女らしい寝息をたてる夜半、
苦しみに耐えかね、子供のように涙を流して、
夜の明けるまで百度も恋しい女《ひと》の名を呼び、
なおも呼び求めては、その女《ひと》が現われるのを信じ、
また、母を呪い、[*2]みずからの死を願った例がないならば、

もしも、とある乙女の眼差しが、きみの心に
新たな心の火をともし、その眼差しに
心奪われ、天空の開ける思いをした例がないならば、
そしてまた、きみの涙をもてあそぶその乙女のためなら、
車責めの刑[*3]も楽しいと感じた例がないならば、……
きみは恋を知らないのだ、恋に悩んだことがないのだ！

一八三一年十一月

＊1　原文はスペイン語で書かれている。出典は不詳。
＊2　ユゴーとその恋人アデールとの交際にとくに強く反対したのは、ほかならぬユゴー自身の母親であった。また母親というものから生まれたために、自分はこんな恋の苦しみを味わうことになった、という解釈も可能であろう。
＊3　フランス革命以前に行なわれた死刑の一方法。死刑のうちでも、きわめて残酷なものであった。

夢想の坂

言葉は、事物そのものが不分明なために、
しばしば明瞭《めいりょう》でなくなることがある。
ゲルウァシウス・ティルベリエンシス*1

友たちよ、大切な夢想は深く詮索《せんさく》してはいけない。
花咲く平原の土を掘りおこしてはいけないのだ。
静かな海原が目の前に現われたら、
水面を泳ぐか浜辺で遊ぶだけにしておきなさい。
ものを考えるのは暗いことだから！　気がつかないほど
　ゆるやかな勾配《こうばい》が、
現実の世界から目に見えない世界へと向かっていくのだ。
螺旋《らせん》を描いているこの坂は奥深くまでつづき、降りてい
　くと、
たえまなく延び、道幅がひろがっていく。
そして命取りの不可解な謎《なぞ》に触れたために、
人々はこの暗い旅から顔青ざめて戻ることが多いのだ！

このあいだも雨が降った。今年の夏は、
北風が吹き雨が降るわびしい季節になってしまったから。
いつもならその光で私たちの心をうばう美しい月、この
　五月という月も
ほほえんだかと思うとすぐに泣く、あの四月の仮面をつ
　けている。
そうした雨上がりのことだった。古風な色の日除《ひよ》けを上
　げて、
私は遠くの木々や花々を眺めた。
日の光が、緑の芝生に落ちた雨滴の中で、
キラキラと輝いていた。開けはなした部屋の窓をとおし
　て、
庭のほうから私の幸せな心へと流れてきていた、
嬉々《きき》として遊ぶ子供たちの声と愛しあう小鳥たちの歌声
　が。
パリ、高くそびえる楡《にれ》の木立、家々、丸屋根、わらぶき
　の家、
ありとあらゆるものが、豊かな光を浴びて私の目の前に
　ただよっている、
美しい光で若い草の芽の先にダイヤモンドの露を輝かせ
　る
この五月の太陽の豊かな光を浴びて！
春、朝、人が過ごす幼年時代、私の隠れ家の中で結びつ

いた、
こうした三つの調和に私は身を委《ゆだ》ねていた。
セーヌ河の朱色に輝く水は、さりげなく河下のほうへ流れていく、
私の心が夢想の中にくだっていくように。そして日の光に暖められて、
砂州の上にたち昇っていた、河の水は霞《かすみ》となって、
私の思いはいくつもの夢想となって。

すると私の頭には浮かんできた、私を取り巻いていた
友人たち[*2]の姿が、私がよく見るそのままの姿ではっきりと。
こうした友人たちは、真面目《まじめ》で私に忠実な群をつくって夕方よくやってきた、
ある者は、先がピカピカ光る絵筆を持ち[*3]、
またある者は、熱烈に飛んでいく詩句を口ずさみながら[*4]。
そして私たちはみな、輪をつくって、彼らの言葉を聞いたり、姿を眺めたりしたものだ。
みながたしかにそこにいた。みなの顔がはっきりと浮かんでいた。
長い旅に出かけていて、いないはずの人たちまでがそこにいた。
彼らに続いて、もう死んでしまった人たちの姿も浮かんできた、
生きていたときとそっくり同じ様子をして。
しばらくのあいだ心の目で、
私の家庭に押しよせたこうした群をじっと見つめていると、
私には見えたのだ、彼らの顔がぼんやりとしてゆらめき、だんだん
血の気のない顔が青ざめて消えていくのが。
そして私のまわりのみなの顔は、まるで湖に注ぐ小川さながらに、
巨大な群衆の中へと消えていった。
名の知れぬ群衆の中へ！　混沌《こんとん》の中へ！　人声や目や足音の中へ。
これまで会ったこともない、見ず知らずの群衆の中へ。
この世に生きているあらゆる人々！——アメリカの森よりも、蜜蜂《みつばち》の巣よりも
大きなざわめきをあげているいろいろな町！
火と燃える砂漠にキャンプを張る隊商たち、
神の海原の方々に散らばる水夫たち、
崩れる波の上に果敢に橋を架けでもするように、
ひとつの世界から別の世界へと航跡を残して船を走らせ

る水夫たち、
蜘蛛《くも》が、二本のうばめがしのあいだに、
空中にただよう銀の糸を張るように、船を走らせる水夫
　たち！

北極と南極！　全世界！　海、陸、
雪をいただくアルプス山脈、黒い火口をもつエトナ火山、
すべてが一時《いちどき》に、秋、夏、春、冬。
陸から海へとくだり、湾となる
いくつもの小さな谷。海から平野へと
美しい山脈をひろげるいくつもの岬。
大洋にたえず浸食されている
霧にかすんだ緑や金色の大陸。
こうした物すべてが、波形模様のついたいくつもの川、
通行人、綿毛のようにただよう霧、こんなものを含んで、
ありとあらゆる物が、暗室の風景写真さながらに映しだ
　された。
私の暗い心の中をこうした物すべてが、進んだり歩んだ
　り生きたりしている！
吹く風の息吹や季節の歩みが
たえずあらゆる場所で、私の目の前に開いてくれる
数知れぬ風景を刻一刻注意を傾けて
心に浮かべたり、眺めたりしているうちに、
波の中から、ときおり、とつぜん姿を現わすのが見えた、
ふたつの世界の生者の町々と並んで、
いままで見たこともない奇妙な姿をしたいくつもの町、
消えさった時代の廃墟《はいきょ》と化した墓場のような町が。
こうした町は壊れた建物の堆積《たいせき》や、塔や、ピラミッドに
　満ちあふれ、
足を海に浸し、頭を湿った空に向けていた。
生者たちがまだざわめいたり、ひしめいたりしている
町の下のほうから姿を現わす死者の町もあった。
そして過去の諸世紀から現代にいたるまでの時代に、
こうして私は、ローマの三つの階層[*5]をも数えることがで
　きた。
不安げな声をあげる生者の町には、
民衆のささやきや軍隊の足音が
いっせいに響きわたっていた。
だが、押しだまり、門を閉ざした過去の町には、
家々の屋根に煙もあがらず、奥からはざわめきも聞こえ
　てこなかった。
町は静まりかえり、まるで蜜蜂のいない蜂の巣のように
　みえた。

私は待っていた。と、すさまじい音がした。こうした死
　者の町の
死んでしまった諸種族が姿を現わして門を開けた。
そして私は見た、彼らが生者と同じように歩いているの
　を、
ただ、生者よりもいっそう埃《ほこり》を風に舞いあげてはいたが。
すると、塔、水道、ピラミッド、円柱、
私は見た、古代バビロンの町の内部を、
カルタゴを、ティルスを、テーベを、シオンを。[6]
このような町の中からは、たえず、さまざまな世代が姿
　を現わすのだった。

こうして、私の目はあらゆるものを見わたした、大地を、
　キュベレ[7]を、
新しい世界と並んで立つ古い世界を、
過去と現在を、生者と死者を、
まるで痛悔の日[8]に現われでもするような全人類のあらゆ
　る姿を。
あらゆるものが一時《いちどき》にしゃべっていた。あらゆることが
　理解された、
オルペウスのペラスゴイ語[9]も、エウアンドロス王のエト
　ルリア語[10]も、
イルミンスール[11]のルーン文字[12]も、エジプトの象形文字も、
旧世界と同じように古い新世界の声も。

さて、私が見たものを読者諸君に
描きだしてみせられるかどうか。それはまるで、いくつ
　もの世紀とさまざまな場所を
積みあげて作った大きな建築物のようなものだった。
建物のへりがどこで、中心がどこだか分からない。
この建物のあらゆる階に、いろいろな国民、民族、人種
　の
無数の労働者たちが、いたるところに痕跡《こんせき》を残して、
夜となく昼となく働いていた。階段を登ったり、すれ違
　ったりして、
みなそれぞれの国語を話していて、相手の言うことが分
　からない。
誰か答えてくれる者はいないかと探しながら、
私はバベルの塔にも似たこうした世界の階から階へと歩
　きまわった。

こうした恐ろしい夢想の中の群衆に、夜が
加わった。そして夜の闇《やみ》も群衆の数も増していった。
どんな眼差《まなざ》しを向けても探ることのできないこの塔のい

ろいろな部分では、
人数が増えるにつれて、闇の深みも増していった。
あたり一面が曖昧《あいまい》で定かならぬ様子になった。だが、
ときおり、吹きすぎていく風が、
まるで私に大群衆を見せでもするように、
はるか彼方《かなた》、闇の中に、光の谷間をいくつも開いてくれた。
一陣の風が黒く濁った波の面《おもて》に
白い水泡《みなわ》をあげさせたり、麦畑にうねりのくぼみを生じ
　させたりするように。

まもなく、私のまわりの闇が深まった。
地平線は姿を消し、物の形も消えうせ、
人と物、存在と精神とが、
私の息吹を受けて波うち、私は戦慄《せんりつ》にとらえられた。
私はひとりだった。万物《ものみな》が逃げさっていく。暗い空間が
　ひろがっていた。
ただ、闇をとおして、遠くのほうに、
海原の黒い積みかさなった波さながらに、
空間と時間の中に、「数」が積みあげられているのが見
　えた。[*13]
ああ！　人間という船がいつもつぎつぎに通りすぎてい
　く
時間と空間というこの二重の海よ。
私はこの海を探索しようとした。この海の砂に触れ、
海を眺め、調べあげ、海の中を探しまわって、
読者のもとへと、海に秘められた不思議な富を届けよう
　とし、
また、海の底が岩で出来ているのか泥で出来ているのか
　を伝えようとした。
それゆえ、私の精神はこの未知の波の下に潜り、
底知れぬ海の深みで、いつも、言い表わせないものから
目に見えないものへ向かって、ただひとり、裸で泳いで
　いった。……
と、とつぜん、私の精神は恐ろしい叫び声をあげてこの
　世に戻ってきた、
目がくらみ、息を切らし、仰天し、恐怖にとらえられて。
私の精神が海の底に見いだしたのは「永遠」だったから。

一八三〇年五月二十八日

*1　十三世紀イギリスの歴史家。ユゴー研究家の調査によれば、ここに引用された言葉はこの歴史家の著作には見あたらない。ユゴー自身が勝手につくったものと推測される。

*2　とくに一八二七年以降、ユゴーがロマン主義文学運動の中心人物となった関係で、ユゴーの家には多くの芸術家、

詩人、劇作家が集まった。

*3　前注で述べたユゴーの友人たちのうち、ルイ・ブーランジェ（一八〇六―六七）をはじめとする画家たちのひとりを指すものと考えられる。

*4　前注で述べたユゴーの友人たちのうち、詩人で批評家のサント＝ブーヴ（一八〇四―六九）を指すものと考えられる。

*5　ユゴーはここでローマの歴史を大きく三つに分けて考えている。つまり、初期のローマ、帝政期のローマ、現代のローマである。

*6　それぞれ、メソポタミア、北アフリカ、古代フェニキア、エジプト（またはギリシア）、およびパレスチナ（シオンは聖書ではエルサレムを指す）の古代都市。

*7　ギリシア・ローマ神話に出てくる大地の女神。神々の母といわれ、最高の神として、ありとあらゆる力をもつと考えられた。

*8　最後の審判の日のこと。

*9　ペラスゴイ人は青銅器時代に栄えたギリシアの先住民族。ホメロス以前の詩人オルペウスはペラスゴイ語を話していたと、ユゴーは見ている。

*10　エウアンドロス王は、古代ラティウムの王。彼の時代には、まだエトルリア文明がラティウムを支配していた。

*11　古代ザクセン人の偶像。またこの偶像を祭る記念建造物を指すこともある。

*12　古代ゲルマン民族が用いていたアルファベット。

*13　宇宙の万物の本源は数であるとするピタゴラス的な考えをユゴーはもっていた。

落日

盲《めしい》の目が開いたために、心の中の思い
に示されることになったすばらしい光景。
シャルル・ノディエ[*1]

一

私は好きだ、よく晴れた美しい夕べが。夕べが好きなのだ。
葉むらに埋もれた古風な館《やかた》の前面《おもて》を
　入日が金に染めるときも、
また、靄《もや》が火の層となって、遠くたなびくときも、
あるいはまた、青空を数知れぬ光の矢が飛びかい、群島《しまじま》
なす雲に当たって、
　砕けちるそのときも。
ああ！　空を見たまえ！　流れゆく無数の雲が
風に吹かれて、空の高みで積みかさなり、
　見なれぬ形で群がっている。
波なす雲の下に、ときたまきらめく青白い稲妻。
それは空に住むひとりの巨人がやにわに、

雲の中で、剣を引きぬいたかのよう。

太陽は雲間をとおして、まだ輝いている。
あるときは金の大きな丸屋根と同じように
　わらぶきの屋根も金に染め、
あるときはおぼろな地平を霧と争い、
またあるときは暗い芝生に落ちて、大きな光の湖を
　浮きださせる。

やがて、風に吹きはらわれた空の中に、見えるような気
　がする、
縞模様《しまもよう》のある幅広の背をもった巨大なわにが、
　三列の鋭い歯を見せて吊《つ》りさがるのが。
鉛色のわにの腹の下に夕べの光が忍びいり、
幾百と燃える雲は、その黒い脇腹《わきばら》の下で、
　金色の鱗《うろこ》のように輝く。

そのうちに宮殿がそびえ立つ。が、やがて大気は打ちふ
　るえ、万物《ものみな》が逃れゆく。
恐ろしい雲の建物は壊れ、
　崩れて雪崩《なだれ》の山となり、
はるか空の彼方《かなた》に散り、朱色の円錐《えんすい》の屋根は、
切っ先を下に向け、さかしまの山さながらに
　我々の頭上に吊りさがる。

このような鉛色の、金色の、銅色の、鉄色の雲には、
暴風や竜巻が、また雷や地獄が
　鈍い寝息をたてて眠っている。
こうした雲の群を深い空に架けたのは、神の御業《みわざ》。
そのさまに、天井の梁《はり》に音高く鳴る鎧《よろい》を掛ける
　戦士さながら！

万物《ものみな》去りゆく！　太陽は空の高みから滑り落ち、
赤く焼けた青銅の珠《たま》がかきまわされた坩堝《るつぼ》に
　投げこまれ、
坩堝の波に落ちてその波を乱すように、
燃えたつ雲の泡を火の粉と化して、
　天頂までも噴きあげる！

ああ！　空を見つめたまえ！　日の光が消えたなら、
どんなときでも、どこにいても、言葉に尽くせぬ愛をこめ、
　大空のベールを透かして見つめたまえ。
壮麗なベールの奥には、神秘が横たわっている。
冬、そのベールが経帷子《きょうかたびら》のように黒いときにも、夏、

夜がそのベールに星をちりばめるときにも。

一八二八年十一月

二

日の光が空から消えさる。と、空の透きとおったベール
　の向こうで、
星がいつしかひとつ、またひとつと、またたきはじめる。
夜は一歩一歩、夕べの暗い王座にのぼっていく。
空の一方の端は夕暮の色に染まり、もう一方は闇《やみ》と戦っ
　ている。
だが、はやくも、暗く沈む赤々とした入日のあとを受け
　て、
灰色のたそがれが、黒々と立ち並ぶ丘の上に消えていく。
やがて、彼方にひろがる町には、家々の窓に星さながら
　に明かりがともり、
ぎざぎざに尖塔《せんとう》がいくつも並ぶ大聖堂、
宮殿の塔、牢獄《ろうごく》の塔、
高い鐘楼、暗い砦《とりで》、
空のふちに長い鋸《のこぎり》のように置かれた夜の町は、
こうした姿でくっきりと地平に浮かびあがる。

ああ！　誰か、私を連れていってくれないものか、堂々
　とそびえ立つ塔の上に、
眼下に、町が深淵《しんえん》さながらにひろがる塔の上に！
私はそこで聞きたいのだ、我々が毎日、這《は》いまわってい
　るこの町の音に耳を澄まして、
寡婦《やもめ》のあげる悲しい叫びにも似た町の大きな声が、消え
　ていくのを。
昼、あの声は、あの大河の音よりも、なお高々とうめい
　ていた、
橋桁《はしげた》と争って、怒っているあの大河よりも！

私はそこから見たいのだ、目の下に現われては遠ざかる
星にも似た車の明かりが、通りですれ違う有様を。
狭い四つ辻《つじ》で、人々の列がうねうねと揺れるのを。
あちこちの煙突の口が、煙を吐くのを止めるのを。
紋章を彫りこんだ家々の正面を滑るように照らしながら、
幾百もの光がつぎつぎに生まれ、輝き、過ぎさっていく
　のを！

あの古い町が、私の前で、褥《しとね》に
その身を横たえていてほしい。寝息をその口から洩《も》らし
　てほしい、

まるで、疲れはてて、うめき声でもあげるのが聞こえるように！
ひとり眠らず、町の額を踏みつけて立っているこの私。
大海《おおうみ》のような群衆の鈍い寝息を耳にしながら、
私は見つめよう、足もとで眠る巨人、パリの姿を！

一八二八年七月二十三日

三

もっと遠くへ！　もっと遠くへ行こう！——暗い落日の光を受けて、
私は見るのが好きだ、野原で私の影が大きく伸びて、進んでいくのを。
だが、あの町はまだあそこにある！　まだ町の音が聞こえる。町の姿が見える。
私の思想が私に語りかける声に、心静かに耳を傾けるわけにはいかない。
　しわがれ声をもつこのパリの町が
まだ私のすぐそばで、ざわめいているからには。
私ははるか遠くまで逃げのびて、茂みにこの身を隠したい。
羽根飾りのように、町の額にかかっているあの霧や、
立ち並ぶ塔の上にいつもかかっている、あの煙から逃れるために、
音をたてて飛びさる羽虫の、小さいが鋭いささやきが、
　パリの町の大きな声を
かき消してくれるように！

一八二八年八月二十六日

四

ああ！　翼に乗って雲の中へ、
私を逃がしてほしい！　逃がしてほしい！
見知らぬ美しい国を遠く離れたまま
夢想にやつれていくのは、もうたくさんだ。
この世とは別な世界へ逃がしてほしい。
もうたくさんだ、真暗な夜、
心の灯台をたよりに、言葉を探すのは。
夢想や懐疑にとらわれるのは、もうたくさん。
私がこの世で聞くあの天上の声は、
空にのぼれば、きっと、もっとはっきりと聞こえることだろう。
行こう！　翼がほしい、帆がほしい！
行こう！　装備を整えた船がほしい！

私は別の星を見たい、
燃えるような南十字星も。
きっと、あの別の世界では、
宇宙の秩序の裏に秘められた
神秘の鍵《かぎ》が見つかるだろう。
詩人である我々には、
もっと簡単に読みとれるだろう、
天上のページに書きしるされた言葉のほうが！

一八二八年八月

五

ときおり、人の目を欺く雲の襞《ひだ》の陰に、
空の彼方《かなた》に、夕暮の風に吹かれて
揺れうごく靄《もや》の切れ目に、
はるか彼方にまだたなびいている霧のそのうしろに、
とつぜん、幾千もの階《きざはし》をもつ金色の
雲の建物が現われる！

そして、我々の目は恐怖にとらわれて見るように思う、
頭上一杯にひろがる空の彼方に、
自由な天空の中に思いきって飛びこみ、大胆不敵な飛翔《ひしょう》
をつづける

空に浮かぶ雲の島の上に、
我々の目は見るように思う、いくつもの階段や、橋や、
高い塔をそなえた
あのバベルの塔のような高い雲の峰が、高く高く空まで
ずっと
のぼっていくのを！

一八二八年九月

六

今宵、太陽は雲海の中に沈んだ。
あすは嵐《あらし》が来るだろう、そして夕べが、また夜が。
それから、靄《もや》にさえぎられたあけぼのの光が、
それから、また夜と昼が。時の歩みは去りゆくのだ！

すべての日々は過ぎていく。群をなして過ぎていく、
海の面《おもて》を、山の面を、
銀色の河面《かわも》を、森の上を。
愛する死者たちの歌う、定かならぬ讃歌《さんか》にも似たものが
流れていくあの森の上を、
皺《しわ》こそ寄れ、まだ年老いてはいない、水の面《おもて》も
山の面も、いつまでも緑におおわれている森も、

みな、年を追って若返っていくだろう。広野《ひろの》を流れるあの河は、
たえず山々から水を奪っては、海に注いでいく。

しかし、私の頭は日ごとに低く垂れ、
私は過ぎ去っていく。嬉々《きき》と照る太陽の光を受けても、この身は冷たく、
まもなくこの世を去るだろう、あたりの自然が喜びに満ちているのに。
だが、私が去ってもなにも欠けるものはあるまい、広大で光りかがやくこの世には！

一八二九年四月二十二日

*1　フランスの作家（一七八〇—一八四四）。ユゴーとも親交があった。ここでの引用は短編小説『シャムニーの目の見えない者たち』（一八三〇）からとられている。

万人《もろびと》のための祈り

われらのために祈りたまえ！[*1]

一

娘よ！[*2]　お祈りをおし。——ごらん、夜になった。
金色の星があそこの空で、雲をとおしてきらめいている。
たちこめた靄《もや》の中に、丘の姿はゆらめいて見える。
動いているのは、闇《やみ》の中を滑るように進んでいく遠い荷車の姿だけ。……お聞き！
あらゆるものが家に帰って休んでいる。道端の立木は、
夜風にあてて昼間のほこりを払い落としている！

たそがれは万物《ものみな》を包みかくす夜の帳《とばり》を開けて、
熱い火花の星々をひとつ、またひとつと夜空にほとばしらせる。
西空の紅色に染まったへりは細くなり、
夜は闇の中で水の面《おもて》を銀色に光らせる。
田畑も小道も茂みも、すべてが溶けあって姿を消し、
道ゆく人は心細げに行く手をさがす。

昼間は、苦しみと疲れと憎悪の時。
さあお祈りをしよう、夜になったのだから！　厳《おごそ》かで静かな夜に！
年とった羊飼の笛の音《ね》も、鐘楼の裂目に吹きつける風も、
池も、しわがれ声で鳴く羊の群も、
みんな苦しんでいる、みんな嘆いている。自然は疲れはてて、
眠りと祈りと愛とを、いま求めている！

子供たちが、天使たちとお話しするのはこの時刻。
大人たちはあやしげな喜びを求めて駆けつける。
けれど、小さな子供たちはみんな目を空に向け、
手を合わせ、はだしのまま、石の上にひざまずいて、
同じ時刻に同じ祈りの言葉をつぶやく。
大人たちを赦《ゆる》してくださいと、みんなの崇《あが》める神様にお願いしながら。

そうして子供たちは眠りにつく。——すると、闇の中に散らばっていた
金色の夢が、数知れぬブンブンうなる羽虫の群みたいに、
夕暮の最後の物音を聞いて生まれ出る、まるであの群みたいに、
遠くから子供たちの寝息や真赤な唇を見かけると、
まるで、陽気な蜜蜂《みつばち》が花に向かって飛んででもくるように、
子供たちの褥《しとね》をかこむ亜麻布《あまぬの》のカーテンめがけて押しよせるのだ。

ああ、揺り籠《かご》の眠りよ！　子供たちの祈りよ！
いつも心を和《なご》ませ、傷つけることなどしない声よ！
うれしそうに笑っている心地よい宗教よ！
荘厳な夜の演奏会*3の序曲よ！
鳥が翼の下に頭を入れて眠るように、
子供は幼い心を祈りにつつんで眠らせる！

二

娘よ、お祈りをおし！——まずはじめに、お母さんのために。
幾晩も幾晩も、おまえの揺り籠を揺すってくれた人、
おまえの幼い魂《いとけな》を天国から連れてきて、
この世におまえを生んでくださった人のために。そのときから優しいお母さんは、
おまえのためにこのつらい世の中をふたつに分け、

自分にはつらいこと、おまえには楽しいことばかりを取
　ってておいてくれたんだよ！

つぎには祈っておくれ、このお父さんのために！　お母
　さんによりも、もっと祈ってほしい！
お母さんはおまえのようにいい人で、純で誠実！
澄みきった心、満ちたりた顔。
多くの人を憐《あわ》れみ、どんな人をもうらやまない。
賢く、優しく、人生のつらさにじっと耐えて、
誰のせいなのか知ろうともせずに、この世の苦しみを忍
　んでいる。

いろいろな花を摘みはしても、無邪気なその手は
悪徳の木にはほんの少しも触れたことはない。
どんなにきれいな罠《わな》も、お母さんを引きつけはしない。
過ぎさったことなどは、あっさり水に流す人だ。
水の上を走る影のように心を過《よぎ》る
　邪《よこしま》な考えなどもったことはない。
お母さんは知らない、――おまえもいつまでも知らずに
　いておくれ、お母さんのように！――
私たちの魂ももち合わせている、この世の浅ましさを、
偽りの喜びを、虚栄を、悔恨を、心を噛《か》む悩みを、
水泡《みなわ》のように心に浮かぶ情欲を、
恥と苦しみの秘《ひそ》かな思い出を、
顔をふいに赤らめさせる、あの秘かな思い出を。

私は世の中を少しは知っているから、おまえにいつか言
　ってあげよう、
おまえが大きくなり、教えてもいいときが来たならば、
権力や成功やいろいろな技術を追い求めるのは、
愚かでむなしいことだと。人間の運命を収めた壺《つぼ》からは、
栄光ではなくて恥のほうがたびたび飛び出してくるし、
人間はこの骰子《さいころ》勝負で魂を失うものだと！

人間の魂は生きているうちに悪くなる。どんなことでも、
結果を見れば原因が明らかなのに、
人間は悪徳と過ちに打ちひしがれて年老いていく。
人生の旅路を歩きつづけるうちに人間は迷い、心は疑い
　に包まれる。
すべての者が、道端の茂みに何かを残していく、
羊の群はそのたいせつな毛を、人間はその美徳を。
だから、私のために祈っておくれ！――ただ、こういう

ふうに。
「主よ、私の神なる主よ、あなたは私たちの父。
どうぞお恵みを、善なるお方よ！　どうぞお恵みを、偉大なお方よ！」
おまえの魂が望むままになんでもお言い。
気にしなくてもいいよ、どんなものも行くべき道をたどるのだから。
気にしなくてもいいよ、あらゆるものがどんな道をたどろうとも！

この世のものはすべて見つける、自分のたどるべき道を。
川は平野をうねって海に注ぎ、
蜜蜂は蜜のある花々を知っている。
翼ある鳥はみんな、やがてはその目標へ舞いもどる。
鷲《わし》は太陽へ、禿鷹《はげたか》は屍《しかばね》へ、
燕《つばめ》は春へ、そして祈りは空へ向かって飛びたつのだ！

私を思うおまえの祈りが、神に向かって飛びたつと、
ふだんは働きづめの奴隷みたいなこの私も、谷間にすわり、
道路の境界石の上に重荷をおろしたような気持[*4]。
私は身も心も軽くなる。私がうめきながら引きずっていく
この罪と過ちの苦しい重荷を、
おまえの祈りはその手につかみ、歌いながら運びさってくれるのだから！

祈っておくれ、お父さんのために！――白鳥に似た姿で空飛ぶ天使を
私が夢の中で見られるように。
私の魂が香炉《こうろ》といっしょに燃えて神様のほうに昇るように！
おまえの清らかな息吹で、私の罪を消しておくれ、
すると、私の心はきっとけがれない光に輝くだろうよ、
ちょうど夜ごと洗われるあの祭壇の敷石のように！

三

祈っておくれ、この生ある者の住む地上を
過ぎさっていく人々のためにも！
祈っておくれ、たどっていく小道が波や風に
洗われて、消えさっていく人々のためにも！
祈っておくれ、身につける絹の外套《がいとう》のきらめきや
持ち馬の足の速いのを、

得意になって喜んでいる愚か者のためにも！
祈っておくれ、苦しんでいる人、働いている人
　たちみんなのために、
その人が帰ってこようと旅だとうと、
善をなそうと悪をなそうと！

祈っておくれ、朝まで抱擁を繰りかえす
快楽にけがれた人のためにも。
人々が神に祈ろうとしてひざまずくころ、
踊や宴《うたげ》に現《うつつ》を抜かしている人のためにも。
夕方、神への讃歌《さんか》が熱心に
何度も唱えられるときに、
恥ずべき乱痴《らんち》気《き》騒《さわ》ぎを演じてみせ、
そして祈りの声が止《や》むと、
この乱痴気騒ぎを神が聞きもらしただろうと思
　って、
ずうずうしくも、また騒ぎを続ける人のために
　も！

わが子よ！　祈っておくれ、ベールをかぶった
　乙女たちのために！
塔に閉じこめられた人のために！
愛情という名の快楽を売る
ふしだらな女たちのために！
夢想し、瞑想《めいそう》にふける人のために！
神の掟《おきて》をけがしてしまう、
のろわれた声をもった不信心者のために！――
祈りにはあらゆるものを救う力があるのだか
　ら！
神を否認する人に代わって、おまえは神を信じ
　ているのだから！
子供の無邪気な心は信仰心に代わるものなのだ
　から！

祈っておくれ、動かないお墓の石に
おおわれている人々のためにも。
お墓は真暗な深淵《しんえん》。私たち群衆の足もとに
たえず口を開いている！
恩寵《おんちょう》を失ったこうした魂からは、
肉体の古い錆《さび》を
取りさってやらなければならない。
口をきかなくても、死者たちはやはり苦しんで
　いるのだから。
わが子よ！　地の下を見つめよう！

死者たちを憐れんでやらなければならないのだ！

四

ひざまずきなさい、ひざまずきなさい、大地の上に。
そこにはおまえのお父さんのお父さんが、お母さんのお母さんがいらっしゃるのだし、
かつて生きていたすべてのものが、深い眠りについているのだ！
あの深い淵《ふち》では遺灰が遺灰と混じりあい、
お祖父《じい》さんの下に、またその祖先の父たちが眠っているのだ、
底知れぬ海には、波の下にもまた波があるように！

わが子よ！　おまえは眠るとほほえみを浮かべる。夢の大群は
おまえの沈む闇の中で楽しげに渦を巻き、
おまえの寝息におびえて逃げだし、またおまえのところに戻ってくる。
そのうち、とうとうおまえは私の好きなあの清らかな目を開く。
と、そのとき天の瞳《ひとみ》であるあのあけぼのも、
金の睫《まつげ》毛をもつまぶたを地平に開く！

だが、死者たちの眠りはなんという眠りだろう！
ねじ曲げられた彼らの骨に、寝床は冷たくて重い。
彼らのまわりでは、天使たちも声をそろえて歌いはしない。
人の世でしたことがすべて姿を現わして、夢は彼らを打ちのめす。
彼らの夜には夜明は訪れず、執念深い悔恨が
墓の蛆虫《うじむし》となって、死者たちの心をかじるのだ。

わが子よ、たったひと言、ほんのひと言祈ればおまえにはできる、
悔恨が羽根を生やして飛びさるようにすることが！
心地よい温《ぬく》もりで死者たちの骨を喜ばせることが！
光をもう一度注いで、彼らのまぶたをうっとりとさせることが、
そして彼らのところに光や生命の音を送ってやることが、
風や森や水のたてる物音を！

ああ！　言っておくれ、幼くても、もう、ものを考えるおまえが

岸辺で嘆いている波のほとりをさまようとき、
魂をおののかすような影を落とす木立の下をさまようとき、
ときおり波や風の溜息《ためいき》の中に、
こう話しかける息吹や声をおまえは聞かないか。
「子供よ！　お祈りをするとき、私のためにも祈ってはくれないか？」と。

それこそ死者たちの嘆く声！――祈ってもらえる死者たちの
土の寝床に生える草は、ひとしお美しく花咲く。
彼らをあざけり笑う悪魔などはひとりもいない。
だが、忘れられた死者たちはかわいそうに！――冷たく暗い夜を過ごし、
その上にはいつも影を落とす恐ろしい木が生い茂り、
彼らの心臓に情け容赦もなく根を食いこませる。

祈っておくれ！　父親たちや伯父《おじ》たちや祖母たちが、
私たちのお祈りだけでもと、待ち望んでいるこうした人たちが、
お墓の中で名前を呼ばれて喜びにふるえるように。
この世の人々が、まだ自分たちのことを覚えていてくれるのだと分かるように。
そして、花の咲くのを感じる畝溝《うねみぞ》のように、
死者たちが、そのうつろな目の中に喜びの涙が浮かぶのを感じるように！

五

私の役目ではない、けがれを知らぬ娘よ、
人間という人間のために祈るのは。
信仰を失って生きる人々のために、
また宗教の基盤ともいえる
墓に閉じこめられた死者たちのために祈るのは！

私ではない、この身の魂はうつろで、
過ちに満ち、信仰心を欠いているのだから。
私ではない、人類全体のために祈るのは。
なにしろ私の声は、主よ、自分のために
あなたにお祈りするだけで精一杯なのですから！

私ではない、邪《よこしま》なこの世界を救おうとして、
きょうこの日、神に祈ることができるのは。

それはおまえだ、祈りの言葉が美しい調べを奏でる
おまえだ！ おまえの清らかな祈りは、
わが子よ、他人のために祈ることができるのだ！

ああ！ 伺ってごらん、あの尊い神様に、
おまえの祈りを聞いてほほえんでいらっしゃるお方に、
なぜ大木は灌木《かんぼく》が育つのを妨げるのか、
また誰が理性をぐらつかせて、人々を
正しいことから不正なことへおもむかせるのかを。

伺ってごらん、神様に、知恵はただ、
神様だけのものなのかどうかを。
なぜ神様の息吹にあうと、人間の位はさがるのかを。
なぜまた神様は人々の命をむしり取って、
たえず墓の中へ投げこんでしまうのかを。

悪にやつれる人々のためを思って、

子供たちは天国にいて心を配っている。
子供たちこそ、神の国を快い香りで満たす花々、
清らかな煙を立てる提《さ》げ香炉、
神の御許《みもと》にまでとどく声！

子供たちが気高い声で祈るのを、そのままにしておこう。
ひざまずいて祈るのを、そのままにしておこう。
われわれは罪人《つみびと》！ ひとり残らず罪を犯している。
みんな奈落《ならく》の淵に身を乗り出している。
だから子供たちには、みんなのために祈ってもらいたいのだ！

六

施しでもするように、わが子よ、さあお祈りをあげておくれ、
お父さんや、お母さんや、お祖父さんたちや、曾祖父《ひいおじい》さんたちのために。
神様に幸せにしてもらえないお金持たちのために、
貧しい人たちや、夫を亡くした女の人たちや、罪やよごれた悪徳をもつ人たちのためにも。

お祈りをしながら、ひとわたり眺めておくれ、この世のいろんな惨めなことを。
おまえの祈りをみんなのためにあげておくれ！　死者たちのために！――そして最後に神様のためにも！
「なんですって！」と、おまえは言いだそうとして、気おくれしながらつぶやく。
「神様に、あのお偉いお方に足りないものがまだあるの？
あのお方は聖者の中の聖者、王の中の王！
かずかずの恒星をこのうえもないお供として、引きつれていらっしゃるのに！
大洋の声さえもひそめさせるのに！
あのお方はただひとり！　宇宙のすべて！　永遠に不滅で、どこにでもお在《い》でになるのに！」
わが子よ、ふたりの弟[*5]といっしょに一日じゅう、
青葉のアーケードの下で、水入らずで遊んだとき、
夕暮になるとおまえたちは疲れ、手足は曲がり、
生《なま》の牛乳と粗末な胡桃《くるみ》を二つ三つ食べることになるね。
するとお母さんは、大きさの違うおまえたちの頭につぎつぎにキスをし、
膝《ひざ》をついて、おまえたちのか弱い足を洗ってくださるね。
いいかい！　私たちの住むこの世界には、あるお方がいらっしゃって、
一日じゅう人々のあいだを歩きまわり、
いつでも、どこでも人間を世話し、また慰めてくださっているのだ。
それは、迷える羊についていく親切な羊飼。
国から国へとめぐり歩く巡礼。
この旅人、この羊飼、この巡礼こそ神様なのだ！
夕暮にはあのお方は疲れきっていらっしゃる！　あのお方をほほえませるには必要なのだ、
お仕えするひとつの魂が、祈りをささげるひとりの子供が、
ほんの少しの愛の心が！　ああ、人を欺く術《すべ》を知らないおまえよ、
無邪気さと清らかな喜びでいっぱいなおまえの心を、あのお方のもとへお届けしなさい。
大事な壺《つぼ》でもお届けするような気持で、手をふるわせ、目を伏せ、
一滴の水でもこぼしてはならないと気を配りながら！

おまえの祈りをお届けしなさい。そしておまえの幼い魂
を
心地良い暖かさで満たす炎に照らされて、
あのお方がおまえのそばに来られたのが分かったら、あ
あ、なんという幸せ、
ああわが子よ！　辱めもあざけりも気にせずに、
注ぐがいい、昔マリアの姉マルタがしたように*6、
注ぐがいい、おまえの香油を、みんな神様のおみ足に！

七

ああ没薬《もつやく》よ！　ああ肉桂《にっけい》よ！
花婿と花嫁に貴重なナルド*7よ！
香料よ！　エーテルよ！　花薄荷《はなはっか》よ！
水に溶け、火にたかれる
このうえもなく芳《かぐわ》しい香りよ！

水に潤される牧場よ！
祭壇からたち昇る香の薫《かおり》よ！
蜜蜂が蜜に濡《ぬ》れた
口を当てる
薔薇《ばら》の唇弁《しんべん》よ！

ジャスミンよ！　つるぼらんよ！
風に揺れうごく提げ香炉よ！
春がくれば燕が
その巣を作る、
緑なす、なよやかな枝よ！

冷たい如雨露《じょうろ》の水が
花開かせるゆりよ！
神が金色に染める芳香よ！
あけぼのの息吹よ、
夕べの吐く息よ！

動いては伸びていく森の木々の
芳しい樹液よ！
風の翼に乗って
夜舞いあがる
砂浜の香りよ！

礼拝堂を宝物のように
飾っている花々よ！
金の七枝の燭台*8の

厳かな炎よ、
永遠の煙よ！

剣《つるぎ》の刃で
切りとられた若草の茎よ！
熱く燃える壺よ！
宙に漂う
露の精気よ！

香がたかれ、ざわめきが聞こえる
楽しい祭りよ！
世の人の知らなかった、芳しい香りよ！
夜の息吹を吸って
咲き出た花々よ！

忠実な大天使
エアリエル[*9]たちが
大空から舞いおりてくるとき、
その翼に乗せて運ぶ
不滅の香りよ！

ああ、人類の最初の夫である神が
最初に使われた臥所《ふしど》[*10]よ！
われらの住むこの地上で
また、光あふれる空の中で
このうえもなく芳しい香りよ！

この厳かな宇宙の中で、
香りたちよ、しかしあなた方はいったいなん
　なのか？
ほこりにまみれて
ひざまずく子供の口から流れ出る
あの祈りに比べれば、いったいなんなのか？

すすり泣いては
神に願い、神に求め、
炎となってたち昇り、
なみなみと注がれる
幼子の魂の叫びに比べれば、いったいなんな
　のか？

清らかな亜麻《あま》の服を着た幼子が
ささげるつつましい祈りに比べれば、いった
　いなんなのか？

幼子は我を忘れて祈り、
父母を失った父親のことを
神様にお願いしている！

溜息は洩《も》らすが
神に恨み言など言わない幼子の口よ！
えもいわれぬ竪琴《たてごと》よ！
ほほえみを誘い、また
涙を流させる声よ！

八

あの子が祈っているときには、そのそばに天使が立って
いる。
天使は翼の羽根であの子の髪をそっとなで、
涙に曇ったあの子の目に、接吻《くちづけ》をしてぬぐってやる。
あの子から呼ばれないのに、祈りの言葉を聞くために地
上にやってきたこの天使は、
無邪気なあの子がたどたどしく読むお祈りの本を、支え
てやっている。
そして、お祈りが終わるのを待って、また天国へ舞いあ
がる。

うつむいた天使の美しい顔は、まるで花瓶でも傾けたよ
う、
あの子の心からあふれ出る思いの流れを受けとめる花瓶
を。
天使はなにもかも迎えいれる、愛の涙も苦しみの溜息も。
あの子の魂を体いっぱいに受けいれても、天使の性《さが》は少
しも変わらない、
私たちがのどの渇きをいやそうとして求める清らかな水
晶の器《うつわ》が、
ふちまで水を満たしても、その色を変えないように。

ああ！　きっとわれらの主に捧げようというのだろう、
あの子の涙の一滴一滴を、
あの子のゆりの花びらのひと片《ひら》ひと片を、天使が拾い集
めているのは！
そして天使は天国へ舞いもどり、神様のおそばに並ぶだ
ろう。
天使はあの子の溜息や、芳しい香りや、息吹を用意する、
夕暮には、まるでなみなみと満たされた盃《さかずき》のように差し
出して、
万物《ものみな》を愛したいという大いなる願い、神のもつあの唯一
の渇きをいやしてあげるために！

わが子よ！　下界の人たちが力を合わせて神様を称《たた》えるその声の中で、
神ご自身がなによりも先にお選びになるのは、
ああ、わが子よ！　おまえの声。優しさに満ちたその声は、
炎の翼に乗って、けがれを知らぬ姿のまま空に昇っていき、
愛らしいつぶやきとなって神様のそばで美しく消えるので、
天国の乙女たちもこう言うのだ、「あれは私たちの妹よ！」と。

九

ああ！　罪人《つみびと》の歩む
道から遠く離れて、
神様に命じられた道を進みなさい！
わが子よ、おまえの喜びを失ってはいけない！
ゆりの花よ、純白な清らかさを失ってはいけない！

つつましくしておいで！　おまえとは無縁の人たちだ、
金持やお偉方は！
風のひと吹きでこんな人々は飛ばされてしまう。
この世でいちばん強い力は、
けがれのない心なのだ！

たびたび神様は、高い塔が建つのをきらって、
そうした塔を足で押しのける。
だが甘い歌声の聞こえる
苔《こけ》で作った小鳥の巣の中は、
いつもじっとごらんになる！

ひとりで生きなさい！
貧しいままに生きなさい！
安心して生きなさい！
ただ、神様のことだけを
考えて生きなさい！

私たちの住む町から遠く離れたところ、
苦しみの世界から遠く離れたところに、

澄みきった静かないくつかの湖がある。
この湖に浮かぶ島々は、
みんな花束と呼んでいい島々！

うち寄せる空色の波に、人々は
犯した過ちをすすんで洗い清める！
このうえもなく美しい湖よ、
神を信じぬ者たちも
その岸辺にひざまずく湖よ！

湖が静かに闇につつまれ、
あたりが静まると、私たちはもっと良い人間
になる。

湖をとり巻くのはとても深い安らぎ、
われわれの流す涙が
湖の水に落ちることなどない深い安らぎ！

湖の面《おもて》に映って
燦然《さんぜん》と輝く日の光は、
あたりの静けさに深く打たれて、
空ゆく雲の影をひと片《ひら》も
湖面に投げかけようとはしない！

何物にも損われることのない湖の清らかさ。
巨大な山々にかこまれたこの地に、
神はこうした湖をお造りになったのだ、
暗い大海の吐く
姦淫《かんいん》の息吹から遠く離れたこの地に。

乾ききった風が吹きつけたり、
憎しみの水が流れこんできたりして、
湖の澄んだ水が
けがされたり、波立ったりしないように、
青空を映しだすこの澄みきった水が！

ああ、わが子よ、幸せな娘よ！
ああ、おまえこそけがれない湖！
木陰につつまれた谷間に
いつまでもとどまっていてほしい。神様がい
っそう安全な寝床を
おまえのために設《しつら》えてくださったその場所
に！

神が快い香りでつつんでくださった湖よ！

人の世は海のようなもの。
人々の吐き出す息は、よごれた霧に満ちている。
ほんの少しでも海の泡がかかると、
湖よ、おまえの水も苦くよごれてしまうのだ!

十

そして天使よ、幼いわが子を守護してくれる天国の友よ、
昼となく夜となく、空色の翼をひろげて娘の身を
守ってくれる天使よ!
あの子の命の炎がともる、目に見えぬ三脚床几《しょうぎ》よ!*11
娘の祈りを聞きとどける聖霊よ、幼い魂を守る天使よ、
あの子の清らかな湖に浮かぶ白鳥よ!
神はあなたにあの子を任せた、私もあの子をあなたに任せる!
支えておくれ、立ちあがらせておくれ、励ましておくれ、
導いておくれ、強くしておくれ、
か弱いあの子を!
うれしいときでも、苦しいときでも、いつまでもあの子が失わないように、
光りかがやく瞳を、澄みきった魂を、
穏やかな心を。
こうした心をあの子がもちつづければ、日がな一日、あの子の目に触れることもなく、
あなたはあの子の心に近づかないようにできるのだ、偽りの欲望や偽りの喜びが、
嘘《うそ》やけがれた情熱が。
あの子の足もとに不死の冠をいただいた頭《こうべ》を垂れて、
あの子が神様を拝むように、天使よ、あなたもあの子を
拝むことができるのだ!

一八三〇年六月十五日

*1 原文はラテン語で書かれている。「アヴェ・マリアの祈り」や「諸聖人の連禱」などのように、神以外の人の取り継ぎを願うときに用いる祈りの言葉。
*2 ユゴーは、長女レオポルディーヌ(一八二四―四三)に呼びかける形でこの詩を作っている。当時、レオポルディーヌは満五歳。
*3 自然が奏でる壮大な音楽を指す。こうした音楽は夜になって初めて詩人の耳に聞こえてくる、とユゴーは考えている。
*4 かつて、奴隷たちは荷物を運搬するとき、数キロメートルごとにあった境界石の上に荷物を下ろして一時休んだ。
*5 ユゴーの次男シャルル(一八二六―七一)と三男フラン

ソワ＝ヴィクトル（一八二八―七三）のこと。
＊6　ユゴーの勘違い。「ヨハネによる福音書」第一一章によれば、イエスの足に香油を塗ったのは、マルタではなく、マリアである。
＊7　いずれも、旧約聖書「雅歌」に出てくる香料の名。ナルドの香りは愛と感謝を象徴している。
＊8　神聖な燭台。「出エジプト記」第二五章によれば、シナイ山で神はモーセに、七枝の純金の燭台をイスラエルの民に作らせて、幕屋に納めるように命じた。
＊9　シェイクスピアの『テンペスト』に登場する精霊。なお、ユゴーが大天使と記しているのは誤り。
＊10　エデンの園のこと。
＊11　ギリシア神話に登場する三脚床几を暗示している。アポロンの聖地デルポイの巫女が腰かけて霊感を受けたという床几である。

薄明の歌

目次

ナポレオン二世[*1]

一

千八百十一年！――ああ、諸国の数知れぬ民たちが
暗雲の下にひれ伏して、天がよろしいと言う[*2]のを
　　待ちうけていたとき！
足もとで何百年の歴史をもつ国々がおののき、
ちょうどあのシナイ山のように、ルーヴル宮が
　　雷鳴につつまれるのを見ていたとき！

主人がそばにやってくるのを感じた馬のように頭を垂れ、
人々はこう話しあっていた、「きっと偉大な人が生まれ
　　てくるのだ！
この大帝国は世継ぎが生まれるのを待っているのだ。
神はナポレオン[*3]に何を授けようとしておられるのだろ
　　う？
カエサル[*4]よりも偉大、いやローマよりも偉大で、
自分の運命に人類全体の運命を組みいれてしまったこの
　　男に」と。

人々が話しあっているとき、光りかがやく厚い雲が
わずかに開き、人々は見たのだ、偉大な運命を背負った
　あの男ナポレオンが
　　みなの前に姿を現わすのを。
だが人々はあっけにとられて、ひと言も口がきけなかっ
　た。
ナポレオンが両手を上げて地上の人々に、生まれたばか
　りの
　　　嬰児《みどりご》の姿を見せたからだ[*5]！

丸屋根をもった国立廃兵院《アンヴァリッド》[*6]よ、敵から奪ったかずかずの
　軍旗は、
この嬰児の息吹を受けて、おまえの壮麗な屋根の下で、
風にそよぐ麦の穂のように身をふるわせた。
そして、嬰児の泣き声、乳母があやすかわいい泣き声を
　聞いて、
我々はみな見たのだ、国立廃兵院の戸口にうずくまる
恐ろしい何門もの大砲が喜びに身を躍らせて咆哮《ほうこう》するの
を[*7]！

そしてナポレオンは！　たくましい鼻孔は誇りにふくらみ、
いつもは胸に組んでいるあの両の腕も、
　　ここでとうとう開かれたのだ！
そして、嬰児は父の手に抱かれ、
父の鹿毛色《かげいろ》の瞳《ひとみ》が放つきらめきを体いっぱいに浴びながら、
　　あたりに輝きわたっていた！

古い歴史をもつ王家にも国民たちにも、
わが王座の後継ぎを充分に見せたあとで、
ナポレオンは興奮し、高山の峰に飛来して止まった鷲《わし》さながらに、
足もとの諸国の王たちをひとり残らずじっと見おろしながらに、
崇高な姿で喜びにあふれて叫んだ、
「未来よ！　未来よ！　未来はわしのものだ！」と。

二

いや、未来は誰のものでもない！
陛下よ！　未来は神のもの！
最期《さいご》の時を知らせる鐘が鳴るたびに、
この世のものはみな我々に別れを告げる。
未来よ！　未来よ！　神秘なものよ！
この世のありとあらゆるもの、
栄光も、武運も、
国王たちのかぶる燦然《さんぜん》と輝く冠も、
戦場の火に燃える翼をもった勝利の女神も、
かなえられたかずかずの抱負も、
屋根に止まっては飛びたっていく鳥と同じで、
いつまでも我々のもとにとどまってはいない！

いや、どれほど権力がある者でも、笑おうと泣こうと、
誰もおまえに語らせることはできない。誰もまだその時が来ないのに、
　　おまえの冷たい手を開かせることはできない。
ああ、もの言わぬ亡霊よ、我々の影よ、我々を訪れる賓客よ、
いつも仮面をかぶり、我々に寄りそってついてくる、
　　「明日《あす》」という名の亡霊よ！

ああ！　明日よ、明日こそは偉大なもの！
明日はなんでつくられるのだろうか？

人間が今日《きょう》原因という種をまけば、
明日は神がその結果を実らせる。
明日、それは船の帆に落ちる稲妻、
運勢《ほし》をおおう雲、
正体を現わす裏切者、[8]
塔を打ち壊す破城槌《はじょうづち》、
天界の位置を変える星、
バビロンにも似た運命をたどるパリ。[9]
明日、それは王座を形作る樅《もみ》の木、
今日、それは王座を覆うビロード！[10]

明日、それは白い泡を吹いてばったり倒れる軍馬。
明日、ああ征服者よ、それは夜中に松明《たいまつ》のように
　燃えあがるモスクワ。[11]
それははるか彼方《かなた》まで広野《ひろの》を屍《しかばね》で埋める、あなたの親衛
隊。
明日、それはワーテルロー！[12]　明日、それはセント・ヘ
レナ！[13]
　明日、それは墓場！
あなたは駿馬《しゅんめ》を駆って
かずかずの町に入城することも、
また、剣《つるぎ》の刃《やいば》で
内乱を解決することもできる。
ああ、わが将軍よ、あなたは
尊大なあのテムズ河を堰《せ》き止め、[14]
ためらっている勝利に
あなたの軍隊らっぱを愛するように仕向けるこ
　ともできる。
閉ざされた城門という城門を打ち破り、
ありとあらゆる名声をしのぎ、
あなたの部下の軍隊に拍車の星を、
輝かしい勝利の星として与えることもできる！

神は時間をわが手に握り、あなたが空間を自由にするこ
　とを許す。
あなたは地上のどんな場所もわがものにできるし、
この世でもっとも偉大な頭脳をもつ人間にもなれるのだ。
陛下よ、あなたは気の向くままに奪うことができる、
シャルルマーニュ[15]からヨーロッパを、マホメット[16]からア
　ジアを。――
だが神の手から明日を奪いとることはできないのだ！

三

ああ、悲運よ！　悲運こそ教訓！——ナポレオンのこの
　子が
ローマ王の冠を玩具《がんぐ》に与えられたとき、[17]
世界に鳴りひびく名前をつけられたとき、
王冠をいただきながらふるえる顔を国民にはっきりと示
し、
これほど小さな子がそれほど偉大な人物なのかと、
　　国民が目をみはったとき、
父親のナポレオンがわが子のために数知れぬ戦勝をおさ
め、
枕辺《まくらべ》にほほえむ嬰児《みどりご》のまわりに
生きた人間の城壁を幾重にもめぐらしたとき、
　礎《いしずえ》の築き方をよく心得ている偉大な職人ナポレオンが、
斧《おの》をふるい、自分が描いていた夢のとおりに世界を
　　作りあげたといってもいいとき、
取るに足りないこの嬰児に永遠の栄華を与えようとして、
父親の手で用意万端が整えられたとき、
ナポレオンの後継ぎとして、この子の身分がしっかりと
　固まったとき、
いつの日かこの世継ぎの宿にしようとして、
大理石の宮殿の礎が地中深くしっかりと
　　据えられたとき、[18]
その渇きをいやそうとして、フランスの前に、
希望というぶどう酒をなみなみと湛《たた》えた壺《つぼ》が置かれたと
き、——
この黄金色の毒酒をこの子がまだ味わってもみぬうちに、
その唇がまだ盃《さかずき》に触れもせぬうちに、
コザック騎兵が忽然《こつぜん》と現われて、この子を馬の尻《しり》に乗せ、
　おびえきったこの子を遠くへ連れさったのだ！[19]

四

そうだ、ある日の夕暮、永遠の大空を舞っていた大鷲を、[20]
一陣の突風が襲って両の翼を打ち砕いた。
鷲は稲妻のような跡を空に描いて地に落ちた。
すかさずみなは、喜びいさんでその巣に襲いかかり、
それぞれ歯の鋭さに応じて、獲物を分けあった。
イギリスは親鷲を、オーストリアは子鷲を！[21]
歴史に残るこの巨人が、どんな目にあったかはご存じだ

ろう。
六年ものあいだ人々は見たのだ、遠くアフリカの彼方に、
慎重な諸国の王が作った牢獄《ろうごく》に閉じこめられて、
——ああ！　人を流刑にするのはやめよう！　ああ！
流刑は神への冒瀆《ぼうとく》！——
あの大人物が檻《おり》の中にうずくまり、顔を膝《ひざ》に埋めるほど、
背を大きく曲げたままの姿でいたのを！
せめてこの追放された男が、この世に何も愛する者がな
かったら！……——
だが、獅子《しし》の心をそなえた勇者たちは真《まこと》の父の心をもも
つ。
征服者ナポレオンは息子を愛していたのだ！
大事業を行なえなくなったこの檻の中の囚人に残された
のは、ただふたつのもの。
わが子の肖像と世界地図、
彼の天才のすべてと愛情のすべて！
夜、寝室で目を閉じるとき、
この男の禿《は》げた頭の中にうごめいていたもの、
男の目が遠い過去の中に探し求めていたもの、
——そのあいだも、あの男が何を考えているのか
日夜さぐっておれよという命令を受けて、見張りについ
ていた牢番たちは、
男の額を過《よぎ》る思念の影にじっと目を凝らしていたのだが
——、
陛下よ、それは、あなたがかつて剣《つるぎ》で書いてみせた
アルコレ、アウステルリッツ、モンミライユ*22の
あの叙事詩とは限らなかった。
また、古代のピラミッドの姿でもなく、
カイロの指揮官や、あなたの馬の胸もとに嚙《か》みついたヌ
ミディアの馬*23に乗った
その部下の騎兵たちでもなかった。
それはまた、二十年ものあいだ、黒い渦を巻いて荒れ狂
った
戦いの最中《さなか》、ナポレオンの足もとに鳴りひびいた
爆弾や散弾の音でもなかった。
——そんなとき皇帝の息吹は、波立ち騒ぐ戦いの海の上
に
はためく軍旗を、押しすすめたのだ、混戦の中に軍艦の
マストにも似て、
傾いてはためく数多くの軍旗を。

それはまた、マドリードでもクレムリンでも、アレクサンドリア[24]の灯台でもなかった。
夜明けに軍楽を吹きならす起床らっぱでも、
星さながらにきらめく篝火《かがりび》に照らされてまどろむ、野営の思い出でもなかった。
長い馬の毛を兜《かぶと》につけた竜騎兵の姿でもなく、雄壮な近衛騎兵の姿でもなく、
豊かに茂る麦畑に咲く真紅の花さながらに、
槍《やり》の中にむらがる赤い服を着た槍騎兵《そうきへい》の姿でもなかった。
いや、皇帝の心をとらえていたのは、真珠のように典雅に輝き、
唇を半ば閉じて眠るあの美しい嬰児《みどりご》の、ブロンドの髪と薔薇色《ばらいろ》の頬《ほお》をした
面影だったのだ。
――この嬰児に魅せられた乳母が、いとしげに、
乳房の先に残ったひと滴の乳をほほえみながら近づけては、
――その唇を焦《じ》らしている嬰児の面影だったのだ。

そのとき父親ナポレオンは椅子《いす》に肘《ひじ》をつき、
すすり泣きでいっぱいになったその胸も一瞬子供の面影に和《なご》み、
ひたむきな愛にかられて、涙を流した。……――
神の恵みあれ、幸薄き子よ、いまはもう冷たくなった頭《こうべ》よ、
世界の王座を失った悲しみから、この父の思いをそらすことができた
ただひとりの者よ！

五

父親も子供もいまはこの世にない。[25]――主よ、あなたの御手《みて》は恐ろしい！
あなたはあの無敵の支配者、かずかずの勝利をおさめたあの男を
まず手にかけられ、
その後息子を葬って納骨堂を仕上げられた。
父と子の屍衣《しい》を縫うには、
十年あれば充分だったのだ！
栄光、若さ、誇り高い心、こうした宝を墓はみな奪いさる！

人間はなにかを残してこの世を去りたいと願う。
　だが、死はそれを許さない！
人間を形作るあらゆる元素も、また落ちるべきところに
　落ちていく。
煙は大気に、灰は大地に戻る。
　名声もまた、忘却の淵《ふち》に還《かえ》る。

六

ああ革命よ！　私は知らない、
一介の水夫でしかないこの私は、
革命という荒れ狂う大海の暗い底で、
神がいったい何を創《つく》りあげられているのかを。
俗衆は革命を憎み、革命をあざける。
だが、神の御業《みわざ》を誰が知っていよう？
身をふるわせる波、
深い海のとどろき、
鋭い爪《つめ》をもつ竜巻、
稲妻、雷鳴、
主よ、こうしたものが、大海が真珠を作りだす
　のに
必要でないかどうかを、誰が知っていよう！

だが革命の嵐《あらし》は、国民にも
君主にもつらいもの。
ああ！　革命を起こした民衆とは、
目も見えず耳も聞こえない海さながら！
ああ詩人よ、あなたの歌はいったいなんの役に
　たつのか？
あなたの天才がまき散らしたかずかずの歌も、
物音を何ひとつ聞いたことのない
不安な波間に呑《の》まれていく！
あなたの声はこの霧の中でしわがれ、
風はあなたの作品をはるか遠くへ吹き散らす。
沈みゆく船のマストに止まって、
水泡《みなわ》の中で歌っている哀れな鳥、詩人よ！
長い夜！　どこまでもつづく嵐！
青空など少しも見えない。
人も物も入り乱れて、
暗い深淵《しんえん》の中に沈んでいく。
万物《ものみな》流されて波間に消える。
嬰児《みどりご》の王も、世界の支配者たちも、
禿げた額も、ブロンドの髪の頭も、
大ナポレオンも、小ナポレオン*26も！

すべては消えうせ、すべては散らばる。
つぎつぎに崩れては消えていく波。
過ぎゆく波はレビヤタンも
アルキュオン[27]も忘れさってしまうのだ!

一八三二年八月

＊1　ナポレオン一世とマリー＝ルイーズとのあいだに生まれた子供（一八一一―三二）。誕生と同時に皇帝の後継者と定められ、ローマ王の称号を与えられた。
＊2　天がナポレオン一世に世継ぎを授けて、ナポレオンがヨーロッパを統治することを正しいと認めるという意味。
＊3　皇帝ナポレオン一世のこと。
＊4　ローマ最大の武将で政治家（前一〇二―前四四）。ついには皇帝の位にまでついた人物。
＊5　一八一一年六月九日、パリのノートル＝ダム大聖堂でとり行なわれたナポレオン二世の洗礼に際して、皇帝ナポレオンは、実際に、わが子を両手で高々と掲げて人々に見せた、という話が伝わっている。
＊6　十七世紀にパリに建てられた建物。傷痍軍人や退役軍人の生活を保護した政府機関が中にあった。この建物に付属するサン＝ルイ教会の壁には、敵から奪った軍旗が掛けてあった、という話が伝わっている。
＊7　ナポレオン二世の洗礼に際して、国立廃兵院前広場のテラスに据えられた大砲が、いっせいに祝砲を撃ち鳴らしたという。
＊8　タレーランやフーシェをはじめとする腹心の部下たちが、ナポレオン一世を裏切ったことを指す。
＊9　バビロンは前五三九年にペルシアの前に陥落した。パリもこれと同じ運命をたどり、一八一四年に対仏同盟軍の入城を許した。
＊10　一八一四年一月にナポレオンが行なった演説の、次のような箇所をユゴーはふまえている。「王座がいったいなんだというのだ？　そんなものは、木切れをビロードの切れ端で覆っただけのものではないか？」
＊11　一八一二年、占領したモスクワが焼かれたため、ナポレオン軍は退却を余儀なくされる。この退却中に、軍は壊滅状態に陥る。
＊12　一八一五年、ナポレオン軍が対仏同盟軍によって大敗を喫した、ベルギーにある戦場。
＊13　一八一五年、百日天下ののち、ナポレオン一世が流刑となった南大西洋上の孤島。一八二一年には、ナポレオンはこの地で他界した。
＊14　大陸封鎖のことを暗示している。イギリスをヨーロッパ大陸の市場から締め出そうとして、一八〇六年、ナポレオンはヨーロッパ諸国にイギリスとの通商を禁止した。
＊15　フランク王（七四二―八一四）。西ヨーロッパをほぼ統一し、西ローマ帝国皇帝となった。
＊16　イスラム教の創始者（五七一？―六三二）。アラビア半島を中心とする強大な宗教国家が生まれる基礎を築いた。
＊17　一八一一年、誕生と同時にナポレオン二世にローマ王の称号が与えられたことを指す。
＊18　パリ市内の現在シャイヨ宮がある場所に、ナポレオン二世の宮殿が建設されることになっていた。だが、基礎工事がなされただけで、結局、建設は中止となった。
＊19　コザック騎兵は、ロシア南部出身で、ロシア軍の中でももっとも勇敢な騎兵。実際には、一八一四年、ナポレオン二世は、母親のマリー＝ルイーズに連れられて、オーストリアに移り住んだ。
＊20　鷲はナポレオン一世の象徴。
＊21　ナポレオン一世はイギリスの手でセント・ヘレナ島へ流

刑になり、その子のナポレオン二世はオーストリアのきびしい監視を受けながら、ウィーンの宮廷で育てられた。
*22　いずれもナポレオンが戦勝をおさめた地。
*23　ここでは、アラブ種の馬を指す。なおヌミディアとは、北アフリカにあった古代国家の名。
*24　マドリードには一八〇八年、クレムリンのあるモスクワには一八一二年、エジプトのアレクサンドリアには一七九八年、ナポレオンはそれぞれ入城した。
*25　ナポレオン一世は一八二一年に、ナポレオン二世は一八三二年七月に他界した。
*26　ここでは、ナポレオン二世を指す。のちに、ナポレオン一世の甥であるナポレオン三世が台頭してきてからは、「小ナポレオン」といえば、もっぱらこのナポレオン三世を指すことになる。
*27　レビヤタンは、聖書に登場する海の巨大な怪獣。アルキュオンは、海上に巣を作る伝説上の小さな鳥。レビヤタンはナポレオン一世を、アルキュオンはナポレオン二世をそれぞれ象徴している。

〔ああ！　身をもちくずした女を
罵《ののし》るのはやめなさい！……〕

ああ！　身をもちくずした女を罵《ののし》るのはやめなさい！
かわいそうな女がどんな重荷に押しつぶされてしまったか、誰が知っていよう？
どんなに長い月日、この女がひもじさにもめげず戦ったか、誰が知っていよう？
不幸という風が女たちの操を揺すぶったとき、
われわれはみんな見てきたではないか、打ちひしがれた女たちが
疲れはてた手で、長いあいだ、その操を必死になって守ろうとしたのを！
こうした女たちはよく似ている、雨上がりの空を映して、
枝の先できらきら輝いている雨のひと滴に。
滴は、木を揺すぶられると、ふるえながら落とされまいとしてしがみつくが、
まもなく地上に落ちて、真珠のようだったその身も泥水に変わってしまう！

その罪はわれわれにあるのだ。金持のきみに！　きみがもっている莫大《ばくだい》な富に！
それに、この泥水にも、けがれない清らかな水がまだ含まれている。
この水の滴が泥土の中から脱け出し、
もとのように光りかがやく真珠に戻るには、
——地上の万物は、いつもそのようにして明るい世界へ戻っていくのだが——

ただひと筋の陽《ひ》の光、ただひと筋の愛の光さえあれば事
足りるのだ！

一八三五年九月六日

〔私の唇を、いまなお満ちている
愛の盃《さかずき》につけたのだから……〕

私の唇を、いまなお満ちている愛の盃《さかずき》につけたのだから、
青ざめた私の額をおまえの両手に埋めたのだから、
闇《やみ》の中に埋もれて香るおまえの心の
甘い吐息をときおり吸ったのだから、

不思議な心を湛《たた》えて話しかけるおまえの言葉を
耳にすることができたのだから、
おまえが、私の唇に唇を、私の瞳《ひとみ》に瞳を重ねて、
あるいは泣き、あるいはほほえむのを見たのだから、

ああ！　いつもは覆われている星のように美しいおまえ
の光が、
急に私の頭上に輝いて、私をうっとりさせるのを見たの
だから、
おまえの命からむしり取った薔薇《ばら》の葉のひとひらが、
私の命の流れの中に落ちるのを見たのだから、

私はいま、呼びかけることができる、すばやく過ぎさる
歳月に。
「過ぎされよ！　たえず過ぎされよ！　私はもう年老い
はしない！
行け、歳月よ、おまえの色褪《いろあ》せた花々とともに去りゆけ。
私の心には、誰にも摘みとることのできない花が咲いて
いる！

おまえの過ぎさる翼が触れても、なみなみと満たしては
私が飲む愛の盃から、こぼれるものはなにもあるまい。
私の魂には、おまえの灰でも消せない炎が輝いている！
私の心には、おまえの力でも消せない愛が宿っている！」

一八三五年一月一日、零時半

内心の声

目次

〔今世紀は偉大で力強い。……〕

今世紀は偉大で力強い。気高い本能がこの世紀を導いている。
いたるところで、神の使命を担った「思想」が行進するのが見られ、
人間の言葉に満ちた労働の響きが、
万物を創造する神の響きに混じりあっている。

いたるところで、都市でも人里離れた場所でも、
人間は自分を養ってくれた、思想という乳に忠実だ。
ぼんやりうごめく群衆のまとまりのない形の中から、
思想は、夢見ながら、同じ理想で結ばれた国民をいくつもつくりあげる。

古びた死刑台は崩れおち、グレーヴ広場[*1]は洗い清められた。
暴動は鎮まった。[*2]より良い時代が準備されている。
民衆は怒りを燃やし、火山は溶岩を流す、
まず、野を荒らし、そのあとで野を豊かにする溶岩を。

神の啓示を授けられた力強い詩人たちは、
霊感を受けたその額から射す光を、我々に投げかける。
芸術はさわやかな谷間をもち、魂は身をかがめて、
その谷を流れる神聖な小川から、詩という水を飲んでいる。

消えさった昔の道徳を心に浮かべて、ひとつ、またひとつと石を積み、
風に吹かれるたびに揺れうごくこの社会の土台に、
思想家は、あの聖なるふたつの柱を建てなおす、
年老いた人への敬意と、幼子への愛情という柱を。

我々の家の屋根の下には、権利の息子、義務が
厳《おごそ》かで真面目《まじめ》な主《ぬし》となって住んでいる。
大邸宅のポーチの陰に群がる物乞いたちの
心に巣くう憎しみも、目に燃える憤りの炎も衰えた。
峻厳《しゅんげん》な真理の扉は、ひとつ残らず開けはなたれた。
すべての言葉は解き明かされた。我々の心は、

毎日、ありとあらゆる事象を記した書物を読みながら、
宇宙に思いもかけぬ意義を見いだして目をみはる。

ああ、詩人たちよ！　火のような蒸気を吐く鉄道[*3]が、
きみたちが夢見ているそのときに、地上から消しさるの
　だ、
あらゆるものにまといつく昔ながらの重力を、
重い車軸で堅い敷石を砕いて走る、あの古い乗合馬車を。

人間は目の見えない物質をみずからに奉仕させる。
人間は考え、探し求め、創造する！　人間の生き生きと
　した息吹に、
自然のいたるところに散らばっている進歩の芽は
森の木々が吹く風にふるえるように、身をふるわせる！

そうだ、すべてのものは進み、成長していく。流れさる
　時は刻一刻
その足跡を地上に残していく。[*4]偉大な世紀が今ここに姿
　を現わしたのだ。
遠くから、光りかがやく岸辺を見つめながら、
人間は見るのだ、河幅をひろげる河のように、自分の運
　命がひろがるのを。

だが、我々の時代が誇る、こうした進歩の中で、
目もくらむばかりの今世紀の、この燦然《さんぜん》たる輝きの中で、
ああ、イエスよ、私は心ひそかにひとつのことにおびえ
　ています。
それは、あなたの声のこだまが次第に弱まっていくこと
　なのです。

一八三七年四月十五日

＊1　パリ市役所前の広場。一三一〇年から一八三〇年にかけて死刑執行の場所として有名だった。
＊2　一八三〇年の七月革命前後から約五年間にわたって、フランス各地で労働運動や農民運動が頻発したが、それらの運動も政府の弾圧で次第に鎮静化に向かった。この当時、王家寄りの立場をとっていたユゴーは、彼独自の人道主義的見地から、こうした平静化しつつあった社会情勢に賛意を表わしていた。
＊3　この詩が書かれた一八三七年には、パリとその近郊のサン＝ジェルマン＝アン＝レーとの間に、蒸気機関車による本格的な鉄道が敷設された。
＊4　「流れさる時」はつねに新しい発明を生み出し、新たな完成に向かっていく、とユゴーは考えている。

アルブレヒト・デューラー[1]に

木々の生気が榛《はん》の木の黒い幹から白樺《しらかば》の白い幹へと、
あふれるばかりに流れている年ふりた森の中で、
幾たびとなく、そうではないか？　空地を横ぎって、
あなたは青ざめ、おびえた顔をして、振り向く勇気もなく、
ふるえながら、ひきつるような足どりで先を急いでいた。
ああ、私の師アルブレヒト・デューラーよ、ああ、物思いにふける老画家よ！

私には分かるのだ、心から崇《あが》めるあなたの絵の前に立つと、
暗い雑木林の中で、幻を見がちなあなたの目が、
闇《やみ》におおわれたさまざまな物を、はっきりと見ていたのが、
蹄《ひづめ》のある指をしたローマの牧神[2]を、緑色の目をした森の神[3]を、
あなたが深く物思いにふける洞窟《どうくつ》を花々で飾るパーン[4]を、
また、木の葉がいっぱい茂った手を腕の先につけた古代の森の精を。

森はあなたにとっては、禍々《まがまが》しい世界。
森では、夢と現実がたがいに交じりあう。
年老いた松の木や高くそびえる楡《にれ》の木が、夢を見ながら身をかがめ、
そのねじくれた小枝は、無数の醜い肘《ひじ》の形を作りだす。
そして、風に揺らぐこの陰鬱《いんうつ》な木々の世界にあるものといえば、
生と死とのあいだに漂うものばかり。
水田芥子《クレソン》は水を飲み、その水は流れていく。斜面に生えるとねりこの木は、
恐ろしいいばらの茂みや這《は》いあがる木苺《きいちご》に覆われて、
節くれだった黒い足を、そろりそろりと縮める。
白鳥の首をした花々は、湖水に姿を映している。
あなたが通りすぎると、のどに鱗《うろこ》の生えた
奇怪な怪獣どもがたくさん目を覚まして、
指で立木の大きな筋をぎゅっと握りしめながら、
薄暗い洞窟の奥から、ぎらぎら光る目であなたの顔を見つめるのだ。
ああ、植物よ！　精神よ！　物質よ！　力よ！
硬い動物の皮や生きた樹皮で覆われた森の命よ！

森をさまようとき、あなたと同じように、私はいつも感じたものだ、
ああ、師よ、私の心に恐怖が浸《し》みいるのを。
私はいつも見たものだ、草がふるえ、わけの分からぬ思念が
風に揺られながら、小枝という小枝に垂れさがるのを。
神のみひとりが、この世の秘密のあの大いなる証人
神のみひとりが知りたもう、あの野生の土地で、
ひそかな炎に熱せられるこの私が、こんなことをしばしば感じたのを、
森のいたるところに生い茂る異形《いぎよう》な柏《かしわ》の木々が、
私と同じように、心臓を鼓動させ、魂をそなえて生き、
笑ったり、また、闇の中で小声で話しあったりしているのを。

一八三七年四月二十日

*1　ドイツの画家、版画家、彫刻家（一四七一―一五二八）。ユゴーはこの画家の暗く幻想的で超現実的な画風に親近感を覚えていた。
*2　ローマの牧神は山羊の脚をしている。
*3　ローマの森の神の目は森の木々が映って緑色に見える。
*4　ギリシア神話の牧人と家畜の神。

雌《め》牛《うし》

白い壁の農家の日の当たる入口に、
真昼どき、老人がひとりやってきて腰をおろすことがある。
農家の庭には、無数の雌鶏《めんどり》の赤い鶏冠《とさか》が楽しげに入り乱れ、
また、夜の番犬マスチフ[*1]たちは犬小屋の中で、
じっと聞きいっている、明け方には、目覚めよ、と呼びかけるあの雄鶏《おんどり》、
いまは、日の光を受けて上薬《うわぐすり》をかけたように輝く見事な雄鶏の歌に。
さきほど捕まったばかりの雌牛《めうし》が一頭立っている。
とても立派で、とても大きくて、白いぶちのある赤毛の雌牛、
幼い子鹿《こじか》を連れた雌鹿のように優しい雌牛。
その雌牛の腹の下には、ひと群の人間の子供たち、
大理石のように白い歯、ぼさぼさの髪、
生き生きとしていて、古い壁よりも真黒い顔をした子供たちだ。

騒々しく、みないっせいに大声で呼ぶ、
とても小さなほかの子供たちを。すると、その子供たち
はふるえながらも急いでやってくる。
この場にはいない乳しぼりの女のことなどおかまいなし
に、みんなは乳を盗んでは飲む。
乳房に傷でもつけそうな勢いでうまそうに飲み、
無数の穴から指で乳をしぼり出し、
赤毛の雌牛の豊かな乳房のご馳走《ちそう》にあずかっている。
宝の乳をいっぱいに蓄えた優しくて力強い雌牛は、
子供たちの乳をしぼる手に、ときどきかすかにふるわせ
る、
豹《ひょう》よりももっとくっきりした斑《まだら》のある美しい腹を。
そして、のんきそうに、あらぬ方をぼんやり眺めている。

自然とはこの雌牛のようなもの！　万物が身を寄せる安
らぎの場所！
ああ、あらゆるものの母よ！　あらゆるものを許す自然
よ！
このように、理想を追うものも現実の姿を追求するもの
も、ありとあらゆるものが、
おまえの永遠の脇腹《わきばら》の下に、隠れ家と乳とを求めるのだ。
我々は、学者も詩人もみな入り乱れて、
おまえの力強い乳房のいたるところにぶら下がるのだ！
そして、のどの渇いた我々は、勝利の叫びをあげながら、
尽きることのないこの乳房の泉で、心の渇きをいやすの
だ。
のちになって、我々の血や魂にするために、
我々は胸いっぱいに吸いこむのだ、おまえの光とおまえ
の炎を。
木々の葉、山々、緑の牧場、青い空、
だが自然よ、おまえは我々人間には無頓着《むとんちゃく》で、おまえの
神に思いを馳《は》せている！

一八三七年五月十五日

＊1　チベット原産の、ブルドッグに似た大形犬。忠実で温和な性質をもっていることから番犬に適する。

光と影

目次

心安まる光景

万物《ものみな》が光、万物《ものみな》が喜び。
蜘蛛《くも》はこまめに足を動かして、
絹にも似たチューリップの花に、
丸い銀のレースを掛ける。

とんぼは身をふるわせて、
自分の目玉を映す、
光りかがやく池の面《おもて》に、
不思議な生き物たちがふえつづける池の面に!

薔薇《ばら》の花は若やいで、
紅色の蕾《つぼみ》と夫婦《めおと》にでもなったよう。
小鳥は、えもいわれぬ調べで歌う、
日の光が降りそそぐ小枝の茂みに。

その歌声は褒《ほ》めたたえる、あの魂の神を、
清らかな心の持主には、いつも見える神、
青い瞳《ひとみ》のような空のために、
炎のまぶたにも似た夜明けを創りだす神を!

すべての物音がやわらぐ森の木の下では、
臆病《おくびょう》な子鹿が夢見ながらたわむれている。
苔《こけ》の緑の宝石箱の中では、
金の生き物、黄金虫《こがねむし》がきらきら輝く。

昼の月はなま暖かく淡い光、
まるで楽しげな治りかけの病人のよう。
やさしい月がオパール色の目を開けば、
その目から降ってくるやさしい空の心!

にお、い、あ、ら、せ、い、と、う、は蜜蜂《みつばち》を相手に、
古びた壁に接吻《くちづけ》しながらはしゃいでいる。
畑の暖かな畝溝《うねみぞ》は、やがて生まれ出る芽に
揺りうごかされて、楽しげに目を覚ます。

万物《ものみな》が生き、万物《ものみな》が美しく身を置く、
開いた戸口には日の光が、
流れる水面《みのも》には移ろう影が、

緑の丘には澄みきった青空が！
広野《ひろの》は幸多く清らかに輝く。
森は小鳥のさえずりに満ち、草はいちめんに花を咲かせる。
——人間よ！　案じることはない！　自然は
神の大いなる秘密を知って、ほほえんでいるのだ。

一八三九年六月一日

オランピオ*1の悲しみ

野原はすこしも暗くなく、空もどんより曇ってはいなかった。
そうだ、日の光が果てしない青空に輝いていた、
　大地の上にひろがる青空に。
大気は聖《きよ》らかな香りに、牧場は緑に満ちていた、
彼がふたたびこの土地を訪れて、傷だらけの心から
　悲しみがあふれ出たときには！
秋はほほえんでいた。丘という丘は平野に向かって、
少しばかり黄ばみはじめた美しい林を傾けていた。
　空は金色に染まっていた。
小鳥たちは、万物がその名を唱える神に向かって、
おそらくは人の世の出来事をなにか伝えながら、
　聖らかな歌をさえずっていた！
彼はもう一度見たかった、すべてのものを、泉のそばの池を、
ふたりの財布が空になるまで施しをした、あの荒屋《あばらや》を、
　たわんだとねりこの老木を、
ふたりの愛をつつんでくれた林の奥の秘められたいくつもの場所を、
何度も交わす接吻《くちづけ》にふたりの魂が溶けあって、
　すべてを忘れた木の虚《うろ》*2を！
彼は探した、庭を、ぽつんと建った一軒家を、
並木の植わった脇道《わきみち》が見える格子の門を、
　斜面にひろがる果樹園を。
色青ざめて彼は叫んだ。——重く暗いその足音を聞きつけて、
ああ！　木々の一本一本から立ちあがるのが見えた、
　過ぎさった日々の幻影が！

愛する森の中であのやさしい風が、ざわめくのが聞こえた。
風は心の中の琴線をひとつ残らずふるわせて、
　愛を目覚めさせる。
柏《かしわ》の葉をそよがせ、薔薇《ばら》を揺らして、
風はまるで、ありとあらゆるものの上につぎつぎに身を休めにいく
　万物の魂のようだ！

さびしい林に散り積もっていた落葉が、
彼の足もとで大地から舞いあがろうとして、
　庭の中を駆けまわった。
こんなふうに、ときとして、魂が悲しみに沈むとき、われわれの思いもまた、
傷ついた翼を羽ばたいて一時《いっとき》飛びたちはするが、また、
　たちまちのうちに地に落ちるのだ。

彼は長いあいだ眺めた、自然が静かな広野《ひろの》の中で
身にまとっている壮麗な姿を。
　彼は日暮まで夢にふけった、
谷の流れに沿って、彼はひねもすさまよった、
空という神の面《おもて》と、その面を映す聖らかな湖とに、代わるがわる
　心を打たれながら！

ああ！　懐かしい恋の思い出をしのんで、
社会の除《の》け者にでもなったように、垣根越しに中の様子をうかがうだけで、
　入ろうとはせず、
彼はひねもすさまよった。夜のとばりが降りるころ、
彼は心に墓のようなわびしさを感じて
　こう叫んだ。

「ああ、この苦しみ、魂を乱されたこの私。
私は知ろうとした、壺《つぼ》にまだあの恋の美酒《うまざけ》が残っているかどうかを。
私は見ようとした、私の恋がここに残した思い出のなにもかもを、
この幸せの谷間がいったいどうしてしまったのかを！
なんと短い歳月で足りることか、すべてのものを変えてしまうには！
落ち着きはらった顔をした自然よ、なんとおまえは忘れ

やすいのか！
たびたび姿を変えながら、おまえはなんと非情に断ち切るのか、
ふたりの心を結んでいるあの神秘な糸を！
ふたりがこもった葉むらの部屋は深い薮《やぶ》に変わってしまった！
ふたりの頭文字を刻んだあの木は枯れるか、倒されるかしてしまった。
庭に咲くふたりの薔薇は荒らされてしまった、
溝を跳びこえて入りこんでくる子供たちのせいで！
泉は石垣に囲われてしまった。暑い日の日中《ひなか》に、
森から下りてきたあの女《ひと》がはしゃぎながら水を飲んだあの泉は。
あの女《ひと》は優しい妖精《ようせい》のように手のひらに水をすくっては、
指のあいだから美しい真珠の玉をしたたらせた！
急な傾斜のでこぼこの道には石が敷きつめられてしまった。
昔は、清らかな砂の道に、あの女《ひと》の美しい足がくっきりと浮きだして、
小さなかわいい形を皮肉に見せびらかしながら、
私の大きな足のそばで笑っているように見えたのに！
数えきれない歳月を見てきた道端の境界石、
かつて、あの女《ひと》が私を待ちながらすわるのが好きだったあの石も、
すり減ってしまった、夕暮の道を、
きしりながら家路をたどる収穫《とりいれ》の大きな車にたびたびぶつけられて。
森はこちら側ではせばまり、あちらのほうではひろがった。
かつてのふたりの名残はことごとく死に絶えたといってもよい。
燃えつきて冷えきった灰の山のように、
思い出の山は風のまにまに散っていく！
ふたりはもう存在しないのか？　ふたりで過ごしたあの時はほんとうにあったのか？
叫んでもむなしく、あの時はもう帰ってはこないのか？
私が涙を流しているのに、風は小枝とたわむれる。
かつての住居《すみか》も私を見つめはするが、私など知らぬ顔。

私たちが歩んだ道を、ほかの人たちが歩むだろう。
ふたりが訪れたここを、ほかの人たちが訪れるだろう。
ふたりの魂が見はじめた夢を、
ほかの人たちが見つづけるだろう、見果てぬままに！

この世では誰ひとりできない、物事をやり遂げたり完成
させたりすることは。
いちばん劣った人間も、いちばん優れた人間と同じで、
みんな目を覚ます、夢の中の同じところで。
すべてはこの世で始まり、あの世で仕上げられる。*3

そうだ、ほかの人たちも来るだろう、けがれを知らない
恋人たちが。
そして、この幸せで静かな、すばらしい隠れ家の中で汲《く》
むだろう、
ひそやかな愛に自然が混ぜる
夢想のすべてと、厳《おごそ》かさのすべてを！
ほかの人たちのものになるだろう、私たちの野も、小道
も、秘密の場所も。
いとしい人よ、おまえの林は見知らぬ恋人たちのもの。

ほかの女たちが来るだろう、慎みもなく水浴びする女た
ちが。
そして濁すだろう、おまえの素足の触れた聖らかな水を！

どうしたというのだ！　むなしいのか、私たちがここで
愛しあったのは！
なにも残らないのか、この花咲く丘の思い出は。
あの丘でふたりはひとつに溶けあったのだ、愛の炎を交
じえて！
それなのに、心ない自然はもうすべてを取り返してしま
ったのだ。

ああ！　話してくれ、谷間よ、冷たい小川よ、熟したぶ
どうよ、
小鳥たちの巣でいっぱいな小枝よ、洞穴《ほらあな》よ、森よ、茂みよ、
おまえたちはつぶやくのか、ほかの恋人たちのために？
おまえたちは歌うのか、ほかの恋人たちに向かって？
私たちには、おまえたちの心がよく分かっていた！　優
しく注意ぶかく生真面目《きまじめ》な、
ふたりのこだまはことごとく、あれほどまでにおまえた
ちの声に溶けこんだのだ！

ふたりは心をこめて聞きいった、おまえたちの神秘を乱
　すこともなく、
おまえたちがときおり話す意味深い言葉に！
答えてくれ、清らかな谷よ、答えてくれ、人里離れた土
　地よ、
ああ、人の住まぬこの美しい土地に身をひそめた自然よ、
私たちふたりが墓の中で、思いにふける死者たちの姿勢
　をとって、
永遠の眠りにつくそのときでも、
おまえはそれほどまでに無情なのか、
愛を胸に秘めたまま、私たちが死んで横たわっているの
　を知りながら、
おまえの平和な祭りをつづけて、
相変わらずほほえんだり、歌ったりしていられるほど？
おまえの安らぎの場所を、ふたりがさまようのを知って
　いながら、
おまえの山や森が、ふたりの亡霊だと気づいていながら、
おまえはふたりに語ってはくれないのか、
昔の友に再会した人のする、あのうちとけた話を？
おまえは見ることができるのか、悲しみもせず、嘆きも
　せずに、
ふたりが歩いたその場所を、ふたりの亡霊がただよって
　いくのを。
見ても平気でいられるのか、おまえは、しめやかにしの
　び泣く、とある泉のほうへと、
暗い気持で私を抱きしめ、私を連れていくあの女《ひと》の姿を？
どこか、草木の眠る目だたぬ場所で、
愛しあう男と女が花におおわれて、この世を忘れた喜び
　に浸っていたら、
おまえは、その耳もとにささやきに行ってはやらないの
　か？
『生きている者よ、死者たちのことも考えてやってほし
　い！』と。
神はただひと時、私たちに貸してくれるだけ、牧場と泉
　とを、
風にそよぐ大きな森と、奥が深く音を吸いとる岩山とを、
青く澄んだ空と湖と広野《ひろの》とを。
そしてそこに、私たちの心と、夢と、愛を住まわせるの

だ！
だがまもなく、神はそうした自然を取りあげて、私たちの愛の炎を吹き消してしまう。
神は私たちの幸せが輝いているあの隠れ家を、闇《やみ》の中に沈めてしまう。
そして、ふたりの魂の刻印が残っている谷間に向かって言う、
ふたりの愛の痕跡《こんせき》を消し、ふたりの名を忘れよ、と。
よろしい！　私たちを忘れるがよい、家よ、庭よ、木陰よ！
草よ、私たちの家の戸口の傷《いた》めよ！　いばらよ、私たちの足跡を隠せ！
歌え、小鳥たち！　小川よ、流れよ！　生い茂れ、木の葉よ！
だが、おまえたちに忘れられても、ふたりはおまえたちを忘れはしない。
おまえたちは、ふたりにとって愛そのものを映した姿なのだから！
おまえたちは旅路で出会うオアシス！
ああ、谷よ、おまえたちはこの上もない隠れ家。
この隠れ家で私たちは、手に手をとって涙を流した！
気まぐれの情熱はすべて、年齢《とし》とともに遠ざかる、
あるものは偽りの仮面を、あるものは悲劇を生む剣《つるぎ》を身につけて。
まるで、歌いながらさまよい歩く旅芸人の一座が、
小さくなって丘の向こうに消えていくように。
だが真《まこと》の愛よ！　おまえを消すものはなにもない、私たちを魅惑するおまえを！
燃えあがる松明《たいまつ》や、静かに燃える松明となって、人の世の霧の中に輝くおまえを！
愛よ、おまえは私たちの心を喜びでとらえる、だが、とりわけ涙によっても。
みな、青年時代にはおまえを呪《のろ》うが、老人になればおまえを崇《あが》める。
歳月の重みに、頭《こうべ》はうなだれ、
計画も、目的も、見通しもなくなった人間が、
もう自分は崩れおちた墓にすぎないと感じる今日このごろ、
自分の美徳と迷いを収めた墓にすぎないと感じる今日こ

のごろ、
私たちの魂が夢見つつ、胸うち深くくだっていき、
とうとう凍りついてしまった心の中で、
まるで戦場で屍《しかばね》を数えでもするように、
心の底に沈んだ苦しみや消えさった夢のひとつひとつを
　数えあげるとき、

ランプを手にして探している人そっくりにくだっていくとき、
この世のものから遠く離れ、笑いさざめく浮世から遠く離れて、
ついに魂はたどり着く、暗い坂道をゆるやかな足どりでくだって、
内心の深淵《しんえん》の孤独な奥底へ。

ひと筋の光も輝くことのないこの闇の奥底で、
なにもかもが終わりそうなこの心の暗い襞《ひだ》の中で、
魂は感じる、あたりを覆った帳《とばり》の下で、まだ何かが息づいているのを。……——
これこそ、闇の中で眠るおまえ、おお、聖なる思い出よ！」

一八三七年十月二十一日

*1　「オリュンポス山で生まれた巨人ティタン」という意味で、ユゴーが作品の中で自分自身について語るとき、自分を指すのに好んで用いた名前。周囲の人々に理解されず、誹謗中傷を浴びせかけられながら、それでも魂の偉大さを失わない人、という意味がこめられている。
*2　ユゴーとその恋人のジュリエット・ドルーエが密会に利用したり、相手に宛てた秘密の手紙を入れておいたりした栗の老木の空洞。
*3　ユゴーは死後の世界の存在を信じていた。彼の思想によれば、人間の生はこの世だけで終わるものではなかった。

夜は大洋から[*1]

サン＝ヴァレリ＝シュル＝ソムにて[*2]

ああ！　いかに多くの船乗りや船長が
喜び勇んではるかな航海へ旅だちながら、
あの暗い海の果てに、姿を消してしまったことか！
きびしく悲しい運命よ！　いかに多くの命が、
底知れぬ海に消えたことか、月のない夜半《よわ》、
真暗な大洋の中に永久に葬られて！

いかに多くの船長が乗組員もろとも、海のもくずとなったことか！
大暴風は、彼らの人生のページを一枚も残さずもぎ取って、
ひと吹きで、すべてを海原に散らばらせたのだ！
誰も知るまい、深淵《しんえん》に沈んだ彼らの最期は。
寄せくる波がそのたびに獲物をもちさったのだ。
ある波は木の葉のようなその船を、ある波は船乗りたちをとらえて！

誰も知らない、きみたちの運命は。姿を消した哀れな人人よ！
きみたちは暗い海原を運ばれていく。
血の通わなくなった額を、見知らぬ暗礁にうち当てながら。
ああ！　年老いた親たちが、ただ、きみたちの帰りだけを夢見ながら、
どれほど多く死んでいったことか、くる日もくる日も砂浜で
　　帰らぬわが子を待ちわびながら！
ときには、きみたちのことが夜のつどいの話にでる。

いくつもの陽気なグループはさびた錨《いかり》に腰かけて、
消えそうになったきみたちの名を、まだしばらくは口にする、
笑い声や、ルフランや、恋の話や、
きみたちの美しい許婚《いいなずけ》から奪いとる、接吻《くちづけ》などの合い間合い間に。
きみたちは緑の海草の中で眠っているというのに！

誰かがきく、「どこにいるのだろう、あの男たちは？島の王にでもなったのか？
われわれを見捨てて、もっと豊かな国へ行ったのか？」と。
が、そのうち、きみたちの思い出までもが葬られてしまう、
体は水の中に、名前は人々の記憶の底に沈んで。
すべての影をひときわ黒く染める時間が、
暗い大洋の上に、暗い忘却を投げかける。

やがて、誰の目からもきみたちの姿はすっかり消えうせる。
人々はみな、船をこいだり、鋤《すき》を使ったりするのに忙しいのだから。
ただ、嵐《あらし》がわがもの顔に吹きすさぶ夜ともなると、
夫に死なれた妻たちだけは、待ちくたびれて髪が白くなりはしたが、

まだ、きみたちのことを話している、暖炉の残り火と
　　心の残り火とをかきたてながら!

だがその妻たちも、とうとう墓に眠るころには、
もうなにひとつ、きみたちの名を知るものはない。
こだまが応《こた》える狭い墓地のささやかな墓石も、
秋には葉を落とす緑の柳の木も、
古い橋のたもとで物乞いがうたう
他愛《たわい》のない一本調子なあの歌さえも、きみたちの名を知
　らないのだ!

どこにいるのだろう、闇夜《やみよ》に呑《の》みこまれたあの船乗りた
　ちは?
ああ海よ、おまえは悲しい話をなんとたくさん知ってい
　ることか!
ひざまずいて祈る母親たちから忘れられている深い海
　よ!
潮が満ちるとき、波はたがいにかずかずの悲しい話を語
　りあう。
だから、海よ、おまえはあの悲痛な声をあげるのだ、
夜、白波を立て、私たちに向かってうち寄せるときに!

一八三六年七月

＊1　この題は原文ではラテン語で書かれている。ウェルギリウスの叙事詩『アイネイス』の第二巻二五〇行にある言葉 Oceano nox をそのまま用いている。
＊2　ユゴーの勘違い。実際には、ユゴーが嵐の海を見に出かけたのは、サン＝ヴァレリ＝アン＝コーという小さな港である。そのときの思い出がもとになって、この詩は生まれた。

六月の夜

夏、日が落ちるとき、花咲きみだれる
広野《ひろの》は、人を酔わせる香りを遠くまでそそぐ。
眼《まなこ》閉じ、ざわめきを半ば耳にして、
人はまどろむ、安らかに。

星影はひときわ清らかに、夜の闇《やみ》はひときわ美しく、
久遠《くおん》の空の丸屋根をおぼろな光が色づける。
やさしい淡いあけぼのは、時を待ちつつ、
さまよう気配、空の麓《ふもと》を夜もすがら。

一八三七年九月二十八日

懲罰詩集

目次

四日[*1]の夜の思い出

その子は頭に二発の弾丸《たま》をうけたのだ。

その子の家は清潔で、ささやかで、静かで、きちんとしていた。

見れば、肖像画の上に祝別された小枝[*2]が掛けてある。

年老いた祖母がそばで泣いている。

私たちはおし黙ったまま、子供の服を脱がせた。子供の口は
血の気を失ってぽっかり開き、目は死の影にひたされて凄惨《せいさん》だった。

だらりと垂れた両腕は、支えてもらいたがってでもいるようだ。

ポケットには黄楊《つげ》の独楽《こま》が入っていた。

指が入るほどの大きな傷口。

きみたちは見たことがあるか、生け垣の桑の実が血のような汁を流すのを？

子供の頭蓋骨《ずがいこつ》は口を開けている、ひび割れた材木さながら。

祖母は子供が服を脱がされるのを見て、つぶやいた。「なんて白い体なんだろう！ ねえ、明かりを近づけてくださいな。

まあ、なんてこと！ 髪の毛がこめかみにべったりくっついて！」

子供がすっかり服を脱がされると、祖母は膝《ひざ》に抱きあげた。

痛ましい夜。銃声が聞こえる。

通りでは、まだまだ人が殺されているのだ。

「この子を葬ってやらなくては」と、私の仲間たちは言った。

そして、胡桃《くるみ》材の簞笥《たんす》から、白いシーツを取り出した。

そんなあいだも、祖母は子供を暖炉に近よせていた、
まるで、子供のこわばった手足を暖めでもするように。

ああ！ 死の冷たい手が一度触れたものは、
もう、この世の火では暖まりはしないのに！

老婆は身をかがめて子供の靴下を脱がせ、
老いた手で屍《しかばね》の足をにぎった。

「こんな目にあって、悲しまずにいられますかい！」と、老婆は叫んだ。「あんた、この子は八つにもなっていなかったんですよ！

先生がたは――この子は学校へ行ってたんですがね――、
　いい子だって言ってくださいました。
ねえ、あんた、わたしが手紙を出さなくちゃならないと
　きには、
この子が代わりに書いてくれたんですよ。このごろじゃ、
　あの人たちは、
子供たちまで殺そうってわけですかね？　ああ！　情け
　ない！
あの人たちは、ならず者同然ってことですか？　ちょっ
　とうかがいますがねえ、
この子はけさは遊んでたんですよ、ほら、あそこの窓の
　前で！
なんてこった、こんなちっちゃな子を殺しちまうなん
　て！
通りがかっただけなんですよ。それをやつらは撃ちやが
　ったんです。
ねえ、それはいい子でやさしくて、まるでイエス様みた
　いだったのに。
わたしは年寄りですから、あの世へ行くのは、ごくあた
　りまえのこと。
ボナパルト[*3]さんには、どうってこともなかったでしょう
　に、
孫の代わりにわたしを殺したからって！」
老婆の言葉はむせび泣きで息がつまって途切れた。
やがて、また言った。みんなは老婆のそばで泣いていた。
「これからどうなるんでしょう、ひとりぼっちになっち
　まって？
教えてくださいな、ねえ、みなさん、いますぐに。
ああ！　死んでしまったこの子の母親、娘が残していっ
　たのはこの子だけ。
どうしてこの子は殺されたのか、わけを聞かせてもらわ
　なくちゃ。
この子は叫びなんぞしなかったのに、共和国万歳なんて」
私たちはおし黙っていた、立ちすくみ、沈痛な面持《おももち》で帽
　子を脱いで、
慰める術《すべ》とてない老婆の悲しみを目にして、ただふるえ
　ながら。
おばあさん、あなたには分らなかった、政治とはどうい
　うものかが。
ナポレオン氏は――これがあの男の正式な名前なのだが
　――、
もとはといえば貧乏人。それが君主様でもあるわけだ。[*4]
　宮殿が好きで、

あの男にはお似合いなのだ、馬や召使をもち、金をしこ
　たま注《つ》ぎこんで、
賭博《とばく》とか、宴会とか、情事とか、狩りとかに思う存分う
　ち興じるのが。
家族や、教会や、社会を救ったりすることは、
あの男にはほんのついでのことなのだ。
あの男は欲しがるのだ、夏には薔薇《ばら》の花が庭を埋め、
知事や市長がやつを崇《あが》めにやってくる、サン＝クルーの
　宮殿[*5]を。
そんなやつの野望のせいなのだ、年老いた祖母たちが、
寄る年波でふるえる、哀れにも血の気の失せた指先で、
屍衣《しい》の中に、年端《としは》もいかない子供たちを縫いこまなくて
　はならないのは。

ジャージー島[*6]にて、一八五二年十二月二日

＊1　一八五一年十二月二日、大統領ルイ＝ナポレオン（一八〇八―七三）は政権を完全に掌握するためにクーデターを起こした。パリでは抵抗運動が組織された。とくに四日には激しい市街戦が繰りひろげられ多数の死傷者が出た。

＊2　枝の主日（復活祭直前の日曜日）に、祝別されて信者に配られる棕櫚など常緑の木の枝のこと。こうした棕櫚の枝はキリストのエルサレム入城のおり、人々が手に取って出迎えたことを記念する。

＊3　ルイ＝ナポレオンのこと。

＊4　ルイ＝ナポレオンはナポレオン一世の甥であるが、第一帝政が崩壊したために、長い亡命生活を余儀なくされ、そのあいだ赤貧を味わった。兄の死やナポレオン一世の一人息子の死によって、一八三二年にはボナパルト家の首長、つまり帝位の正統相続者となった。

＊5　ナポレオン三世が夏になると好んで住んだ宮殿。パリの近郊にある。

＊6　ナポレオン三世の政権に反対して、一八五一年から七〇年までユゴーは亡命生活を送るが、ジャージー島はその初期の数年間を過ごした島。

〔おお太陽、おお神々しい顔《おもて》よ……〕

おお太陽、おお神々しい顔《おもて》よ、
峡谷に咲く野の花よ、
ささやきが聞こえる洞穴《ほらあな》よ、
草の下にほのかに匂《にお》う香りよ、
おお、森に生える野いばらよ、
威厳ある姿でそびえ立ち、神殿の正面の壁さながらに、
白く清らかな聖なる山々よ、
古い巌《いわお》よ、幾多の星霜に耐えて生きぬいてきた柏《かしわ》の木よ、

おまえたちを見つめるとき、あたりに散らばったおまえ
　たちの魂が
私の心に入りこむのを感じる。

おお処女林よ、けがれない泉よ、
物影が青く映る透みきった湖よ、
輝く空を映す清らかな水よ、
おまえたち自然の良心よ、
どう思う、あの悪党[*1]のことを？

ジャージー島にて、一八五二年十二月二日

＊1　ナポレオン三世を指す。

あの男に呪《のろ》いあれ[*1]

いや、自由よ！　いや、民衆よ！　あいつを死なせては
　ならない！
ああ！　そうだとも。話があっけなさすぎる、本当に。
あいつは法を破壊し、時の鐘を鳴らして、
神聖な廉恥心《れんちしん》を、空へふたたび舞いのぼらせてしまった
　のに。
血なまぐさい賭《かけ》に勝って、
陰謀と剣《つるぎ》と銃火で相手を倒したのに。
悪辣《あくらつ》な罠《わな》をかけ、人を殺し、偽りの誓いをたて、
その誓いを破って[*2]、神の顔に平手打ちを加えたのに。

話があっけなさすぎる、あいつはフランスの心臓をひと
　突きし、
その足を結わえて、けがらわしい凱旋車《がいせんしゃ》に乗せて引きま
　わしたのに。
あの破廉恥漢が、ポンペイウス[*3]のように首に、
カエサル[*4]のように脇腹《わきばら》に、剣の一撃を食らって死ねばす
　むなどとは！

そうだ！　あいつは野原をうろつく人殺しだ。
あいつは殺した、サーベルで切った、散弾を浴びせた、
　何ひとつ悔いる色もなく。
家を空っぽにし、墓を死骸《しがい》でいっぱいにした。
あいつは歩く、あいつは進む、死者たちのじっと見つめ
　る目に付きまとわれて。

三日天下の皇帝をつとめるあいつのおかげで、
息子は父を、子供は希望を失った。
夫を殺された妻はひざまずいてすすり泣き、母親は、
いまはただ、長い喪のベールをかぶってすわっている亡
　霊のようなもの。

あいつの着る帝衣を織ろうとして、機《はた》の上に、
流れる血に浸った糸がのせられる。
モンマルトルの大通りは、殺された人々の血を受ける盥《たらい》
　になり[*5]、
みんなは、あいつのマントを真赤なその血で染めるのだ。

あいつはきみたちを投げこむのだ、カイエンヌに、アフ
　リカに、流刑船のくさい船倉に[*6]。
きのうは英雄、きょうは徒刑囚、殉教者にも似たきみた
　ちを！
血に染まった断頭台《ギロチン》のぬれた刃《やいば》は
血をしたたらせる、ポトリ、ポトリと、あいつの上に。

あいつの色青ざめた共犯者、「裏切り」が
やってきて、部屋のドアをノックすると、あいつは、開
　けてやれよ、と合図をする。

あいつは兄弟殺しだ！　親殺しだ！――
諸国の人々よ、それだからなのだ、あいつを死なせては
　ならないのは！

あの男を生かしておこう。ああ！　それこそ、すばらし
　い懲罰！
ああ！　いつか、あいつが、道を歩いていく日が来ると
　いい、
裸で腰を曲げ、風にふるえる草さながらに身ぶるいをし、
人類すべての憎しみを一身に浴びながら！
さかだつ釘《くぎ》でいっぱいな鉄の首枷《くびかせ》ででも締めつけられる
　ように、
罪悪でいっぱいな自分の過去に苦しめられ、
人の近づかない場所を、森を、深淵《しんえん》を求めながら、
青ざめた恐ろしい形相《ぎょうそう》でものにおびえ、狼《おおかみ》たちに、あい
　つだ、と見分けられて。

どこかのきたない徒刑場で、自分の身につけられた鎖の
　鳴る音しか聞かず、
ひとり、いつもたったひとりで、答えぬ岩に、むなしく
　話しかけ、

沈黙と憎悪とに取り巻かれ、
あたりに人影はなく、目に映るのは亡霊ばかり。
死ぬ資格もないやつだと、死神からも見捨てられて老いさらばえ、
闇夜《やみよ》の中では身をふるわせ、青空の下では恐ろしい姿をさらして。……——
諸国の人々よ、道を開けろ！　あいつには印がついているのだ。
カインを通してやれ！　あいつは神のものなのだから。[*7]

ジャージー島にて、一八五二年十月

*1　原文は Sacer esto というラテン語。このラテン語は「彼は神のものであれ（人間は手を触れるべからず）」という意味であるが、結局、「人間世界から放逐せよ、呪われよ」という気持を表わしている。

*2　ルイ＝ナポレオンは大統領に就任するとき、共和国憲法への忠誠を誓ったが、三年後にクーデターを起こし、この誓いを破った。

*3　ローマの将軍、政治家（前一〇六—前四八）。カエサルやクラッススと三頭政治を行なった。その後、カエサルとの勢力争いに敗れ、再起を期してエジプト王国へ上陸する寸前、刺客の手で暗殺された。

*4　ローマ最大の武将で政治家（前一〇二—前四四）。政敵たちの手によって議事堂内で刺殺された。

*5　八五ページの注1でも述べたように、一八五一年十二月四日には、ルイ＝ナポレオンのクーデターに対して激しい市街戦が繰りひろげられた。だが、この反乱は政府軍に粉砕されて、多くの犠牲者を出した。そして、遺体の多くはモンマルトルの墓地に埋葬された。

*6　ナポレオン三世のクーデターに抵抗した人たちは不潔な船に乗せられ、アフリカや南アメリカ北部にあるフランス領ギアナのカイエンヌ等に追放された。

*7　神は、弟アベルを殺したカインを追放したが、このとき、カインが人々の手で殺されてしまわないようにカインに印をつけた（「創世記」第四章）。

皇帝のマント[*1]

ああ！　労働が喜びであるおまえたち、
空に漂う香りだけを
餌《えさ》にしているおまえたち、
十二月がくると、逃げていくおまえたち、[*2]
花々から高貴な香りを盗んで、
人間に蜜《みつ》を与えるおまえたち、
露を飲んで生きる清らかなものよ、
ちょうど花嫁のように、

丘に咲くゆりを訪れるものよ、
ああ、真紅の花冠の姉妹、
光の娘、蜜蜂《みつばち》たちよ、
あのマントから飛びたつがいい！

あの男に飛びかかれ、兵士たちよ！
ああ、けなげな働き蜂たちよ、
義務をつくすおまえたち、美徳であるおまえたち、
金の翼よ、炎の矢よ、
渦巻いて舞え、あの破廉恥《はれんち》な男の頭上に！
あの男に言ってやれ。「わたしたちをなんだと思ってい
　るのだ？

呪《のろ》われた男よ！　わたしたちは蜜蜂なのだ！
ぶどう棚の陰につつまれた田舎家の
正面の軒先をわたしたちの巣箱は飾るのだ。
わたしたちは飛ぶ、青空の中に孵《かえ》って、
花開いた薔薇《ばら》の口の上を、
プラトン[*3]の唇の上を。
泥から出たものは、また泥に帰る。
穴の中に暮らすティベリウス[*4]に会いにいけ、
バルコニーに立つシャルル九世[*5]に会いにいけ。
そうだとも！　おまえの緋色《ひいろ》の帝衣には、
ヒュメットス山[*6]の蜜蜂ではなくて、
モンフォーコンの刑場[*7]に黒く群れ飛ぶ鳥の羽根を、縫い
　つけなければならないのだ！」

あの男をみんなして刺してやれ。
なにもしないでおびえている民衆を恥じいらせてやれ。
あのけがらわしいペテン師の目をつぶせ。
しつこく攻撃しろ、あの男を、野生の虫たちよ。
虫たちが追いはらってくれるといい、あの男を。
なにしろ、人間はあの男を怖がるばかりなのだから！
　ジャージー島にて、一八五三年六月

*1　ナポレオン一世は、戴冠式に際して、金色の蜜蜂をちりばめた赤いマントを着用した。この伯父にならって、ナポレオン三世も教皇の手で自身の戴冠式をとり行なおうとしたが、この計画は失敗に終わった。それでも、彼は自身の帝国の象徴として蜜蜂の図柄を好んで用いた。
*2　直接には、冬が訪れると蜜蜂が巣にこもることを指す。ナポレオン三世がクーデターを起こしたのが十二月だったことから、こうした十二月を忌み嫌って蜜蜂が逃げだす、ということも暗示している。
*3　ギリシアの哲学者（前四二七―前三四七）。プラトンが生まれたばかりのころ、両親がこの子をヒュメットス山に

連れていって、蜜蜂の蜜を口いっぱいに吸わせたという説がある。「蜜で満たされた口は真実を語る」というふうに考えられていた。

*4　ローマ皇帝（前四二—後三七）。晩年には残虐非道な行為ばかりをはたらいた。このころ、彼がカプリ島の別邸にひきこもっていたことから、ユゴーはここでは、穴にひきこもった野獣を連想していると考えられる。

*5　フランス王（一五五〇—七四）。彼の治世下ではサン＝バルテルミーの大虐殺が起こったが、このとき、彼はみずからルーヴル宮のバルコニーに出て、ユグノー派の貴族たちを狙撃した、と伝えられる。この言い伝えの真偽のほどはさだかではない。

*6　アテネの近くにある山。この山の蜂蜜から取れる蜜は、質の良いことで名高かった。前述のプラトンが吸ったのは、この山の蜂蜜の蜜であると伝えられる。

*7　十三世紀に建設されたパリの町の刑場。十七世紀まで使用された。

贖《しょく》罪《ざい》

一

雪降りしきる。征服したためにうち負かされたのだ。
初めて鷲《わし》[*1]は頭《こうべ》を垂れた。
暗い日々よ！　皇帝はのろのろとひき返す、
炎に煙るモスクワ[*2]をあとにして。
雪降りしきる。厳しい冬が雪崩《なだれ》のように襲いかかる。
果てしなくつづく白い平原。
もう見分けがつかない、隊長も軍旗も。
さきごろまでは大陸軍、今は惨めな烏合《うごう》の衆。
もう区別もつかない、軍の両翼も中央も。
雪降りしきる。負傷兵たちは、死んだ馬の腹の中に
身をひそめる。荒れはてた露営地の入口で、
らっぱ手たちが凍えつきながら持ち場を守り、
無言のまま、霧氷で白くなった馬上の姿を見せている、
石のように凍った口を真鍮《しんちゅう》のらっぱに押しあてて。
白い雪片に交じって雨霰《あめあられ》と降りそそぐ
砲丸、散弾、砲弾。擲弾兵《てきだんへい》たちはわが身がふるえるのに
　驚きながら、
灰色の口ひげを凍らせ、思いに沈んで歩いていく。
雪降りしきる、いつまでもいつまでも！　冷たい北風が
うなり、見知らぬ土地の雨氷の上を、
パンもなく、はだしで彼らは歩いていく。
それはもう生きた人間ではない、軍人でもない。
霧の中をさまよい歩く夢だ、幻だ、
暗い空の下を動いていく亡霊の行列だ。
見るも恐ろしい、広漠たる無人の平原が

いたるところに現われる、もの言わぬ復讐者《ふくしゅうしゃ》となって。
空はしんしんと降り積む雪で、
この広大な軍隊を包む広大な屍衣《しい》をつくりだす。
誰もが孤独なままに死が迫るのを感じていた。
「いったい逃げだせるのだろうか、この死神の国から？」
敵はふたり！　ロシア皇帝と北国。北国のほうが恐ろし
い。
みなは大砲を捨て、砲架を燃やして身を暖める。
身を横たえる者は死んでいく。陰鬱《いんうつ》で混乱したまま逃げ
ていく
この軍勢。無人の広野はこの行列をむさぼり食う。
盛りあがっている雪の襞《ひだ》は、
いくつもの連隊が、そこで死の眠りについている証拠。
ああ、ハンニバル[*3]の没落よ！　アッティラ[*4]の明日《あす》の運命
よ！
逃げる者、傷ついた者、瀕死《ひんし》の者、運搬車、担架、
みんなが川を渡ろうとして、橋のところでひしめき合う。
眠るときには一万人、目覚めてみればわずかに百人。
さきごろまで一軍を率いていたネー将軍[*5]も、いまは命か
らがら
逃れる始末、三人のコザック騎兵[*6]に時計を取られまいと
して戦いながら。

くる夜もくる夜も、「誰だ！」「敵襲だ！」「攻撃だ！」
この亡霊たちは銃を取りあげる。すると彼らに向かって
恐ろしい騎兵隊、野獣のような人間の旋風が
すさまじい真黒な集団をつくって飛びかかってくるのが
見える、
禿鷹《はげたか》どもの声にも似た叫びをあげながら。
かくして一夜のあいだに一軍全部が滅びさる。
皇帝はじっと立ったまま周囲を眺めていた、
斧《おの》に打ち倒されようとする一本の木にも似て。
いままで無傷だったこの巨人という木の上に、
不幸が不吉な樵《きこり》の姿をして、登っているのだ。
そしてナポレオンというこの生ける柏《かしわ》の木は、斧で辱め
をうけ、
陰惨な復讐をとげる幽霊の下で身ぶるいしながら、
身のまわりに自分の枝が切り落とされるのを眺めていた。
隊長も兵士も死んでいく、みんなつぎつぎに。
生き残っている者たちは、皇帝のテントのまわりを愛情
をこめて守り、
テントに映った皇帝の影がいろいろ動くのを見ながら、
いまなお皇帝の運勢を信じて、
不敬罪を犯した運命を非難していた。
だが皇帝のほうはとつぜん恐怖が心に浸《し》みこんでくるの

を感じた。
この敗北に唖然《あぜん》とし、なにを信じてよいのか分からず、
皇帝は神のほうを振りかえった。この栄光の人ナポレオ
ンは
身をふるわせた。そして悟った、自分はいま、
なにか罪の償いをしているのだろうと。色青ざめ、不安
げに、
雪の上に散らばった軍団の前で、彼は言った。
「これが懲罰なのか、万軍の神なる主よ！」
と、そのとき皇帝は聞いた、自分の名が呼ばれるのを、
そして、誰かが闇《やみ》の中でこう答えるのを。「いや、そう
ではない！」

二

ワーテルロー[*7]！ ワーテルロー！ ワーテルロー！ 陰
鬱な平原よ！
あふれるばかりに水を湛《たた》えた甕《かめ》の中で沸きたつ湯さなが
らに、
森と、丘と、谷とでできたおまえの円形競技場の中で、
青白い死神は暗いいくつもの軍勢をごたまぜにした。
一方はヨーロッパ、もう一方はフランス。
血なまぐさい激突！ 神は英雄たちの希望を裏切った。
勝利よ、おまえは脱走した。運命はもう疲れていたのだ。
ああ、ワーテルローよ！ 私は涙を流して足を止める。
ああ！
あの最後の戦いの、最後の兵士たちは
偉大だった。彼らはあらゆる国を征服して、
あまたの国王を追いはらい、アルプスを越え、ラインを
越えた。
そして彼らの魂は青銅のらっぱの音《ね》とともに鳴りひびい
たのだ！

日が暮れた。戦いは熱気を帯びて陰惨だった。
皇帝は攻勢に出た。勝利はもう目の前にある。
ウェリントン[*8]を、とある森に追いつめた。
望遠鏡を手にして、皇帝はときどき眺めた、
戦いの中心を、敵と味方が入り乱れて、揺れうごく暗い
地点を、
恐ろしい生けるいばらの藪《やぶ》のような乱戦を。
またあるときは、海のようにくすんだ青い地平線を眺め
た。
とつぜん、うれしそうに皇帝は叫んだ、「グルーシー[*9]
だ！」――だがブリュッヒャー[*10]だったのだ。
希望は敵陣に移り、戦意も敵軍に移った。

乱戦はほえたてながら炎のようにひろがった。
イギリスの砲列はわが方陣を粉砕した。
裂けた軍旗がいくつも身をふるわせている平原は、
惨殺される瀕死の兵士の叫びにおおわれ、
いまはもう、鍛冶場《かじば》のように赤く燃える深淵《しんえん》にすぎない。
この深淵の中へ、いくつもの連隊が、壁が崩れでもする
　ように
落ちていく。そして大きな羽根飾りをつけた、背の高い
　鼓笛隊の隊長たちが
熟れた麦の穂さながらに倒れ伏していく。
この深淵には、たくさんの醜い傷がおぼろげに見えた！
恐ろしい虐殺！　運命の瞬間！　皇帝は不安になった、
戦況が思うにまかせないのを感じとって。
丸い丘のうしろには、親衛隊が集結していた。
親衛隊、これこそ最後の望み、最後の策！
「さあ！　親衛隊を突撃させろ！」と皇帝は叫んだ。
すると、槍騎兵《そうきへい》、ズックのゲートルを着けた擲弾兵《てきだんへい》、
ローマの軍団の兵士と見まちがえられそうな竜騎兵、
胸甲騎兵、雷鳴をとどろかす大砲を引く砲手たち、
黒い毛皮の帽子か、ぴかぴか光る鉄兜《てつかぶと》をかぶった、
フリートラント[*11]やリヴォリ[*12]で戦ったこうした勇士たち、
彼らはみながみな、この晴れの日に命を捨てる覚悟を決
　めて、
嵐《あらし》の中に立っている彼らの神ナポレオンに敬礼した。
親衛隊は声をそろえて、いっせいに叫ぶ。「皇帝陛下万
　歳！」
それから、ゆっくりとした足どりで、軍楽隊を先頭に、
　落ち着いた、
泰然自若とした態度で、イギリス軍の散弾を微笑を浮か
　べて迎えながら、
親衛隊は、坩堝《るつぼ》のような戦場に入っていった。
ああ！　ナポレオンは親衛隊の行く手に向かい身を傾け
　て、
眺めていた。そして、彼らが、硫黄《いおう》の煙を吐きかける、
無気味な砲列の下に進み出たかと思うとたちまち、
皇帝は見た、一隊また一隊と、この恐ろしい深淵の中で、
花崗岩《かこうがん》か鋼鉄のようなあの親衛隊が溶けさっていくのを、
さながら真赤に焼けた炭火の熱で、蝋《ろう》が溶けてでもいく
　ように。
それでも彼らは進んでいく、銃を抱え、顔を下げ、重々
　しく、泰然と。
退く者などひとりもいない。安らかに眠れ、勇敢なる死
　者たちよ！
残りの軍隊は、彼らの死体を踏み越えて先に進むことも

できないまま、
親衛隊が死んでいくのを眺めていた。——と、そのとき、
とつぜん、絶望の声を張りあげて、
「敗走」という名の巨人がおびえた顔で、
色青ざめ、勇猛果敢な大隊を恐怖におとしいれながら、
また、みるみるうちに軍旗をただのぼろきれに変えながら、
ときには、砲煙でつくられた幽霊となって、
全軍の真中につっ立ちあがり、姿をしだいに大きくしていった。
「敗走」は、おじけづいた兵士たちの前に姿を現わして、
腕をよじりながら叫んだ、「みんな逃げろ！」と。
すると、あちこちからこんな声があがった、「みんな逃げろ！　恥知らずめ！　なんという醜態！」
野原の中を、気も狂い、とり乱して、猛々《たけだけ》しく、
まるでなにかの息吹が頭上を通りすぎでもしたように、
重い荷を積みこんだ運搬車や、埃《ほこり》まみれの有蓋車《ゆうがいしゃ》のあいだを
溝の中をころがり、ライ麦の畑に隠れながら、
軍帽や、外套《がいとう》や、銃を投げすて、鷲の軍旗まで投げだし、
プロイセン兵のサーベルにおびえて、あの古強者《ふるつわもの》たちが、ああ、惨めな姿！
ふるえたり、わめいたり、泣いたりしながら逃げていくとは！——またたくまに、
火のついた藁屑《わらくず》が風に吹かれて飛びさるように、
大陸軍も烏合《うごう》の衆と化し、ついにその喧騒《けんそう》も消えさった。
私がいま、思いにふけっているこの平原は、ああ！
かつて、全世界の軍隊を敗走させたあの軍隊が、敗走するのを見たのだ！
四十年の歳月が流れた。それなのに、地上のこの一角、
ワーテルローは、陰気でさびしいこの台地は、
神があれほどまでに戦いのむなしさを見せてくれたこの不吉な戦場は、
いまなお身をふるわせている、あの巨人たちが逃走するのを見たために！
ナポレオンは、すべてが大河のように流れさっていくのを見た。
人も馬も太鼓も軍旗も。——そして試練を受けながら、
悔恨の念が湧《わ》きおこってくるのを漠然と感じ、
両手を高く上げてこう言った。「わが兵士たちはすでに倒れ、
わしは敗れた！　わしの帝国はガラスのように砕け散った。

今度こそ懲罰を受けたのでしょうか、峻厳《しゅんげん》なる神よ？」
すると、叫び声やざわめきや砲声に混じって、
こう答える声を皇帝は聞いた。「いや、そうではない！」

三

皇帝は失脚した。神はヨーロッパをしばる鎖を変えた。
霧につつまれた海のはるか彼方《かなた》に
おぞましい岩がひとつ、昔の火山の破片。[*13]
「運命」は釘《くぎ》と金槌《かなづち》と鉄の首枷《くびかせ》を手に取り、
青ざめながらまだ生きている、雷を盗んだこの男を捕らえると、
喜び勇んで、大昔からある切り立った山の頂に登り、
この男を釘づけにした。あざけりの笑い声をあげて、
禿鷹《はげたか》に姿を変えたイギリスに、皇帝の心臓をついばめ、とけしかけながら。[*14]
燦然《さんぜん》たる光輝もいまは消えうせた！
日が昇ってから夜の帳《とばり》が降りるまで、
あるものは、いつもただ孤立と孤独と牢獄《ろうごく》。
牢獄の入口には赤い軍服を着たイギリス兵、水平線までひろがる大海原、
裸の岩、恐ろしい森、倦怠《けんたい》、虚空、
束の間に消える希望のように、逃げさっていくいくつかの帆影。
聞こえるのはいつも、波の音と風のざわめきばかり！
さらば、羽根飾りのゆらめく緋色《ひいろ》のテントよ！
さらば、皇帝が拍車を入れた白馬よ！
最早《もはや》ない、戦野に鳴りわたる太鼓の音も、王冠も、
最早ない、恐れつつ、陰の中に身をひれ伏す王たちも、
最早ない、ひれ伏す王たちの頭上に、マントの裾《すそ》を引きずって進む皇帝も！
ナポレオンはまた、一介のボナパルトになり下がったのだ。[*15]
パルティア人[*16]の矢に傷ついたローマ人のように、
血をしたたらせ、うち沈んで、彼は燃え落ちたあのモスクワを思う。
イギリス軍の伍長が彼に言う。「おまえの歩いていいのはそこまでだ！」
息子は王たちに捕らえられている！妻はよその男に抱かれている！[*17]
掃溜《はきだめ》に転げまわる豚よりもけがらわしいあの上院、かつては彼を崇拝したあの上院も、いまは彼を侮辱する。

そして彼は、北風の静まるとき、海辺の
急な斜面が崩れて出来た黒い岩の上を
歩いていく、ただひとり、暗い波をじっと見つめて、物思いにふけりながら。
山の上へ、波の上へ、空へ、悲しくも誇らかに、
先の日の武功に心を奪われたまま、
彼はあてもなく思いをさまよわせる。
偉業も、栄光も、ああ、むなしいもの！　自然の静けさよ！
飛びゆく鷲《わし》も皇帝だとは気づかない。
諸国の王たちはいまや皇帝の看守となり、コンパスを手に取って、
この男を海にかこまれた厳しい円の中に閉じこめてしまった。
彼は死の床についていた。死の影はますますはっきりと、
夜ごとにたち現われ、しだいに大きくなっていった、
まるで神秘の日の冷たい朝がやってきたように。
魂はもう体から飛びさろうとして、ふるえていた。
ついにある日、彼はベッドの上に剣を置き、
その傍らに身を横たえて言った。「きょうが最期だ！」
この男の体に、彼がマレンゴ[*18]で着たマントが投げかけられた。
ナイル河、ドナウ河、テヴェレ河の戦い[*19]が、
顔の上に身をかがめてくると、彼は言った。「さあ、自由の身になったぞ！
わしは勝った！　鷲の軍旗が駆けつけてくるのが見える！」
だが死のうとして振りかえると、
彼は見た、人けのないこの家に片足を踏みこんで、
ハドソン・ロー[*20]が、半ば開いた戸口から様子を窺《うかが》っているのを。
そのとき、国王たちの踵《かかと》で踏み砕かれたこの巨人は、
叫んだ。「もうたくさんだ！
主よ！　とうとう終わりました！　わしがお祈りする神よ！
あなたはわしを罰せられました！」すると、あの声が言った。「いや、まだだ！」

四

ああ、暗いさまざまな出来事よ、おまえたちは闇《やみ》の中を逃げていく！
皇帝は死んで、破壊された帝国の上に倒れた。
ナポレオンは、柳の木の下で永遠の眠りについた。
すると、全世界の諸国民は、

独裁者ナポレオンを忘れて、英雄ナポレオンに夢中になった。
詩人たちは、死刑を執行した諸国の王たちの額に烙印《らくいん》を押し、
瞑想《めいそう》にふけりながら、この敗れた栄光の人を慰めた。
そして、ぽつんとさびしく立っているヴァンドーム広場の記念柱[*21]に、人々は皇帝の像を戻した。
目を上げると、パリの町に、静かに
あたりを見おろしながら、皇帝の像が立っているのが見えた、
ただひとり、昼は青空を、夜は星空を背にして。
諸国の偉人廟《パンテオン》よ、人々は彼の名をおまえたちの柱に刻んだ！
人々がいま見ているのは、あの時代の明るい面ばかり。
人々がいま思い出すのは、栄光に輝く日々ばかり。
あの不思議な男は歴史を陶酔させたと言えるのだ。
冷静な目をもつ公正さも、あの皇帝の栄光のもとに消えうせた。
人々が思い浮かべるのはもう、アイラウ、ウルム、アルコレ、アウスターリッツ[*22]ばかり。
崩れおちたローマ人の墓を発掘でもするように、
人々はあの偉大な歴史の年月の中を探りはじめた。
そして、うやうやしく頭を垂れた諸国民よ、あなた方は拍手喝采《かっさい》した、
大理石の執政官や、青銅の皇帝が、
この崇高な大地から掘り出されるたびに！

五

人が死ぬと、その名は偉大になる。
だがこれまでに、この皇帝の名ほど輝いたものはなにひとつなかった。
じっと静かに、皇帝は墓の中で耳を傾けていた、
地上の人々が自分のことを話すのに。
地上の人々は話していた。「勝利はどこへでもナポレオンについてまわった。
おまえは見たことがないだろう、暗い歴史よ、
あれほど非凡な男が、おまえの中を過《よぎ》るのを！
草葉の陰に眠るあの統率者に栄光あれ！
あの大胆不敵な偉人に栄光あれ！
我々は、彼が堂々と登りはじめるのを見た、
天界に通じる階段を！

彼は熱狂した魂に駆られて、
モスクワを取り、マドリードを取り、
運命に抵抗して戦おうと、
心に抱くあらゆる夢を送った。

たえず、戦いの場に戻って、
巨人のような足どりをもつあの男は、
神になにか大きな気まぐれを提案したが、
神はそれを聞きいれなかった。

彼はもう、人間を超えた存在といってもよかった。
彼は言った、顔を輝かせ、重々しい口調で、
ローマにじっと目を注ぎながら、
『いま、この世に君臨しているのはわしだ！』と。

彼は望んだ、英雄で象徴、
教皇で王、灯台で火山である彼は、
ルーヴル宮をカピトリウム[*23]に、また
サン＝クルー[*24]をヴァティカンにすることを。
彼がカエサルだったら、ポンペイウス[*25]にこう言っただろう、
『わしの副官であることを誇りに思え！』と。
人々は、彼の剣がきらめくのを見た、
雷鳴のとどろく雲の奥処《おくが》に。

彼は望んだ、いくつもの
大いなる野心に駆られて、
自分の気の向くままに、
諸国の民をひざまずかせようと。

ちょうど深い壺《つぼ》の中にでも納めるように、
いくつもの民族や国語や国民性を混ぜあわせ、
パリを世界中にひろげ、
世界中をパリに閉じこめようと！

バビロンでキュロス[*26]がやったように、
彼は望んだ、その大きな手を使って、
世界をただひとつの帝国に、
全人類をただひとつの国民に仕上げようと。

あざけりの声などものともせずに、
ナポレオン帝国をうち建てようと、

霊界に住むエホバが、
自分をうらやむような帝国をうち建てようと!」

六

ついにこの世を去ったあと勝利を得、彼は解放された。
そして、大洋は彼の柩《ひつぎ》をフランスに返した。
あの男は、十二年前から金色に輝くドーム[*27]の下で
休んでいる、追放と死のおかげで聖別されて。
安らかに!――あの暗い記念館のそばを通るとき、
人々は彼の姿を思い描く、王冠をいただき、暗がりの中に、
金色の蜜蜂《みつばち》を散らしたあのマント[*28]を着け、無言で、
ひっそりと静まりかえったこのドームの下に身を横たえ、
世界が狭すぎると思ったあの男ナポレオンが、
左手には王杖《おうじょう》を、右手には剣を握り、
足もとには、目を半ば開いた大鷲《おおわし》を置いている姿を。
そして人々は言う、「ここに皇帝が眠っているのだ!」
と。
大いなる町パリが、光の中を歩むにまかせて、
彼は眠っている、心安らかに、静かに。

七

ある夜――墓の中はいつも夜だが――、
彼は目を覚ました。すると、おぞましい松明《たいまつ》が光りでも
するように、
不思議な幻がまぶた一面にひろがっていた。
石の天井の下に笑い声がどっと湧《わ》きおこった。
青ざめて、彼は起きあがった。幻は大きくなっていく。
ああ、なんという恐ろしさ! 聞き覚えのあるあの声が
また語りかけてくる。

「目を覚ませ。モスクワ、ワーテルロー、セント・ヘレ
ナ、
追放、牢番《ろうばん》の王たち、おまえの臨終のとき、
ベッドに肘《ひじ》をついて見ていた尊大なイギリス、
皇帝よ、あんなものはなんでもない。さあ、これからお
まえの懲罰を見せてやろう!」

笑い声はここでとげとげしく、辛辣《しんらつ》に、甲高《かんだか》くなった、
腹黒いあてこすりや、痛烈な皮肉を言うときのように。
それは、この神のような人を苦しめる辛辣な笑いだった。

「皇帝よ！　人々は、おまえを青空の偉人廟《パンテオン》から引っぱりだした！
皇帝よ！　人々は、おまえをあの高い記念柱から引きおろした！
見ろ。渦を巻いて群がる悪党どもが、
おぞましい宿無しどもが、墓場の勝利者どもが、
おまえを捕まえて、捕虜にしている。
おまえの青銅の足指に、やつらのきたない足が触れる。
やつらはおまえを捕まえた。おまえは死んだ、星が沈むように、
皇帝大ナポレオンとして。そして、おまえは生まれ変わったのだ、
ボーアルネ曲馬団[*29]の調馬師ボナパルトとして。
さあ、おまえはやつらの仲間だ。みんなはむりやり、おまえに変てこな衣裳《いしよう》を着せる。
みんなはおまえを、大っぴらには偉人と呼ぶが、仲間うちでは、『とんま』と呼んでいる。
やつらは、やつらの芸当を見物するパリの町に、サーベルを
引きずっていく、必要ならば、呑《の》みこんで見せるあのサーベルを。
小屋の前に寄り集まった通行人に向かって、
やつらは言う、ひとつやつらの口上を聞いてやれ。『さあさあ、始まり始まり、帝国の大芝居！
教皇もこの一座に加わっているんだ[*30]。いや、結構。
でも、もっと耳寄りな話がある。ロシア皇帝も加わっているんだ。だが、そんなことなどなんでもない、
ロシア皇帝はただの僕《しもべ》、教皇はただの坊主なんだからな。
そうだ、この一座にはあの青銅で出来た皇帝もいるんだぞ！
そして、おれたちは、あの大ナポレオンの甥《おい》っ子なんだ！』
この小屋の中では、フールド、マニャン、ルエール、無節操なパリユといった輩《やから》[*31]が、
猛威をふるっている。そしてやつらは、自動人形で出来た傀儡《かいらい》の上院を見せびらかす。
やつらは地下牢の底から囚人の寝藁《ねわら》を盗んだ、
おまえの鷲に詰めて剝製《はくせい》にするために、ああ、イエーナの勝利者[*32]よ！
鷲はあの芝居小屋にいる、死んだまままころがって。あれほど空高く舞っていた
あの鷲は、戦場《いくさば》から市場《いちば》に落ちてしまったのだ。
皇帝よ、やつらは、おまえの古い王座を飾る波紋織《はもんおり》を縫い直している。

森の片隅で、フランスという旅人を追剥《おいは》ぎしたために、
ほら、やつらのぼろ着には血がついている。
そして、シブール[33]はその聖水盤の中で、やつらの下着を洗ってやっている。
ライオンであるおまえはやつらの家来。やつらの主人は猿だ。
ナポレオン一世よ、おまえの名はやつらのベッドの役目をしている。
アウスターリッツ[34]という輝かしい名前の上にも、やつらの寝藁がちょっとばかりかぶさっている。
おまえのたてた武勲は、やつらの恥辱を酔わせる安物の酒だ。
カルトゥーシュ[35]は、おまえの灰色のフロックコートを身に着けてみる。
みんなは小さな帽子の中に、観客のびた銭を集めている。
やつらはテーブルクロス代わりに、おまえの軍旗を使っている。
ギリシア人が、いんちきをして金を儲《もう》けるあのうすぎたない賭博《とばく》のテーブルにすわって、
農民どもといっしょに、みんな飲んだり、いかさま勝負をしたりしている。
そうだ、おまえはあの悪どい博打《ばくち》屋へ入りこんでいるのだ。
そしてかつて、ローディの軍旗[36]を握ったおまえの手は、
かつて稲妻をつかんでいた手は、ああ、ボナパルトよ、
賽子《さいころ》に細工をし、トランプをちょろまかして、いんちき賭博の手伝いをやっているのだ。
やつらは、おまえに、むりやりに酒の相手をさせる。そしてカルリエは
さも親しげでなれなれしい仕種《しぐさ》で、
皇帝よ、おまえを肘で突つく。そしてピエトリは自分の巣窟《そうくつ》で、
おまえを君《くん》呼ばわりし、モーバ[37]もおまえに、なれなれしい仕種をする。
文書偽造者、人殺し、ペテン師、ならず者、泥棒、
やつらは知っている、自分たちもおまえみたいに、これからいろいろ不幸な目にあうことを。
それまでは、のどの渇きをいやそうとして、なみなみと注いだ盃《さかずき》を、
おまえの健康を祝して飲みほす。ポワシー[38]はセント・ヘレナと乾杯する。
見てみろ！ いつも朝晩、舞踏会、どんちゃん騒ぎ、お祭り騒ぎだ。

群衆はやつらのたてる物音を聞き、押しあいへしあいして、何事だろう、と眺めようとする。
笑い、あくびをし、拍手をし、怒鳴り、やじり、あざける野次馬や、
鈴を振り鳴らす道化役者たちに取り囲まれて、
おまえは台の上に立っている。
ホメロス[*39]で始まりカロ[*40]で終わる芝居。
大ナポレオンの雄壮な叙事詩よ！　ああ！　なんと哀れな最後の件《くだり》だ！
ふたりの道化師トロロンとバロシュ[*41]とにはさまれ、
惨めなけちくさい市場《いちば》のあの見世物小屋の前で、
うすぎたないマンドラン[*42]が、濃い髭面《ひげづら》をした醜いごろつき、
あのマンドランがにやりと笑いながら、皇帝に化けて見せる、あの小屋の前で、
いまや幽霊に変わった皇帝のおまえは、大太鼓をたたいているのだ！」

ここで恐ろしい幻は消えうせた。——皇帝ナポレオンは
絶望して、闇《やみ》の中で恐怖の叫びをあげた、
目を伏せ、恐ろしさのあまり両手を高く上げて。
扉に刻まれた大理石の十二の勝利の像、
暗い墓の外に立っているあの白い幽霊どもは、
指でたがいに合図を交わしながら、壁にもたれて、
巨人ナポレオンが闇の中で涙を流すのを聞いていた。
皇帝は叫んだ。「不吉な幻を見せる悪魔よ、
どこまでも、わしのあとをつけてくるが、一度も姿を見せぬ悪魔よ、
おまえはいったい誰なのか？」「わしはおまえの犯した罪だ」という声が聞こえた。
すると墓の中は不思議な光でいっぱいになった、
神が復讐《ふくしゅう》するときの明るさかと思われる光で。
ベルシャザル王[*43]が、宮殿の壁に光っているのを見た言葉にも似た、
ふたつの言葉が暗闇の中に書かれて、皇帝の頭上に炎のように光っていた。
皇帝は母の無い子のようにふるえながら、
青白い顔を上げて、その言葉を読んだ。《霧月《ブリュメール》十八日[*44]！》

ジャージー島にて、一八五二年十一月三十日

*1　鷲は皇帝ナポレオン一世の象徴。
*2　一八一二年、ナポレオン軍はロシアに遠征し、モスクワを占領するが、町が焼かれたために、物資、食糧を絶たれて、退却のやむなきにいたった。おりからの大雪のため、

軍は壊滅状態に陥った。

＊3　カルタゴの名将（前二四七―前一八三）。ローマ軍を相手に連戦連勝をつづけた。カルタゴがローマと講和を結んでからは、執政官として活躍した。だが、政敵の策謀により、亡命、自殺した。

＊4　フン族の王（四〇六？―四五三）。武将としても政治家としても傑出し、ゲルマン諸部族をも征服して、カスピ海からライン河中流にまでいたる大帝国を築きあげた。しかしイタリア侵略を計画中に急死し、大帝国はたちまち瓦解した。

＊5　ナポレオン軍の名将（一七六九―一八一五）。このモスクワからの退却に際しては、中央軍の指揮を任され、被害を最小限に食い止めるのに功があった。

＊6　ロシア南部の出身で、ロシア軍の中でももっとも勇敢な騎兵。

＊7　一八一五年、ナポレオン軍が対仏同盟軍によって大敗を喫したベルギーにある戦場。この敗北により、百日天下は終わりを告げ、ナポレオンはイギリスの手でセント・ヘレナ島に流刑となった。

＊8　イギリスの将軍（一七六九―一八五二）。ワーテルローの戦いでは対仏同盟軍の指揮を執った。

＊9　ナポレオン軍の元帥（一七六六―一八四七）。ワーテルローの戦いでは、次に述べるブリュッヒャーに率いられたプロイセンの援軍が、ウェリントンに合流するのを妨げる任務を帯びていた。だが、敵の策略に乗り、任務を遂行してナポレオン軍に合流することができなかった。

＊10　プロイセン軍の元帥（一七四二―一八一九）。ワーテルローの戦いでは、ウェリントンとの合流に成功し、対仏同盟軍の勝利に大きく貢献した。

＊11　バルト海にほど近いプロイセンの町。一八〇七年、ナポレオン軍はこの地でロシア軍を相手に大勝利をおさめた。

＊12　北イタリアの町。一七九七年、ボナパルト（のちのナポレオン）は、この地でオーストリア軍を打ち破った。

＊13　ナポレオン一世が流刑となった南大西洋上の孤島セント・ヘレナのこと。五八ページ注13を参照。

＊14　ユゴーはここで、プロメテウスにまつわる神話をふまえている。プロメテウスは天から火を盗んで人間に与えたことをゼウスにとがめられ、その罰としてカフカス山に鎖でつながれた。大鷲に臓腑を毎日ついばまれたが、夜のうちに臓腑が回復するので、こうした苦しみを絶えず受けなければならなかった。

＊15　皇帝ナポレオン一世が没落とともに称号を剥奪されたことを指す。

＊16　パルティアは、現在のイラン北部ホラサン地方の古名。パルティア人は弓の名手として知られ、逃走しながら追手に矢を射かけるのを得意とした。

＊17　息子のナポレオン二世は、ウィーンの宮廷でオーストリアの厳しい監視下に置かれた。また、妻のマリー＝ルイーズは一八二一年にオーストリアのナイベルク将軍（一七七五―一八二九）と結婚した。

＊18　北イタリアの町アレッサンドリア近郊の地。一八〇〇年、ボナパルトはここでオーストリア軍を打ち破った。このとき着用したマントを、ナポレオンは臨終の床でかけてもらった、とする説もある。

＊19　テヴェレ河はイタリア中部を流れる河。ただし、ナポレオン軍はテヴェレ河付近で戦ったことはない。イタリア遠征（一七九六―九七）の単なる象徴であろう。ナイル河はエジプト遠征（一七九八）を、ドナウ河は対オーストリア作戦（一八〇五）をそれぞれ表わしている。いずれの戦いにおいてもナポレオン軍は勝利をおさめた。

＊20　イギリス軍の将軍（一七六九―一八四四）。セント・ヘレナ総督に任じられ、ナポレオンを厳重に監視した。

*21　フランス軍の栄光のために、ナポレオンがヴァンドーム広場に立てさせた記念柱。先端にナポレオン自身のブロンズ像が置かれた。ナポレオンが没落するとこの像は取りはずされたが、議会の決議により、一八三三年に新しいナポレオン像が据えつけられた。

*22　いずれもナポレオン軍が戦勝をおさめた戦いの地。それぞれの戦いに、戦術家ナポレオンの異なった天才が発揮されたとされる。

*23　ローマの名高い丘。ユピテルを祭った神殿があった。ローマの宗教的・歴史的な中心。

*24　パリの近郊、西のほうにある地。もとは修道院があった。広大な庭園を有するサン゠クルーの宮殿で名高い。この宮殿で一八〇四年、ボナパルトは自身が皇帝であるという布告を発した。

*25　八八ページの注3を参照。カエサルやクラッススとともに、三頭政治を形作る権力者だった。

*26　古代ペルシアの王キュロス二世（?―前五二九）。初めは小国の王であったが、バビロニアやシリアまで征服し、大帝国を築きあげた。

*27　アンヴァリッド（国立廃兵院）のこと。この建物の中に一八四〇年、ナポレオン一世の墓が造られた。

*28　一八〇四年に行なわれた戴冠式に際して、ナポレオンが身に着けたマント。

*29　ナポレオン三世の母親が、オルタンス・ド・ボーアルネであることから、ナポレオン三世の一派を揶揄してユゴーはこう呼んでいる。

*30　ナポレオン三世は教皇とも積極的に手を結ぼうとした。一八五九年、イタリア戦争に出兵し、教皇を議長とする連邦制をイタリアに樹立して、この国を間接的に支配しようとした。

*31　いずれもナポレオン三世の政権を支えた重要な人物。マニャンは将軍。ほかの者たちは閣僚。

*32　一八〇六年、イェーナの戦いでナポレオンはプロイセン軍を相手に大勝利をおさめた。

*33　フランスの聖職者（一七九二―一八五七）。一八四八年、パリ大司教に任じられた。ナポレオン三世の政権に積極的に協力した。

*34　上段の注22を参照。

*35　フランスの有名な大泥棒（一六九三―一七二一）。

*36　ローディの戦い（一七九六）で、若いボナパルトは指揮官としての天才を十二分に発揮し、世に認められていった。

*37　カルリエとピエトリとモーバは、ナポレオン三世政権下の歴代の警視総監たち。

*38　パリ近郊、西のほうにある町。一八一九年に刑務所が建設された。主として、泥棒、ペテン師などの犯罪者が収容され、強制労働に従事した。

*39　ギリシア文学が生みだした叙事詩の最高傑作『イリアス』と『オデュッセイア』の作者と伝えられる詩人。

*40　フランスの版画家（一五九二―一六三五）。画面の劇的な構成に定評があり、戦争に題材を求めた作品に傑作が多い。また、人物を描くのに、滑稽味をもたせたり風刺をきかせたりもした。

*41　トロロンもバロシュもナポレオン三世の協力者。ふたりとも一八五一年十二月のクーデターに参画し、第二帝政下では要職を占めた。

*42　フランスの有名な盗賊（一七二四―五五）。最盛期には手下二百人を抱え、主として密輸を行なった。

*43　旧約聖書に登場するバビロンの王。「ダニエル書」第五章によれば、宴会の最中、不思議なことに、人の指が現われて壁に文字を書く。王が恐れおののいて、ダニエルを呼び解読させると、その文字は王の死と王国の終わりを予告

したものだった、という話である。
＊44　一七九九年十一月九日（革命暦では霧月十八日）、ボナパルトはクーデターを起こし総裁政府を倒して、軍事独裁政権を樹立した。

星

私は眠っていた、夜、砂浜のそばで。
冷たい風に起こされて、夢から覚めた。
開いた目に、暁《あけ》の明星が見える。
星ははるか彼方《かなた》の空で輝いていた、
やわらかで、果てしなく、うっとりするような白さに包
　まれて。
冷たい北風が、嵐《あらし》を引きつれて逃げていく。
光りかがやく星は、雲を綿毛に変えていく。
あの星は、思索する光、命ある光。
星の光は、波が砕けちる岩礁の姿をやわらげる。
真珠のような星の中に、その魂が見えるようだ。
まだ明けきらない夜。だが、暗闇《くらやみ》にもう力はない。
空は神聖なほほえみで輝いている。
波に揺れて傾くマストの先を、あの星の光は銀色にきら
めかせる。
船影は黒々、だが、帆影は白い。
かもめたちが切り岸に止まり、
厳《おごそ》かな様子で、あの星をじっと眺めている、
きらめく光で出来た天国の鳥と思ったらしく。
民衆にも似た大洋は、あの星のほうへ進んでいく。
そして低い声でほえながら、星の輝きを見つめている、
星が飛びさりはないかと、案じてでもいるように。
えもいわれぬ愛が、天地に満ちみちていた。
青草は愛に心を動かされて、足もとでふるえている。
小鳥たちは巣の中で話しあい、一輪の花が、
目を覚まして私に言った、「あの星こそ私の姉なのよ」
と。
闇が長い襞《ひだ》のある帳《とばり》を上げているあいだに、
私は、あの星から訪れてくる声を聞いた。
声はこう言った。「私は先触れをつとめる星。
墓の中に埋もれていると人は思うが、墓から蘇《よみがえ》る星[*1]。
私はかつて輝いた、シナイ山[*2]の上でも、タユゲトス山[*3]の
　上でも。
私は金と火の小石、投石器を使いでもするように、神が、
夜の黒い額めがけて投げつける小石[*4]。
私は、ひとつの世界が滅びるとき、ふたたびこの世に生

まれ出るもの。
おお、諸国の民よ！　私は火と燃える『詩』なのだ。
私はかつて輝いた、モーセの頭上でも、ダンテの頭上でも。[*5]
ライオンのような大洋は、私に恋している。
私はいまやってきた。さあ、立ちあがれ、美徳よ、勇気
よ、信仰よ！
思索する者たちよ、優れた人々よ、人類の歩哨《ほしょう》となって
塔に登れ！
まぶたよ、開け。輝け、瞳《ひとみ》よ！
大地よ、畝溝《うねみぞ》を揺すれ。生命よ、物音を目覚めさせよ。
立ちあがれ、眠れる者たちよ！——なぜなら、私のあと
につづく者、
私を先触れ[*6]につかわした者、
それは、『自由』という名の天使、『光』という名の巨人
なのだから！」

ジャージー島にて、一八五三年七月

＊1　ユゴーはこの星を、イエスが墓の中から蘇らせたラザロにたとえているとも考えられる（「ヨハネによる福音書」第一一章一七―四四）。
＊2　モーセが神から十戒を与えられた山（「出エジプト記」第一九―三一章）。
＊3　ギリシア南部の山。スパルタの伝説的な立法者リュクルゴスが神から啓示を受けたと伝えられている山。
＊4　のちにイスラエル国王になったダビデが、投石器で石を投げて、ペリシテの巨人ゴリアテの額に当て、これを殺した（「サムエル記上」第一七章四九）ことをふまえている。
＊5　モーセもダンテも神から啓示を受けたということを述べている。
＊6　イエス・キリストの「先触れ」をつとめたバプテスマのヨハネ（「マタイによる福音書」第三章一一など）を、ユゴーはここで念頭に置いているとも思われる。

結語[*1]

人間の良心は死んだ。乱痴気騒ぎの宴《うたげ》で、
あいつ[*2]は良心の死骸《しがい》の上にうずくまる。その死骸が好き
なのだ。
ときどきあいつは陽気に、勝ち誇り、赤い目をして、
振りむいては、死んだ良心をひっぱたく。
裁判官の奥の手は売春婦になりさがること。
正直者は聖職者の圧迫にふるえあがってとり乱す。
陶師《すえし》の畑から聖職者たちは財布を掘り出す。[*3]
シブールはユダの売った神をまた売りわたす。[*4]

あいつらは言う、「カエサル様[*5]が治めているのだ、軍神が
彼を選んだのだ、国民よ従え、従うべきだ!」と。
あいつらはその手をぎゅっと握りしめて、歌いながら歩いていく。
すると、指のあいだから金貨がのぞいているのが見える。

ああ! 教皇に祝福された、あのならず者、
あの君主、追剥《おいは》ぎ君主が位についているあいだは、
片手に王杖《おうじよう》を持ち、片手に強盗のやっとこを持ったあいつ、
サタンがマンドランを刻んで作りあげたあのシャルルマーニュ[*6]が、
あいつが悪事にふけっているあいだは、共和国憲法への誓いや、
美徳や、宗教の名誉をバリバリ嚙《か》み砕きながら、
酔っぱらった恐ろしい顔つきで、我々の栄光に恥を吐きかけながら、
大空の太陽の下にこんな姿を見せているあいだは、
たとえ民衆の卑しさが昂《こう》じて、
あの憎むべきペテン師を崇《あが》めるようになろうとも、
たとえイギリスやアメリカさえもが
亡命者に向かって、出ていってくれ! 俺《おれ》たちは怖いんだ! と言おうとも、
たとえ我々が枯葉のようになろうとも、
あのカエサルのご機嫌をとろうとして、人々が我々みんなを見捨てようとも、
追放された者たちが、戸口から戸口へ逃げまわらねばならなくなろうとも、
釘《くぎ》に引っかかったぼろきれのように、人々の手で引き裂かれて、
神が人間の卑小さに抗議を行なっている砂漠が
追放された者たちを追放し、追いたてられた者たちを追いたてようとも、
たとえ世のすべてのものと同じように、いやしく卑劣な
墓が死者たちを外に放り出そうとも、
私は断じて負けない! 繰りごとなど言わず、
泰然として、胸に悲しみを抱き、あの羊の群のような群

衆を軽蔑《けいべつ》しながら、
亡命の立場を一途《いちず》に守り、おまえを胸に抱こう。
祖国よ、ああ、私のぬかずく祭壇よ！　自由よ、私の掲げる旗よ！
高潔な同志たちよ、私はきみたちと同じ理想を抱いている。
追放された者たちよ、共和国こそ私たちを結ぶもの。
私は誇りに思う、世の人が辱めるすべてのものを。
私は侮蔑する、世の人が祝福するすべてのものを！
私は喪の服に身を包んで、
災いあれ！　と言う声となり、否！　と言う口になろう。
おまえの召使どもは、おまえにルーヴル宮[*7]を見せるだろうが、
私のほうは、カエサルよ、おまえが入る精神病院の監禁室を見せてやろう。
かずかずの裏切りや、おもねり従う者たちを目の前に見ても、
私は腕組みをし、憤りながらも、泰然自若としてたたずんでいるだろう。

倒れさった者を愛してうち沈む誠実な心よ、
どうぞ私の力と喜びと青銅の堅固な柱になってほしい！
そうだ、たとえほかの人々が屈しようと、亡命の地にがんばろうと、あの男がいるあいだは、
ああ、フランスよ！　我々が愛し、いつもその不幸を嘆いているフランスよ、
私は二度と踏むまい、おまえのやさしく悲しい国土を。
私の祖先の墓、私の愛する者を育てた土地よ！
私は二度と見るまい、我々を引きつけるおまえの岸辺を。
フランスよ！　私のなすべき義務のほかは、ああ！　すべてを忘れよう。
試練を受ける人々のあいだに、私は自分のテントを張ろう。
追放されたままがんばろう、意気軒昂《いきけんこう》として立っていることを望んで。
たとえ果てしなくつづこうとも、私はつらい亡命を受けいれる、
意志強固だと信じていた友が屈服してしまったかどうか、
また、亡命地にとどまるべき者の多くが帰国してしまっ

たかどうか、
そんなことは知ろうとも、考えようともせずに。
あと千人しか残らなくなっても、よし、私は踏みとどまろう！
あと百人しか残らなくなっても、私はなおスラ[*8]に刃向かおう。
十人残ったら、私は十番目の者となろう。
そして、たったひとりしか残らなくなったら、そのひとりこそはこの私だ！

ジャージー島にて、一八五二年十二月二日

＊1　原文は Ultima verba というラテン語。このラテン語には、『懲罰詩集』を締めくくる「結語」という意味と同時に、「最期（いまわ）の言葉、遺言」という意味もある。
＊2　ナポレオン三世を指す。
＊3　「マタイによる福音書」第二七章三―一〇によれば、ユダはイエスを売りわたして得た報酬を聖所に投げ捨てた。それを拾った聖職者たちはその金で陶師の畑を買ったということである。いままた、この出来事の二番煎じで、聖職者たちはナポレオン三世に協力することで不当な利益を得ているという意味。こうした聖書の記述の解釈には、あるいはユゴーの思いこみがあるかもしれない。
＊4　シブールが、神に仕える身でありながら、「邪悪な」ナポレオン三世に積極的に協力したことを指す。
＊5　ここでは、ナポレオン三世のこと。
＊6　マンドランは、十八世紀フランスの有名な盗賊。シャルルマーニュは九世紀の西ローマ皇帝。ナポレオン三世はもともとは「大泥棒」なのだが、それが悪魔の力によってシャルルマーニュのような権力者に姿を変えたという意味。
＊7　フランスの数多くの王たちが住んだ壮麗な宮殿。現在では、この一部はルーヴル美術館になっている。
＊8　古代ローマの将軍、政治家（前一三八―前七八）。独裁官となり、反動政策を進めた。ここではナポレオン三世を指す。

静観詩集

目次

私のふたりの娘[*1]

暮れかかる美しい宵のさわやかな薄明りの中に、
ひとりは白鳥、もうひとりは鳩《はと》にも似た
美しい娘たち。ふたりとも嬉々《きき》として、ああ、心の和《なご》む
　光景！
ほら、姉と妹が
家の入口にすわっている。ふたりの上には、
長い、たおやかな茎をしたひと束の白いカーネーション
　が
大理石の花瓶の中で風に揺れて、
身をかがめる。じっと動かず、まるで生き物のように、
　娘たちの姿を見つめている。
薄闇《うすやみ》の中で、花々は身をふるわせる、花瓶のふちに、
我を忘れた喜びにひたって止まっている胡蝶《こちょう》さながらの
　姿で。

アンギャン近傍のラ・テラス[*2]にて、一八四二年六月

*1　ユゴーの長女レオポルディーヌ（一八二四―四三）と次女アデール（一八三〇―一九一五）のこと。
*2　家族が自然の中で夏を過ごすようにと、一八四〇年にユゴーが借りた別荘の名前。アンギャンはパリ近郊、モンモランシーの森の近くにある町。

若い日の懐かしい歌

僕はローズが好きでなんかなかった。
だが、ローズは僕にくっついて森へやってきた。
ふたりは、なにか話しあった。
でも、なんだったのか、もう思い出せない。

僕の心はとても冷たかった。
僕はうわの空で歩いていた。
花のことや木のことなんかを話した。
ローズの目は、「それから？」と、きいてでもいるよう
　だった。

露は真珠のように光り、
雑木林は日傘になってくれた。

僕は歩いていった、つぐみの声を聞きながら。
ローズは聞いていた、ナイチンゲールの歌を。

僕は十六歳で、むっつりした顔つきだった。
ローズは二十歳《はたち》で、目は輝いていた。
ナイチンゲールの歌はローズを称《ほ》め、
つぐみの歌は僕をやじった。

ローズは背筋をぴんと伸ばし、
きれいな腕をふるわせながら高く上げて、
枝にみのっている桑の実を取ろうとした。
でも、僕には見えなかった、ローズの白いその腕は。

冷たく深い小川は流れていた、
ビロードみたいな川底の苔《こけ》の上を。
恋心を誘う自然は
眠っていた、音の聞こえない森の中に。

ローズは靴を脱ぎ、
無邪気な様子で、かわいい足を
澄んだ小川の水に浸した。
でも、僕には見えなかった、ローズの素足は。

僕は、あの娘《こ》になんと言ったらいいのか分からなかった。
あの娘《こ》について森の中に入っていった。
ローズはたびたびほほえんでみせた。
溜息《ためいき》をつくこともあった。

静かな森の外に出たときに、
はじめて分かった、ローズがきれいな娘だということが。
「よくって。もうあのことは忘れましょうよ！」とロー
ズは言った。
でも、あれ以来、僕はいつもあのことを考えている。

パリにて、一八三一年六月

万物照応

茜色《あかねいろ》の丘を連ねる地平の上に、
限りない輝きをもつ花、太陽が
夕暮の大地に身を傾ける。
野辺に咲いた、つつましいひなぎくが、
生い茂る烏麦《からすむぎ》のあいだに崩れかけた灰色の壁を背にして、

白い清らかな光背を開いていた。
この小さな花は、古壁のかなた、
永遠にひろがる青空の中に、じっと見つめていた、
不滅の光を惜しみなく注ぐ太陽の姿を。
「私にだって光線《ひかり》があるわ！」と、太陽に語りかけながら。

グランヴィル[*1]にて、一八三六年七月

＊1　フランス、ノルマンディー地方にある港町。サン＝マロ湾に臨む。

〔おいで！――目には見えないけれど、
笛が……〕

おいで！――目には見えないけれど、笛が
果樹園のどこかで、溜息《ためいき》をついている。――
いちばんのどかな歌は
羊飼たちの歌。

風は小波《さざなみ》をたてる、うばめがしの木の下で、
暗い水鏡の面《おもて》に。――
いちばん楽しい歌は
小鳥たちの歌。

おまえ[*1]を悩ます心配の種などないように。
愛しあおう！　愛しあおう、いつまでも！――
いちばん美しい歌は
恋の歌。

レ・メス[*2]にて、一八……年八月

＊1　ユゴーの愛人ジュリエット・ドルーエ（一八〇六―一八八三）のこと。
＊2　パリ郊外にある小さな村。ユゴーはこの村に家を借りて、愛人のジュリエット・ドルーエを住まわせたことがある。

一八四三年二月十五日

愛し愛され、夫の胸の中で幸せにおなり。
――さようなら！――夫の宝におなり、ああ、私たちの
宝だったおまえよ[*1]！

幸せなわが子よ、お嫁にお行き。
幸福だけをもってお行き、いやなことはこの家に残して!
わが家では引きとめられ、他家からは望まれる。
娘よ、新妻よ、天使よ、わが子よ、ふたつながらの務めをお果たし。
わが家には別れの嘆きを、あの人たちには希望を与えよ。
涙を浮かべてわが家を出て、ほほえんで他家にお入り!

教会にて、一八四三年二月十五日

〔ああ、思い出よ! 春よ!
あけぼのよ!……〕

ああ、思い出よ! 春よ! あけぼのよ!
悲しくも、心暖まるやさしい光よ!
——あの娘《こ》[*1]がまだ少女で
その妹[*2]が幼い子供だったころ……——
覚えているだろうか? モンリニョンと
サン・ルーとを結ぶ丘[*3]の上の、
暗い森と青空とのあいだにひらけた
坂になった高台を。

私たちが暮らしていたのはあの高台。——たち返れ、
私の心よ、あの楽しい過ぎさった日々に!——
私には聞こえた、窓の下であの娘《こ》が
静かに、朝早く遊んでいる音が。

あの娘《こ》は露を踏んで走った、
足音をたてずに、私が目を覚ますといけないから。
私も窓を開けなかった、
あの娘《こ》が、どこかへ飛んでいってしまうといけないから。

あの娘《こ》の弟たちは笑い声をたてていた。……——清らか
なあけぼの!
みんなが歌っていた、緑の木々の丸天井の下で、
私たちは「自然」と声を合わせ、
子供たちは小鳥たちと声を合わせて!

*1 ユゴーの長女レオポルディーヌのこと。レオポルディーヌは、弟シャルルの親友の兄であるシャルル・ヴァクリーと結婚した。

私が咳《せき》ばらいをすると、あの娘《こ》は大胆になった。
トントントンと、階段をのぼってきて、
真面目《まじめ》くさった様子で、こう言った、
「あの子たち、下に置いてきちゃったわよ」と。

あの娘《こ》の髪がきれいにとかしてあっても、乱れていても、
私の心が悲しくても、楽しくても、
私はあの娘《こ》をすばらしいと思った。なにしろ私の妖精《ようせい》で、
私にはやさしい星のように見えたから！

私たちは一日じゅう、いっしょに遊んだ。
ああ、楽しい遊び、親しい語らいよ！
夕方になると、あの娘《こ》は長女だったから、
こう言うのだった。「お父さん、いらしてよ！

お父さんの椅子《いす》を持ってくるから、
私たちにお話を聞かせてちょうだいね！」
そして私は見た、楽園にでも住んでいるような
この子供たちの目がみんな喜びに輝くのを。

むやみやたらに人が殺されるような
深刻な話を、私はでっちあげた、
天井の暗い影の中に見つけた
いろいろな人物を登場させて。

四人の可愛《かわい》い子供たちは、いつも
笑い声をたてた、この年頃の子供らしい笑い声を、
知恵者《ちえしゃ》の小人が、おばかさんの
恐ろしい巨人をやっつける話を聞いて。

私はアリオスト[*4]やホメロスみたいな詩人で、
一気呵成《いっきかせい》にお話をつくりあげてやったわけだった。
私が話しているあいだ、この子たちの母親は、
子供たちが笑うのを見ていた、物思いにふけりながら。

部屋のうす暗いところで本を読んでいた子供たちの祖父
は
ときどき目を上げて、孫たちのほうを見た。
そして私の目には、宵闇《よいやみ》の迫った窓越しに
ちらりと見えるのだった、天界の一隅が！

ヴィルキエ[*5]にて、一八四六年九月四日

＊1　長女レオポルディーヌのこと。

＊2　次女アデールのこと。
＊3　パリ近郊の北方にあるモンモランシーの森に近い丘。この丘にユゴーは、一八四〇年の夏に別荘を借りた。
＊4　イタリアの詩人（一四七四―一五三三）。代表作は英雄物語詩『狂えるオルランド』。
＊5　ルーワンとル・アーヴルのあいだのセーヌ河畔にある村。

〔明日《あした》、夜明けとともに……〕

明日《あした》、夜明けとともに、広野《ひろの》が白みかけるころ、
私は発《た》とう。わが娘《こ》[*1]よ、私は知っている、おまえが待っ
　ていてくれるのを。
森を過ぎ、丘を越えて、私は行こう。
もうこれ以上おまえと離れてはいられないから。

私は歩こう、じっと私の思いを見つめたまま、
まわりのものをなにも見ず、なにも聞かないで、
ただひとり、人目に触れず、背を丸め、両手を握りあわせ、
心沈んで。私には昼間の光もまた夜のように暗いことだ
　ろう。

私は見ようとはしまい、沈みゆく金色の夕日も、
アルフルール[*2]を指してくだっていく遠くの帆影も。
そして行きついたとき、私は供えよう、おまえの墓前に、
青々としたひいらぎと花盛りのヒースで出来た花束を。

一八四七年九月三日

＊1　ユゴーの長女で、ヴィルキエの近くのセーヌ河で溺死したレオポルディーヌのこと。
＊2　ル・アーヴルの東隣りにある、セーヌ河口の小さな町。

ヴィルキエ[*1]にて

パリの町の敷石や大理石も、
霧も家々の屋根も私の目から遠く離れた今、
木々の枝の下にたたずみ、
空の美しさに思いを凝らすことができる今、

私の心を暗くしたあの悲しみに、顔青ざめながらも
　うち勝つことができた今、
大自然の安らぎが胸の中に浸《し》みとおるのを

感じている今、

岸辺にすわり、あのすばらしく美しい
静かな地平線に心を打たれ、
私の中に深く根ざした真実を見きわめ、
芝草のあいだに咲く花々を眺めることができる今、

ああ神よ！　暗くても静かな心を私がもてるようになった今、
　　これからは涙に曇らぬ私の目で、
あの娘がその陰の闇《やみ》の中に永遠に眠っている墓石を
　　見ることができるようになった今、

広野《ひろの》、森、岩、谷間、銀色に光る河、
これら神の創《つく》った風景に感動して、
自分の卑小さと神の手になる奇跡を見ながら、
広大な自然を前に私が理性を取りもどした今、

主よ、私はあなたの御許《みもと》に来ました、お信じ申さねばならない父よ。
　　そしてあなたに心やわらいで捧《ささ》げます、
あなたの栄光に満たされた私の心の破片を、
　　あなたが打ち砕かれた心の破片を。

主よ！　私はあなたの御許に来ました。あなたが良い方で、情け深く、
寛大でやさしい方だと心から信じて、ああ、いつも生きておられる神よ！

私は認めます、あなただけが自分が何をしているかを知っておられることを、
また人は、ただ風にそよぐ藺草《いぐさ》にすぎないことを。

私は思います、死者を葬って閉ざされた墓石は
　　天国を開く扉なのだと、
また、私たちがこの世では終わりと思っているものが、
　　じつは始まりなのだということを。

私はひざまずいて認めます、尊い父よ、ただあなただけが
無限を、実在を、絶対を身にそなえておられることを。
私は良いことだ、正しいことだと認めます、
私の心が血を流したのは。なぜなら神がそう望まれたのですから！

私はもう逆らいません、御心《みこころ》が私の身の上に

なにを引き起こされようとも。
魂は悲しみから悲しみへ、人は岸辺から岸辺へと、
永遠にさまよっていく。

私たちの見えるのは物事のほんの一面だけ。
ほかの面は恐ろしい神秘の闇に沈んでいる。
人はなぜとも分からぬままに心の軛《くびき》をつけられている。
人の目に入るのはすべて束の間のもの、役にたたぬもの、
捕らえがたいもの。

あなたは人の歩んでいくところに、いつも孤独を
つきまとわせる。
あなたは望まれなかった、人がこの世で確信や
喜びを手に入れることを！

人がなにかを手に入れると、運命はたちまちそれを奪っ
てしまう。
短い一生にあっては、人はなにも与えられなかった、
住まいを作り、これがわが家、わが畑、
わが愛する者たち！　と言えるような何物をも！
目に見えるものを人が見るのは、ほんのわずかのあいだ
だけ。
人は支えてくれるものもなく年老いていく。
どんなものでもこの世に在るのは、それなりに理由があ
ってのこと。
私はそう思う、それを認めます！

ああ神よ！　人の世は暗い。不変の調和も
歌と涙から出来ているのだ。
この無限の闇の中では、人はひとつの原子にすぎない、
善人が昇り、悪人が落ちるこの暗闇の中では。

私は知っています、私たちすべてに憐《あわ》れみを垂れたもう
ほかに、あなたには
なさるべきことが確かにあるのを。
また、母を絶望させて、子供が死んでいこうと、
あなたにはどうでもいいことを！

私は知っています、木の実が風に揺られると落ち、
鳥が羽根を、花が香りをいつかは失うことを、
天地の営為《えいい》は大きな車輪にも似て、まわるたびに、
かならず誰かを押しつぶしてしまうことを。

月々、日々、海原の波、涙を流す瞳《ひとみ》は、
無情な青空の下を通りすぎる。
草が生長し、子供たちが死ぬのも天の理法《ことわり》。
ああ神よ！　私は分かっています。

あなたの住む天界の中で、天空のかなたで、
じっと静けさを湛《たた》えたあの青空の奥で、
おそらくあなたは生み出されるのでしょう、私たちには
分からない物事、
人の苦しみもその中に含まれているさまざまな物事を。

あなたの数知れぬ計画にはおそらく必要なのでしょう、
心根のいい人たちが
痛ましい出来事の暗い旋風に運ばれて、
消えさっていくことが。

私たちの不可知な運命《さだめ》は広大な法則に従って動く。
その法則は何事にも調子を狂わされたり、心を動かされ
たりはしない。
あなたは宇宙の運行を乱す突然の慈悲などはおもちにはなれない。
ああ神よ、泰然たる心の持主よ！

ああ神よ！　どうか私の魂を見つめて、
お考えください、
子供のようにつつましく、女性のように優しい気持で、
私があなたを称《たた》えにきたことを！

さらにまた思ってもみてください、私が若いころから
働き、戦い、考え、歩き、格闘して、
自然の秘密を知らない人々にそれを解き明かし、
あなたの光で万物を照らしてきたことを、

私が世の人々の憎しみも怒りも、ものともせずに、
この世の務めを果たしてきたことを、
こうした報いを受けるなどとは、私には思いもおよばな
かったことを、
そしてさらには予想もつかなかったことを。

あなたもまた世の人と同じように、うなだれた私の頭上
に、
勝ち誇った腕を重くのしかからせ、
私が喜びなどほとんどもてずに生きていることを、ご存
じのはずなのに、

こんなにも早く、私の手から子供を奪ってしまわれると
　は！

どうか思ってもみてください、こんなにも打ちひしがれ
　た魂は不平を言いたくなることを、
　　ついあなたを罵《ののし》って、
冒瀆《ぼうとく》の叫びを投げつけたくなったことを、まるで海に
　　小石を投げる子供のように！

ああ神よ！　思ってもみてください、人は苦しむと疑い
　をもつことを、
涙にかきくれた目はついには盲目になり、
愛する人に死なれた悲しみのために絶望の暗い深淵《しんえん》に沈
　んだ者には、
もうお姿が見えなくなると、心の目でもあなたを見られ
　なくなることを、
さらにまた、人が深い悲しみに沈んだときには、
　　空にまたたく星座の
暗い静けさが心を訪れることなど
　　ありえないことを！

きょう、この日、母親のように心弱かった私は、
一面に開かれた御空《みそら》を目の前にして、あなたの足もとに
　身をかがめます。
私は感じます、この耐えがたい苦しみの中で、
宇宙の理法《ことわり》がひときわはっきり見えるようになり、心に、
　洞察力がそなわるのを。

主よ、私は認めます、厚かましくも人が不平など言うな
　らば、
　　それは心が狂っている証拠だと。
私はもうあなたを責めません、あなたを呪《のろ》いません。
　　だがせめて、涙だけは流させてください！

ああ！　お許しください、私のまぶたから涙の流れ落ち
　るのを。
あなたはそのように人を創られたのですから！
お許しください、この冷たい墓石の上に身をかがめて、
わが子に向かってこう言うのを、「私がここにいるのが
　分かるかね？」と。
お許しください、夕べ、あらゆるものが口をつぐむとき、
　わが子の遺骸《いがい》の上に

身をかがめて、語りかけるのを、
死の闇の中で神々しい瞳をふたたび開いて、天使のわが
子が
この声を聞いてくれるような気持で!

ああ! 過ぎし日々へうらやみの眼差《まなざ》しを向け、
心はこの世の何物にも慰められず、
私のまぶたにはいつも生涯のあのときが浮かぶ、
わが子が翼を開いて、飛びさるのを見たあのときが!

あのときのことは死ぬ日まで、私の瞳から消えないだろう。

ああ、涙を流しても詮《せん》ないこと!
あのとき私は叫んだのだ、「このあいだまで生きていた子供が、
どうしたのだ! いなくなってしまうとは!」と。

お怒りにならないでください、このような私の気持を。
ああ神よ! この傷はどんなに長いあいだ血を流しつづけたことでしょう!
深い苦しみがつねに私の魂の主《あるじ》となり、

私の心は運命《さだめ》に従っています。でも諦《あきら》めてはいません。
お怒りにならないでください! たえず喪の悲しみに付きまとわれる私たちは、
涙にくれがちな死すべきもの。
私たちにはむずかしいのです、こんなに深い苦しみから
自分の魂を救い出すことは。

そうです、子供は私たちにはなくてはならぬもの。
主よ、私たちが、生涯のある朝、
倦怠《けんたい》と、苦痛と、悲惨と、
私たちの運命が頭上に落とす影とのただ中に、

かわいく神々しい顔をした幼い子供が、
楽しい小さな生き物が、
入ってくると天国の扉が開かれたと思われるほど美しい
子供が、姿を見せるのを見たとき、

また自分の血を分けた子供が十六歳になって、
愛らしい美しさや、穏やかな理性がいや増すのを目にしたとき、
愛するわが子が、私たちの

魂や家の中に光を与えているのだと分かったとき、
また子供こそ、私たちの抱いたいろいろな夢のうちで、
いつまでも残る
　この世のただひとつの喜びだと分かったとき、
思ってもみてください、あの子がこの世から消えてしま
うのを見るのは、
　またなんと悲しいことであるのかを！

ヴィルキエにて、一八四七年九月四日

＊1　ルーワンとル・アーヴルのあいだのセーヌ河畔にある村。一八四三年九月四日、ユゴーの長女レオポルディーヌが、夫とともにヴィルキエの近くのセーヌ河で溺死するという事件が起こり、ユゴーは深い悲しみを味わった。

死神

私はあの麦を刈る女を見た。[＊1]彼女は畑で働いていた。
刈ったり、取り入れたりしながら、大股《おおまた》で歩いている。
夕闇《ゆうやみ》の光が彼女の黒い骸骨《がいこつ》をとおして流れる。
万物《ものみな》がふるえて、遠くへひき退いていくようにみえる宵
闇の中に、
人々は目で追う、鎌《かま》の刃がきらきら光るのを。
鎌の刃が光るたびに、戦いに勝った人々が凱旋門《がいせんもん》の下で
つぎつぎに倒れる。あの女は変えた、バビロンの都[＊2]を砂
漠に、
王座を処刑台に、処刑台を王座に、
薔薇《ばら》を肥やしに、子供たちを小鳥に、
金《きん》を灰に、母親たちの目を涙の小川に。
女たちは叫んでいる、「あの子を返してください。
死なせるぐらいなら、なぜ生ませたのですか？」と。
地上ではみんな涙にかきくれている、上流の人々も、下
層の人々も。
やせこけた指をした手がよごれた病の床から突き出てい
る。
冷たい風が無数に並ぶ経帷子《きょうかたびら》の中でざわざわ鳴る。
頭上に不吉な鎌をかざされてとり乱した諸国の民は、
まるで闇の中をふるえながら逃げていく羊の群のよう。
この女の歩くところにひろがるのは、ただ喪の悲しみと、
　恐怖と、夜の闇。
だか、彼女のうしろには、やさしい炎の光を顔一面に受
けて、
ひとりの天使がほほえみながら進んでいく、刈り取られ

た人々の魂の束を手にしっかりと捧《ささ》げながら。
一八五四年三月

＊1　死神のこと。ヨーロッパの文学や絵画などでは、死神は、長柄の鎌を手に持った骸骨の姿で表わされることが多い。
＊2　メソポタミアの古代都市。前六世紀ごろオリエント随一の壮麗な都となったが、その後破壊され、廃墟となった。

物乞い

物乞いがひとり通りすぎていく、あたり一面、霧氷に覆
　われ、冷たい風が吹く中を。
私は部屋の窓ガラスをコツコツたたいて合図した。男は
　私の家の戸口で
立ち止まった。私は扉を丁重に開けた。
驢馬《ろば》が何頭も、町の市場から帰ってくる、
荷鞍《にぐら》の上にうずくまった農民たちを乗せて。
男は、坂の下の犬小屋のような家に住んでいる老人だっ
　た。
たったひとりで暮らしながら、夢想にふけって、待ち望
　んでいた、
どんよりした空から射してくるひと筋の光を、地上で恵
　んでもらう一枚の銅貨を、
手を差し伸べて人に恵みを乞い、その手を合わせて神に
　祈りながら。
私は大声で呼びかけた。「ここに来てすこし暖まりなさ
　い。
名前はなんというのですか?」老人は答えた。「貧乏人
　という名前です」
私は男の手を取って言った。「お入りなさい、さあ、あ
　なた」
そして私は、老人に碗《わん》に一杯のミルクをやるようにと言
　いつけた。
老人は寒さにぶるぶるふるえながらも、私にいろいろ話
　しかけてきた。
私は返事をした、思いにふけっていて、相手の言葉は聞
　こえなかったが。
「服がぬれていますね」と、私は言った。「ひろげて干し
　なさいよ、
暖炉の前に」老人は火のそばに近よった。
昔は青かったのに、老人の外套《がいとう》は今は虫食いだらけ。
燃えさかる暖炉いっぱいにひろげられると、
火の放つ光が無数の穴から射し出して、

暖炉を覆ったその姿は、暗い空一面に星がちりばめられ
たよう。
老人がぼろぼろの哀れな外套を、
雨や水溜《みずたま》りの水をしたたらせて乾かしているあいだ、
私はじっと考えていた、この男は祈りに満ちた生活を送
っているのだと。
そして、その場の会話にはうわの空で、私はただじっと
見つめていた、
いくつもの星座の輝きが見える、あの修道服のような粗
末な外套を。

一八三四年十二月

砂丘での言葉

今や私の命は燃えている松明《たいまつ》のように短くなり、
　私の仕事も終わりを告げた。
今や私は墓の間近に近づいた、
　幾たびか人々の死を送り、[*1] 長い歳月を経て。
天翔《あまか》ける私の心がかつて夢見たあの空の高みに、
　私は見る、闇《やみ》のほうへ引き寄せられて、
まるで、渦巻きながら消えていく過去のように、
　多くの美しい年月が逃げていくのを。
今や私は言う。「ある日勝利を手にしても、
　そのあくる日にはすべてが幻！」
悲しい心を抱きながら、深い海のほとりを私は歩く、
　夢見る人のように身をかがめて。
私は眺める、あの山の上に、谷の上に、
　永久《とわ》に揺れうごく海原の上に、
禿鷹《はげたか》にも似た北風のくちばしに突《つつ》かれて、羊毛のような
雲が
　みな飛びさっていくのを。
私は聞く、空を吹く風の音を、暗礁に寄せる海の響きを、
　人の手が熟れた小麦を束ねる音を。
私は耳を傾けて思いにふけりながら比べる、
　話す人間とささやく自然とを。
ときどき、私は横たわったまま起きあがらないでいる、
　砂丘のまばらな草の上で、

月のあの不吉な眼《まなこ》が姿を現わし、夢見るのが見える
　そのときまで。
月は昇って長く静かな光を投げかける、
　天地《あめつち》に、神秘に、海の淵《ふち》に。
私たちふたりはじっと目と目を見交わす、
　輝く月と苦しむ私とは。

いったいどこへ行ってしまったのだ、過ぎさったあの日
　日は？
　　まだいるだろうか、私のことを知っている人
　　が？
今もなお宿っているだろうか、このまぶしさにくらむ目
　の中に、
　　青春の日の明るさの名残が？

飛びさってしまったのか、なにもかも？　私はただひと
　り、私は疲れた。
　　私は呼ぶ、だが誰も答えない。
おお、風よ！　おお、波よ！　ああ、私も一陣の風にす
　ぎないのか！
　　ああ！　波濤《はとう》のひとつにすぎないのか？

もう見られないのか、かつて愛したものをひとつも？
　心の中に落ちるのは夕暮の影。
ああ、大地よ、靄《もや》に消されていくおまえの頂、
　幽霊なのか、私は？　墓なのか、おまえは？

私はみんな飲みほしてしまったのだろうか、命も愛も喜
　びも望みも？
　　私は待っている、求めている、欲しがっている。
私は壺《つぼ》を傾ける、ひとつ、またひとつ、名残の滴を
　　飲もうとして！

ああ、思い出は後悔に隣りあうもの！
　思い出のなにもかもが私たちを涙に誘う！
おお、死よ、おまえに触れると、なんという冷たさ！
　人の世の扉の黒い閂《かんぬき》よ！

そして、私は思いを凝らす、にがい海風や、乗り越えら
　れぬ波頭を立てた波が
　うめくのを聞きながら。
夏はほほえみ、そして、海辺には見える、
　砂地に咲く青い薊《あざみ》の花。

ジャージー島到着の記念日に、一八五四年八月五日

色褪《いろあ》せていて、花びらも芳《かぐわ》しくない。
山の頂に根づいたこの花の放つのは、
ただ青い海草のもつあのにがい匂《にお》いばかり。
私は言った。「哀れな花よ、おまえはこの高い崖の頂から、
広大な深淵《しんえん》、あの海の中に落ちていく運命《さだめ》だったのだ、
海草も、雲も、帆船もみな消えていくあの深淵に。
花よ、人の心の上に飾られて死ぬがよい、人の心は海よりも深い深淵。
枯れていけ、ひとつの世界が息づいてふるえているあの人の胸の上で。
波間に散らそうとしておまえを創《つく》った神は、
大海におまえを捧《ささ》げたのだ。だが私はおまえをふたりの愛に捧げよう」
風が立ち、波立つ海原。あたりに残るのは、
もう夕暮の薄明りだけ。その明りもおもむろに消えていく。
ああ！　私の心の奥底はなんと悲しかったことか、
物思いに沈む私の胸の中に、暗い深淵が、
夕べの戦《おのの》きという戦きを引きつれて、浸《し》みこんできたとき！

サーク島[*2]にて、一八五五年八月

〔私はこの花を摘んだ……〕

私はきみ[*1]のために丘の上で、この花を摘んだ。
海に向かって傾いている切り立った崖《がけ》、
鷲《わし》だけが知っていて近づくことのできるあの崖の
岩の割れ目に、この花はひっそりと育っていた。
あの暗い岬の脇腹《わきばら》は、影に浸されていた。
私は見た、勝利を記念して、
輝かしい緋色《ひいろ》の壮大な凱旋門《がいせんもん》が建てられるのにも似て、
太陽が波間に呑《の》みこまれていったその場所に、
暗い夜が雲のポーチを打ち建てるのを。
遠い海原に乗り出して、姿が小さくなっていく、いくつもの帆影。
窪地《くぼち》の底で灯《ひ》をともしはじめたいくつかの家々は、
明るく輝いて人目につくのを恐れてでもいるような気配。
いとしい人よ、私はきみのためにこの花を摘んだ。

*1　ユゴーはすでに、両親、次兄、長男および長女を亡くしていた。

＊1　ユゴーの愛人ジュリエット・ドルーエのこと。
＊2　ガーンジー島の東隣りにある小島。

我行かん[＊1]

言ってくれ、なぜまた、青銅の堅固な壁を張りめぐらせた、
　あの底知れぬ世界に、
澄みきった空の恐ろしい
　不可知の闇《やみ》の中に、
なぜまた、耳を貸さぬ、祝福された
　あの大きな神殿の中へ、
なぜまた、広大無辺な大空の渺茫《びょうぼう》たる
　屍《し》衣《い》の下へ、
隠すのか、きみたちの永遠の法則と
　きみたちの光を？
きみたちは知っているはずなのに、私には翼があること
を、

　おお、かずかずの真理よ！
なぜまた、きみたちは隠れるのか、私たちを当惑させる
　闇の中へ？
なぜまた、きみたちは避けるのか、大空深く飛ぶ
　暗い運命《さだめ》の男を？

悪が善を破壊しようと、帝国を建設しようと、
　這《は》いまわろうと、王になろうと[＊2]、
きみはよく知っている、私が飛びたつことを、正義よ、
　私がきみをめざして飛びたつことを！

神聖な美よ、苦悩する人の胸に
　芽生える理想よ、
きみの力で精神は堅固になり、
　心は偉大になる。

きみたちはそのことを知っている、私の崇《あが》めるきみたち
は、
　愛よ、理性よ、
地平線に、あけぼののように立ちあがる
　きみたちは。

星辰《せいしん》の後光を身のまわりにつけた信仰よ、
　万人の財産である権利よ、
私は飛びたつ、おおい隠されている自由[*3]よ、私は
　きみたちをめざして飛びたつ！

神の光たちよ、無駄なのだ、きみたちが、
　終わりもなく果てもない、
深淵《しんえん》のような青空の、陰鬱《いんうつ》な深みに
　住んでみても無駄なのだ。

赤児の時代から、深淵に
　慣れている
私は雲を恐れはしない。
　私は鳥なのだ。

私は、アモスが夢に見た、
　また聖マルコが
枕辺《まくらべ》に現われるのを見た、あの生き物[*4]のような
　鳥なのだ。

あの生き物は、光に照らされて、
　誇り高い頭に、
鷲《わし》の翼を、巨大なライオンの鬣《たてがみ》から
　生やしていた。

私は翼をもち、頂にあこがれる。
　私はしっかりと飛ぶ。
私には翼がある、嵐《あらし》を突き、
　青空を過《よぎ》る翼が。

私はよじのぼる、階段の無数の段を。
　私は知りたい、
たとえ知ることが宵の世界のように
　暗いものであっても[*5]！

きみたちはよく知っている、魂はこの暗い階段に
　立ち向かうのを。
そして、どんな高みにまで昇らねばならなくとも、
　私が昇っていくことを！

きみたちはよく知っている、魂はたくましく
　何物も恐れはしないことを、
魂が神の息吹に運ばれていくときには！

きみたちはよく知っている、
私が青空の大黒柱まで昇ることを。
また、私の歩みは、
たとえ、星までつづく梯子《はしご》を昇っていっても、
ふるえたりなどしないことを！

人間は、暗い海原のようにたち騒ぐ
この激動の時代には、
プロメテウスのように、またアダムのように、
振舞わねばならぬのだ。

人間は峻厳《しゅんげん》な天国から、永遠の火を
奪わねばならぬのだ。[*6]
自分自身の謎《なぞ》を征服して、神から
盗まねばならぬのだ。[*7]

わらぶきの家に住んで、隙間《すきま》風《かぜ》に打たれる
人間には、
みずからを導く光となり美徳となる
法[*8]が必要なのだ。

いつまでもつづく無知と悲惨よ！
人間は所詮《しょせん》逃れられずに、
運命に捕らえられてしまう、いつまでも離そうとはしない運命の力よ！
いつまでもつづく闇よ！

民衆は、容赦ない神の命令から
逃れねばならぬ。
そしてついには、この偉大な殉教者は、宇宙の秘密を
知らねばならない。

この、間もなく終わる暗い時代に、
「愛」はもう、
描いている、漠然とではあるが、
未来の姿を。

地上に生きる人間の運命の掟《おきて》を
創《つく》るのは神。
そして、この掟が不可知なものであろうと、
私は精神。

私は何物にも止められぬ者、

　　進みゆく者。
いつもエホバの言葉を受けいれようとする
　　心構えの者。

私は孤高の詩人、
　　義務を象徴する人間、
苦悩を吐く息吹、黒い
　　らっぱの口。

私は夢想する者、その帳簿に
　　生者の名前を載せ、
不吉な詩のひと節《ふし》ひと節を、四方の風に
　　寄せる者。

私は翼ある夢想家、たくましい腕をもつ
　　荒々しい闘技者。
私は彗星《すいせい》を引っぱってもみせよう、
　　その髪をつかまえて。

それゆえ、人類の大問題を支配する法則を
　　私はきっと手に入れてみせる。
私は進んでいこう、そういう法則をめざして、蒼白《そうはく》な思
　　索者、
　　霊感におびえる祭司の私は！

なぜまた、隠すのか、きみたちの[*9]深遠な法則を？
　　無駄なのだ、壁をめぐらしても。
きみたちの炎の中、波の中へ、
　　私は進んでいこう。

私は、偉大な聖書を読みにいこう。
　　裸で[*10]入っていこう、
未知の天界のあの恐ろしい
　　奥処《おくが》へ、

闇と虚空の入口、ぱっくりと口を開けた
　　深淵のところまで、
青白い猟犬の群のような黒い稲妻たちが守っている[*11]
　　あの深淵のところまで。

宇宙の神秘に向かって開かれたあの扉のところまで、
　　私は入っていこう。
雷よ、ほえるがよい、それなら、
　　私はいっそう強くほえかえすから。

ロゼル湾[12]の巨石遺物《ドルメン》のそばで、一八五三年一月

*1 原文はラテン語。おそらくウェルギリウスの『牧牛歌』第一〇巻五〇行からとられたものであろう。
*2 ユゴーの政敵であったナポレオン三世への当てつけ。
*3 ナポレオン三世治下のフランスでは、自由が抑圧され、自由な言動は公然とはなされなかった。
*4 アモスは旧約聖書の預言者。聖マルコは福音史家のひとり。しかし聖書によれば、アモスも聖マルコも、こうした「生き物」を見ていない。ユゴーはおそらくエゼキエルやヨハネが見た「生き物」と混同しているのであろう（「エゼキエル書」第一章五―一〇、「ヨハネの黙示録」第四章六―八）。
*5 たとえ、学問を積んだために、これまで抱いていた表面的な事物の把握が崩れて、心に疑いが増すだけだったとしても……という意味。
*6 プロメテウスがこっそり天上の火を盗んで人間に与えたことを指す。
*7 人類の始祖アダムが、神の言いつけに背いて、エデンの園で禁断の木の実を食べてしまい、神と同じように善悪を知る者となったことを指す。
*8 英知とモラルのこと。
*9 この詩の第三節で言っている「かずかずの真理」のこと。
*10 偏見を捨て、虚心坦懐になって……という意味。
*11 天界の入口を暗くして、人間の目に真理を見えにくくしているという意味。
*12 ジャージー島の東部にある湾。同じ名前の村も近くにある。

闇《やみ》の口の語ったこと（抄）

人間は夢想しながら、宇宙の深淵《しんえん》に下りていく。
私はさまよった、ロゼル湾を見おろす巨石遺物《ドルメン》の近くを、
岬が半島のように長く延びているところを。
亡霊が待ちうけていた。落ち着きはらった暗い亡霊は
私の髪をつかんだ、すると、その手は大きくなった。
亡霊は私を岩の頂に運んで、こう言った。

「知るがいい、万物は自分の掟《おきて》や、目的や、たどるべき道を心得ていることを、
星から虫けらにいたるまで、広大無辺な宇宙は、おたがいの言葉に耳を傾けていることを、
宇宙の万物はそれぞれ自分の心をもっていることを。
そして人間の耳には、そうした万物の生き方が手に取るようにつかめるのだ。
なにしろ、事物と生物とはさかんに言葉を交わしあっているのだから。
万物が話をする、吹きすぎる風も、水面《みのも》を進むアルキュオン[1]も、

草の芽も、花も、種も、土も、水もが。
おまえはいままで考えていたのか、宇宙がこういうもの
　ではないのだと？

……………………………………

いや、万物は声をあげ、香りを放っているのだ。
万物は話しかけている、無限の中で、何者かに何かを。
ある考えがこめられているのだ、森羅万象のあげる壮大
　なざわめきには。
神は創《つく》ったざわめきに、すべて「言葉」を交えたのだ。
万物はうめく、おまえのように。万物はうたう、私のよ
　うに。
万物は話をしているのだ。そして、人間よ、おまえは知
　っているか？
なぜ万物が話すのかを。よく聞け。風、波、炎、
木々、葦《あし》、巌《いわお》、こうしたものすべてが生ある存在だから
　だ！
　　万物は魂に満ちているのだ。
だが、どのようにして？　ああ！　これこそ前代未聞の
　神秘。

おまえは途中で気を失わなかった。
だから話そうではないか。
　　神は重さをもたないものしか創
　　らなかった。
神が創ったのは、輝かしくて美しく、清らかですばらし
　い、
だが不完全なもの。もしそうでなければ同じ高みに位置
　して、
被造物は創造者と等しいものになり、
こうした完全なものは、無限の中に姿を消し、
神と混じりあい、神とひとつになってしまっただろうか
　ら。
そして被造物は、あまりにも完全で明るいために、
神の中にたち戻って、存在しなくなっただろう。
予言者が瞑想《めいそう》する、神が創ったものというのは、
存在するためには、ああ、深遠な神秘よ！　不完全でな
　ければならなかったのだ。
こうして、神は宇宙を創り、宇宙は悪をつくったのだ。

創られたものは、洗礼の光に飾られて、
私たち亡霊だけが、いまでも記憶しているあの天地の始
　まった時代には、
輝きわたる翼に乗って、燦然《さんぜん》たる天空を飛翔《ひしょう》していた。
万物が歌、快い香り、炎、まばゆいばかりの光。
被造物はさまよった、金の翼を羽ばたいて美しい光の中
　を、
あらゆる香りに代わるがわる、もてなされながら。
すべてが漂い、すべてが飛んでいたのだ。

　　　　　　ところが、最初の過ちが犯されると、
それが最初の重さとなった。

　　　　　　　　神は苦しみを感じた。
重さは形をとった。そして鳥刺しが、
身をふるわせてもがく小鳥をつかんで逃げるように、
落ちていった、とり乱した天使を道連れにして。
悪が生まれたのだった。それから万物は重さを増しなが
　ら、だんだん悪化していった。
霊気は空気になり、空気は風になった。
天使は精霊になり、精霊は人間になった。
魂は落ちていった、宇宙の悪の数を増しながら、
禽獣《きんじゅう》の中へ、樹木の中へ、さらにくだって、
あの醜くて目の見えない、考える小石の中へまでも。
天使たちが残念がって数えあげる、あの卑しい存在！
こうした存在という存在があちこちに積み重なって、か
　ずかずの球体が形作られ、
そうした塊のうしろで、暗い夜が生まれた。
悪とはすなわち物質。暗黒の木、宿命の果実。

……………………………………

さあ、こうした奥深いものの中へ、さらに一歩踏みこん
　でみよう。

人間よ、おまえはいろいろなことを望んだり行なったり
　する。築きあげたり作りあげたりする。
そして言う、『私は孤独、なぜなら考える者だから。
宇宙は私だけを閉じこめる、その陰鬱《いんうつ》な厚みの中に。
こちらにあるのは夜、あちらにあるのは夢。
理想とは、知識がつぶすひとつの目。*2
私は、万物の行きつくところ、万物の頂点』と。
だが見てみよう、おまえは眺めることがあるか、よく言
　いつけをきく雄牛《おうし》を？
おまえは耳を傾けることがあるか、大理石の上を歩くお

まえの足音に？
波に尋ねることがあるか？　そして木々を見るとき、
修道士たちにも似た、こうしたものにときどき話しかけることがあるか？
おまえは見る、不思議な山の斜面でも昇るように、
渾然《こんぜん》とした物音をたてながらごった返し、闇の底から、
暗い天地の万物の大群が、おまえの足もとへと昇ってくるのを[*3]。
岩はずっと遠くに、動物はすぐそばにいる。
おまえは、高くそびえ立つ生きた山頂のように見える！
だが、言え、おまえは思うのか、論理で割りきれないこうした存在が我々の目を欺くと？
おまえの目に映る、この被造物で出来た梯子《はしご》が途中で切れているのだと？
おまえは思うのか、五感が神の知恵によって照らされているおまえよ、
ゆっくりと、一段一段、光のほうに昇っていく
『創造』が、その上昇する道のいたるところで
光の量を多くして、物質の量を減らし、
亡《ほろ》びゆく醜い動物に、より多くの本能を混ぜる『創造』が、
おまえは思うのか、あの巨大な『創造』の生命が、
木の葉を風で、頭を光で満たすこの生命が、
岩から木へ、木から獣へ、
そして、石から徐々におまえのほうへと昇っていくこの生命が、
深淵のふちの切り立つ崖にもたとえられる人間のところで止まってしまうのだと？
いや、この生命はひるまず、見事に昇りつづけて、
目に見えぬ世界へ、そして重さをもたぬ世界へ入っていき、
卑しい肉体をもったおまえの目には見えなくなり、青空を満たすのだ、
暗いこの世界を照らす鏡である、まばゆく輝くあの世界、
人間と隣りあっている存在や、人間から遠く離れている存在、
清らかな精霊、光りかがやくその姿が、その清らかさを示している、あの万物を見ぬく力をもった存在、
人間が本能でつくられているように、光でつくられているあの天使たち、こうしたもので青空を満たすのだ。
あの生命は、誰も到達したことのない空を横切って、あの世界に入っていく、
星をちりばめた梯子を、崇高な姿を見せながら昇り、
物質という鎖につながれた悪魔たちから、翼をもった魂のところまで行きつくのだ。

そしてその生命は、卑しい存在の暗い額を崇高な存在の足の指に触れさせ、
精霊である星を大天使である太陽に結びつけ、
広大無辺な空間を経巡りながら、
星座の群と青空の群をつなぎあわせる。
そして、上に下に、周辺に中央に、被造物を満たして、
ついには奥深い天空の高み、神の中に消えうせる！

この梯子はおぼろな姿を現わす、生の中に
また死の中に。正しい人々はいつも、この梯子をよじ昇った。
ヤコブはこの梯子を見ながら、[*4] そしてカトーは見ることなしに昇[*5]った。
この梯子の一段一段が喪の悲しみ、知恵、亡命、義務なのだ。

この梯子の足は、地球よりずっと下のところにあるのだ。
知るがいい、その足は神秘の世界に、
恐怖と亡びの世界にあることを、
そしてまた、この梯子は、青白い亡霊が群がるただ中を、
あの深淵から、悪霊と罪とがはびこり、
被造物が、深淵に恐怖を与えながら、
定かならぬ幽霊の姿になって、闇の中に伸びているあの深淵から昇ってくることを。
なぜなら、天界から追放された人間の生きている地球の下では、
人間よ、おまえたちより下で、青白い世界の底で、
何物もないと思われているが、じつは恐ろしいものがうようよしているあの世界で、
ああ！　人間を肉体によって奴隷にするあの『悪』が
生命をもったすさまじい毒気を吐き出しているのだ！
そこでは、災厄の波間に沈んで呑《の》みこまれていく、
星の鱗《うろこ》を落としたその体をよじらせる七頭蛇《ヒュドラ》のような世界が。
そこでは、なにもかもが漂って、暗闇の中をどこへともなく消えていく。
岸辺もなく、換気窓もなく、壁もないこの深淵の中では、
かつて生きていたすべてのものの灰が、たえまなく降ってくる。
そして勇気をふるって、この世界の奥底をのぞきこむと、
　そこには見える、
生命と息吹と音とのかなたに、
闇が輝き出ている、黒い恐ろしい太陽が！

＊1　五九ページの注27を参照。
＊2　せっかく理想をもとうとしても、知識が邪魔をして、それをすぐに壊してしまうという意味。
＊3　ユゴーの思想によれば、万物はその崇高さに応じて梯子のような段階を形作る。こうした万物の梯子は、闇の底から出て途切れることなく人間にまで、そしてさらには神のもとにまで昇っていく。詳しくは巻末の「解題」を参照。
＊4　ヤコブは旧約聖書「創世記」の登場人物。「創世記」第二八章によれば、地上から天にまで伸びる梯子に沿って天使たちが昇ったり降りたりしているさまを夢の中で見た、ということである。ユゴーはここでは、この話と、ヤコブがしだいに信心深く高潔な人物に成長していったこととを結びつけて考えている。
＊5　カトーとはローマの政治家小カトー（前九五―前四六）のこと。篤実な人物として知られる一方、学問好きで、とりわけストア派の思想に精通していた。だが、ローマにキリスト教が浸透する以前に生きた人物であり、万物が梯子を形作るという真実には思いもおよばなかった、とユゴーは考えているのである。

諸世紀の伝説

目　次

女性の聖別式

一

夜明けの光が射してきた。どんな夜明けだろう？　広大
で、
計りしれない崇高な、目眩《めくるめ》く深淵《しんえん》のような夜明け、
平和と善意とに激しく燃える光。
それは地球の始めの時代[*1]だった。光は
人の近づけない空の頂で、澄みきって輝いていた、
光は、神のもっているただひとつの目に見えるものだっ
たから。
すべてが輝いていた、物陰も暗い霧も。
黄金《おうごん》の雪崩《なだれ》が青空でくずれていた。
炎と燃える日光が、喜びに我を忘れた大地の果てで、
生命に満ちた遠い景色に燦然《さんぜん》と火をともす。
見はるかすかぎり、あたりは影や木の生い茂る岩や、
今日ではもう種《しゅ》の絶えた、恐ろしい木々に満ちて、
きらめく光と奇跡との奥底で、
夢のように、眩暈《めまい》のように輝いていた。
純潔で飾りけのないエデンの園は、けだるげに目を覚ま
した。
小鳥たちはさえずっていた、魅力と、さわやかさと、愛
らしさと、
甘さと、やさしさに満ちた讃歌《さんか》を。
天使たちもついうっかり身をかがめ、聞きいるような讃
歌を。
虎の吠《ほ》え声でさえ、ひときわやさしくひびいていた。
子羊が、狼《おおかみ》たちといっしょに草を食《は》んでいる茂み、
九頭蛇《ヒュドラ》が、アルキュオン[*2]を愛している海、
熊と鹿の息吹が混じりあう平原、
こうしたものは、ためらっていた、限りないコーラスに
つつまれて、
洞穴《ほらあな》からひびく叫び声と、小鳥の巣から洩《も》れる歌声のど
ちらに従おうかと。
明るい光の中には、祈りの声が溶けこんでいるようだっ
た。
そして、神の言葉[*3]の響きを保って、
まだけがれを知らぬこの大自然の上には、
天使のように清らかなこの楽園の上には、

朝が、聖《きよ》らかな祈りの言葉をつぶやきながら、
ほほえんでいた。そして暁は後光のように輝いていた。
万物は、「幸せ」の清らかな姿をしていた。
有毒な息を吐く口などなかったし、
神から与えられたそのままの、堂々たる姿を身につけていないものもなかった。
無限が注ぎうるすべての光が、
大気の中で混じりあって、いちどきに輝いていた。
吹く風は、渦巻いて気ままに流れさる雲海の中で、
稲妻の束とたわむれていた。
地獄は、二言三言、なにやら罵《ののし》りの声をつぶやいてはいたが、
その声も、海や、山や、森や、大地や、空のあげる、
楽しげな力強い叫びにつつまれて、消えうせてしまう！
風と光のまき散らす熱狂は、
そこここの森を、大きな竪琴《たてごと》のようにふるわせていた。
影から光まで、山の麓《ふもと》から頂まで、
気高い友愛が芽生えていた。
またたく星も傲慢《ごうまん》ではなく、蛆虫《うじむし》もねたみ心をもっていなかった。
生きとし生けるものが、深く愛しあっていた。
輝きわたるあの光にも劣らぬ大きな調和が、若々しい地球に
清らかな忘我の喜びを注いでいた。
その調和は、宇宙の神秘な中心から出ているように思われた。
草はこの調和の喜びを受けて、身をふるわせた。雲も波も、
夢みながらおし黙っている岩でさえも。*4
木々は光に浸りきって、歌をうたい、
咲く花の一輪一輪が、露をしたたらせる
澄みきった青空と、息吹や思いをとり交わし、
空から真珠のような朝露を受けとっては、香りを放っていた。
神は光りかがやいていた、すべてにして唯一、唯一にしてすべてである神は。
エデンの園は、影に酔い、つぶやきに満ちた生命の光を放って、
ほの暗い小枝の下で輝いていた。
あたりの光は、真理の輝きだった。
万物は清らかだったから、美しかった。
あるものはみな、炎、婚姻、幸福、甘美さ、寛大。
広大無辺な時代の幕開けは、こうした広大無辺な夜明けだったのだ！

二

黄金《おうごん》の光がはじめて射した、えもいわれぬ日の出よ。
まだ知らぬ世界をあまねく照らす、えもいわれぬ夜明けよ。
ああ、朝の中の朝よ！　愛よ！　とめどのない喜びよ、
　時間が、
時刻が、月が、年が流れはじめた喜びよ！
世界の幕開けよ！　驚くべき瞬間よ！
夜は広大な天空の中に溶け、
大空にはなにひとつない、ふるえるものや、涙を流すものや、苦しむものなどは。
混沌《こんとん》と同じように、光もまた深淵《しんえん》だった*5。
神はその静かで偉大な姿を現わしていた、
魂には確信、目には燦然《さんぜん》たる光景となって。
頂から頂へ、空に大地に、無数の丸天井*6をもつ
存在のあらゆる厚みの中に、
尊い神の証《あかし》が、はっきり見える。
世界が創《つく》りあげられていた。万物はじっと瞑想《めいそう》にふけっているようだった。
原始のさまざまな原形が、形のととのわぬ荒削り*7の獣も、
天使に近いものも、入りまじった姿を見せながら、激しく巨大にもつれ合って、
つぎからつぎへと生まれ出ていた。
こうしたさまざまな原形の渾然《こんぜん》とした群の下では、
大地が、汲《く》みつくせぬ至高の母胎が、身をふるわせているようだった。
神の手で創られた大地は、こんどは創造者となり、
驚くべき姿の原形を、いくつもいくつも大ざっぱにつくっては、
異様な動植物の群を出現させていた。
あるときは森林から、あるときは海原から、またあるときは雲海から。
そして、神に提案したりもしていた、まだ知られざる生物の形のかずかずを。
思いを凝らす刈り入れ人*8「時間」が、後の世に変えてしまった生物の形のかずかずを。
未来のあらゆる木々、松、楓《かえで》、うばめがしなどが、
珍しい奇怪な葉を緑に生い茂らせて、
もう、さかんに芽吹き、生き、生長するのが感じられた。
神秘な乳を満たした世界の乳房を、
並みはずれた生命力のようなものが膨らませていた。
すべてのものが、度はずれな力で、生まれ出ているようだった、

あたかも、まだ暗黒の混沌を脱してまもない自然が、
試みに、大地や海の上に生き物を作るのに、
混沌世界のもっていたすばらしい歪《いびつ》さを、手本に借りで
もしたように。

不思議な精気に満ちた、この神聖な楽園は、
時間の奥で、夢につつまれて輝いているようにみえる。
理想も信仰も失った今日の我々の曇った目には、
この楽園に満ちていた忘我の喜びも、恐怖のように映る
だろう。
だが、それがなんだろう、この大空という深淵、この宇
宙の魂にとっては。
火花どころか太陽をまるごと消費し、
この楽園に空色の天使を住まわせようとして、
天空の高みまで、巨大なエデンの園をひろげていく宇宙
の魂にとっては！

驚くべき日々よ！　善と美、真理と正義が
早瀬の中を流れて、小さな灌木《かんぼく》の茂みで身をふるわせて
いた日々よ。
北風は、知恵の衣をまとまった神を称《たた》え、
木々は善良で、花々は美徳だった。

白いだけではまずまず足りず、ゆりは清らかな純白だっ
た。
けがれたものや皺《しわ》の寄ったものは、なにひとつなかった。
清らかな日々よ！　爪《つめ》や歯で傷つけられて血を流すもの
もなかった。
獣たちはみな幸せで、さすらう無辜《むこ》のもの。
悪もまだ、蛇や高慢な鷲《わし》や豹《ひょう》などの獣に、
その神秘な性《さが》を与えてはいなかった。*9
聖なる動物の心に口を開けた深淵も、
奥底まですっかり光に照らされて、暗い影を宿してはい
なかった。
山々は若々しく、波は処女《おとめ》のように清らかだった。
地球は、波に浸されながら、海の上に、
美しく堂々と、やさしく、ほこらかに、勝ち誇った姿を
現わしていた。
万物はまだ幼かったが、卑小ではなかった。
大地は、あちこちから聞こえるその無垢《むく》な讃歌につつま
れて、
精気と生長する力とに酔いしれていた。
豊かな繁殖の本能が、生きる本能を夢みさせていた。
水の上、風の中、いたるところにひろがって、
愛はそここに漂っていた、ちょうど快い香りがたち昇

るように。
自然は素朴で巨大な姿を見せて、笑っていた。
空間は嬰児《みどりご》のような泣き声をあげていた。
夜明けの光は、驚いて目をみはる太陽の眼差《まなざ》しだったのだ。

三

さて、この日こそ、光りかがやく暁が、
宇宙にいちばん美しい光を注いだ日だった。
清らかで神聖なざわめきに結ばれて、
藻は波と、物それぞれは大自然の要素とひとつになっていた。*10
ひときわ澄んだ大空の精気が、天空の高みで輝き、
神の息吹は、山々の頂に豊かにあふれ、
葉むらは、ひときわやさしくざわめいていた。
そして光は、さわやかな緑の谷間に、
愛撫《あいぶ》するように美しく降りそそいでいた。その谷間には、
我を忘れる喜びにあふれ、
光が赤く染める大空を崇《あが》めながら、
生を受けた幸せと、愛するうれしさと、見ることの陶酔に浸りきり、
目のくらむような鏡にも似た湖のほとりの木陰に、
世界の最初の男が最初の女のそばにすわっていた、打ちよせる波に足をなぶらせながら。
夫は妻のそばで、神に祈りを捧《ささ》げていた。

四

エバは、神から与えられた素肌を青空に差しだしていた。
金髪のエバはうっとりと眺めていた、朱色の妹、暁を。
女性の肉体よ！　理想の土よ！　ああ、すばらしい存在よ！
ああ、いともすばらしい神の手になる土の塊に、
精神が宿った崇高な存在よ！
魂がその屍衣《しい》に似た肉体をとおして輝く物質よ！
彫像家である神の指跡が見える土よ！
接吻《くちづけ》と愛を招きよせる、厳《おごそ》かなこの土よ。
世にも神聖なものなので、美しい女の肉体を抱きしめでもすれば、
官能が火と燃えるそのときには、人はいつも神を抱いたような心地になるはずだ！
愛とはそれほど人間を征服するもの、
人間の魂は、それほど愛の臥所《ふしど》に押しやられるものだか

ら、
こんなに神聖な女を抱いたりすれば、愛する肉体の喜び
　は、思想としか思えないはずだ。

エバの眼差《まなざ》しは自然の上をさまよっていた。

高くそびえる緑の棕櫚《しゅろ》の木の下の、
エバのまわり、その頭上にはカーネーションが、
夢みるように咲き、青い蓮《はす》は物思いにふけっていた。
色あざやかな忽忘草《わすれなぐさ》は昔をしのび、薔薇《ばら》は
昼を半ば閉じて、エバの足を探していた。
あざやかな色をしたゆりからは、友愛の息吹がただよっ
　ていた。
まるでやさしい女エバが、花々の仲間であったかのよう
　に、
それぞれに魂を宿している、こうした花々のうちで、
いちばん美しいものが、女性の姿をとって咲き出たかの
　ように。

五

とはいえ、この日までは、神聖な天の心を最初に読んだ
　のは、
神に選ばれた男アダムだった。
穏やかでたくましい夫のアダム。闇《やみ》や、
光や、暁や、数知れぬ星々や、
森の獣たちや、峡谷に咲く花々が、
神の長子、額にこのうえもなく気高い光を宿した人[*11]と見
　て、
その教えに従ったり、尊敬したりしたのは、夫のアダム
　だった。
ふたりが手をとって、寄りそいながら、
まばゆいエデンの光の中をさまよっていくと、
果てしなくひろがる自然は、その幾百万の目で、
岩や、小枝や、流れや、草をとおして、
自然を見つめるエバと、自然の奥の真理を見すえるアダ
　ムとを見守るのだった。
このすばらしい夫婦への愛情と、
完全無欠な人間アダムへの、ひときわ深い敬意を示しな
　がら。
だがしかし、この日、数知れぬ目は、
その身をつつむ帳《とばり》の襞《ひだ》の下で、無限が開いた数知れぬ目
　は、
夫ではなく、妻のほうを見つめていた。
神の教えと穏やかさに満ちたこの日には、

日々の中でも、日ごとの暁の中でも、とりわけ祝福されたこの日には、
心地よいざわめきをたてる、木々の枝に隠された小鳥たちの巣、
雲、小川、ブンブンと飛ぶ虫の大群、
獣たち、小石、今となっては地上では卑しい名前で呼ばれているが、
このころは神聖だった、こうしたすべてのものの目[*12]には、
まるで女性のほうが、男性よりも厳《おごそ》かなものとして映ってでもいたかのように！

六

なぜ女性が選ばれたのだろう？　なぜ奥深く神々しい大空は、
果てしのない感動を覚えているのだろう？

なぜ宇宙の万物が、エバの頭上に身をかがめているのだろう？

なぜ夜明けは、女性をこんなに歓迎しているのだろう？

なぜ、こんなに歌声が聞こえてくるのだろう？　なぜ海原はひときわ喜び、ひときわ輝いて波打っているのだろう？

なぜまた、いたるところに見られるのだろう、喜びに酔った気持と、早く生まれ出ようとする気持とが？

暁に向かって楽しげに口を開く洞穴《ほらあな》が、
地上には前にも増して芳《かぐわ》しい香りが、空には前にも増して燦然《さんぜん》たる輝きが？

このけがれを知らぬ美しい夫婦は、静かに物思いにふけっていた。

七

そのあいだにも、星や、谷間や、湖や、
苔《こけ》の新芽から流れ出る、言うにいわれぬやさしい愛情は、
日光が空の頂から挨拶《あいさつ》を送るエバのまわりで、
一刻ごとにその深さを増して、うちふるえていた。
事物や生ある物が放つ眼差《まなざ》しは、
祝福された海原や、神聖な森林や、司祭のような木々から出た眼差しは、
一瞬ごとに、その思いを深めながら、じっと注がれていた、
尊く美しい顔かたちをもったこの女性に。
ひと筋の愛の光が、長々とエバのほうに射していた、あまたの深淵《しんえん》から、
闇《やみ》や青空から、谷間の底から、山の頂から、

花々から、さえずる小鳥から、おし黙った岩から。
そのとき、エバははっとして、感じたのだ、体の中にわが子が動くのを。

＊1　アダムがまだ原罪を犯さず、アダムとエバがエデンの園に住んでいた時代。
＊2　五九ページの注27を参照。
＊3　神が天地を創造する際に言った「光あれ」などの言葉（『創世記』第一章）。
＊4　ユゴーは、自然界にあるものはたとえ岩であってもそれなりの魂をもっていると考えていた。ここには、こうした考えが反映されている。
＊5　光もまた無限の深まりをもっていた、という意味。
＊6　こうした地球の始めの時代には、万物は丸天井をもった建物のようなものだったとユゴーは考えている。丸天井をとおして朝の光が建物の中に射しこむように、「神の証の輝き」が万物の中に射しこんでいた、というのである。
＊7　地球の始めの時代には、ユゴーの考える「存在の梯子」（「解題」の「闇の口の語ったこと」を参照）はまだ完成されていず、天使も獣も混じりあっていた、という意味。
＊8　遠い昔に生息していた生物の多くが、絶滅したり、進化したりした、という進化論をふまえた考え方を、ユゴーはここでとっている。
＊9　「存在の梯子」というユゴーの考え（「解題」の「闇の口の語ったこと」を参照）からすると、動物の魂は、その動物が「存在の梯子」のどこに位置するかによってその動物なりに悪を宿している。だが、ここで描かれている地球の始めの時代には、動物もまだ悪の魂を宿してはいなかった、とユゴーは考えている。
＊10　個体となった物も、個体を形成しない水や空気などの自然界の要素とまだ区別されていなかった、ということ。
＊11　神が創造した一番最初の人間であるアダムは、人間でありながら神の崇高さを宿しもっていた、ということ。
＊12　地球の最初の時代には、植物や鉱物にいたるまで万物は、それぞれ思考したり見たりする力をそなえていた、とユゴーは考えている。

良心

獣の皮を着た子供たちを引きつれ、
髪振りみだし、顔青ざめて、嵐《あらし》のただ中を、
カイン[*1]はエホバのもとから逃げてきた。
夜の帳《とばり》の降りるころ、暗い心をもったこの男は、
広野にそびえる、とある山の麓《ふもと》にたどり着いた。
疲れはてた妻と、息を切らした息子たちが
カインに言った、「このまま地に伏して眠りましょう」
と。
カインは寝つかれぬままに、山裾《やますそ》で思いに沈んでいた。
ふと顔を上げると、陰鬱《いんうつ》な大空の果てに、

ひとつの目が見えた。闇《やみ》の中で、カッと見開かれて、
カインの姿を暗がりからじっと見つめている。
「駄目だ、近すぎる」と、彼はふるえながら言った。
カインは眠っていた息子たちと、疲れきった妻とを起こし、
また、天地のあいだを、不吉な姿で逃れていった。
彼は歩きつづけた、三十日のあいだ、夜を日についで。
彼は進んだ、おし黙り、顔青ざめ、物音におののきながら、
こそこそと、振りむきもせず、ただひたすらに、
休みもとらず、眠りもせずに。そして、とうとうたどり着いた、
のちにアシュル[*2]と呼ばれるようになった国の浜辺に。
「さあ、止まろう」と、カインは言った。「ここなら大丈夫だから」
「ここに落ち着こう。私たちは世界の果てにたどり着いたのだ」
だが、すわろうとしたとき、彼は見た、どんよりした大空に、
あの目を、地平の彼方《かなた》の同じ場所に。
彼は暗いおののきに襲われて、
「わしを隠してくれ!」と叫んだ。声をたてないように

して、
子や孫たちは、荒々しい祖父がふるえるのをただ眺めていた。
カインはヤバル[*3]に言った、皮のテントに住み、
砂漠の果てまで旅する者たちの先祖であるヤバルに。
「あっちの方角にテントの布を張ってくれ」
そこで、みんなは、はためくテントの布をひろげて壁を作った。
鉛の錘《おもり》でテントをしっかり留めおわると、
「もうなんにも見えないでしょう?」と、ブロンドの髪をしたチラ[*4]が尋ねた、
あけぼののようにやさしい孫娘のチラが。
だがカインは答えた。「いや、見える。あの目が、まだ!」
そこで、ユバル[*5]が叫んだ、らっぱを吹き、太鼓を打ち鳴らして、
村々をまわり歩く者たちの先祖であるユバルが、
「私がりっぱに障壁を作ってみせましょう」と。
彼は青銅の壁を作り、そのうしろにカインを隠した。
だが、カインは言った。「あの目が、わしを見つめている、あいかわらず!」
エノク[*6]が言った。「塔をいくつも並べた防壁を作らなく

ては駄目だ、
何物も寄せつけない、世にも恐ろしい防壁を。

要塞《ようさい》に守られた町を築こう。

町を築いて、すっかり城壁で囲みこもう」

そこで、鍛冶屋《かじや》の先祖トバルカイン[*7]は、
人間業ではできないような、巨大な町を築いた。

彼が町造りをしているあいだ、トバルカインの兄弟たちは広野にいて、
エノスの息子たちや、セツの子供たち[*8]を追いはらった。

また、通りがかった人々の目を、誰彼かまわずにえぐり抜いた。

そして、夜ともなれば、目のような輝きを放つ空の星に矢を射かけた。

布張りのテントに代わって、花崗岩《かこうがん》の壁が作られた。

壁はひとつひとつ、鉄でしっかりとつながれ、
町はさながら地獄の町のよう。

そびえ立ついくつもの塔は、広野に夜のような影を落とした。

どの防壁も山のように厚かった。

城門に刻まれたのは、こういう言葉。《神よ、入るべからず》

城壁をめぐらし終わるとただちに、
みんなは祖父を、町の中心にある石の塔に隠した。

カインは沈痛で、おびえきった顔つきをしていた。「ああ、お祖父様《じいさま》！

いかがです、あの目は消えましたか？」と、ふるえながらチラがきいた。

すると、カインは答えた。「いや、いるよ、あいかわらず、あそこにな」

それから、言った。「わしは地の中に住んでみたい、
草葉の陰にさびしく眠る人のように。

そうすれば、何からも見られることはあるまいし、わしのほうも、なんにも見えんだろうから」

そこで、みんなが穴を掘ると、カインは言った、「これでよし！」と。

それから、彼はただひとり、暗い穴の中へと降りていった。

だが、カインが闇の中で椅子《いす》にすわり、
頭上で穴の扉が閉ざされたとき、
あの目はやはり、この墓の中にもいて、カインをじっと見つめていた。

＊1　アダムとエバの長子。聖書における最初の殺人者。嫉妬心から弟のアベルを殺し、そのため神の怒りにふれて、追

放される（「創世記」第四章）。なおユゴーは、この詩の中で聖書中の人物を、世代などを無視して自由に登場させている。

*2 メソポタミア北部にあった古代オリエントの国アッシリアのこと。あるいは、その古い首都を指す。

*3 カインから数えて七代目の子孫。テントに住んで家畜を飼う者の先祖とされる（「創世記」第四章二〇）。

*4 カインから数えて六代目の子孫レメクの妻（「創世記」第四章一九）。聖書にはチラの容貌や年齢についての記述はないが、ユゴーはチラという名のもつ響きの美しさから彼女の若く優雅なイメージを作りあげたと思われる。

*5 ヤバルの弟。音楽にたずさわる者の先祖とされる（「創世記」第四章二一）。

*6 カインの子。エノクが町の建築を発案したという記述は聖書にはない。町を築いたのはカイン自身である。この町をカインはわが子の名をとってエノクと名づけた（「創世記」第四章一七）。

*7 レメクとチラの息子。ヤバル、ユバルの二人とは異母兄弟の関係にある。鍛冶屋の先祖（「創世記」第四章二二）。聖書には、トバルカインが町を築いたという記述はない。

*8 セツはアダムとエバの三男。アベルの身代りに神がアダムに授けた子。エノスはセツの息子（「創世記」第四章二五―二六）。

眠れるボアズ[*1]

ボアズは疲れはてて、横たわっていた。
日がな一日、麦打場で働いてから、
いつもの場所に臥所《ふしど》をしつらえ[*2]、
ボアズは眠っていた、小麦のあふれる大枡《おおます》のそばで。

この老人は、大麦や小麦の畑をいくつももっていた。
物持だったが、心がけは正しかった。
ボアズの水車場の水は泥でよごれず、
ボアズの鍛冶場《かじば》の火は地獄の影を宿さなかった。

この老人のひげは銀色に輝いていた、まるで四月の小川
のように。
麦束をたくさん蓄えていたが、惜しみもせず、分けへだ
てもせず人に与えた。
哀れな落穂拾い[*3]の女が通りかかると、
ボアズは言いつけた、「わざと穂を落としてやってくれ
よ」と。

ボアズが歩むのは清らかな道、邪《よこしま》な道には近よらずに。
身につけているのは、潔白な真心と純白な麻の服。
たえず貧しい人々に向かって流れ出る
ボアズの穀物袋は、みんなをうるおす村の泉とも言えた。

ボアズは立派な主人《あるじ》、頼りになる身内。
つましいけれども、気前はよい。
女たちは若者よりもボアズに心を引かれた。
若者は美しい、だが老人は偉大なのだ。

土に帰ろうとする老人は、
常世《とこよ》の国に足を踏みいれて、移ろいやすいこの世を離れる。
若者の瞳《ひとみ》には情熱の炎が見えるが、
老人の眼差《まなざ》しには知恵の光が輝く。

☆

さて、その夜、ボアズは眠っていた、身内の者たちにかこまれて。
崩れおちた家にも似た麦塚のそばには、
収穫《とりいれ》の農夫たちが、黒い群をなして横たわる。
これははるか昔の物語。

イスラエルの民は、ひとりの士師《さばきづかさ》[*4]を長《おさ》にいただいていた。
人々はテントに住んで大地をさまよい、
巨人の足跡を目にしておののいたが、
その大地はまだ、大洪水の名残で軟らかく湿っていた。[*5]

☆

ヤコブが眠ったように、[*6] ユデトが眠ったように、[*7]
ボアズも目を閉じて、葉陰に横たわっていた。
そのとき、天の扉が細目に開き、
ボアズの頭上にひとつの夢が降りてきた。

ボアズが見たのはこんな夢。一本の柏《かしわ》が
自分の腹から生えて、青空にまで届いている。
その木を、ひとつの種族が長い鎖さながらに登っていく。
下ではダビデ王[*8]が歌い、上ではキリストが死んでいく。[*9]

ボアズは心の中でつぶやいた。
「どうして、このようなものが生まれたのだろう?
私はもう、八十歳を過ぎ、
息子もなく、妻もこの世にはいないというのに。

褥《しとね》を共にした妻が、おお、主よ！ 私の床から
あなたの御許《みもと》へと去ったのは、もう久しい昔のこと。
しかし、ふたりは今なおかたく結ばれています、
妻は私の胸に半ば生き、私は半ば死んだも同じなのです

から。

ひとつの種族《うから》が、私から生まれる！　どうして、そんな
ことが信じられましょう。
私に子供が出来ることなど、どうしてありえましょう？
若いときには、意気揚々と夜明けを迎え、
朝は凱歌《がいか》をあげて、夜のもとから出で立ちます。
だが、年老いたこの身はふるえています、まるで冬の日
の白樺《しらかば》のように。
私は寄るべないやもめの身。私に落ちかかるのは夕べの
影。
おお、主よ！　私は魂を墓に向かって傾けているのです。
のどの渇いた雄牛《おうし》が、顔を水辺に傾けるように」

ボアズは語った、夢の中で、恍惚《こうこつ》として、
まだ眠りに浸された目を、神のほうへ向けながら。
西洋杉が根もとの薔薇《ばら》に気づかぬように、
ボアズもまた、足もとの女に気づかなかった。

☆

ボアズが眠っているあいだ、モアブの女ルツ[10]は、
胸もあらわに、その足もとに伏していた。
目が覚めて、ふいに明るくなったとき、
わが身に、なにか新しい光が降りそそぐのを待ちわびな
がら。

ボアズは知らなかった、ひとりの女がそこにいることを。
ルツは知らなかった、神の御心《みこころ》を。
さわやかな香りが、つるぼらんの茂みから流れ、
夜の息吹はギルガル[11]の丘の上にただよう。
闇《やみ》は、厳《おごそ》かな婚礼の気配に満ちていた。
天使たちも、人知れず舞っていたのだろう、
夜をぬって、ときおり、翼のような青いものが
飛び交うのが見えたから。
夢路をたどるボアズの寝息は、
苔《こけ》を洗う小川のせせらぎに混じらう。
それは野山の美しい季節。
立ち並ぶ丘の頂は、ゆりの花をかざして。

ルツは夢見る、ボアズは眠る。草影は、か黒く、
羊の群は、かすかに鈴の音《ね》をひびかせる。
限りない神の慈しみが、大空から降りそそぐ。

ライオンが水を飲みにいく静かな時刻だった。

ウルやエラメル[*12]では、すべてが安らい、
深く暗い空は星屑《ほしくず》をちりばめ、
細く明るい三日月が、この闇に咲く花々にかこまれて、
西の空に輝く。ルツはふと思う、

身動きもせず、ベールに覆われた眼《まなこ》を半ば開いて。
どのような神が、永遠の夏に刈りいれるどのような農夫が、
去りぎわに、なにげなく放りだしていったのだろうか、
星の畑に光る、あの金の利鎌《とがま》を、と。

＊1　ベツレヘムの裕福な地主。この詩は旧約聖書「ルツ記」第二―四章をふまえて書かれている。

＊2　ボアズは富裕な身ではあったが、使用人たちとともにいつも仕事場で寝ていた。

＊3　後出の、モアブ出身の女ルツを指す。なお次行のボアズの言葉とほぼ同様のものが、「ルツ記」の中にも見られる（第二章一六）。

＊4　王国成立以前の、古代イスラエルの軍事的・政治的指導者。彼らの生涯、事績は「士師記」に記されている。「ルツ記」の冒頭にも士師が世を治めていたということが書かれている。

＊5　巨人や大洪水に関する記述は、「創世記」の中に見られる。したがって、年代的にみた場合、これらは「ルツ記」の時代よりもはるか以前の出来事であり矛盾が感じられるが、ユゴーはこのような時代のずれをあえて無視している。

＊6　一三八ページの注4を参照。

＊7　ユデトは旧約聖書「ユデト書」に登場する寡婦。民族の危機を救うため、みずから進んで敵軍のもとへおもむき、敵将の首を切って持ち帰ったと伝えられる。彼女の眠りについては、「ユデト書」には詳しく記されていない。

＊8　古代イスラエルの第二代の王。ボアズの子孫にあたる。

＊9　中世にはキリストの系図が多く作られた。普通それは、ボアズの孫にあたるエッサイが横たわり、体から木を生やした姿で表わされている。ここでのボアズの夢には、こうした系図と前出のヤコブの夢に登場する梯子の影響が強いように見受けられる。いずれにしても、このボアズの夢は、ボアズからひとつの家系が生まれ出ることを予告している。

＊10　旧約聖書「ルツ記」主人公。夫の死後、義母に従いベルレヘムに行き、そこでボアズに好意を寄せられて彼と結婚した。

＊11　ベツレヘムの近郊にある丘を指すものと思われる。

＊12　ウルはバビロニアの古代都市。エラメルはパレスチナ南部の地方。なお、ここでエラメルとして訳出した地名を、原文ではユゴーは Jérimadeth と記している。エラメルは一般には Jerahmeel と表記され、ユゴーの表記とはかなり異なる。そのために、この地名をエラメルと解する説と、ユゴーが作りだしたものとする説の両方がある。

父親殺し

ある日クヌーズ[*1]は、眠気に襲われた人々が
ひとり残らず、暗い大空の下で眠りに落ちたときに、
ただ夜だけに、果てしなくひろがったあの光のない夜だけに見つめられていたときに、
クヌーズは見た、父のスヴェン[*2]が、気が狂《ふ》れたとも言っていい年老いたスヴェンが、
そのそばに、ひとりの見張り、いや一匹の犬さえも置かずに眠っているのを。
クヌーズは父を殺して、こう言った。「こいつはなにも知らずに往生したんだ」
そしてまもなく、彼は大王になった。

連戦連勝の彼の行くところ、
いつも繁栄がついてまわった。
クヌーズは、たわわに実った麦の束より意気揚々としていた。
彼が、老人たちの集まりの前に姿を現わすと、
老人たちの厳しい顔も、彼の姿を見て、明るくなった。

けがれのない風習と賢明な法律を使って、
彼は生まれ故郷のデンマークの属領にした、
フュン、アンホルト、ファルスター、マン[*3]といったかずかずの島々を。
彼は築いた。石のように堅固な封建制度で巨大な王権を。
彼は征服した、サクソン族[*4]を、ピクト族[*5]を、ヴァンダル族[*6]を、
ケルト族[*7]を、ボルシア族[*8]を、追いつめられたスラブ族[*9]を、
森の中で獣のような叫び声をあげる野蛮なかずかずの民族を。
彼は廃止した、おぞましい偶像崇拝を、ルーン文字[*10]を、
巨石《メンヒル》遺物を、夕暮どきに山猫が
醜悪な背中をこすりつけに来るあの身の毛もよだつ巨石遺物[*11]を。
彼はあの偉大なカエサルの話をするときには、こう言った、「我々ふたりはな」と。
彼がかぶっていた兜《かぶと》の頂飾《いただきかざ》りからは、一条の閃光《せんこう》がほとばしり出た。
いたるところで、極悪人どもが彼の逆鱗《げきりん》に触れて、命を落とした。
進軍の音を国々にひびかせた二十年間、
彼はいつもすばらしい戦士であり、弓の名手であった。

執念深い敵をやっつけて、その家系を根絶やしにした。
祝福され、また恐れられた彼の生涯を、
人々は誇らかに語った。
たったひと冬のうちに、狩人クヌーズは射殺《いころ》した。
スコットランドの龍を三頭、スコーネ[12]の王をふたり。
彼は英雄であり、巨人であり、天才だった。
諸国は運命は彼の運命に結ばれているようにみえた。
だが、彼は父親を殺したことは、とうに忘れていた。
そのうちこのクヌーズも死んだ。死体が石の柩《ひつぎ》に納められると、
アルス[13]の司祭がやってきて、祈りを唱え、
墓に向かって、死者を称《たた》えてこう歌った。
「クヌーズは聖人であり、クヌーズは偉大であり、
彼の思い出からは、神聖な香りがたち昇る。
私たち聖職者の目には見える、クヌーズが後光につつまれて、
予言者として、神の右手にすわっているのが」と。
夜になり、死者を弔う教会のパイプオルガンの音《ね》も止み、
司祭たちは、墓地で安らかに眠る
クヌーズを残して、大聖堂を去っていった。
すると、クヌーズは身を起こして、暗い瞳《ひとみ》を開けると、
そばに置かれた剣を取り、墓地の外に出ていった。壁だの
扉だのは、亡霊たちにとっては霧ほどのものでしかなかったから。
彼は海を渡った。アルトナ[14]やアルスやヘルシンゲア[15]の
ドームと塔の影を波間に映すあの海を。
闇《やみ》は耳を済まして聞いていた、この陰鬱《いんうつ》な君主のたてる足音を。
だが、彼は音もなく歩いていった、その身はもう幻にすぎなかったから。
彼はまっすぐに進んだ、星霜の歯に蝕《むしば》まれたサヴォ山[16]をめざして。
クヌーズは、この、人を寄せつけない祖先の山に近づくと、
こう言った、「私の経帷子《きょうかたびら》にしたいから、
ああ、吹雪の吹きあれるサヴォ山よ、
どうか、おまえの羽織っている雪の外套《がいとう》を、少しばかり切り取らせてほしい」と。
サヴォ山は、相手がクヌーズだと分かると、どうしても
断るわけにはいかなかった。
クヌーズは不壊《ふえ》のあの剣を手に取ると、
怪物殺しの武人《つわもの》クヌーズの前で恐れおののいているこの

山から
雪を切り取って経帷子にした。
そして大声で叫んだ。「年老いた山よ、死の世界にはわずかな光しか射さない。
神を見つけるには、どっちへ向かって行ったらいいのだ？」
山腹は無残にえぐられ、峡谷には岩が無数にころがり、
永遠に流れる雲に覆われて、暗く陰鬱にそびえる山は
こう答えた。「私には分からない。亡霊よ、私はここを動いたことがないのだから」
クヌーズは氷に閉ざされたサヴォ山から離れた。
そして、雪の経帷子を着こんで全身真白になった彼は、
昂然《こうぜん》とした態度で、
ただひとりで入っていった、アイスランドとノルウェーのかなたの、
大いなる沈黙と大いなる夜が支配する国へ。
すると、クヌーズがあとにしてきた、ほの暗い闇の世界が消えうせた。
いまや亡霊となり、魂となり、治める国もない王になりさがったクヌーズは、
あるがままの姿で向かいあった、空々漠々たる幻の世界に。

彼は見た、際限なくうしろへ延び、彼がそこへ踏みこむと、稲妻が
陰気な光を放ちながら、ゆっくりと消えていく、恐ろしい入口のような無限を。
彼は見た、夜という夜をつないで青白い椎骨《ついこつ》に仕立てた怪物のような闇を。
彼は見た、黒くひろがってうごめく、形のないものを、
つまりは、あの「暗闇」というものを。
そこには星ひとつなかった。だが、得体の知れない眼差《まなざ》しが、
不動ですさまじいこの混沌《こんとん》の世界から、じっと食い入るように見つめていた。
ただ聞こえるともなく聞こえるのは、音もなく狂ったように押しよせる
深い闇の波のたてる不気味な戦慄《わななき》だけ。
クヌーズは闇の中を進みながら、こう言った。「ここは墓場だ。だが、ここを越えれば、
神に会える」彼は少しばかり歩くと、大声で呼んでみた。
だが、夜は納骨堂さながら、おし黙ったまま。
答えるものはなにひとつない。経帷子の襞《ひだ》ひとつ動かない。クヌーズは先へ進んだ。
墓場のような世界を進んでいくこの男には、経帷子の純

白なのが心の支え。
クヌーズはどんどん進んでいった。と、とつぜん、彼は見た、着ていた青白い経帷子の上に、
暗い星のような点が姿を現わして、大きくひろがっていくのを。
その点はじわじわとひろがっていく。クヌーズは、
亡霊の手でそれに触ってみて、気がついた、
その点が、落ちてきた一滴の血であることに。
クヌーズは、恐怖に一度も打ちひしがれたことのないその頭を
上げると、すさまじい形相《ぎょうそう》で闇を見つめた。
だが、なにも見えない。あたりは漆黒の闇、物音ひとつしない。
「もっと先へ進もう!」クヌーズはこう言うと、誇り高い頭を上げた。
と、一滴めの血のそばに二滴めが
落ちてきて、じわじわとまたひろがった。キンブリ族*17の首長クヌーズは、
朦朧《もうろう》とした濃い闇をじっと見つめた。だが、やはりなにも見えない。
獲物の足跡を執拗《しつよう》に追いかける猟犬さながらに、
クヌーズは陰鬱な顔をしてまた歩きだした。と、また、三滴めの血が
経帷子の上に落ちてきた。これまで一度も逃げ腰になった例《ためし》のない
クヌーズも、今度ばかりは、そのまま、まっすぐには進めなかった。
彼は剣を握っていた右腕のほうへ向きを変えた。
と、また血が一滴、まるで夢の中を通りぬけてでもきたように、
経帷子の上にポトリと落ちて、クヌーズの手を赤く染めた。
クヌーズはまた向きを変えた。
ちょうど、読んでいる帳簿のページをめくりでもするように。
そしてまた歩きだした、不吉な左手へ向かって。
と、またもや、血が一滴、経帷子に落ちてきた。
クヌーズは、たったひとりだと思うと体がふるえてあとずさりし、
自分が屍《しかばね》で横たわっていたあの場所へ戻ろうとした。
すると、またもや、一滴の血が経帷子の上へ。
クヌーズは真青になって立ち止まった。そして、この猛猛しい武人《つわもの》も
顔青ざめたまま頭《こうべ》を垂れて、神に祈ろうとした。

すると、またもや、一滴の血がポトリと彼をめがけて落
　ちてきた。すさまじい形相をし、
唱えはじめた祈りの言葉も恐怖のために消えうせてしま
　い、
クヌーズはまた歩きだした。白衣に包まれたこの亡霊は、
気味の悪いおぞましい姿を見せ、とまどいながら進んで
　いく。そのあいだにも、ときどき
血が執念深く、闇の中からこぼれでもするように、
黒ずんだ白い経帷子のうえに落ちてきた。
颪にそよくポプラの木よりも、なおひどく身をふるわせ
　ながら、クヌーズは見た、
いままで落ちてきた幾滴もの血がじわじわとひろがって、
　どんどん数を増やしていくのを。
またもや、ポタリ、ポタリと落ちてくる血の滴、ああ、
　なんという恐ろしさ！
血のしたたりは、闇の中にかすかな縞《しま》を引いて落ちてく
　る。
あとからあとから落ちてくる血のしたたりは、経帷子の
　襞《ひだ》に溜《たま》って、
混じりあい、まるで血の雲がもくもくと湧《わ》き出るようだ
　った。
クヌーズは先へ先へと進んでいった。底知れぬ深い空か
　ら
血がポタポタと落ちてくる、
たえまなく、いつまでも、音もたてずに、まるで、夜、
絞首台にかけられた人の黒ずんだ足から地面に垂れるあ
　の血のように。
ああ！　いったい誰なのだ、こんな恐ろしい血の涙を流
　しているのは？
無限の世界が流しているのだ。信仰のあつい人だけが近
　づくことができる天界めざして、
満ちることも引くこともない夜の大海原の中を、
クヌーズは突き進んだ、顔青ざめて、もうなにも見よう
　とはせずに。
ひと筋の煙に包まれたような姿で歩きつづけたクヌーズ
　は、とうとう
閉ざされた扉の前にたどり着いた。
その扉の下からは神秘な光が洩《も》れてくる。
クヌーズは身にまとっていた経帷子に目を落とした。
ここは聖なる場所、恐ろしい場所。*18
なにか神のもとから出た光のようなものが見えるようだ。
扉の向こうからは讃美歌《さんびか》まで聞こえてくる。
だが、着ていた経帷子は血に赤く染まっている。クヌー

ズはぞっと身ぶるいした。
そんなわけで、クヌーズはあけぼののような光の前から
　逃げだして、
あとずさりした。額に太陽のような光が輝いている神の
　前に
進み出る勇気が湧いてこなかったのだ。
そんなわけで、陰鬱な王クヌーズは夜の世界にとどまる
　ことになったのだ。
そしていまもなお、けがれのない昔の自分に戻ることが
　できず、
光をめざして一歩踏み出すたびに、
血が一滴、頭上に降りかかってくるのを感じながら、
あの広大な闇空の下を永遠にさまよいつづけているのだ。

＊1　クヌーズ二世（九九五頃―一〇三五）。デンマーク王（在位一〇一八―三五）であり、イングランド王（在位一〇一六―三五）も兼ねた。イングランド王としては、カニュート一世と称された。「大王」とも呼ばれた。勇敢で英明な君主として名高く、スカンジナビア半島にも出兵し、ノルウェーやスウェーデンの一部を支配下におさめ、北海をとり巻く一大海上帝国を築きあげた。

＊2　クヌーズの父、スヴェン一世（九六〇頃―一〇一四）。教会を保護し、商業の発展に力を入れたデンマーク王（在位九八六―一〇一四）。領土拡張にも努め、息子のクヌーズを伴って、イングランドに侵入した。征服するにいたりはしたが、この遠征中に暗殺される。この詩では息子のクヌーズに殺されたとされているが、実際は、犯人が誰であるかは、謎につつまれたままであった。

＊3　フュンはデンマークのユトランド半島とシェラン島とのあいだにある島。風光明媚な島で、「デンマークの庭」とも呼ばれる。アンホルトとファルスターはデンマークにほど近いところにある島で、現在ではデンマーク領。マン島はイギリスとアイルランドのあいだにある島。

＊4　古代ドイツ諸部族のうちのひとつ。もともとはドイツ北部地方に住んでいたが、その一部は五世紀に、アングル族とともにイングランドに侵入した。

＊5　前六世紀ごろからスコットランドに住んでいた部族。

＊6　東ゲルマンの諸部族に与えられた総称。

＊7　古代ヨーロッパの西部と中部に、広範囲にわたって住んでいた人々。

＊8　バルト海沿岸地方に住んでいた部族。

＊9　東ヨーロッパに広く分布する、ヨーロッパ最大の民族。

＊10　古代ゲルマン民族が用いていたアルファベット。占いや呪詛のために多く用いられた。

＊11　巨石遺物の下では多くの犠牲の血を流す恐ろしい儀式が行なわれた、と考えられていた。また、山猫は北欧の神話では悪の化身とされている。

＊12　スカンジナビア半島の最南端に位置する半島。地方の名でもある。現在ではスウェーデンに属するが、デンマークから目と鼻の先にある関係で、昔からたびたびデンマークに併合された。

＊13　ユトランド半島南部にある、デンマークの港町。古くから商業の一大中心地で、司教館もあった。

＊14　ドイツの古い港町。現在ではハンブルクに併合されてい

る。デンマーク領だったこともある。
*15　コペンハーゲンの北方約四〇キロメートルにある港町。
*16　北欧の伝説の中で、ノルウェーの果てにそびえているとされる山。
*17　北ゲルマン諸部族のうちのひとつ。スカンジナビア半島、現在のデンマーク、およびエルベ河以北のドイツの地方に住んだ。
*18　ヴァルハラのことを指すとする説もある。ヴァルハラとは、北欧やドイツの神話に登場し、天上にあるとされる神聖な宮殿。輝かしい武勲をたてて死んだ戦士たちがここに迎えられ、聖なる酒宴を繰りひろげると考えられた。

王女の薔薇《ばら》

幼い王女は付添いの老女に見守られていた。
薔薇《ばら》の花を持って、じっと見つめている。
なにを？　なにを見つめているのだろう？　王女は知らない。水を、
松や白樺《しらかば》の木々の影が黒々と落ちている池を。
王女の前には、白い羽をもつ一羽の白鳥、
風にさやぐ小枝の下で静かに揺れる波、
光と花とでいっぱいな奥深い庭園。
美しい天使にも似た王女の姿は、まるで雪でもつくられたよう。
目に映るのは、後光を背負ってでもいるような堂々たる宮殿、
庭園、雌鹿《めじか》たちがのどを潤しにいく澄んだ生簀《いけす》、
それに緑濃い木立の下の、星形模様をちりばめた羽根をもつ何羽もの孔雀《くじゃく》。
まだ罪を知らない王女は、いっそう清らかに見えた。
優雅さという優雅さが、ゆらめきながら、王女の一身に集まったかのよう。
王女のまわりでは、草も光りかがやき、さながら本物のルビーやすばらしいダイヤモンドでもちりばめたようだ。
樋嘴《ひさき》の口からは、おびただしい数のサファイヤが、ほとばしり出てでもいるように見える。
王女は、水辺に立っている、薔薇の花に気を取られて。
美しい胴着の前飾りはジェノヴァ*1のレース編み。スカートには、
アラベスク模様が、サテンの襞《ひだ》の中に見え隠れしながら、
フィレンツェ*2金糸のうねうねとした縫取りを、数かぎりなく繰りひろげている。
壺《つぼ》の口から咲き出でもしたように、新しい蕾《つぼみ》が開いて、
いまを盛りと咲きこぼれる薔薇の花は、

王女のえもいわれぬ小さな手をいっぱいに覆っている。
王女が赤い唇を突き出して、
鼻に皺《しわ》をよせて笑みをたたえながら、この花の匂《にお》いを嗅《か》ぐとき、
堂々と開いたこの緋《ひ》色《いろ》のすばらしい薔薇で、
王女のかわいい顔はほとんど見えなくなるので、
それを見ている者は迷ってしまう、遊んでいる美しい王女と
薔薇の花との見分けがつかなくなり、
花を見ているのか王女の頬《ほお》を見ているのか、分からなくなってしまう。
清らかな茶色の眉《まゆ》の下で、なお美しく澄む青い瞳《ひとみ》。
王女の姿に宿るのは、喜びと魅力と芳《かぐわ》しい香りばかり。
青空を思わせる、なんというやさしい眼差《まなざ》し！　マリア[3]という、なんというやさしい名前！
その姿のすべてが光。瞳はあたりを輝かせ、その名は神に祈る名前。
しかし、これから歩む人生を前にして、王女はこの大空の下で、
かわいそうにも！　ぼんやりとではあるが、自分がとても偉い女だと感じていた。
王女の前にいまひろがっているのは、光と影に満ちた春の景色。
地平線に暗く沈んでいく巨《おお》きな夕陽、
夕べの光りかがやく壮麗な世界、
目には見えぬが聞こえてくる小川のせせらぎ、
野の景色、永遠につづく自然が繰りひろげるうららかな姿。
王女はこうした自然に向かいあっていた、小さいながらも王妃のような厳《おごそ》かな態度で。
王女がこれまで見てきたのは、いつも自分の前で頭を下げる男ばかり。
王女はいつの日かブラバント公妃[4]になるだろう。
フランドル[5]かサルデーニャ[6]を治めるだろう。
まだ五歳の子供なのに、王女はもう世の中をあなどっていた。
王家の子供たちとはみなこんなもの。白い額には、
もう暗い影の輪が刻まれ、おぼつかない足どりは、
まもなくやってくる統治を告げている。王女はいま、花の香りを嗅いでいる。
みんなが帝国を摘みとって、自分に与えてくれるのを待ちながら。
そしてもう、王者の威厳をそなえた眼差しは、こう言っていた、「この花は私のものよ」と。

王女の体からは、さだかならぬ恐怖をまじえた愛らしさ
　が流れ出ている。
誰かが、こんなにか弱くて身をふるわせている王女を見
　て、
王女に手を触れでもしようものなら、たとえ王女を助け
　ようとしてそうしたとしても、
ひと足も踏み出さないうちに、ひと言も話しかけないう
　ちに、
処刑台の影が自分の額に射してくるのをきっと感じただ
　ろう。

かわいい王女はほほえんでいた。ただ、
この世に生きて、薔薇の花を持ち、
空を背景に、花にかこまれただけの姿で。

日の光は消え、巣のひなたちは小さな争いの鳴き声をあ
　げる。
木々の枝は夕陽の紅《くれない》の光に染まる。
大理石の女神像の額も赤く染まり、
そのさまは、さながら夜の訪れるのを感じて胸を高鳴ら
　せるよう。
空を舞うすべてのものは地上に降りてくる。もう物音も
　聞こえず、
光も見えない。神秘な夕べは、
太陽を波の下に、小鳥を木の葉の下に包みいれてしまう。

花を手にして王女が笑っているあいだに、
どの尖頭アーチ《オジーヴ》も、陽《ひ》の光を受けて司教冠のようにきら
　めく、
このローマ・カトリック風の広大な宮殿の
窓ガラスの向こうには、恐ろしい人が姿を現わしていた。
下から見ると、ぼんやりとした靄《もや》の深みに、ひとつの人
　影が
窓から窓へと移っていくのが目に入ってきて、ぞっとし
　てしまうのだった。
墓石の上に建てられた彫像のように、その人影はひとつ
　ところにたたずみ、
ときには一日じゅう、じっと動かずにいることもあった。
この恐ろしい人物には、あたりの様子などちっとも目に
　入らないらしい。
青ざめた暗い面持《おももち》で、部屋から部屋へとさまよい歩いて
　いる。
白いステンドグラスに陰気な額を押しつけて、じっと物
　思いにふける。

青白い幽霊！　入り日の光に長々と伸びるその影。
鐘楼の弔いの鐘を思わせる、ゆっくりとした陰鬱《いんうつ》な足ど
　り。
王でないなら死神だ。

王だった。スペイン王国がこの王ひとりの中に生き、ふ
　るえおののいていた。
いま、壁に肩をもたせてじっと立っている
この亡霊にも似た王の目の中にうかがえるもの、
暗い深淵《しんえん》のような王の瞳の中にうかがえるもの、
それは幼い王女の姿でもなく、王宮の庭園でもなく、
晴れた夕べの金色に輝く空を映した、小波《さざなみ》の立つ池でも
　ない。
小鳥たちがくちばしを触れて愛を語りあう木立でもない。
いや、そうしたものではない。このどんよりした水のよ
　うな眼《まなこ》の奥にうかがえるもの、
海のように深いその眼を、
計り知れないものにしている不吉な眉の下に、
うかがえるもの、それは動いていく幻のような影、
風に吹かれて、飛ぶように走る艦隊の姿。
星空の下、波の飛沫《しぶき》とうねりの中に、
すさまじい勢いで身をわななかせる帆船の艦隊。
そして霧に包まれて彼方《かなた》に姿を現わすのは、ひとつの島、
　白い巌《いわお》、
海上を走る、雷《いかずち》のような艦隊のとどろきに耳を澄ます、
　イギリスの姿。

人類を支配するこの冷酷な王の頭を
この日、この時満たしていたのは、こうした艦隊の姿だ
　った。
だから、あたりの様子など、王の目にはちっとも入らな
　かったのだ。
恐ろしい、海に漂う梃子《てこ》の支点ともいうべきこの艦隊、
それを使ってこの王が、全世界をもち上げようとしてい
　たこの艦隊は、
いま、大海の暗い波間を切って進んでいく。
王は心の目で、その姿を追っていく、勝ち誇った面持で。
日々の恐ろしく、悲しい無聊《ぶりょう》をいやすことができるのは、
　ただこの艦隊の姿だけ。

フェリペ二世[*7]は恐ろしい男。
コーランの悪魔《イブリーズ》[*8]も聖書のカイン[*9]も、
亡霊のような皇帝の子でエスコリアルの宮殿[*10]に住む
この亡霊のような王とは、腹黒さの点でなんとか肩を並

べられるくらい。
フェリペ二世は剣を手に握った悪の化身。
この男が上流社会をわがものにしている姿は、悪夢の中の妖怪《ようかい》さながら。
生身《なまみ》の人間に違いないのに、誰もその姿を直視しようとはしない。
おびえた者の目には、この男の姿が奇怪な光につつまれているように見えるのだ。
王の家令が通りすぎるのを見ただけで、みんなは恐怖に身をふるわせた。
恐怖に曇った人々の目には、王の姿はそれほど見まがうばかりだったのだ、
底知れぬ淵《ふち》とも、また青空に散らばる星々の群とも！
それほど人々の目には、王の姿は神に似たものに思われたのだ！
避けようもなく打ちこまれ、執拗《しつよう》に食いこんだこの男の意志は、
まるで運命に打ちこまれた鎹《かすがい》のようなものだった。
彼はアメリカと西インド諸島を手中におさめ、アフリカに
もたれかかり、ヨーロッパを支配していた。ただ
あの、暗く鳴りをひそめたイギリスだけが心配の種。

この男の唇はなにも語らず、魂は神秘につつまれ、
その王権は罠《わな》と欺瞞《ぎまん》でつくられていた。
彼は暗闇《くらやみ》の力を支えとたのみ、
黒々とした影が、王の騎馬像の馬の役目をはたしていた。
地上を治めるこの全能の神は、いつも黒衣を身にまとい、
不幸の象徴である自分自身の喪にでも服しているかのよう。
その姿は、犠牲者をむさぼり食っては黙りこむあのスフィンクスにも似ていた。
王は何事にも動じない。自分ひとりが万物だったから、
なにも言う必要もなかったのだ。
誰ひとり、この王の顔にほほえみが浮かぶのを見た者はいなかった。この王の鉄の唇に
ほほえみが浮かぶはずなどなかったから。
地獄の門の暗い鉄格子に、あけぼのの光が射しこむはずがないように。
ときどき、死刑執行人の仕事の手助けをしようとして、
けだるい体を揺りうごかすこともあった。
この男の瞳の中に光るのは、火刑台の炎の
照り返し。彼はときどきその火刑台の息を吹きおくっては、炎を燃えあがらせる。
この王は、思想や、人間や、生命や、進歩や、権利にと

って

恐るべき敵、ただローマの教皇だけに忠実だった。

イエス・キリストの名において世界を支配している悪魔《サタ》の《ン》長だったのだ。

夜のように暗いその精神から生まれた行ないは、

まむしが不気味に這《は》っていく姿に似ていた。

彼がその住処《すみか》にしていたエスコリアル、ブルゴス、[11]アランフェス[12]などの王宮の

鉛色の天井には明るい火がともった例《ためし》がない。

祝宴、華やかな宮廷、道化、そんなものはなにひとつないのだ。

裏切り行為が遊戯の役を、火刑罰《アウト・デ・フエ》が宴会の役を務めていた。

不安におびえる諸国の王たちの頭上で、

フェリペのいろいろな企てが暗闇の中でひそかに花開いた。

彼の夢は全世界の人々にのしかかる重圧。

彼はすべてを征服したり、破壊したりできたし、また、そう望んでもいた。

彼の祈りは、さながら音のない稲妻。

巨大な雷光が、胸中に深くひそむ思いからほとばしり出る。

彼の頭に思いうかべられただけで、人々はこう言うのだった、「息がつまって死にそうだ」と。

そして、彼の帝国に住んでいる諸国の民はみな、

王の両眼の光が、わが身にじっと注がれるのを感じて、恐れに身をふるわせていた。

カルロス[13]は禿鷹《はげたか》のように好戦的だったが、フェリペはふくろうのように陰険な男。

黒い胴衣を身にまとい、金羊毛勲章[14]を首にさげたフェリペの姿は、

まるで運命の冷たい見張り番のようだ。

じっと動かない姿に、あたりの人々は威圧される。瞳はまるで、

地下室の換気窓のように光る。指は

動いて、誰にも見えないかすかな仕種《しぐさ》をするが、

そのさまは闇に向かって命令を与え、その命令を漠然と書き表わしてでもいるかのよう。

世にも驚くべきこと！　たったいま、この男がほほえんでみせたのだ、歯ぎしりのようなほほえみだが。

不可解で計り知れない、辛辣《しんらつ》なほほえみ。

大海を航行するこの王の艦隊の姿が

彼の暗い心の中に、しだいに大きく浮かびあがってきたのだ。
王のもくろみどおりに海上を進んでいく艦隊の姿が、浮かんできたのだ。
高い天空を飛びながら、眼下の艦隊を見張ってでもいるような気持だった。
万事がうまくいっていた。大洋はおとなしく波を立てずにひろがっている。
あの大洪水のノアが箱舟を恐れたように、大洋も王の艦隊を恐れているのだ。
艦隊は整然と展開して、
隊列を崩すことなく航行していく。
上甲板や、甲板や、そそり立つ帆柱の織りなす碁盤目模様は、
巨大な簀《す》の子のように、海上でゆらめいている。
これは神聖な艦隊、波が船のまわりに垣根をめぐらす。
海流もまた、上陸作戦の手助けをするという点で、
なくてはならぬ存在なのだ。
船を取り巻く波は、愛情をこめて砕けちり、
暗礁は港に変わり、水泡《みなわ》は真珠となって崩れおちる。
こちらには看守を乗せたガリー船の群、
あちらにはフランドルの軍勢、それにバスクの軍勢。
おびただしい数の上級将校とふたりの司令長官。
ドイツは恐ろしいウルク船を差し出し、
ナポリは二本マストの小帆船《ブリガンティーノ》[15]、カディスはガレオン船[16]、
リスボンは船員を提供した。大胆不敵な戦士たちが必要だったのだ。
フェリペは身を乗り出す。艦隊がはるか遠くに離れているのも、なんのその!
艦隊の姿が目に見えるだけではない、そのたてる音までが聞こえてくるのだ。艦上を歩く人々、
走る人々。メガホンで叫ぶ声、
舷牆《げんしょう》を走る水兵たちの足音、
見習い船員たち、近習《きんじゅう》に寄りかかる提督の姿、
太鼓の音、掌帆長たちの吹く呼び子の音、
航海の信号、戦闘準備のらっぱ。
戦うしたくに取りかかる、陰鬱ですさまじい物音。
群がる鵜《う》のような艦隊、立ち並ぶ要塞《ようさい》のような艦隊。
船の帆は鈍い音をたてて壮大に羽ばたく。
大海がうなりをたてると、この巨大な艦隊は海上を逃れるように進み、
身を膨らませ、途方もない音をたてながら走っていく。
不気味な王は四百艘《そう》の船に集められた、
剣を帯びた八方の兵士たちの姿を思い浮かべてほほえむ。

ああ、飢えを満たしている吸血鬼のゆがんだ口もと！

あの顔青ざめたイギリスを、彼はついに手中におさめたのだ！

誰がイギリスを救うことができよう？　イギリスの運命は風前の灯火《ともしび》。

フェリペは右手に雷《いかずち》の束を握っている。

この手が握っている雷の束を、誰がばらばらにほどくことができよう？

この男は、誰ひとり言いさからうことができない君主ではないだろうか？

ローマ皇帝の後継者ではないだろうか？　その巨大な影で、
ガンジス河[17]からポジッリポの丘[18]にまでいたる国々を覆いつくしている、フェリペではないだろうか？

「おれはこうしたい！」とこの王が言えば、なんでも結着がついてしまう。

勝利の女神の髪をしっかりとつかまえているのは、この男ではないだろうか？

あの艦隊を前進させているのも、この男ではないだろうか？

この王が水先案内人を務め、海が使命を果たして
運んでいる、あの恐ろしい軍艦の一団を。

この男は小指一本で動かしてはいないだろうか、
翼をもった黒い龍にもたとえられる、あの無数の軍艦の群を？

この男こそ王権そのものではないだろうか？　あの怪物たちの竜巻が
言うことをきく、暗い男ではないだろうか？

アブダラ＝ベイの息子、ベイ＝シフルジル[19]は、
カイロのイスラム教寺院の大きな井戸を掘ったとき、
こんな文句をその井戸に刻みこんだ、《天は神のもの。
地は余のもの》と。
専制君主というものは、じつのところ同じような暴君にすぎないので、
こうした君主の考えることは、みんな似たりよったりだ。
そんなわけで、
ベイ＝シフルジルが昔刻んだのと同じことを、このフェリペ二世も考えていたのだ。

だが、王がこうしているあいだも、池のほとりでは黙ったまま、
王女は重々しい態度で、あいかわらず薔薇の花を手に握っていた、

青い目をしたやさしい天使のような姿で、ときおり花に接吻《くちづけ》しながら。
と、このときとつぜん、一陣の風が、夕べが身をふるわせながら
広野《ひろの》を吹かせる息吹のひとつが、
地平線をかすめて吹く騒々しい西風が、
水面《みのも》を乱し、藺草《いぐさ》をふるわせ、遠くの
てんにんかとつるばらんの茂みをざわめかせて、
静かにたたずむ美しい王女のところまで吹いてきた。そして、風はその翼のすばやいひと打ちで、
そばに立つ薔薇の木までもゆるがせながら、
王女の薔薇をむしり取って、池の中にぱっと散らした。
王女の手に残ったのは、ただこの花のとげの生えた茎だけ。
身をかがめた王女の目に映ったのは、水面《みのも》にくずおれた花の亡骸《なきがら》。
王女には分からなかった。いったいどうしたことだろう? 王女は怖くなり、
あっけにとられて、大空に探し求めた、
ずうずうしくも私を怒らせたあの風は、いったいどこにいるのかと。
どうしたらいいのだろう? 池もすさまじく怒っているらしい。
さきほどまではあれほど澄んでいたのに、いまや黒々と曇っている。
波が立ち騒ぎ、沸きかえる海のようだ。
哀れな薔薇の花は水面《みのも》に散らばっている。
数多くの花びらは、深い水に沈んだり運ばれたりして、
ぐるぐる回って難破しながら、あの風が引きおこした
無数の小波《さざなみ》に乗って、あちらこちらへ流れていく。
まるで、深い海の淵に沈んでいく艦隊の姿でも見ているようだ。
「王女様」と、陰気な顔をした付添いの老女が言った。
驚きのあまりぼんやりしている王女に向かって。
「この世のものはすべて王様御一家のものでございます。
ただ風だけはままになりませんが」

*1　イタリアでも有数の貿易港。古くから自治都市として栄え、絹製品の製造でも有名。
*2　イタリア中部の名高い都市。古くから織物の盛んな町でもあった。
*3　スペイン王フェリペ二世の末娘。一五八〇年に生まれ、八三年に幼くして世を去った。だが、この詩を書くうえでユゴーがモデルにしたのはこの王女ではなく、おそらくベラスケスが描いたフェリペ四世の娘の肖像画であろうと言われている。

＊4　ベルギー中部の地方。中心都市はブリュッセル。一五五三年以降、スペインに支配された。

＊5　ネーデルランド南東部の地方。現在のベルギー西部、さらに、フランスおよびオランダの一部を含む。

＊6　地中海西部にある島。十四世紀以来、まずスペイン南部のアラゴン王国の、ついでスペイン王国の支配下となる。スペインが地中海の海上交通を制するうえで、重要な拠点であった。

＊7　スペイン王（一五二七—九八）。「慎重王」の名で呼ばれる。この王の治世下で、スペインは全盛期を迎え、それと同時に、衰退のかげりも見せはじめる。後世、その性格の陰険な面が誇張されたことがあり、ユゴーはこうした誇張の影響を受けていると考えられる。一五八八年、王は、イギリス遠征のため、アルマーダ（無敵艦隊）を差し向けたが、イギリス艦隊が劣勢であったにもかかわらず、大敗を喫してしまった。この敗北を契機にスペインは、次第に海上貿易権をイギリスに奪われていくことになる。

＊8　キリスト教におけるサタン（悪魔の長）に近い役割を、イスラム教で果たしている存在。

＊9　旧約聖書「創世記」第四章に登場する人物。一五〇ページの注1を参照。

＊10　マドリードの近郊、北西部のエスコリアルにある大建築。父カール五世の死をいたんで、フェリペ二世は修道院を建築し、歴代のスペイン王の霊所とした。また、修道院に付属させて宮殿も建造した。

＊11　スペイン北部の町。王族が代々城を構え、美しい建築が数多く残されている。

＊12　マドリードの南にある町。フェリペ二世が建てた華麗な宮殿がある。

＊13　フェリペ二世の父、カルロス一世（一五〇〇—五八）のこと。神聖ローマ帝国皇帝を兼ね、皇帝としてはカール五世（在位一五一九—五六）と呼ばれる。スペイン王国を繁栄に導いたが、幾多の戦争も引きおこした。

＊14　一四二九年、ブルゴーニュ公フィリップ・ル・ボンによって作られた勲章。家柄の点でも武勲の点でも申し分ないと認められる貴族に授与された。

＊15　スペインの南西部にあり、大西洋にのぞむ、この国屈指の港町。新大陸との貿易の一大拠点。

＊16　主として新大陸との貿易に使われた大型貨物船。

＊17　ヒマラヤ山脈に源を発し、ベンガル湾に注ぐインドの大河。

＊18　イタリアのナポリ近郊にある丘。

＊19　いずれもユゴーが勝手に作りあげた人名と思われる。

哀れな人々

一

夜。粗末な小屋だが、戸は堅く閉まっている。
中にたちこめる闇《やみ》。そしてなにかが感じられる、
このほの暗い闇をとおして輝いているなにかが。
壁には、漁師の網がいくつも掛かっている。
奥の片隅には、質素な食器がいくつか、
戸棚の中でぼんやり光っている。

それにまた、長いカーテンの垂れた大きなベッド。
すぐそばの、古い腰掛けをいくつも並べた上に敷いてある、一枚のマットレス。
その上に、かたまって眠る五人の幼い子供たち。
炎が燃えて、寝ずの番をしている背の高い暖炉は、
暗い天井を赤く染める。額をベッドに押しあてて、
女がひとり、ひざまずいて祈っている、物思いにふけっている、青ざめた顔で。
それは母親。彼女はひとりぼっち。外は白い波頭《なみがしら》。
大空に、風に、岩に、夜よ、霧に、
無気味な大洋が黒いすすり泣きを投げつける。

二

夫は海に出ている。子供のときから船乗りで、
きびしい闘いを暗い運命と交えている。
雨の日も、突風の日も、出かけなければならない、行かなければならない。
幼い子供たちが腹をすかせているから。夫は晩に出かける、
潮が満ちて、水が防波堤の突端の段々まであがってくるころ。
夫は四枚帆の小船をひとりで操る。
妻は家に残って、古い帆布を縫う。
網を繕い、釣針を用意し、
魚のスープが煮えるかまどに気をくばる。
それから五人の子供が眠りにつくとすぐに、神に祈りを捧《ささ》げるのだ。
夫のほうはただひとり、たえまなく湧《わ》きたつ波に打たれ、
深淵《しんえん》の中へ、闇の中へ入っていく。
つらい仕事だ！　あたりは真暗、何もかも冷たい、輝くものは何ひとつない。
暗礁の上の、猛《たけ》り狂う波のあいだ、
そこが魚の獲《と》れる場所。そして広大な大海原の中では、
動きやすく、暗く、気まぐれで、変わりやすいその場所は、
銀色の鰭《ひれ》をもつ魚が群がりあつまるその場所は、
ほんの小さな一点。ひとつの部屋の倍ほどしかない狭い場所。
さて、夜中に、にわか雨と靄《もや》をついて、十二月に、
揺れうごく大海原の上のこの場所を見いだすためには、
どれほど、潮と風の具合を計算しなくてはならないことか！
いろいろな腕前を、なんと手順よく発揮しなければならないことか！

大波と、緑色の海蛇のように、船べりに沿って滑ってい
　く。
海の深淵はぐるぐる渦巻いて、巨大な波の襞《ひだ》をよじり、
うろたえた船具を恐怖であえがせる。
夫は、冷たい海の真中で、ジャニーのことを思う。
ジャニーは泣きながら、夫の名を呼ぶ。そしてふたりの
　思いは、
愛の聖《きよ》らかな小鳥となって、闇の中で行き交う。

三

彼女は祈る、しわがれ声であざけるように叫ぶかもめの
　声が、
彼女の胸を乱す。廃墟《はいきよ》にも似た岩礁のあいだに荒れ狂う
大海に彼女はおびえ、ありとあらゆる幻が
彼女の心を過《よぎ》っていく。海が、
怒りくるう波間をさらわれていく船乗りたちの姿が。
動脈の中で血液が鼓動するように、冷たい柱時計は、
箱の中で時を刻む。神秘の中へ
一滴また一滴と、時を、季節を、春を、冬を投げこみな
　がら。
時を刻む音のひとつひとつが、広大な宇宙の中で、
大鷹《おおたか》の群であり鳩《はと》の群である人間たち[*1]の魂に開く、
一方では、揺り籠《かご》を、もう一方では墓を。
彼女は思いにふけっている、夢みている。――だがなん
　という貧しさ！
子供たちは夏も冬もはだしで歩く。
小麦のパンなどない。食べるのは大麦のパンばかり。
――ああ、神よ！　風は鍛冶場《かじば》のふいごのようにほえ、
海辺の大波は鉄床《かなとこ》のような音をたてている。まるで見え
　るようだ、
かまどに渦巻く火花さながらに、
星座が、黒い旋風に運ばれて逃げていくのが。
あの陽気な踊り手、真夜中が、笑ったり浮かれ騒いだり
　する時刻だ、
その目の光で輝く黒いビロードの仮面をかぶって。[*2]
いまは時刻、あの謎《なぞ》の追剝《おいは》ぎ、真夜中が、
闇と雨に身をつつみ、額を北風になぶらせながら、
ふるえている哀れな船乗りを捕まえて。
ふいに現われた恐ろしい岩に彼をぶつけて打ち砕く時
　刻。――
恐ろしいことだ！　船乗りは波に叫び声を消され、
船がどっと崩れるように、波間に沈みこんでいくのを感
　じる。

船乗りは、自分の下に闇と深淵が開くのを感じる。そして思う、
太陽が燦々《さんさん》と照る故郷《ふるさと》の波止場で船をつないでおく、あの古びた鉄輪のことを!

こうした暗い幻が、闇夜のようにうち沈む
彼女の心を乱すのだ。ジャニーは身をふるわせて涙を流す。

四

ああ、漁夫たちの
哀れな妻よ! ひとりこうつぶやくのは恐ろしいこと。
「私のいとしい人々、
父は、恋人は、兄弟は、息子は、私の愛するものはみんな、
あそこにいる、あの混沌《こんとん》とした海の中に! 私の心、私の血、私の肉は!」――
ああ! 波の餌食《えじき》になるのは、野獣の餌食になるのと同じこと。
ああ、思えばいまごろ、海の水は船乗りたちみんなを玩具《おもちゃ》にしているのだ、
年端《としは》もいかない少年水夫から妻のある船長まで。
そしてまた、ものすごい風はらっぱを吹きならしながら、
乗組員たちの上で、長いおどろな編毛をほどいているのだ。
そして、きっとみんなは今時分遭難しているのだ。
それなのに本当は、どうしているのか、誰にもよく分からないのだ。
そしてまた、あの底無しの海に刃向かうために、
星ひとつ輝かない、あの闇の深淵にたち向かうために、
乗組員たちが頼りにできるのは、板切れ一枚と帆布一枚だけ!
痛ましい心配! 妻たちは海岸の小石を踏んで駆けていく。
高まる波に話しかけて叫ぶ、「ああ! あの人たちを返しておくれよ!」と。
しかし、ああ! 妻たちの抱きつづける暗い思いに、
逆巻きつづける波が、なにを答えられるというのだろう!
ジャニーは、ほかの妻たちよりもずっと悲しい。夫はたったひとりで、海に出ているのだ!
こんなひどい夜にひとり、黒い屍衣《しい》のような闇におおわれて!

手伝う者はひとりもいない。子供たちはまだ小さいのだ。

——ああ、母親よ！

あなたは言う、「この子たちが大きかったらなあ！　父さんはたったひとりで出ているのよ！」と。——むなしい望み！

大きくなって、子供たちが父親といっしょに海に出てしまうと、
あなたは、泣きながら言うだろう、「ああ！　あの子たちが小さかったら！」と。

五

彼女はランプとマントを手に取る。——見にいく時間なのだ、
夫が帰ってくるかどうか、海が凪《な》いできたかどうか、
夜が明けたかどうか、帰りを知らせる吹流しがマストに
昇っているかどうかを。
さあ、行こう！——こうして彼女は出かける。朝風は
まだ吹いていない。なにも見えない。暗闇が波のように
あふれるだけで、天地にはひと筋の白い光も見えない。
雨が降っている。明け方の雨ほど暗く陰気なものはない。
夜明けの光はふるえ、疑い、ためらっているようだ。
赤子と同じように、あけぼのは生まれ出る苦しさに泣い
ているようだ。
彼女は進む。どの窓にも明かりは見えない。
とつぜん、道を探りながら歩いていく彼女の目の前に、
なにか不吉だが、親しみの湧く、
陰気で古ぼけた荒家《あばらや》が現われる。
明かりもついていなければ、火も燃えていない、戸は風
にはためいている。
古びた壁の上に、あぶなっかしく屋根が揺れている。
屋根を葺《ふ》いたきたならしい藁《わら》は、北風に身をよじってい
る、
水かさの増した河の黄色くよごれた水みたいな藁は。
「そうだ！　あのかわいそうな後家さんのことを忘れていた」
と彼女は言った。「うちの人がこないだ行ってみたら、
あの女《ひと》は
病気でひとりぼっちだったんだわ。どうしているか、見舞ってあげなくちゃ」
彼女は戸をたたいて、耳を澄ませる。誰も
答えない。そしてジャニーは海風に身をふるわせる。

「病気なんだわ！　それにあの人の子供たちったら！ろくな物も食べられないで！
子供はふたりしかいないけど。なにしろ、旦那《だんな》に死なれちまったんだから」
また彼女は戸をたたいた。「ちょっと！　お隣さん！」と呼んでみた。
だが、家はやっぱりシーンとしている。「まあ！　どうしよう！」
「ぐっすり眠っているんだわ、こんなに呼んでも返事がないなんて！」
すると、とうとう戸は、生命のないものでも、ときには
とても情け深い心をもつことがあるが[*3]、ちょうどそんなふうに、
陰気に暗闇の中で動いて、ひとりでに開いた。

六

彼女は家の中に入った。ランプが中を照らした。
ゴーゴーと海鳴りのする岸辺の、おし黙った暗い住まいの中を。
ふるいの穴からでも落ちるように、水が天井からボトボト落ちている。

部屋の奥に、恐ろしい形をしたものが横たわっていた。
倒れたまま、じっと動かないひとりの女、
はだしで、どんよりした目つきの恐ろしい姿。
死骸《しがい》だ。――いぜんは陽気で丈夫だった母親。――
悲惨が死んで、髪を振りみだした幽霊に変わったのだ。
長い闘いのあとの貧乏人の残骸。
彼女はだらりと垂らしていた、粗末なベッドの藁のあいだに、
鉛色の冷たい片腕と、その先のもう青色に変わった手を。
開いた口からは、恐怖の跡がにじみ出ていた。
その口から、魂は不吉な姿で逃げさりながら、吐き出したのだ、
永遠が聞く、死のあの大きな叫び声を！

母親が横たわっているベッドのそばには、
ふたりの幼い子供が、男の子と女の子が、
同じ揺り籠の中で、眠りながらほほえんでいた。
母親は、死が迫ったのを感じて、子供たちにかけてやったのだ、
自分のマントを足に、自分の服を体に。
死が人間を盗みにくる、この闇の中で、

子供たちが、これ以上体の熱が逃げていくのを感じない
ように、
母親の体が冷たくなっていくあいだも、子供たちだけは
暖かくしていられるように。

七

ふたりともなんとよく眠っているのだろう、ゆれている
揺り籠の中で！
穏やかな寝息、安らかな寝顔。
どんなものも、眠っているこの孤児《みなしご》たちを目覚めさせる
ことはできないだろう。
たとえ最後の審判のらっぱの音でも。
なにしろ、罪のないこの子たちは、審判者を恐れてはい
ないのだから。

外では雨の音がとどろいている、洪水のように。
突風が吹きこんでくる古い破れ屋根からは、
雨の滴がときどき死んだ女の額にポトリと落ち、
頬《ほお》の上を滑って涙になる。
波は警鐘のように鳴っている。
死んだ女は脱け殻のような顔で、闇の音に耳を澄ます。
なぜなら肉体は、光りかがやく魂[*4]が飛びさったあとでは
いつも、
天使となったその魂を探しだし、呼びもどそうとするよ
うにみえるから。
あの不思議な対話が聞こえてくるようだ、
青ざめた口と、悲しそうな恐ろしい目が交わす対話が。
「おまえは吐いていた息をどうしてしまったのだ？——
おまえこそ、輝いていた眼差《まなざ》しをどうしてしまったの
だ？」

ああ！　愛せよ、生きよ、春に咲く桜草を摘め、
踊れ、笑え、恋の炎を燃やせ、盃《さかずき》を乾《ほ》せ。
小川がみんな暗い大洋に行きつくように、
運命は、最後には行きつかせるのだ、宴《うたげ》を、揺り籠を、
花のように咲きでたわが子を熱愛する母親たちを、
魂が目眩《めくるめ》く肉体の接吻《くちづけ》を、
歌を、ほほえみを、みずみずしくて美しい愛を、
墓の不吉な冷たさに行きつかせるのだ！

八

ジャニーはいったい何をしたのだろう、あの死んだ女の
家で？
長い襞《ひだ》のあるマントの下に隠して、何をいったい運んで

いくのだろう？
いったいなんだろう、ジャニーがあの家から運びだしたのは？
なぜ、彼女は胸をドキドキさせているのだろう？　なぜ、足をふるわせて、
あんなに急いでいるのだろう？　どういうわけだろう、路地の中を
彼女が走っていくのは、うしろを振りむこうともせずに？
いったいなんだろう、彼女が暗がりのベッドの上に、
心配そうに隠したのは？　いったい何を盗んできたのだろう？

九

ジャニーが家に帰ってまもなく、海辺の崖《がけ》は
もう白みはじめた。ベッドのそばに椅子《いす》を引きよせて、
彼女はすわった、真青な顔をして。なにかを
悔やんでもいるようだ。枕《まくら》に額を伏せ、
ときどき、とぎれとぎれの言葉で、彼女はつぶやいた。
荒々しい海が遠くでとどろいている。
「かわいそうにうちの人！　ああ！　どうしよう！　あの人、なんて言うだろう？
いまでも苦労が絶えないのに！　余計なことをしでかしてしまって。
五人も子供をかかえて！　父さんは働いているのに！
でもまだ、苦労がたりなかったってことなんだわ。またもうひとつ、苦労の種を
背負《しょ》わせちまうんだから。――あの人かしら？――そうじゃない。なんでもなかったんだわ。
――まずいことをしちゃった。――あの人にぶたれたら、
こう言おう、『そうよ、たたくのがあたりまえだわ』って。
――あの人かしら？――そうじゃなかった。――ああ、よかった。――扉が動いている、
誰かが入ってでもくるみたいに。――いや、違う。――あの人だ、かわいそうに、
あの人の帰ってくるのが、なんて怖いんだろう、こうなると！――」
それからジャニーは考えこんで、身をふるわせた、
しだいに深くなる心の中の苦しみに沈みこみながら、
深淵の中へでも落ちこんだように、不安の中に埋もれて。
外の物音も、もう耳には入らない。
陰気な呼び売り人みたいな鳴き声をあげて、飛んでいく鵜《う》の群も、

怒りくるう波や潮や風の音も。
扉がとつぜん開いた、バタンと大きな音をたてて。
小屋の中には、さっと白い光が射しこんだ。
そして漁夫が、水のしたたる網を引きずりながら、
楽しげに戸口に姿を見せて言った。「海の男のお帰りだ！」

十

「あんただったの！」とジャニーは叫んで、胸に
恋人を抱くように夫を抱きしめた。

そして、夢中で夫の上着に接吻した。

船乗りは言った。「いま帰ったよ、おまえ！」

暖炉の炎に照らされた船乗りの顔には、表われている、
善良で満ちたりた心、ジャニーが光を与えている心が。

「やられちまった」と彼は言った。「油断ならないことにかけちゃ、海も森もおんなじだ」

「お天気はどうだったの？」「ひどかったよ」「で、漁は？」「だめだったよ。

でもなあ、おまえをこうして抱いていれば、とても幸せさ。

なんにも獲れなかったんだ。網に穴をあけちまってね。

吹きまくる風の中に、悪魔が隠れていやがったのさ。

なんて夜だ！ ちょっとのあいだ、あの騒がしい風音の中で、
おれは思ったよ、船が横倒しになって、網を船につないでる綱が
切れちまったのかと。おまえはなにをしてたんだい、あのあいだ？――」

ジャニーは闇の中で身をふるわせ、どぎまぎした。

「あたし？」と彼女は言った。「ああ！ なにって！ なんにも。いつもと同じよ。

縫物をしてたの、雷みたいな海の音を聞きながら。

怖かったわ」「そうだ、冬はつらいもんだ、だが仕方ないさ」

すると、まるで悪いことでもしている人間みたいにふるえながら、
彼女は言った。「あのねえ、お隣の女《ひと》死んだのよ。

きっと、きのう死んだんだわ。まあ、いつだってかまやしないけど、
晩に、あなたが出かけてからだわ。

子供をふたり残していったの、小さな子をねえ。

ひとりはギヨーム、もうひとりはマドレーヌって名前なの。

ひとりはまだ歩けやしないし、もうひとりはまだろくにしゃべれもしないの。

かわいそうに、あの人暮らしに困ってたのよ」


つらい仕事に明けくれしているこの男は、真面目《まじめ》な顔つきになった。そして部屋の片隅に
嵐《あらし》でぬれた、縁無し帽を投げて、

「なんてこった！　なんてこった！」と頭をかきながら言った。

「うちには子供が五人もいる。それが七人になるのか。

いままでだってひどい季節には、ときどき
夕食抜きで暮らしてきたんだ。いったい、どうすりゃいいんだ？

まあいいさ！　仕方がない！　おれが悪いんじゃない。

神様の
思《おぼ》し召しなんだ。なにか深い意味のあることなんだ。

だが、なぜ神様は、あのちびっ子たちから母親をお取りあげになったんだろう？

まだほんのちっちゃな子供なのに。まったくやりきれない。

こういうことは無学なおれにゃ、ちっとも分からんけどなあ。

まだあんなにちっちゃいんだ！　働けなんて言えやしない。

ねえおまえ、子供たちを連れてこいよ。あの子たちが目を覚ましてたら、
死人といっしょにほっとかれたんで、きっと怖がってるだろうからな。

ほら、あの死んだ母親がうちの戸口をたたいてるじゃないか。

あの子たちをうちに入れてやろうよ。うちの子といっしょに育てよう。

みんな、夜、おれたちの膝《ひざ》に這《は》いあがってくるだろうな。

いっしょに暮らしていくうちに、きっと、五人の子の弟《きょう》妹《だい》になるだろうよ。

神様が、うちの子たちといっしょに育てなきゃならんってことを、ごらんになったならな、
あの女の子と男の子までをね、
もっと魚が獲れるようにしてくださるだろうよ。

わしは食う物を食わなくても、いままでの倍働くからな。

これで決まった。さあ、あの子たちを連れてこいよ。どうしたんだい？　おまえ、いやなのか？

いつもなら、駆けつけていくところなのに」

「ほら」と、ジャニーはベッドのカーテンを開けて言った。「もう、ここにいるのよ!」

＊1 この世には、大鷹のように獰猛で邪悪な魂をもった人間たちもいれば、鳩のようにやさしく実直な魂をもった人間たちもいるが、そうした人間たちすべて、という意味。
＊2 漁師たちとは正反対の境遇にある町の金持たちにとっては、真夜中は、仮面舞踏会が佳境に入る時刻だ、ということをユゴーがここで念頭に置いているとする説もある。
＊3 万物はそれぞれ固有の魂をもっていると考えていたユゴーは、生命のないものも深い憐憫の情をもつ、といった表現をとくに好んで用いた。
＊4 死後、肉体を離れた魂は、天使のように光りかがやきながら空にとどまる、とユゴーは考えていた。

大空(抄)

地上の闇《やみ》を離れ、波を離れて、奥深い空のかなた、
雲間に、大海原の上高く、天上の喜びが
見えるような雲の切れ目に、
ぼんやりとして定かでないひとつの点が姿を現わす。風が吹きわたる
空のひろがりの中で、それは動いている。あの点は生きているのだ。
進んだり、くだったり、また昇ったり、自由自在に動く点。
近づいてくる、はっきり見える、こちらへやって来るのだ。丸い形。
なんとも言いようのない驚くべき船。
地球のように丸く、鷲《わし》のように空を飛ぶ鳥。
進んでいく船なのだ。だが、どこを? 崇高な大空の中を!
夢だろうか! 尾根のひと所が空を舞っているようにも見える。
星のまたたく天球のもと、とある山の頂が
翼をつけて、とつぜん飛びたちでもしたのか?
人類の運命の中で、なにか重大な時の到来が知らされて、
さまよう雲がこの船に姿を変えたのか?
幻を見やすい我々の目に、神話の神が現われたのか?
古代の風神アイオロス[＊1]が、風に向かって自分の革袋を投げたのか?
それだから、嵐《あらし》が生まれるあの空の深淵《しんえん》で、風は、自分を閉じこめたことのある、
あの恐ろしい革袋と気がついて、にわかに鳴りをひそめるのだ!

磁気の力なのか、稲妻の助けを借りて、
空気を使い、空の小船を一艘《そう》造りあげたのは？
明るい青空の高みから、天使がやってきたというわけなのか？
それともいったんは肉体から離れ、復活を待つ魂[2]なのか？
地上から解き放たれ、恍惚《こうこつ》と光で出来た
空飛ぶ場所に乗せられて、そうした魂は昇っていく。
だが、ときおり、少しばかり降りてきて、暗いこの世の底に沈む人間どもに、
地上から逃れる喜びを見せるものなのだ。

あれは違う、空を舞う尾根のひと所とも。神話の神の
風がいっぱいに詰まった革袋とも。
稲妻の仕業とも違う。大空の
あけぼのに染まった深みからやって来た、天の精霊とも違う。
ぽっかりと開いた墓石から逃れ出て、エホバをめざし、
光りかがやきながら昇っていく天使の車でもない。
夢の中や熱に浮かされたときに、人々が見たと述べたてるようなものでもない。
では、なんだろう、あの不可思議な飛行船の正体は？

人間なのだ。

あれは、神の言いつけに従った、大いなる反逆！
運命《さだめ》に従い人間が、青空の深みを開く聖なる合い鍵《かぎ》！
顔のベールを狂おしく引き裂いてみせるイシス[3]の女神！
金属と、木と、麻と、帆布で作られて、
解き放たれた重力が空を飛ぶ姿。
知恵のきらめく人間と手を結んだ力なのだ。
誇り高く、永遠の鎖から人間の肉体を引き離す力。
人類の嵐のような力を内にもち、
幸せと誇りに満ちて空飛ぶ物質。
驚きのあまり、とうとう人類に門戸を開いた大空を、横ぎって飛んでいく物質。
恐れを知らぬ人類よ！　囚《とら》われ人《びと》の努力よ！　聖なる憤怒よ！
檻《おり》を破って[4]、どこにでも押しいる力よ！
いったい何が必要なのか、微粒子ほどにも小さいが知力に優れた人間が、
終わりも端も底もない空と海と、
竜巻となって吹く風と、雪崩《なだれ》のように泡立つ海とを征服するのには？

大空に張った一枚の布、海に浮かぶ一枚の板切れ、[5] たったそれだけで足りるのだ。

……………………

そうだ、新しい時代の幕開けだ。

ああ！ 突然、
まるで一気に噴き出す狂気と喜び。
運命《さだめ》に従い六千年のあいだ、
人類の足枷《あしかせ》になってきた重力が、
見えない神の手でにわかに解かれ、
壊されてしまったのだ。この鎖が切れたために、ほかの鎖もことごとく切れたのだ！
人間を形作るなにもかもが空に向かって飛びたった。そして、激しい怒りも、憎しみも、
妄想も、ついには消えさる暴力も、
無知と誤謬《ごびゅう》も、貧困と飢餓も、
王たちの神聖な権利とやらも、ユダヤ教とか拝火教[6]のにせの神々も、
嘘偽《うそいつわ》りも、詐欺も、霧も、暗闇《くらやみ》も、
すべてが人間の古びた運命とともに、土ぼこりの中へ落ちていってしまったのだ。
まるで徒刑場を出た人が脱ぎすてる囚人服のように。

……………………

どこへいくのか、この飛行船は？ 船は進む、日光の衣を身につけて、
神聖で清らかな未来へ向かって、美徳へ向かって、
輝きわたる科学へ向かって、
災いの滅びる世界へ、過ちを水に流す寛大な世界へ、
豊かさと、静けさと、笑いと、幸せな人間とが住む世界へ向かって！
船は進む、この輝かしい船は。
権利と理性と友愛とに向かって、
ごまかしも、包み隠しも決してありえない、
宗教的で神聖な真理へ向かって、
心と心とを優しい絆《きずな》で結ぶ愛に向かって、
正義と、偉大と、善と、美とへ向かって……——お分かりだろう、
あの船は本当に満天の世界へ昇っていくのだ！
飛行船は運ぶ、人間を他の人間のところへ、諸国の民の心と心を通わせて。

船は文明をひろめる、ああ、栄光あれ！　船は破壊し、
　衰えさせる、
　　恐れおののく、おぞましい過去のすべてを。
飛行船は廃止する、鉄の支配を、血の支配を、
戦争を、罪人にはめる鉄の首輪を、奴隷制度を。ファン
　ファーレのように
　　大空を横ぎりながら。

……………………………………

人々は見る、伝説の龍から優しい子羊が生まれ出るのを、[7]
汚辱から清らかな乙女が、娼婦《しょうふ》のビーナスから
　　青い瞳《ひとみ》の聖母マリアが生まれ出るのを。[8]
瀆神《とくしん》の言葉は、いまや、熱烈で清らかな讃歌《さんか》に変わり、
頌歌《しょうか》はぼろ着のような野次の文句をひとつ残らず取りい
　れて、
　　みな空色の翼に変える。

万物は救われたのだ！　花と芳《かぐわ》しい春と、
生まれ出た善と、崩れさる悪が祝う、
　　見事に空を進んでいく
この新時代の先駆け、美しく丸い飛行船を。
深淵の底からエンペグドクレス[9]が、山の頂からプロメテ
ウス[10]が、その姿を目で追う、
　この偉大で不思議な空飛ぶ車を！
日の光は、恐怖のうずくまる洞穴《ほらあな》の中を照らしはじめた。
老いさらばえた旧世界、瞳がどんより曇ったあの幼虫は、
　臨終を迎えて、
横たわり、暗い大空いっぱいに星が輝きだすのを眺めな
がら、
飛びたたせてしまったのだ、この幸せの丸い船を、
　断末魔の昏のあいだから。

☆

ああ！　この飛行船は神聖な旅をしているのだ！
それは人間が青空へ昇っていく第一歩。
　卑しい旧世界の残骸《ざんがい》の外、
重力から逃れて、打ち立てられる未来の姿。
それはついに逃れ出た人間の運命、錨《いかり》をあげて
　闇の世界から脱出する人間の運命！
この船は空の高みで、偉大な結婚を成しとげる。
人類の魂を神に結びつけるともいえる。
　計り知れない無限を見て、それに触れるのだ。

この船は空をめざして昇っていく進歩の大きな飛躍。
現実が傲然《ごうぜん》として神聖な姿で、人を寄せつけなかった
　古代の理想の中へと入っていく姿。

ああ！　この船の一歩一歩は無限の世界を征服する！
この船は喜び、この船は平和。人類はその意志の
　広大無辺な代行者を見つけたのだ。
神聖な簒奪者《さんだつしゃ》、祝福された征服者、この船は空を進み、
毎日いっそう遠く、無限の中に分け入らせる、
　真の人間が始まる、暗い点のような自分の姿を。

この船は耕す、大空の深淵を。この船は作りあげる、大
　空に畑を。
大暴風や、冬や、旋風《つむじかぜ》や、すさまじい風の音や、嘲《あざけ》りの
　声がそれまでは雑草のように
　はびこっていた空にすばらしい畑を。
この船のおかげで、万物の和合が大空で、麦束のように
　刈り入れられる。
船は進む、神秘な大空の畑を豊かにしながら、
　雲の畑を鋤《すき》で厳《おごそ》かに耕しながら。
この船は人間の命を、空の畑に芽生えさせる。

神がまだこれまでに、夕日という種しか蒔《ま》かず、
　夜明けという収穫《とりいれ》しかしたことのない畑に。
船は聞く、澄みきった穏やかな空気を裂いて飛んでいく
　その下で、
今や主権者となった諸国の民衆が、成長しながらざわめ
　くのを、
　民衆という広大な麦の穂のざわめきを！

この上もなくすばらしい不思議な飛行船よ！　ただ進ん
　でいくだけでこの船は、
変えたのだ、地上の嘆きを清らかな喜びの歌に。
　若返らせたのだ、衰えたかずかずの民族を。
うち立てたのだ、真の秩序を。指し示したのだ、誤りの
　ない道を。
いつも正しい神よ！　そして注ぎこんだのだ、人間の心
　に青空をいっぱい、
　国の違いなど取り除いてしまうほどに！
大空を使って人間のために、未来の世界共和国[*11]の首都を
　作り、
広大無辺な空間を使って思想をつくりながら、
　船は廃止する、古い世界の掟《おきて》を。

船は山々を低くし、塔や城壁を無用にする。
このすばらしい船は、地上をのろのろと歩く諸国の民を
参加させる、
天翔《あまか》ける鷲たちの集《つど》いに。

この船はもつ、神聖で清らかな使命を、
大空の高みに唯《ただ》ひとつの国民を、最初で最後の国民を
作りあげるという使命を。
光りかがやく空間を自由に天翔け、
青空に酔いしれて、自由を光の中に
飛翔《ひしよう》させるという使命を。

＊1　ギリシア神話に登場する風の神。革袋の中に風を自由に閉じこめる力がある。
＊2　死後、肉体から離れた魂は、別の肉体に宿るまでのあいだ、光を放ちながら空にとどまっている、とユゴーは考えていた。
＊3　エジプトの女神。ほかのさまざまな女神と関連づけて崇められるうちに、ついには、自然界のあらゆるものの支配者と考えられるようになった。この女神の顔のベールという言葉で、ユゴーは大自然の神秘を表現している。
＊4　ユゴーの哲学によれば、人間は物質という檻に閉じ込められ、自由を奪われている、ということである。
＊5　船のことを指す。
＊6　前七―前六世紀にイランに興った古代宗教。別名ゾロアスター教。
＊7　ヨーロッパでは古くから、龍は人々に災いをもたらす伝説上の動物として恐れられていた。また、子羊は清らかさの象徴。ユダヤ教では、神に供えられる大切な犠牲。自ら犠牲となって人類の罪を贖ったことから、イエス・キリストもしばしば子羊にたとえられる。
＊8　聖母マリアは清らかさの象徴。それとユゴーがここで対比させているローマ神話の女神ビーナスは、とくにギリシアの女神アフロディテと混同されるようになってからは、恋愛や熱情を象徴する面が強調された。
＊9　ギリシアの哲学者（前四九三頃―前四三三頃）。この哲学者がエトナ火山の火口に落ちて死んだとする説を、ユゴーはここで念頭に置いている。
＊10　ギリシア神話に登場する巨人。天から火を盗んで人間に与えたりした罰として、カフカス山につながれた。
＊11　世界中の民族がひとつにまとまって共和国をつくるというのが、ユゴーの政治の理想であった。

街《まち》と森の歌

目次

パリ近郊の祭の日

真昼の暑さに苔《こけ》は干からび、
野原には長太鼓の音がひびきわたる。
やわらかな光の中に
ぼんやりと浮かぶのどかな人々の群。

地平線のかなたには、埃《ほこり》をかぶった
聖王ルイ*1の古城の天守閣。
太陽は喜びに酔いしれて、
野原を打ちひしぎ、野原は光に目がくらむ。

焼けつくような大気は、息を吐きながら、
ささやきもこだまも聞かせずに、
かまどのように燃える広野《ひろの》に、
おきのようなひなげしの花を輝かせる。

雌羊《めひつじ》たちはそこここで草を食《は》む。

燦然《さんぜん》と輝きながらまどろんでいる日の光。
あたりには日影らしいものはなく、蟬《せみ》が
燃えるような青空の下で歌っている。

燕麦《えんばく》の収穫《とりいれ》もようやく終わった。
ひと息入れて、友よ、酒を酌《く》もう!
大樽《おおだる》の腹にうがった穴からは、
神々のどっと笑う声がほとばしる。

テーブルに向かう酒飲みの体はぐらぐら揺れ、
テーブルも仲良く揺れてみせる。
本当のことが分かるのはおれ様だけだと思いこみ、
ああ、澄みわたった大空よ、この男は忘れてしまう、

なにもかも、正しい道も、貧乏も、
法律も、お巡《まわ》りも、恐ろしさも、
秩序も。そしてシュレーヌ*2のぶどうの支柱は、
入市税関*3の柱を嘲笑《あざわら》っている。

ろばは、年老いた哲学者然として草を食む。
その耳は長いが、すこしも気にかけず、
余計なものなどついていても、そんなことは苦にしない。

牧場の花が咲いてさえいれば、ご満悦なのだ。
子供たちは群をつくって走りまわる。
古兵殿に栄光あれ！　クリシー[*4]が得意になって見せるのは、
プロイセン兵の散弾を浴びて、
星形にひびが入ったあの大きな城壁。

二輪の荷車がガタゴトと進んでいく。
はるか彼方《かなた》でパリが声をあげている。
陰気な塵《ごみ》の山みたいな王様たちを負い籠《かご》に入れて[*5]
運んでいく、きたならしい屑屋《くずや》みたいなあの町が。

はるか彼方に、立ち並ぶ煙突と
青いドーム[*6]がぼんやり見える。
娘たちが通っていく、髪には花の飾りをつけ、
陽気にはしゃぎながら麦畑の中を。

一八五九年八月二十三日

＊1　フランス国王ルイ九世（一二一四―七〇）のこと。平和を愛し、穏健な政治を行ない、死後に列聖された。

＊2　パリ西方の郊外にある村。かつては、名高いぶどう酒を産した。

＊3　入市税（市内に運び入れられる物品に市が課した関税）を徴収した役所。こうした入市税は商業活動を妨げる制度だなどとして、多くの人の批判を浴びた。このような制度やそれを運用する役所の権威主義を粗末なぶどうの支柱が揶揄しているように、この酔っ払いには思われるのである。

＊4　パリ北西の郊外にある土地。第一帝政末期の一八一四年、プロイセン軍などからなる対仏同盟軍がパリに入城しようとした際、パリの国民軍は、クリシーで勇敢な抵抗戦を繰りひろげた。

＊5　一七八九年のフランス革命、一八三〇年の七月革命、また一八四八年の二月革命によって、三人のフランス国王が退位させられている。ここでは、パリの町に見捨てられたこれらの王が、廃棄される塵にたとえられている。

＊6　パリ市内にあるパンテオンとヴァル・ド・グラース聖堂のドームのこと。

種蒔《たねま》きの季節。夕暮

薄明りの射す夕暮どき。
私は見とれる、農場の大門の下にすわって、
労働の最後の時を
照らしている名残の日の光に。
宵闇《よいやみ》が浸していく大地の只中《ただなか》に、

私は感動して見つめる、未来の収穫の種を
手にいっぱいつかんでは畑に蒔《ま》く、
襤褸《ぼろ》を着た老いた農夫の姿を。

農夫の黒々とした影絵は、
深々とした畑の畝《うね》の上に高くそびえる。
見る者には感じられるのだ、彼がどれほど、
日々が無駄なく過ぎていくのを信じているかが。

彼は果てしない広野《ひろの》を歩き、
行きつ戻りつして、遠くに種を蒔く。
手をひろげては、また、同じ動作を繰りかえす。
私は思いにふける、つつましやかに農夫の姿を見守りながら。

遠くのざわめきが入りまじる
闇がその帳《とばり》をひろげて、
種蒔く人の厳《おごそ》かな動きを、
星々に届くほど大きなものに見せていくそのあいだ。

ラ・ローシュとロシュフォール*1のあいだで、
〔一八六五年〕九月二十三日

*1 ラ・ローシュはベルギー南部にある村。ロシュフォールはその近くにある町。

〔六千年このかた、戦争は……〕

六千年このかた、戦争は
けんか好きな諸国の民のお気に入り。
神はいたずらに時を過ごしている、
星を創《つく》ったり花を咲かせたりして。

果てしのない空や、清らかなゆりや、
黄金色《こがねいろ》の小鳥の巣が忠告しているのに、
狂気という病は、血迷った人間の心から
一向になくならない。

虐殺だの勝利だの、
我々は、こんなものが大好き。
そして、邪《よこしま》な群衆は、
鈴のかわりに太鼓を打ちならす。

軍の手柄は、妄想と
勝ち誇る戦車の群との下敷にする、
哀れな母親たちをひとり残らず、
幼子たちをひとり残らず。

我々の幸福は荒々しい幸福。
それはこう叫ぶこと。「出かけよう戦場へ！　死ににいこう！」
それは口につばを溜《た》めて、
軍隊らっぱを吹きならすこと。

剣《つるぎ》は光り、野営地に硝煙がたちこめる。
顔青ざめて、我々は猛《たけ》り狂う。
大砲の閃光《せんこう》に照らされて、
暗い心に戦いの火が燃えあがる。

それはやんごとない殿下たちのため、
きみたちが死に、葬られたか葬られないうちに、
儀礼の言葉を交わしあうにちがいない殿下たちのため。
そのあいだにも、きみたちの体は腐っていくのだ。

そのあいだにも忌まわしい戦場では、
ジャッカルや鳥どもが、
醜悪にも探しにいくのだ、
きみたちの骨にまだ肉が残ってはいないかと！

どんな国民も許しはしない、
別の国民がそばに暮らしているのを。
そして偽政者どもは怒りを吹きこむ、
我々の愚かな心に。

あいつはロシア人だ！　斬《き》り殺せ、ぶち殺せ。
クロアチア人だ！[*1]　さあ撃ちまくれ。
どこが悪いんだ。あいつはなにしろ
白い服なんぞ着てやがったんだからな。

あいつをおれは消してやる。
そして晴ればれとした気持で、おれは行っちまう。
なぜってあいつは罪を犯したんだから、
ライン河の右側なんぞに生まれるという。

ロスバッハ、ワーテルロー！[*2]　さあ復讐《ふくしゅう》だ！
人間は恐ろしい世間の騒ぎに酔いしれて、
もう虐殺と無知という

知恵しかもってはいないのだ。

しようと思えばできるのに、泉の水を飲むことも、
闇《やみ》の中にひざまずいて祈ることも、
柏《かしわ》の木立の下で、愛したり夢みたりすることも。
だが、同胞《はらから》を殺すほうが気持がいいのだ。

人間は斬りあったり、撃ちあったりし、
山越え谷越え駆けまわる。
恐怖にとらわれた乗り手はこぶしを握りしめて、
馬の鬣《たてがみ》にかじりつく。

広野《ひろの》にはあけぼのの光が射しているのに！
ああ！　ほんとうに私は感心してしまう、
ひばりが歌をうたったというのに、
憎しみを心に抱いていられるなんて。

〔一八五九年〕七月二日

＊1　ユーゴスラビア北西部に住むスラブ系の民族。
＊2　ともにフランス軍が大敗を喫した土地。ロスバッハはドイツのライプツィヒ西方にある村。一七五七年にフランス軍はこの地でフリードリヒ二世の率いるプロイセン軍に敗れた。ワーテルローに関しては一〇三ページの注7を参照。

よいおじいちゃんぶり

目　次

ジョルジュとジャンヌ*1

小さな子供にすっかり参っているこの私、
私にはふたりの子供がいる。ジョルジュとジャンヌ。ひとりは私の案内役、
ひとりは私の光。私はこの子たちの声を聞くと駆けつける、
なにしろジョルジュはふたつ、ジャンヌは十か月なのだから。
ふたりの人生の試運転は、聖《きよ》らかで、ぎこちない。
言いたいことの下書きがゆらめいているこの子たちの言葉には、
まるで見えるようだ、消えていく、逃げさっていく天国の名残が。
私は夕暮、私は夜。
青ざめた冷たい運命《さだめ》が色褪《いろあ》せる私は、
こう言っては感動する、「ふたりはあけぼのだ」と。
片言まじりのふたりの会話は、私にいくつもの地平を開いてくれる。
ふたりはおたがいの気持がよく分かって、認めあう。
考えてほしい、私の暗い気持がどんなにまぎれるかを。
私の胸のうちにあるのは、欲望、計画、愚かしいこと、
賢《さか》しいこと。だが、こうしたことはみんなあの子たちから出るやさしい光に
崩れおちて、私は夢をみるただの好々爺《こうこうや》。
私はもう感じない、私たちを引きよせる悪や、
私たちを押しやるあの運命《さだめ》の、けがらわしいひそかな働きかけを。
おぼつかない歩みの子供たちこそ、私たちのこよない支え。
私はふたりを見つめ、ふたりの話に耳を傾ける。すると、
私は善人になる。ふたりの前に出ると、私の心はやわらぐ。
私は受けいれる、けがれない心が与えてくれる聖《きよ》らかな教えを。
私はいつでもこうだった。私は絶えて
知らなかった、悲しみのときにも、名声のきわみにも、
私たちの魂に浸《し》みいる忘我の気持よりもやさしいものを。
つつましい炎をたち昇らせる、あの清らかな幼子を前に

したときの、あの忘我の気持よりも。
私は見つめる、往々にして暗くけがれた今の世に、
揺り籠《かご》や巣から射してくる、この夜明けの光を。
宵には、私はふたりの寝姿を見にいく。ふたりの静かな顔の上に、
私はまぶしい思いでみとめる、天使たちが手にした棕櫚《しゅろ》の葉陰が落ちるのを、
また、宵空に昇る星の輝きにも似た光を。
そして私はつぶやく、「いったいどんな夢を見ているのだろう？」と。
ジョルジュの夢はこんな夢。ケーキや、きれいな珍しい玩具《おもちゃ》や、
犬や、雄鶏《おんどり》や、猫の夢。ジャンヌの夢は天使の夢。
やがてふたりは、両の目に光をいっぱいに湛《たた》えて目覚める。
ふたりは、ああ！　私たちが去ろうとするこの世にいま着いたばかり。
ふたりはおしゃべりをする。話すといってもいいのだろうか？　そうだとも。花が
森陰の泉に話しかけるように。ふたりの父親のシャルルが、
子供だった昔、妹のデデ[2]に話しかけたみたいに。
私が陽《ひ》をいっぱいに浴びて、ああ、兄さんたちよ、
あなたたちに話したみたいに。若かりし日の父上が
ローマの兵舎で、私たちが遊ぶのをじっと見ておられたあのときのこと[3]。
あのとき、いとけない私たちは、父の大きな剣を馬にして遊んでいた。
勿忘草《わすれなぐさ》の花のように青くつぶらなその瞳《ひとみ》。
か弱い指を半ば開いて、影をつかもうとするジャンヌには、
はっきり腕と呼べるようなものはまだ生えていない、天使の翼が抜けおちてはいないのだから。
そんなジャンヌも、神様が子供になったみたいな立派なジョルジュに向かって、
言葉といったらせいぜいひとつぐらいが漂っている歌で、演説をしてのける。
あれは人間の言葉ではない、ああ青空よ、聖なる言葉なのだ。
あれは広大無辺な言葉、けがれなく、すばらしい、
風が、森が、波が訴えるようにうたう言葉。
水先案内をつとめたイアソンやパリヌルスやテュプロス[4]たちも、

セイレン[*5]がこれと同じようなやさしい声で、
深い海に鈍くこもる妖《あや》しい讃歌《さんか》を、静かにうたうのを聞いたのだ。
あれは五月の日の奥棲《おくが》に散らばる楽の音《ね》。
若者には恋をさせ、老人には、ああ、恋の思い出をしのばせる楽の音。
あれはまた、生まれたばかりの者たちの、とりとめもない光りかがやく言葉。
「生命」によって「生命」の窓辺に誘われ、
四月を迎えて、のぼせてしまい、ためらいながらも、
春という広大な窓ガラスに向かってブンブンうなる、生まれたばかりの生き物たちの言葉。
ジャンヌがジョルジュに話す、こうした不思議な言葉は、
白鳥と駒鳥の愛の牧歌。
それは蜜蜂《みつばち》がつくり、
素直なゆりが考えぶかい雀《すずめ》に問いかける質問。
それは宇宙の広大なハーモニーのあの神聖な裏側。
それはささやき、えもいわれぬ祝福された天国の影。
この世のものならぬ言葉をしゃべり、かたことを言い、
またおそらくは神の国を説き明かす天国の影。
なぜなら幼子たちはきのうまで、
天上にいて、この世の人が知らないことを知っていたのだから。
いとしいジャンヌ！　いとしいジョルジュ！　私の心をとらえて放さぬ声よ！
天の星屑《ほしくず》が歌うものなら、こんなふうにかたことを言うだろう。
ふたりの顔がこちらを振りむくと、私たちの顔も金の光に照らされる。
ああ！　おまえたちは、いったいどこからやって来たのか？　いとしい見知らぬ者たちよ。
いつも驚いているような様子のジャンヌ、すこしも物おじしない目をしたジョルジュ。
ふたりはつまずきながら歩く、天国の思い出にまだ酔っているのだ。

オートヴィル＝ハウス[*6]にて、一八七〇年八月八日

*1　どちらもユゴーの次男シャルル（一八二六―七一）の子供。ジョルジュ（一八六八―一九二五）は次男、ジャンヌ（一八六九―一九四一）は長女。
*2　ユゴーの次女アデール（一八三〇―一九一五）のこと。
*3　ナポリで軍務についていた父に会いに、一八〇七年十二月、ユゴーは兄たちとともに母に連れられて、イタリアにおもむき、一八〇九年の初めまでイタリアに滞在した。滞在中にローマに行ったこともあると考えられる。
*4　イアソンはテッサリアの英雄。大船アルゴに乗って金の

羊毛を探しにいった。パリヌルスは、ウェルギリウスの長編叙事詩『アイネイス』に登場する船の舵取り。テュプロスについては、韻を合わせるためにユゴーが作りだした名前であると考えられる。

*5　上半身は女性で下半身は鳥の姿をした海の怪物。この怪物がうたう歌には人を魅する力がある、とされる。

*6　ガーンジー島にあるユゴーの家。一八五六年から七〇年にかけてユゴーはこの家に住み、亡命生活の大半を過ごした。

開かれた窓

朝――うつらうつらしながら

話し声が聞こえる。まぶたを閉じていても感じる朝の光。
セント・ピーター教会[*1]の鐘《ね》の音。
海水浴の連中の叫び声。「もっと近くだ!」「もっと遠く
　だ!」「違うよ!　こっちだ」
「違うよ!　あっちだ!」小鳥たちもさえずっている。
　ジャンヌも仲間入り。
ジャンヌを呼ぶジョルジュの声。雄鶏《おんどり》の鳴き声。屋根を
　塗っている左官屋の
鏝《こて》の音。裏通りを過ぎていく馬の足音。
芝を刈る鎌《かま》の鋭い音。
ドタンドタンという音。がやがや言う声。屋根やが屋根
　を歩いているのだ。
港のざわめき。出発を控えた蒸気船の吹きならす汽笛[*2]。
風に乗って思い出したように聞こえてくる軍楽の音《ね》。
波止場でがやがや言う声。フランス語も聞こえる。「あ
　りがとう《メルシー》」
「おはよう《ボンジュール》」「さようなら《アデュー》」日はもうだいぶ高そうだ、
いつもの駒鳥がすぐそばにやって来て鳴いているから。
遠くから聞こえる鍛冶屋《かじや》のハンマーの大きな響き。
潮騒《しおさい》。汽船のあげるあえぐような蒸気の音。
蝿《はえ》が一匹飛びこんでくる。果てしない海は大きく息づい
　ている。

七月十八日

*1　ユゴーが長い亡命生活を送ったガーンジー島で、もっとも大きな教会。港の間近にあり、ユゴーの家からも徒歩で十分ほどの距離にある。

*2　ユゴーの家は港を見おろす高台にあった。

竪琴《たてごと》の音《ね》をつくして

目　次

テオフィル・ゴーチエに[*1]

☆

友よ、詩人よ、才享《う》けし者よ、きみは闇《やみ》におおわれたこの世を逃れる。
きみはこの世のつまらぬざわめきを脱け出て、栄光の世界に入る。
そして、これ以後きみの名は澄みきった山頂に輝くのだ。
きみがまだ若くて美しいころ、私たちは知りあった[*2]。私はきみを愛して、
私たちふたりが傲然《ごうぜん》と羽ばたいたとき、幾たびも
心乱れて、きみの変わらぬ友情を頼みとした[*3]。
いまや私は、頭上に降る星霜に白髪の人と変わり、
過ぎさった時代を思い出して、心にしのぶ、
ふたりのあけぼのに立ちあったあの青春の日々を、
戦いを、動乱を、雄叫《おたけ》びの鳴りひびく闘争の舞台を、
この世に出現したあの新しい芸術を、「そうだ」と叫ぶ
民衆の姿を。
そして、いまはもう吹きやんだあの偉大で崇高な風[*4]の音に、じっと耳を澄ますのだ。

☆

古代ギリシアと若きフランスから生まれた息子[*5]よ。
死者たちに示した誇り高いきみの敬意には、希望が満ちていた。
だが、きみは未来を見る目を一度も閉じなかった。
きみはテーベ[*6]の祭司、黒々と立つ巨石遺物《メンヒル》の足もとのドルイド[*7]、
テヴェレ河畔[*8]の祭司《フラメン》、ガンジス河畔のバラモン[*9]、
神の弓に大天使の征矢《そや》を番《つが》え、
アキレウスとロランの枕辺《まくらべ》を訪《おとな》う[*10]。
神秘でたくましい鍛冶《かじ》工よ、あらゆる光線をねじ曲げて、
ただひとつの炎をつくりあげることが、きみにはできた。
きみの魂の中では、夕日とあけぼのとが出合い、
きみの実り多い頭の中では、「昨日《きのう》」が「明日《あす》」と交差していた。
きみは、新しい芸術の祖先である昔の芸術を称《たた》えた。
きみは理解した、名も知れぬ魂が黒雲を縫う稲妻となって飛びたち、

民衆に語りかけるそのときには、
その言葉に耳を傾け、その言葉を受けいれ、愛し、人々
の心を開かねばならぬことを。
アイスキュロスやシェイクスピア[*11]を痛罵《つうば》する冷やかしや
たちの
卑しい努力を、泰然とした態度できみはさげすんだ。
きみは知っていた、この世紀はこの世紀の空気を呼吸す
ることを、
また、芸術は変貌《へんぼう》によってのみ進歩するものだから、
美に偉大さを加えることは、美をひときわ美しくするの
だということを。
我々は、きみが華々しい歓声をあげるのを見た。
正劇《ドラム》がパリを餌食《えじき》のようにつかんだとき[*12]、
古代の冬が花月[*13]によって追われたとき、
近代の理想を表わす思いもかけぬ星が
燃えたつ空に突如姿を現わして、
燦然《さんぜん》と輝いたとき、またさらにはイッポグリフォがペガ
ソス[*14]のあとを受けたときに！

☆

私は墓場の飾りけのない入口に立って、きみに敬意をさ
さげる！
真実を求めにいきたまえ、この世で美を見いだしえたき
みよ。
けわしい階段をのぼりゆけ。暗い段をのぼりつめれば、
深淵《しんえん》に架かる黒々とした橋のアーチが、ほのかに見える
だろう。
さあ！　世を去りたまえ！　のぼりつめたときが最期《いまわ》の
とき、
出で立て、鷲《わし》よ、かずかずの深淵をきみは思いのままに
見るだろう。
「絶対」を、「実在」を、「崇高」をきみは見るだろう。
山頂の不吉な風と、永遠の奇跡の
目眩《めくるめ》く光をきみは感じるだろう。
天の高みから、きみはきみのオリュンポス山[*15]を見るだろ
う。
真理の世界の高みから、きみは人間の迷いを見るだろう。
ヨブ[*16]の迷いやホメロス[*17]の迷いさえも。
御魂《みたま》よ、きみは真《まこと》の神のいる高みから、エホバを見るだ
ろう。
昇れ！　精神よ！　偉大となれ、飛翔《ひしょう》せよ、翼を開け、
いざ！
生ある者が私のもとを去るとき、心打たれて私はその姿

をじっと見つめる。
死の世界に入ることは、永遠の神殿に入ることだから。
人間がひとり死ぬと、天に昇るその姿の中に
神殿に入る私自身の姿を、私ははっきりと見る。
友よ、私の運命も終わりを告げて、死を迎えつつあるの
を私は感じる。
私はまず孤独の身にされて、死の見習いを始めた。[*18]
私の深い晩年の空に、星々が昇って、かすかにまたたく
のが見える。
さあ、時刻《とき》がきた、私もまたこの世から去る時刻《とき》が。
長すぎた私の人生の糸はふるえて、パルカ[*19]の剣に触れん
ばかり。
きみを運びさった風は、静かに私の体をもち上げ、
私はいまや追おうとする、ひとりこの世に残された私は、
愛してくれた人々のあとを。
私を見つめる彼らの目は私を無限の奥に誘《いざな》い、
私はそこへ駆けつける。閉じないでくれ、墓の扉を。
旅だとう、あの世へ。それが自然の理法《ことわり》。死を逃れられ
る者は誰もいない。
すべては傾く。この偉大な世紀もその光芒《こうぼう》をひとつ残ら
ず身につけながら、
広大無辺な闇《やみ》に、色青ざめて私たちが逃げこむあの闇に
沈んでいく。
ああ！　たそがれに、ヘラクレス[*20]の火葬壇のために
打ち倒される柏《かしわ》の木々は、なんとすさまじい音をたてる
ことか！
死神の馬はいななきはじめ、
嬉々《きき》としている。この栄《は》えある時代が、終わりを告げよ
うとしているのだから。
逆風を征服したこの昂然《こうぜん》たる世紀が、
いまやこと切れる。……──おお、ゴーチエよ！　きみ
もあの世へ旅だつ。
デュマやラマルチーヌやミュッセ[*21]のあとを追って、彼ら
と肩を並べた兄弟のきみも。
湯浴《ゆあみ》した人々を若返らせた昔の泉の水は、涸《か》れてしまっ
た。
ステュクスも消え、若返りの泉も消えうせた。[*22]
あの非情な刈り手、死神は鎌《かま》を手にして進み、
思いにふけりながら、刈り残りの小麦のほうへしだいに
近づく。
さあ、こんどは私の番！　夜の闇が私の曇った目を浸す。
ああ！　小鳥のような孫たちの行く末を案じながら、
揺り籠《かご》に涙を流し、墓に向かってほほえむ私の目を。

オートヴィル＝ハウスにて、

一八七二年十一月二日、万霊節の日に

＊1　フランスの詩人、小説家（一八一一―七二）。ユゴーの最愛の弟子のひとり。その死を悼んでこの詩は作られた。

＊2　一八二九年、ユゴーが二十七歳、ゴーチエがまだ十七歳だったときに、ふたりは知りあった。

＊3　当時、ロマン派文学運動の統率者として活躍していたユゴーにゴーチエは心酔し、その文学運動の推進にも協力を惜しまなかった。とくに、「エルナニ合戦」（一八三〇）に際してのゴーチエの活躍はよく知られている。

＊4　ロマン派文学運動を指す。ロマン派文学は「エルナニ合戦」の勝利により文壇の主流となり、その後、十年以上ものあいだ文壇に君臨した。

＊5　ギリシアの古典文学にまでさかのぼる伝統と現代フランスの新しい精神の両方を母体として、ゴーチエの文学は成り立っている、という意味。なお、「若きフランス」という表現は、一八三〇年ごろゴーチエも参加してつくられた若い芸術家のグループ「青年フランス派」のことを暗示してもいる。

＊6　古代エジプトの首都。元来は、エジプトの国家神アモン礼拝の主座であった。

＊7　ガリアなどのヨーロッパ西部にひろまった古代宗教ドルイド教の司祭。巨石を組みあわせた建造物、巨大遺物の下で祭儀を行なった、とユゴーは考えている。

＊8　イタリア中部を流れる大河。

＊9　古代インドの宗教バラモン教の僧侶階級で、カースト制度の最上位を占めていた。

＊10　アキレウスはホメロスの叙事詩『イリアス』の主人公。武術に優れた英雄として描かれる。ロランはシャルルマーニュをめぐる伝説に登場する名高い英雄。ここでは、アキレウスはゴーチエの古代文学に対する尊敬を、ロランはゴーチエをはじめとするロマン派作家たちがフランスの中世に対して抱いていた愛情を指しているものと思われる。

＊11　アイスキュロスはギリシア三大悲劇詩人のひとり（前五二五―前四五六）。シェイクスピアはイギリスの劇作家（一五六四―一六一六）。いずれもロマン派の作家たちから尊敬された。

＊12　悲劇と喜劇を峻別していたフランス古典劇に対し、ユゴーは両者の要素を合わせもつドラム（正劇）を提唱し、一八三〇年にパリでこうした性格の劇作『エルナニ』を初演した。この初演の大成功で以後ロマン派演劇が文壇に君臨するのである。

＊13　フランス革命の時代に用いられた共和暦で第八月のこと。通常の暦での四月二十日ごろから五月二十日ごろにあたる。ここでは春の訪れを表わす。

＊14　イッポグリフォは、頭は鷲、胴体は馬の形をし、翼をもった伝説上の動物。人間の想像力を翼に乗せて自由に飛翔させる、といったイメージをもつ。ペガソスはギリシア・ローマ神話に登場する翼をもった神馬。ここでは前者はロマン派の、後者は古典派の詩的感興を象徴していると思われる。

＊15　ギリシア北東部にある高峰。山頂に神々が住んでいるとされていた。ここでは、死後の世界において現世の理想を実現している山であると、ユゴーは考えている。

＊16　旧約聖書に登場する人物。誠実で信仰深く、非の打ちどころがないといってもよい人間として描かれる。

＊17　ギリシア文学が生み出した二大叙事詩『イリアス』と『オデュッセイア』の作者と伝えられる大詩人。

＊18　ユゴーがこの詩を書いたとされる一八七二年十一月までに、彼は主だった肉親のうちでもすでに、一八四三年に長

女レオポルディーヌを、一八六八年に妻を、一八四一年に次男シャルルを失っていた。

＊19　ローマの運命の女神。人間の生命の糸を操る三人の女神パルカたちのうち、ここではそれを断ち切る女神を指す。

＊20　ギリシア神話に登場するもっとも名高い英雄。策謀により毒を塗られた下着を身につけさせられ、それが皮膚をむしばむ痛みに耐えかねて、死を選ぶ。オイテ山上に火葬壇を築き、みずから進んで焼け死んだとされている。

＊21　三人ともロマン派文学運動に貢献したフランスの詩人、作家。

＊22　ステュクスは、ギリシア神話の中で、冥界を流れているとされる河。この河のほとりに、死者たちが群れ集まるとされた。さらに、この河の水は不死身にするとも考えられ、そのため女神テティスはわが子アキレウスをこの河の水に浸した、という説もある。また、若返りの泉はローマ神話や中世の物語などに登場し、その水に浸った者を若返らせる力があるとされた。死から逃れたいという願いから生まれたとも考えられるこうした伝説も、非情な死を前にしては何ほどの意味もない、ということをユゴーはここで言おうとしている。

女神よ、死に臨んだ男が
あなたに挨拶《あいさつ》する＊1

死と美とはどちらも深遠なもの、
闇《やみ》と青空に満ちていて、さながら、
同じ謎《なぞ》と同じ秘密とをもつ、
いずれ劣らず恐ろしく、また実り豊かな姉妹のよう。
ああ、女性たちよ、声よ、眼差《まなざ》しよ、黒髪よ、ブロンドの編毛よ、
光りかがやけ、私はまもなく世を去る者！　湛《たた》えよ、輝きと愛と魅力とを。
ああ、海がその大波の中にひそめる真珠よ、
ああ、暗い森に住む輝かしい小鳥たちよ！

ジュディットさん、私たちふたりの運命は、思いのほか、似かよっているのです。それは私の顔とあなたの顔を見れば明らか。
聖なる深淵《しんえん》は、余すところなくあなたの瞳《ひとみ》に姿を現わしているし、
私も感じている、魂の中にやはり星をちりばめた深淵を。
私たちは天界に住むふたりの隣人。奥さん、
あなたは美しくて、私は年老いているのですから。

〔一八七二年〕七月十二日

＊1　原題はラテン語。ローマの闘技場におり立つ剣闘士たち

が皇帝に挨拶した言葉「皇帝よ、死に臨んだ男たちがあなたに挨拶する」を真似たもの。この詩は、一八七二年、老ユゴーが若い恋人ジュディット・ゴーチエに捧げたもの。ジュディット・ゴーチエ（一八五〇—一九一七）は、ロマン派の作家でユゴーの愛弟子のひとりだったテオフィル・ゴーチエ（一八一一—七二）の末娘。

大洋

目次

裸の女

あの娘《こ》はきいた。「シュミーズ着けたままのほうがいい？」

私は答えた。「裸が女のいちばん
きれいな着物」ああ、束の間に過ぎる春の日々よ！

恋の初めは笑う声、終わりはじっと物思い。

なんという喜び！　マスクを脱いだ素顔のアスタルテ[1]よ！　なんという恍惚《こうこつ》！　ベールを脱いだイシス[2]よ！

見たことがおありか、星が昇るのを？

すばらしい眺め。「ほら、脱いだわよ」とあの娘《こ》は言った。

アドニスの前のビーナスもこんな姿だったのだ。[3]

アグラウロス[4]は夢かと見まがうような、こんな姿でソクラテス[5]の前に
現われ、こんな姿のエバを、アダムはじっと見つめたのだ。

私はあの娘《こ》にひざまずいた、目がくらんで。

浮世はなんにもままにはならぬが、裸の女はままになる。
厚かましくも女神になろうとする女の、
男心をそそる忌まわしくも大胆不敵な振舞い。
すばらしい理想とこの世の激しい喜びとが混じりあい、
男の魂はエデンの園を見る気持。天国よりもこっちのほうがいい！
私の魂は言う、「なぜって、この乳房、ふくよかな腕、軽やかな足、
白いうなじ、けがれない脇腹《わきばら》、これが天国でなくてなんだろう？」と。
みんな灰になるんだぞ。いいとも、私は灰が好きなんだ！
いつまでもひざまずいてなんかいなかった。あらがいながら怖がって、
涙も流すが、まもなくほほえみ、いきつくところは恍惚境。言うことなんかありゃしない。
木陰の奥では、目に見えぬ竪琴《たてごと》が
うたっているじゃないか、誰もがうっとりするような歌を。
頭の上には、遠ざかっていく雲が
聖《きよ》らかに流れているじゃないか。
夏が万物にいちどきに振りまく
お祭り騒ぎから、逃れることなどできないじゃないか。

森の中からは、フルートの音《ね》が聞こえてくるじゃないか。
風はひと吹きするごとに夢を運び、あけぼのは
あの丘の頂に明るい声をあげる。
巣の中では小鳥たちが暖かく身を寄せあい、谷間には花
花が咲きみだれ、
小川は流れる。だが、私たちに分かるだろうか、ふたり
がこの先どうなるかは？

一八七四年五月三十日

＊1　シリアの豊穣の女神。しばしばギリシアの愛と美と豊穣の女神アフロディテと同一視される。

＊2　エジプトの女神。一八五ページの注3を参照。

＊3　アドニスはギリシア神話に登場する美少年。ローマの女神ビーナスと同一視されるギリシアの女神アフロディテが彼に恋をしたとする説もある。

＊4　アテナイの初代王とされる伝説上の人物ケクロプスの妻、あるいはその娘。

＊5　ギリシアの哲学者（前四七〇頃—前三九九）。アテナイに住んだ。

東方詩集

目次

初版の序文

この詩集の著者は、批評家たちが詩人にたいして、つぎのような権利をもっていると考える人びとの一味ではない。すなわち、詩人に、その幻想の由来をたずねたり、なぜこんなテーマを選んだのか、こんな色彩を塗ったのか、またなぜこんな木から実をつみ、こんな源泉から詩想を得たのかと、うるさく質問するような権利である。作品のできがよいか悪いか、批評の領分は、ただこれだけに限られているのだ。それに、非難や賞賛は、どんな色彩を使ったかに向けられてはならない、ただ色彩の使い方にたいしてだけ向けられるべきである。いくらか大ざっぱに言えば、詩にテーマの良否はない。ただ、すぐれた詩人とへぼ詩人とが存在するだけである。それに、この世のあらゆるものがテーマになりうるはずだ。あらゆるものが芸術の配下である。詩の世界では、どんなものでも、市民権をもっているのだ。だから、なぜ、あれを捨ててこのテーマを選んだのかなどと、やぼな詮索《せんさく》は願いさげにしてもらいたいものである。悲哀と快活、醜悪と優雅、光輝と陰鬱《いんうつ》、奇怪と素朴など、テーマはなんでもかまわないのだ。題材や動機をほじくることはやめにして、作品のできぐあいだけを検討したいものである。

　これ以外には、批評家に詩人を問いつめていい道理もなければ、詩人が説明を行なう義理もない。芸術には、手綱も手錠も猿ぐつわも無用なのだ。芸術はただ「行け！」と命じる。そして、禁断の木の実など見あたらぬ、詩というこの広い楽園に詩人を放つのだ。空間も時間も詩人のものである。だから詩人は、好き勝手なことをしながら、どこへでも出かけてさしつかえないのだ。これが芸術の掟《おきて》である。キリスト教の神でも、異教の神々でも、冥界の神《プルトン》でも、悪魔の長《サタン》でも、カニディア[*1]でもモルガヌ[*2]でも、なんでも信じても、いや信じなくてもかまわないのだ。三途《さんず》の川の通行税をはらおうと魔女の夜宴に加わろうと、散文で書こうと韻文で書こうと、大理石に刻もうとブロンズで鋳《い》ようと、まったく自由なのだ。何世紀のどの土地にみこしをすえようと、東西南北、そのどこの出であろうと、古代を歌おうと近代を歌おうと、またその詩想の源が詩神《ミューズ》だろうと妖精《ようせい》だろうと、詩人の詩神がコロカシア[*3]で身を装おうと、コット＝アルディ[*4]で着飾ろうと一向にかまわぬのだ。すばらしい！　詩人とは、まったく自由な人間である。ひとつ詩人になって、眺めまわしてみようではないか。

　こうした考えの正しさは誰の目にも一目瞭然《りょうぜん》ではあろうが、著者はこの考えをあくまでも力説したいと思う。というのも、まだ一部には、その正しさを認めようとしない《厳正な批評家》がいるからである。わたしは今日の文壇にきわめてしがない地位を占めているに過ぎないが、的はずれな彼らの批評の槍玉《やりだま》にあがったことは、一度や二度ではなかった。ずばり悪作だと言ってのければよいものを、何度となく、つぎのような言いがかりをつけられたものである。これを書いた動機は？　このテーマを選んだわけは？　根本になる思想が陰惨でグロテクスで非常識だ（形容詞はなんでもかまわない！）とは思いませんか？　テーマが《芸術の限界》の外にとびだしてはいませんか？　美しくもないし、上品でもありませんね。われわれを楽しませたり、喜ばせたりするテーマをなぜ選ばないのですか？　まったく奇妙な気まぐれをおもちですなあ！　等々。このような雑音に対しては、著者はいつも断固としてこう答えたものだった。これは気まぐれにしろ、わたしが好きでやった気まぐれだ。《芸術の限界》とやらがどんなぐあいに作られているのか、わたしは一向に知らないし、また、精神界の正確な地理などというものにも、わたしはとんと、うといのだ。赤と青とで可能と不可能の境界を記した道案内図などには、ただの一度もお目にかかったことがない。要するに、ただこういうものを書いてしまったから、こういうものができあがってしまったのだと。

　さて、いま、もしも、誰かからこんな質問をされたらどうだろう？　『東方詩集』を出してなんの役にたつのですか？　誰がいったい著者に全巻を通じて、東方への散歩など思いたたせたのですか？　世人が関心をよせる重要なできごとがいろいろもちあがり、議会もはじまろうとしているいま、純粋詩を集めたこんな役にもたたない詩集を世に送ってどうしようというのですか？　時局にかなっている点はいったいどこに認められるのですか？[*5]東方になぞいったいどんな意味があるのですか？……このような問いにたいして、著者は、何もわからぬと答えるだけである。ただ、あるひとつの夢が、わたしの心をとらえたのだ、この前の夏、日没を見に行ったさいに、まことに奇妙なぐあいにその夢がわたしをとりこにしてしまったのだ、と答えるだけである。

　こんな夢を抱いたからといって、詩集はそれほどよいものになってはいない。それを残念に思うだけである。

　それに、文学全体が、また小さく見れば、ある詩人の作品が、たとえば、あのスペインの美しい古い都市のようであってはならないいわれなどあるだろうか？　そうした古都にはありとあらゆるものが見出されるのだ。オレンジの木が茂る川ぞいのすがすがしい散歩場。日光が燦々《さんさん》とふりそそぐ祭のための大きな広場。せまくてまがりくねっていて、うすぐらい場所もある往来。こうした往来には、いろいろな時代に建てられた、ありとあらゆる形の無数の家、高い家、低い家、黒い家、白い家、色を塗った家、彫刻をした家などがつぎつぎと連なっている。ごたごたと立ちならんでいる大きな建物が作りだす迷宮のようなありさま。宮殿、救護所、修道院、兵営。そしてこうしたさまざまな建物は、そのかっこうを見れば何に使われているかがみな、すぐわかる。群衆と騒音にみちた市場。参詣人《さんけいにん》も死者のようにひっそりとしている墓地。こちらには、楽隊をならし、金ぴかの安衣裳《やすいしょう》や飾りを見せびらかしている芝居小屋。あちらには、古びた常設の絞首台が見えるが、絞首台の石は割れ、鉄はさび、誰かの骸骨《がいこつ》が風にゆらいで、カラカラと鳴っている。——町の真ん中には、ゴチック式の大聖堂がそびえている。鋸《のこぎり》の刃のように立ちならぶ高い尖塔《せんとう》、大きな鐘楼、浅浮き彫りの縁どりをした五つの正面玄関、レースの飾り襟のような透かし彫りの小壁、ほんとうは頑丈だが、ちょっと見るとひどくもろそうに見える飛控《とびひか》え、それから、深いがらんとした内部、奇妙な柱頭を見せて林立する柱の群れ、ろうそくのともっている遺骸仮安置所、数知れぬ聖者たちと聖遺物容器、群れをなす小円柱、バラ窓や交差リブ、後陣に迫って、後陣をステンド・グラスでできた鳥かごのように見せている鋭尖《ランセット》アーチの列、無数のろうそくがともっている中央祭壇、とにかくこれは、すばらしい建物だ。巨大な姿で見る者を圧倒し、細部のひとつひとつに好奇心をそそらせる。八キロ離れて眺めても、二歩のところに近よって見ても、美しさに変わりはない——そして、さらに、町の一端には大楓《おおかえで》とヤシに囲まれて、東洋風の回教寺院《モスク》が建っている。銅と錫《すず》とで作られたドーム、いろどられた扉、うわ薬をかけた壁、上からさしてくる光、きゃしゃなアーケード、夜となく昼となく煙をたてている香炉、ひとつひとつに『コーラン』の章句が刻んである扉、まばゆいばかりの奥の院、モザイクの敷石や壁。香りたかい大輪の花のように、回教寺院《モスク》は日光を受けて、咲きにおっている。

　わたしは大胆不敵にもスペインの古都など比喩《ひゆ》にもちだしてはみたが、このような古都にも似た見事な作品集などわたしにできっこないことは言うまでもない。わたしはこの詩集のなかに、いままで申しあげたゴチック式の大聖堂、芝居小屋、陰惨な絞首台、こういった記念すべき建物のへたな粗描をさえ、読者諸兄がお認めくださるとは思っていない。とはいえ、わたしがここで何を作りあげたかったかと聞かれたとしたら、わたしはあの回教寺院《モスク》を作りたかったのだと答えるであろう。

話のついでに申しあげるが、中世に建てられたこうした都市にたとえられるような文学作品を、フランスのために待ちのぞむわたしの態度は、きっと、多くの批評家から大胆とも無謀とも思われるであろう。これは批評家の目からすれば、人がくわだてうる、もっとも愚かしい想像力の試みの一例なのである。批評家たちはこう言うだろう——これではまるで無秩序を、無軌道な豊富さを、風変わりを、悪趣味を、おおっぴらに望んでいるようなものだ。そんなものよりも、地味で《趣味のよい》わずかな飾りをほどこした、いわゆる《簡素》そのものな広い壁の、美しく端正なむきだしの面のほうが、どれほどましかわからない。卵形や渦巻形の模様、軒蛇腹《のきじゃばら》のブロンズの花束、丸天井の天使の顔を浮きださせた大理石の雲、小壁にほどこされた石の炎、そしてまた、いくつもの卵形や渦巻形の模様[*6]！ ヴェルサイユ宮殿、ルイ十五世広場、リヴォリ通り、これこそ美しい文学の模範をなすものだ、規則にぴったりと合った美しい文学を、どうぞこしらえてくれたまえ！

外国人はホメロス、ダンテ、シェイクスピアの名を口にする。だが、フランス人は、何かと言えば、すぐボワロー[*7]を引き合いに出すのだ。

だが、この問題はこれくらいにしておこう。

以上のことをよく考えていただければ——むろん一考の価値があればだが——、この『東方詩集』を生み出した著者の幻想が、それほど風変わりなものとも感じられなくなると思う。いまや、世人の関心は、もっぱら東方に向けられている。これには、幾多の原因があり、また、こうした原因はみな時代の進歩を促したものであるが、今日ほど、東方が世人の関心の的となった時代はない。東方研究がこれほど推進された時代はなかった。ルイ十四世の時代には、ギリシア学者を輩出したが、いまは東方学者の時代である。時勢は一歩進んだのだ。アジアという大きな謎《なぞ》の世界が、これほど多くの人びとの手でいっせいに掘りおこされたことはかつてなかった。今日では、中国からエジプトにいたるまでの東方の言語に、それぞれ専門の学者がいるのである。

このようにして東方は、想像力をもった人びとにはイメージとして、知的な人びとには観念として、いまや全般的な関心の的となり、著者もまた知らず知らずのうちに、こうした関心をもちはじめたものらしい。東方の色彩は、まるで意志あるもののようにやってきて、わたしのあらゆる観念や夢想にその刻印を残していった。おかげでわたしの観念や夢想は、ことさらそうしようと思ったわけでもないのに、あるいはヘブライの色彩やトルコの色彩となり、またギリシアやペルシアやアラビアの色彩となり、ときにはスペインの色彩をさえ帯びるようになった。というのも、スペインは東方といってもよいくらいなのだから。スペインはなかばアフリカ的であるが、アフリカはまた、なかばアジア的なのである。

わたしは、わたしのもとを訪れたこのような詩想に身をゆだねたのである。こうした詩想のよいものも悪いものも受けいれてしまったし、また受けいれたことに喜びを感じもしたのである。それにわたしは、東方の世界にたいして、詩人にありがちな強い共感――どうか、たったいまだけ、詩人の称号を名のることをわたしにゆるしていただきたい――をかねがね覚えてきた。東方の世界にはこのうえもなく美しい詩が遠く輝かしい光をひろげているように、わたしには思われていたのだ。この詩の泉でのどをうるおすことを、わたしはながらく夢みてきた。まことに、東方では、すべてが壮大であり、豊かであり、肥沃《ひよく》である。そのすばらしさは、詩のもうひとつの海である中世にもくらべられよう。そして、ついでにもせよ、こんなことを口にしてしまった以上、わたしはやはりこうも言わないわけにはいくまい。わたしには、世人が今日まで、近代をルイ十四世の時代に、古代をギリシア・ローマにもとめすぎていたきらいがあるように思えてならないのである。さらにさかのぼり、さらに遠いところへ目を向けて、中世のうちに近代を、東方のうちに古代を学んでみてはどうであろうか？

そのうえ、東方は文学の面ばかりではなく政治の面においても、まもなくヨーロッパで一役演じることになりそうである。すでにギリシアの行なった記念すべき戦い[*8]は、ヨーロッパの諸民族の目をこの方面へ向けさせた。ヨーロッパの勢力均衡はいまにも破れそうな形勢である。すでに老朽して、ひびのはいったヨーロッパの《現状》は、イスタンブールの方面で、メリメリと音をたてて崩れかけているのだ。いまやヨーロッパじゅうが、東方に関心を向けている。

そのうち、きっと一大異変が起こるであろう。伝統ある東方の異教の国々は、われわれ文明人がなめてかかっているほど、すぐれた人物にことかいているわけではあるまい。もしナポレオンと双璧《そうへき》をなす者があるとすれば、東方こそ、今世紀に彼と肩をならべられる唯一の巨人を生み出したのだ、という事実を思いおこしていただきたい。トルコとタタールの血をうけた人間とはいえ、とにかくあの天才アリー・パシャ*9こそは、ナポレオンとはトラにライオン、ハゲタカにワシの関係にもたとえられる傑物なのである。

一八二九年一月

*1 ローマの詩人ホラティウスがその詩のなかでからかった娼婦、魔法使い。
*2 ケルト伝説中の妖精。
*3 タロイモのこと。ユゴーはウェルギリウスの『田園詩』を読みちがえて、コロカシアを古代ローマの衣服の一種と勘ちがいしたらしい。
*4 中世の衣服。
*5 当時マルチニャック内閣の穏和な政策は、自由主義派、王党派のどちらも満足させることはできなかった。反動的な国王シャルル十世はこの政策に反対して、世情は騒然としていた。
*6 以上はローマの古建築の影響をうけた様式である。
*7 フランス古典主義を代表する批評家(一六三六―一七一一)。創作上のいろいろな掟や規則を作り、理性を尊んで奔放な想像をしりぞけた。
*8 ギリシア独立戦争(一八二一―二九)のこと。
*9 アリー・パシャ(一七四一―一八二二)はオスマン・トルコ帝国統治時代のアルバニアの政治家。ロシア＝トルコ戦争に勲功をたてて「ヤニナのパシャ」の称号を与えられ「ヤニナのライオン」とも呼ばれた。バイロンの詩『チャイルド・ハロルドの遍歴』のなかでもうたわれている。

第十四版の序文[*1]

本書は、文学的危機と文学革命とにみちた今日[*2]では、おそらくこれ以外には望めないと思われる種類の成功をかちえた。つまり一方では激しい反対をうけ、また一方ではたぶん、いくらかの同意と同感をもって迎えられたのである。

もっとも、もっと静かだったあの時代、いや、人のことにこれほど喙《くちばし》を入れたがらなかったといったほうがいいかもしれないあの時代が、ときにはなつかしく思われもしようというものである。あのころには、詩人が静かに仕事をしているまわりでむやみに言いあらそったり、騒ぎを起こしたりはしなかったものだ。詩人が歌うのをじゃましたり、騒がしい叫び声をあげたりせずに、じっと聞きいってくれたものだ。だが、いまはもうすっかりようすが変わってしまった。まあそれも、しかたのないことであろう。

それにまた、すべて都合の悪いことには都合のいいこともついてまわるものである。芸術の自由を望む者は、批評の自由も認めなければならない。論争は大いにやるべし。《いろいろやっかいなことが起きても、自由であるほうがよい》

本書によせられたさまざまな批評にここでお答えすることは、例によってさしひかえよう。そうした批評がだいたい耳をかしたり、答えたりするほどのものではないからというわけではなく、自分の作品を弁護したり弁明したりするのが、むかしからわたしは大きらいだからである。それに批評家たちの言うことを是認したり反論したりするのは、「時」の行なう仕事なのである。

とは言え、批評家のなかには、著者について、おそらく悪気があってのことではなかろうが、誤った観念をいだき、たんなる仮定にもとづいてわたしのことを論じておられる人びとがいるのを見て、残念でならない。つまり、わたしというものの姿を《てまえがってに》つくりあげ、幻想にふける移り気な人間であると同時に信念と誠実をそなえた人間でもある詩人のこのわたしを、すっかり別の人間につくりかえて論じておられるのだ。そこで、こうした人びとの筆にかかると、このわたしは、一方の手に書物を書く機能を、もう一方の手に、できた書物を擁護する策をもった、奇妙きてれつな理性的動物になってしまう。なかにはもっとひどい批評家もいて、書かれたものから書いた人間へ攻撃の的を移し、やれ高慢だの、やれうぬぼれが強いだの、やれ鼻っぱしが強いだのとおおせになる。まるで人を、乗馬靴をはき、拍車をつけ、乗馬鞭《むち》をにぎって国家の一大事を処理する若いルイ十四世[*3]か何かのように、つくりあげてしまうのだ。

こんなふうに人を見るのはとんでもない見そこないだと、あえて申しあげたい。

わたしとしては、自分自身についてなんの錯覚ももってはいない。わたしの書いた書物のまわりに湧《わ》きおこっているいささかの騒ぎは、こうした書物から出ているのではなくて、実は、この書物の出現をこれ幸いとばかり論じられるようになった、言語と文学という大きな問題から出ているのだ、ということぐらいはよく承知している。こうした騒ぎは内からではなく、外からきているのである。わたしの書物はそのきっかけとなっただけで、原因ではないのだ。芸術や詩歌という重大な問題に心を奪われている人びとは、論争をくりひろげるために、さし当たってわたしの作品をその戦いの場に選んだものらしい。だがそのことは、作品そのものがすぐれていることを少しも証拠だてはしないのだ。戦いの場になったことは、この作品がそのあいだだけ重要らしく見えただけなのだ。いや、重要だなどと言ったのは、やはりうぬぼれかもしれないが。どんなつまらない場所でも戦場になると、多少は名が知られるようになる。アウステルリッツやマレンゴ[*4]はその名が世界になりひびいた場所だが、実際は小さな村にすぎないのである。

一八二九年二月

＊1　『東方詩集』の新版につけられた序文。エリザベット・バリノーは、一八二九年四月刊行の第三版にはじめてつけられたと言っている。

＊2　当時、ユゴーを統率者とするロマン主義運動は、古典主義文学への革命的な文学として活躍し、まもなく古典主義に決定的な打撃を与えようとしていた。

＊3　「太陽王」と呼ばれた有名なフランスの専制君主（在位一六四三―一七一五）。乗馬姿で国事を処理したという彼の態度は、「国家とは朕のことなり」と言った彼の専制ぶりをよく表わしている。

＊4　アウステルリッツはナポレオン・ボナパルトがオーストリア、ロシアの連合軍を、マレンゴはオーストリア軍を撃破した土地。

天の火[*1]

主はソドムとゴモラの上に天から、硫黄《いおう》の火を降らせ、
これらの町と周囲の土地を、町の全住民、地の草木もろとも滅ぼした。
「創世記」第一九章二四―二五

一

走りさる横腹の黒い雲が見えるだろう？
青白く　あるいは赤く　見る目にまばゆく
　実らぬ夏のように暗い雲が？
それにまた見えるようだ、夜風に運ばれ、
燃えさかる町から立ちのぼる熱い煙と物音が
　一つ残らず飛びさっていくのも。

あの雲はどこから来たのか？　空か　海か　山からか？
火の車が悪魔を乗せて運んでいくのか、
　どこか近くの惑星へ？
なんという恐ろしさ！　混沌《こんとん》とした不思議な雲の横腹から
なんでまた　たけり狂った稲妻が　ときおり
　大蛇のように飛びだすのか？

二

海！　いちめんに海！　波　また　波。
鳥は　不規則な羽ばたきをいたずらに増す。
　こちらにも波　あちらにも波。
たえまなく果てしなく　波に押し返される波。
見わたせば　いくつもの潮《うしお》が　深い海に山と積まれて
　高い大波の下を流れてゆくばかり。
ときおり大魚の群れが水面をかすめて泳ぎまわり
日の光にきらめかせる、銀のひれと
　幅広い紺碧《こんぺき》の尾を。
海は毛をゆする羊の群れに似ている。
だが　乾いた大空の輪が遠く水平線を閉じて
　そこには青空が青い水と混じりあう。

――この海を干すのですか？　と火の雲は言った。
――これではない！――雲はまた神の息吹きに送られて

飛びつづけた。

三

とある入江の緑の丘が
明るい波間に映えている！——
水牛の群れ　細い投げ槍《やり》
そして空には陽気な歌声！——
ここには　テントと秣桶《まぐさおけ》があり
狩をし　漁をする部族がいる。
自由に生きる彼らの矢は
稲妻と速さをきそう。

遊牧のこの民には
大気はいつも清らかだ。
子供と若い娘たちと
戦士たちは　輪になって
風になびき風に燃えたつ
砂浜の火をかこんで踊る、
夢のなかで妖精《ようせい》たちが
頭上を輪舞するように。

黒檀色《こくたんいろ》の乳房をもつ乙女たちは
晴れた夕暮れのように美しく
おぼろげに姿を映して笑う、
　銅《あかがね》の鏡のなかに。
ほかの乙女たちも　また楽しげに
おとなしい雌のラクダの
乳房からほとばしらせる、
白い乳を　黒い指で。

男と裸の女たちは
深い海で水浴びをする——
この見なれない部族の人は
きのうはどこを通って来たのか？——
シンバルの細く鋭い音が
雌馬たちをいななかせ
とぎれとぎれに入りまじる、
沖の海と波音と。

雲は　しばらく宙にためらっていた。
——あれですか？——誰のものともわからぬ声が答えて
言った——先へ進め！

四

ここはエジプト！——麦の穂でいちめんに黄金色《こがねいろ》のエジ
　プトは繰りひろげる、
はなやかな絨毯《じゅうたん》のように色とりどりのその田畑と
　平野につづいて延びる平野を。
北側の冷たく広大な海原《うなばら》と　南側の燃えるような砂漠が
エジプトを奪いあう。だがエジプトは笑っている、
　水と砂の海にはさまれ　身をけずられても。
人の手で作った三つの山が　遠く天を衝《つ》いている、
大理石の三面の頂角で。そして人の目から隠している、
　そのふもとを　砂にうずめて。
この山々の鋭い頂から黄金色の砂にかけて
ひろがりくだる　山の巨大な石段は
　六腕尺《クーデ》*2の歩幅むきに作られている。
バラ色の花崗岩《かこうがん》で造ったスフィンクスと　緑の大理石の
　神像が
この山々を守り　砂漠には熱風が吹かないので
　ふたつの神像のまぶたは垂れていない。
船腹の広い船が大きな港に入って来る。
その岸辺には　巨大な都市が腰をおろして
　石造りの足を水につけている。
旅人殺しの熱風《シムーン》の怒号が聞こえ
白い小石に　鱗《うろこ》のきしる音がする、
　ナイルワニの腹の下で。
灰色のオベリスクは　すっくと立つ。
西の方には　ながながとトラの皮のように延びている、
　黄色いナイル河が　島々の斑《まだら》をつけて。
天体の王　太陽は沈んでいく。風のない静かな
海は映す、命あるこの金の球体、
　地上に命と光を与えるこの天体を。
そして　赤味をおびた空と真っ赤な波間の
二つの太陽は　仲のよい二人の王のように
　たがいに相手に近づいていく。

五

——どこで止まればいいのです？　と雲はまた言った。
——探せ！　という声が　タボル山*3をふるわせた。
　砂　また　砂！
砂漠！　黒い混沌《こんとん》、それは

常に限りなくひそめている、
怪物どもや　災いを！
ここには動かぬものはない。
黄色い尾根のあの山々も
ひとたび嵐《あらし》が吹きすさべば
波のように転々とする！

ときおり不敬な物音で
この聖地をさわがし
オフルや　マムレの*4
隊商が通りすぎる。
それを目ではるかに追えば
燃える砂の大波のうえに
隊商の群れは　うねりながら延びていく、
ちょうど斑《まだら》のあるヘビのように。

この陰鬱《いんうつ》な無人の土地、
この砂漠は神のものだ。
神のみがその果てを知り
その中心を示したもう。
この煙る海のうえには
たえまなく　靄《もや》が這《は》い

しぶきのように散らしている、
火の砂ぼこりを。

――この砂漠を湖に変えるのですか？　と雲は言った。
――もっと先だ！　と別な声が空の奥から叫んだ。

六

大波のうえにそびえ立つ巨大な岩礁《がんしょう》か
くつがえった広大な塔の堆積《たいせき》のような
暗くわびしいバベルの塔。*5
人間のむなしさの　雲つくばかりのこの証人は
月光を浴びておおっている、はるかかなたに
その影で　四つの山を。

崩れても　この建物は空の奥深くそびえ立つ。
その広い天井のしたに閉じこめられた大旋風が
不思議な調べをかなでている。
そのむかし　このあたりでは人類がさわぎたて
バベルの塔はいつの日か　地球全体をおおって
無限につづく螺旋《らせん》の階段を据えるはずだった。
その階段は　天の頂にまで達するはずだった。

どんなに高い山々でさえも　塔の花崗岩《かこうがん》の脇腹《わきばら》の
　ただ一枚の舗石として役立つばかり。
つぎつぎに　新たな山頂が他の山頂に重ねられ
たえまなく　目もかすむほど浮かびでたのだ、
　巨大な塔の頂に。

奇怪な姿のうわばみも　緑色のナイルワニも
塔の割れた壁を這《は》えば　トカゲよりも小さく
　壮麗な石塊のあいだにすべりこむ。
長髪のヤシの木々　あの巨大なヤシも
広大な塔の表面の　ひたいのあたりにかかっていると
　下からは　草むらに見えてしまう。

ゾウの群れが壁の割れ目を通っていく。
狂気のさたがつぎつぎに生んだ　無数の暗い列柱のした
　には
　　森が一つ生《お》いしげる。
焦げ茶のワシや　オオハゲタカの群れが
夜も昼も　ぽっかりとあいた戸口に渦巻く、
　巨大な巣箱のまわりでも飛ぶように。

――この塔にとどめをさすのですか？　と怒った雲が言
　った。
――進め！――主よ　いったいどこへ　わたしを運ばれ
　るのですか？　と雲。

七

するとここに　不思議な未知の二つの都市が
階を重ねて雲間にそびえ
夜霧のなかに眠る姿を現わした、
神々や　住民や　馬車や　ざわめきもいっしょに。
同じ谷間に眠る二つの都市は　二人の姉妹。
闇《やみ》が　月の光に浮きだした塔をひたしている。
やがて　雑然と溶けあったなかにちらりと見える、
数々の水道が　階段が　幅広い柱が
朝顔形の柱頭が、また　ぶかっこうな一群の
花崗岩《かこうがん》のゾウがささえている巨大なドームが。
立ちならぶ巨人像は　身のまわりに眺めている、
醜悪な交尾から生まれた怪物どもが這《は》いずるのを。
数々の吊《つ》り庭は　花々やアーケードに
また　大きな滝におおいかぶさった暗い木立ちにみたさ
　れ
神殿の華麗な敷石のうえには
雌牛《めうし》の頭をした　碧玉《へきぎょく》の無数の偶像が並んでいる。

一枚石の天井でおおわれた大広間には
巨大な頭をいっこうにあげようともせず
車座になって見張っている、たがいに見あった
青銅の神々が　その手を膝《ひざ》のうえにのせて。
いたるところに　見なれぬ物影が浮きあがる
こうした坂道や　宮殿や　暗い並木道、
それに　橋や　水道や　アーチや円塔は
そのうねうねと曲がる　深みにはいりこんだまなざしを
　たじろがせる。
空を見れば　広い影をひいて
岬のようにそびえ立つ　無数の暗い建物の
闇におおわれた巨大な山！
地平の空は　星屑《ほしくず》をまいてきらめき
広大な岬の何千というアーチをとおして見ると
黒いレースをすかしたように輝いている。

ああ！　地獄の都市　情欲に狂った都市よ！
ここでは　一刻一刻が醜い快楽を生み
どの屋根も　けがらわしい何かの秘密をひそめ
二つの都市は　二つの潰瘍《かいよう》にも似て世界を毒す。

ともあれ　すべてが眠っていた。二つの都市の額には
いくつかの青白い光が　まだ消えがてにたゆたっていた、
生まれては消えていく遊蕩《ゆうとう》の灯《ひ》が、
町の通りにとり残された　宴《うたげ》の最後の灯が。
数々の大きな隅石《すみいし》が月影に白く
闇を切り　また　水に映えてゆれている。
広野《ひろの》には　おそらくかすかに聞かれたろう、
おし殺された接吻《くちづけ》の音や　混じりあう喘《あえ》ぎの音が
それにまた　姉妹の都市が昼の光にあきて
恋の抱擁に　ものうくつぶやく声も！
風は　涼しい大楓《おおかえで》の木陰に吐息し
香りも高く　ソドムからゴモラの町へ吹いていた。
そのとき　黒いあの雲が通りかかると
天上の声が叫んだ——ここだ！

八

雲は裂けた！
紅蓮《ぐれん》の炎が
雲の脇腹《わきばら》を引き裂いて
深淵《しんえん》のようにおしひろげ
くずれ落ちる宮殿に
硫黄《いおう》の雨となって降りそそぎ
ゆらめいて投げかけた、

血の色の閃光《せんこう》を
白い破風《はふ》に。

ゴモラよ！　ソドムよ！
なんという火のドームで
おまえたちの城壁は包まれたことか！
燃えるような黒雲が
おまえたちに襲いかかり
おお　堕落した市民たちよ！
黒雲の大きな口は
ただ　おまえたちの頭上だけに
稲妻を吐きかけたのだ！

神を思わず
昨夜も眠りについた
町の人びとは目を覚ました。
豪華な邸宅はくずれ落ちた。
走りまわる無数の馬車は
車軸をつき当て
数を増した群衆は
通りという通りに見た、
火の大河を。

高くそびえる数々の塔は
ぐらぐら揺れる
石の巨大な群像、
そのなかの闇《やみ》にむらがる
数しれぬ瀕死《ひんし》の者は
まだ目を覚まさない。
倒れかかる壁のうえにも
また　散らばっている
クロアリの群れ！

のがれることができようか、
こんなに恐ろしい火の雨にうたれては？
ああ　すべては滅びさる！
雷撃の火は
橋をうって　みじんに砕き
平らな屋根をつんざいて
流し　そそぎ　飛びちらす、
灰色の敷石に
赤い閃光を。

電光がひらめくたびに

燃えあがり　流れだす
至高の神の火。
くれないの　澄みきった
火は走る、馬銜《はみ》の取れた馬よりも
さらに速く。
そして　けがれた偶像は
炎のなかにくずおれながら
青銅の腕をよじ曲げる。

火はうなり　火はうねり
神を信じない人びとの
銀の塔をうちくだく。
緑色とバラ色の火の波を
硫黄がそそげば
それが町の城壁を噛《か》み
城壁を輝かせる、
玉虫色のトカゲの
鱗《うろこ》のように。

火は溶かす、ろうのように
瑪瑙《めのう》を　斑岩《はんがん》を
数々の墓石を。

火はたわめる、立木のように
人びとがネボ[*6]と呼ぶ神の
大理石の巨人像を。
円柱の一つ一つは
燃えあがり　渦をまく、
大きな松明《たいまつ》のように。

数人の祭司《マージュ》が
祭壇から神々の
像を持ちだしても
彼らの長《おさ》が
青い硫黄のうえに
白い祭服を傾けても　むなしい。
その眺める火の波が
彼らの神殿を運びさる、
炎のひだに巻きこんで！

向こうの方では　火の波が押し流す、
宮殿と　そのなかでわめき
ひしめく人びとを。
炎の波が、
石の家の小島を噛む、

するど小島は煙り　ちぢみ
波の面《おもて》にただよって
やがて溶け　消えうせる、
冷たい氷のかけらのように！

大司祭がやって来る、
火の流れの岸べ、
みなが逃げさったところへ。
するとたちまち　彼の冠には
灯台のように火がついて
彼は青ざめ　目がくらみ
冠をぬごうとする手は
額に焦げつき
額とともに燃えつきる。
人びとは　男も　女も
走りさる……その先々で業火《ごうか》に
目をふさがれる。
息たえた二つの都市の
城門に押し寄せる
怒濤《どとう》のような
呪《のろ》われた群衆は
出口をふさがれ　その目で見たと思った、
天のなかに地獄の影を！

九

このとき　まるで拷問のさまを眺めようとして
年老いた囚人が　牢獄《ろうごく》の壁ぎわに立ちあがるように
二つの都市と共犯のバベルの塔が　遠く
地平の山々のかなたから　眺めているのが見えたという。
この不思議な異変のあいだ聞こえていた
大音響は　恐怖におののく世界にとどろきわたり
深い地響きをたて　陰気な地下の都市に
暮らす　あの　耳の聞こえぬ民さえも驚かした。
十

火は情け容赦もなかった！　罪ある者は誰ひとり
燃えて灰となった城壁から　逃げだせなかった。
　だが　彼らは卑しい手を振りあげて怒り
また　この世の別れにと抱きあった人びとは
打ちのめされ　目もくらんで　いぶかった、どんな神が
　町に火山をぶちまけるのかと。
はげしい火、神のくだした火にたいしては

大理石の広い屋根で身を防いでも　むだだった。
神は　神を侮《あなど》る者を討つことができるのだ。
彼らは自分の神々の加護を祈ったが　天罰の火は
彼らに答えぬ神々を討ち　神々の花崗岩《かこうがん》の目は
たちまちとけて　溶岩の涙と変わった。

こうして　すべてが黒い渦にのまれて姿を消した、
人間も都市も　草木も田畑も！
神が　この陰鬱《いんうつ》な平野を焼きはらったのだ。
滅ぼされたこの民のものは　残らず消えうせ
さらに　その夜　不思議な風が吹いてきて
山々の姿も変えてしまった。

十一

いまでもなお　岩に生えるヤシの木は
葉が黄ばみ　幹が枯れていくのを感じている、
あの重くかぶさる熱気のために。
二つの都市はもはやない。そして過去を映す鏡、
冷ややかな湖が　その廃墟《はいきょ》に横たわって
坩堝《るつぼ》のように煙っている！

一八二八年十一月一日

＊1　ヨルダンの谷間に栄えていたソドム、ゴモラなどの町は、はなはだしい淫乱の罪をおかしたため、神の怒りをまねき、天よりくだされた硫黄と火の雨によって焼き滅ぼされたという。
＊2　一腕尺は約五十センチ。
＊3　「マタイ伝」第一七章一、「山上の変貌」という事件が起きた場所。
＊4　聖書の中でオフレは金や宝石の取引きが行なわれた土地。マムレは聖地。
＊5　天にまで達しようとしたバベルの塔は、神を侮るという点で、ソドムやゴモラと同罪である。
＊6　バビロニアの神。学問や文書記録を司る。

カナーリス

不言実行
——昔の家訓——

戦いに敗れた船が沖にただよい
四角な帆が
帆柱にだらりと下がっている、鉄の砲弾で
ずたずたに引き裂かれて。

見えるのは　ただ　四散する死者の群れと
　錨《いかり》と船具と帆布
ちぎれた綱具を　髪の毛のように引きずる
　折れたメーン・マストばかり。

船は　煙と響きにつつまれて
　車輪のようにぐるぐるまわり
右往左往する人の波が　なだれをうって
　船尾《とも》から船首《へさき》へ逃げまどう。

指揮官たちの声に答える兵卒もなく
　海はうねって　とどろく。
鳴りをしずめた大砲は　中甲板を泳ぎまわって
　浸入した潮水《しおみず》のなかでぶつかりあう。

重い巨大な船体が　大波に向かってぱっくりと
　傷口をあけ
青銅のよろいから血を流している
　巨人のようなガレー[*1]船の姿。
その船はぴくつく死体のように　当てもなく
　船底を裂かれてただよう、

死んで　腹を浮かせた　大きな魚のように
　緑の波を銀の色に染めて。

そのようなとき　勝利者は栄光に輝く！　彼らの黒い鉄《てつ》
　鉤《かぎ》は襲いかかり
　敗れた敵船を　雷火のように打ちくだく、
力強いワシが　いくさを終えて
　餌食《えじき》に爪《つめ》を立てるのにも似て！

やがては　塔の頂にでもたてるように　勝利者がメー
ン・マストに旗をかかげれば
　その旗を風が嚙《か》み
金色《こんじき》の旗の影は波間に映えて　かわるがわる
　縦にのび　横にひろがる。

そのときこそ見られるのだ、諸国の民が繰りひろげる
　このうえもなく誇らしげな旗じるしが、
そしてまた　真紅や　銀や　紺碧《こんぺき》の彩りが
　旗のひだで波うつのが。
こうした華やかな旗じるしのなかには　途方もない勝利
者の自負が

　　得意になって休んでいる、
あたかも　澄んだ波が　よごれた波をうすめても
　　なにかよごれが残るように！
マルタ島は十字の旗をひるがえす。民衆を王とするヴェ
　ネツィアが
　　ゆれる船尾にかかげる
紋章のライオンは　恐怖のために唸《うな》らせよう、
　　ほんものの雌ライオンを。
ナポリの旗は　宙にきらめき
　　ひるがえれば
見る思いがする、船尾から海へ向かってうねる
　　金色《こんじき》の絹の波を。
スペインは　貪欲《どんよく》な船隊のうえにはためく
　　王旗のひだに
レオーンの金獅子《きんじし》　カスティーリャの銀の塔
　　ナバーラの鎖を描く。*2
ローマは鍵《かぎ》の旗　ミラーノは泣きわめく子供を
　　呑《の》みこむヘビの旗をかかげ

フランスの船団は　金色のユリの花々を
　　銅色の服に飾る。
トルコの町イスタンブールは　憎まれものの新月旗に
　　三本の白い馬のしっぽをぶらさげ*3
ついに自由を得たアメリカの旗は　金色の空を繰りひろ
　げて
　　青い星をちりばめる。*4
オーストリアの奇怪なワシは　肩をいからせて
　　波形模様のうえに輝き
いずれも危機をはらんだ世界の両端に
　　黒い双頭を向けている。
ロシア皇帝《ツァーリ》の命を奉ずる双頭のワシは
　　オーストリアの昔からの仇敵《きゅうてき》、
これまた同時に二つの世界をにらみながら
　　その一つを爪で押さえている。
勝ち誇るイギリスは　海原《うなばら》の波を圧する、
　　さんぜんと輝くその旗じるしで。
はなやかな旗の影は　海に映って

炎の影と見まがうばかり。

こうして諸国の王たちは　船のマストに
　彼らの紋章をひるがえらせ
海上で戦い取った敵船に　うむを言わさず
　国籍を変えさせる。

彼らは味方の船列に　武運のつきた
　敵の船を引き入れて
鼻たかだかと眺めるのだ、船数を増して帰港する
　自分の紋章をつけた船隊を。

捕らえた船に　彼らはきまってかかげるだろう、
　彼らの勝利の旗じるしを、
敗れた者が　勝利者の栄光の旗じるしを　屈辱として
　額にずっと　くっつけているようにと!

だが勇敢なカナーリスは　火の航跡を
　あとにひく不敵な小舟で
捕らえた船という船に　彼の旗じるしに他ならぬ
　火炎を高くうちたてるのだ!

一八二八年十一月七日

＊1　古代から十八世紀まで使われた帆とオール併用の軍艦や商船。
＊2　レオーン、カスティーリャ、ナバーラは三つともスペインにあった中世の王国の名前。その紋章についてのユゴーの記述はいくぶん事実とちがっている。また当時のスペインの旗はここに描かれているような旗ではない。こうした事実との食い違いはこの詩の各所に見られる。
＊3　トルコでは身分を誇って馬のしっぽをぶらさげた。
＊4　実際は、白地に青い星である。ユゴーのまちがい。

王宮のさらし首[＊1]

おお、恐ろしい!　おお、恐ろしい!
世にも恐ろしいことじゃ!
シェイクスピア『ハムレット』

一

無数の星をちりばめた　夜の暗い丸天井は
きらめく暗い海に　その姿を映している。
美しいイスタンブールは　闇《やみ》のヴェールを顔にまとい
町をひたす入江の岸辺に身を横たえ

星あかりと波の反射にはさまれて　眠るようだ、
　星をちりばめたガラス球の中に。

夜の精霊が空中に建てたのだろうか、
この町のひっそりとした宮殿の数々を。
眺めれば　広壮なハレムはつもる愁《うれ》いの宿、
そのドームは青く　空に染められ　空に似て
ドームの無数の新月はまるで花咲いたようだ、
　夜ごとの三日月の光をうけて。

目にとまるのは　角《かど》ばった数々の塔
平らな屋根の家々と　回教寺院《モスク》の長い尖塔《せんとう》
クローバ模様をくりぬいたムーア風のバルコニー
つつましい格子のかげにかくれたガラス窓
立ちならぶ金色《こんじき》の宮殿と　冠毛のように
　宮殿の正面にむらがるヤシの木々

向こうの白い尖塔は　尖端をすらりとのばし
まるで　槍《やり》の穂先をつけた象牙《ぞうげ》のマスト。
あちらには色を塗ったあずまや　またそちらにはまたた
　く標識灯。
高い壁でそれとわかる　年を経た王宮の上には
幾百の錫《すず》のドームが　暗がりできらめいている、
　巨人たちの兜《かぶと》のように！

二

王宮！……王宮はこよい喜びにわきたっていた。
陽気な太鼓の音にあわせて　絹の絨毯《じゆうたん》の上で
神聖な鏡板の下で　スルタンの妃《きさき》は踊り
王宮は　祭の宝石を飾りたてた王のように
傲然《ごうぜん》と　予言者の子孫たち*2に臨《のぞ》んでいた、
　六千の首を着飾って！

目をとじ　黒髪でおおわれた　鉛色の
首の群れは　銃眼の上にならんで飾っていた、
咲きにおう　バラとジャスミンのテラスを。
友人のように悲しみ　友人のように慰め顔の
死者の星　月が　血みどろで青ざめた首の群れに
　やわらかな青い光をなげていた。

そのなかの三つの首が　王宮を見おろし
獄門の　東洋風な交差リブを形づくっていた。
黒い大ガラスの翼に打たれる三つの首は
人殺しどもの手にかかったにちがいない、

一つの首は戦いの　もう一つは祈りの最中に
　最後の一つは墓のなかで。

さらし首とおなじように　身動きもせず
疲れきった歩哨《ほしよう》が　まぬけ面《づら》で見張っていた、
すると突然、三つの首が口をきいた。その声は
似かよっていた、夢のなかの歌声に
渚《なぎさ》に眠る波のにぶいざわめきに
　森に眠る風のそよぎに！

三

第一の声

「ここはどこだ？……おれの火船よ！[*3]　帆をあげろ！
　櫂《かい》を漕《こ》げ！
戦友よ　戦火に煙るミソロンギ[*4]がわれわれを呼んでいる。
町のけなげな城壁を　トルコのやつめが囲んでいるのだ。
やつらの船を　遠いやつらの町まで追いかえそう、
　そしておれの燃える火船を　おお　船長たちよ！
君たちにとっては灯台に　やつらにとっては雷火としよう！
「出帆！　さらば　コリントスよ　その高い岬よ
立ちならぶどの岩も　勝利の名をもつ海よ
波という波にうかぶ　エーゲ海の岩礁よ
空と春とにいつくしまれて
昼は花を盛った籠《かご》　夜は香り高い花瓶のような
　美しい島々よ。

「さらば　誇り高い故郷　イズラ[*5]よ　第二のスパルタよ！
若々しいおまえの自由は歌声に現われ
マストがおまえの城壁をおおう　船乗りの町よ。
さらば！　おれは愛している、われわれの希望をになう
　おまえの島を
　波に愛撫《あいぶ》されるおまえの芝生を
稲妻に打たれ　波に嚙《か》まれるおまえの岩を。
「戦友よ　ミソロンギが救われて　おれがもどったら
新しい教会を建てて　キリストにささげよう。
おれが死んだら　おれが永遠の眠りについたら
最後の一滴まで　この血潮を流してしまったら
自由の土地に　おれの遺骸《いがい》を運んでいって
　日なたに墓を掘ってくれ！
「あれは　ミソロンギだ！——トルコのやつめ！——追

　いはらおう、おお　戦友たち
あの砦《とりで》からやつらの大砲を　あの停泊地からやつらの船
　隊を。
三連砲の下に陣どった　トルコの提督を焼き殺そう。
さあ！　火の船の燃える爪《つめ》をととのえろ。
　提督の船を捕らえたら　その上に
炎の文字で　おれの名を書いてやるのだ。

「勝ったぞ！　みんな……——しまった！　舟足の速い
　おれの小舟の
もろい甲板を　飛んできた砲弾が粉砕した……
舟は爆発した、ぐるぐるまわり　海水が浸入する！
おれの口は波をかぶり　叫んでも声がでない！
さらばだ！　おれは探しにいこう、海草の緑の死衣《しい》を
　海底の砂の寝床を。

「いや　ちがう、夢だ！　やっと目が覚めた！……だが
　なんという不思議！
なんといういやな夢だ！……偃月刀《えんげつとう》をつかんだおれの手
　がないぞ。
いったい何だ、おれのそばのこの陰気な面《つら》は？
何だ、遠くに聞こえるのは？……合唱だ……女の声か？
　亡霊たちのつぶやく歌か？
この合唱は！……おれは天国にいるのかな？——血だ
　……王宮だ、ここは！」

四

第二の声

「そうだ、カナーリス[*6]　きみはトルコの王宮とおれの首
　を見ているのだ、
この宴《うたげ》を飾るために　墓場から掘りだされたおれの首を。
トルコのやつめが　冷たい墓の底までもおれを追いかけ
　たのだ。
見てくれ！　ひからびたこのされこうべが　やつらの見
　事な戦利品さ。
おれはされこうべのボツァリス[*7]、至高のスルタン様のた
　めに
　墓のウジムシどもが食いのこしておいたのだ！

「聞いてくれ、おれは墓の底に眠っていたが
『ミソロンギが落ちるぞ！』という叫びで目が覚めた。
おれは死の闇《やみ》のなかで　なかば身を起こした。
おれは聞いた、大砲の一斉射撃のとどろきを
　騒ぎに騒ぎがいりまじるのを

さかんに剣がふれあう音と　あわただしい足音を。
「おれは聞いた、町をうずめた戦いのさなかに
口々にこう叫ぶ声を、『いやしい人間の群れから守って
くれ、
ボツァリスの亡霊よ　おまえの愛するこの不運なギリシ
アの人びとを！』
そこでおれは　墓場から脱けだそうと　暗闇のなかで身
をもがき
あげくの果ては　大理石の死の床の上でばらばらにして
しまった、
肉の落ちたおれの骨という骨を。
「だしぬけに　火山のように大地が燃え　地響きをたて
た……——
あたりがしんとなった。おれが目をあけてあの世を見る
と
この世の者にはとうてい見られないものが　目に映った。
大地から　波間から　炎の深い奥底から
渦巻く亡霊が飛びだして
ある者は奈落《ならく》に沈み　ある者は天に飛びたったのだ！

「勝ち誇る回教徒は　おれの墓をあばきたてた。
やつらはきみたちの首をけがし　おれの首をそれに加え
奈落を思わす袋のなかに　手当りしだいにほうりこんだ。
首を切られたおれの体は　身軽さに身ぶるいした。
友よ　おれはこんな気がした、十字架とギリシアのため
に
もう一度死ぬのだ　と。
「われわれのこの世の運も　もうこれまでだ。
剣《つるぎ》にかけた獲物の首を眺めようと　いやしい奴隷の町イ
スタンブールは
フェネル区から七塔城《イエディクレ》までざわめいている。
われわれの首は　公衆のあざけりの的にされ
けがらわしい王宮の上にさらされ
ハゲタカといっしょに飯《めし》を食うスルタンの目を　楽しま
せている！
「ここにいるのは皆わが国の英雄だ！　義勇兵のコスタ
スや
オリュンポス山のフリストスや　イカリア海のヘラスや
不滅の詩人バイロンの愛したキツォス。
また　あの山岳の子、われわれに劣らぬ戦友の

マイアー[*8]、われわれスラシヴロス[*9]の子孫に
　ウィリアム・テルの矢を貸してくれたあの男だ。
「だが名も知れぬあの死者たち、毅然《きぜん》と並んだわれわれ
の
雄々しい首の列のなかに　いっしょに並んでいるあのい
　やしい首どもは
イブリース[*10]やサタンの呪《のろ》われた子孫、
トルコ人めだ。つまらぬやつら、刀の奴隷となったやつ
ら、
　命を取られる奴隷どもだ、
スルタンが数えて　一つでも首がたりないときには！
「われわれの祖先が考えだした　怪物ミノタウロスにそ
　っくりな
あのスルタンを除いては　どいつもこいつも死んでいる
のだ、ひざまずく人民どもの前に
われわれの首がさらしものにされている　このいやらし
　い巣窟《そうくつ》では。
なぜなら、このへどの出そうな宴《うたげ》を見ているほかのやつ
　ら、
スルタンに仕えるけがらわしい宦官《かんがん》や　口のきけない殺
し役どもは
　友よ　われわれ同様　生きてはいないのだから。
「あの悲鳴は何だ？……――やつの恥しらずな肉欲が
われわれの妹を　娘を　妻を求めているのだ。
花のような女たちは　やつの非道な息の下で　枯れしぼ
　もうとしている。
トルコを治めるあのトラのような男は　肉の喜びに吼《ほ》え
　つぎつぎに　餌食《えじき》のすべてを数えるのだ、
こよいはギリシアの処女たちを　あすはわれわれのさら
　し首を！」

五

　第三の声
「はらからよ！　わたしは主教のイオシフ[*11]、わたしの話
　もお聞きください。
ミソロンギはもう滅びた！　きっぱりと死をえらんで
飢えからのがれ　身を噛《か》む毒からのがれたのだ。
臨終のときに　トルコ人たちを巻きぞえにして
恐るべき犠牲者ミソロンギは　自分の手でわれとわが身
の
　火刑の薪《たきぎ》に火をつけて　復讐《ふくしゅう》したのだ。

「飢えにくるしむわれわれの町を　二十日も目にして
わたしは叫んだ。『おいでなさい、市民も　軍人も、今
　はその時！
ミサをあげて　最後の別れを告げねばなりません。
わたしの手からお受けなさい、聖体拝領の台に向かって
　残されたこの唯一の食べ物、
魂に糧《かて》を与え　魂を神に変えるこのパンを！』
「なんという聖体拝領だったろう！　差し出された聖体
　のパンを
弱々しい唇で探し求める　身動きできない瀕死《ひんし》の者たち
衰えきった体で　なおも敵をひるます兵士たち
女たち　老人たち　嘆き悲しむ乙女たち
手足をなくした母親のしなびた乳房から
　母の血を吸う乳飲み子たち！
「夜が来て　皆は去った。だが闇《やみ》のなかのトルコ人が
まもなく　われわれの死者たちと崩れた町をかこんで攻
　めた。
彼らのせわしい足音がして　わたしの教会はひらかれた。
彼らの最後の征服物、祭壇の残骸《ざんがい》の上に
　わたしの首は一太刀《ひとたち》で落ちた……
誰が刀をふるったのか　わたしは知らない、わたしは祈
　りをあげていたのだ。
「はらからよ　マフムト[*12]を哀れんでやりなさい！　異教
　のおきてに生まれた彼は
その権力がたたって　人びとと神から遠ざかっている。
彼の見えない目は　天に向かってひらかれてはいない。
いつもぐらついている　人殺しの彼の王冠は
花形飾りと同じ数の　血みどろな首をつけている。
　だがおそらく　彼も残忍な男ではないのだ！
「しつこい恐怖になやまされた　あわれな男で
二度と帰らぬこの世の日々をむだにすごして　地獄にお
　ちるのだ。
彼には朝と夜のけじめさえつかない。
あるものはただ倦怠《けんたい》だけ！　奴隷たちは　その手で金泥《きんでい》
　を塗る偶像にでも向かうように
　彼を遠くから伏し拝む、
だが　トルコ騎兵の鞭《むち》を恐れて　拝んでいるにすぎない
　のだ。

「それにひきかえ　きみたちには　すべてが喜び　名誉
　祭り　勝利なのだ。
この世では征服されたが　きみたちは歴史のなかでは勝
　利者となろう。
はらからよ　神はこの血に煙る王宮の上にいて　きみた
　ちを祝福したもう。
きみたちの栄光は　死によっても消されはしない。
墓もないきみたちの首が　きみたちの戦勝杯となり
　きみたちの遺骸《いがい》は記念碑となるのだ！

「わけても背教の徒が　きみたちをうらやむように！
　呪《のろ》われよ、
洗礼の聖水をけがしたキリスト教徒は！
生命《いのち》の台帳に名が記されていようとも、無益なこと、
われわれがいるこの天国には　背教の徒をむかえる天使
　はいない。
　　また彼の名は人びとからも忌みきらわれ
その名が口にされるときは　毒のように吐き出されよ
　う！

「そしておまえ、キリストを信ずるヨーロッパよ　われ
　われの訴えを聞け。
昔であったら　われわれを救うために　聖王ルイ[*13]が　わ
　れわれの岸辺にむかって
召集した十字軍の騎士たちを　進ませたでもあろうに。
ヨーロッパよ　どちらにつくかいまは選べ、おまえの神
　が立ちあがるまえに
キリストを信ずるギリシアか　トルコの祖先ウマルか
　十字架か　トルコの剣か
　　キリストの後光か　ターバンか」

六

そうだ　尊い亡霊たち、ボツァリス　イオシフ　カナー
　リスよ
死によって消えたきみたちの声を　ヨーロッパは聞くだ
　ろう。
きみらの額に刻まれた　苦難のあとを見るだろう。
そしてまた　切々と贖罪《しょくざい》の歌をともにうたい
血まみれのきみらの額に　二重の栄光をもたらしながら
二つのギリシア[*14]が　竪琴《たてごと》とリュートにあわせてこう賛《たた》え
　るだろう。

「ああ！　きみたちは　清らかで気高い、
信仰の告白者たち　神人たち　人類愛の殉教者たちよ！

きみたちは長いあいだ戦って　勇名をはせた。
死んでからは三人とも　いやしい者の手にけがされた。
それはいわば　きみたちのテルモピュライの戦い*15　つぎ
に受難の丘《カルヴァリオ》*16だった。
きみたちは祖国と神に献身のかぎりをつくして　血を流
したのだ。

「ああ！　きみたちの喪に服するヨーロッパが　こんな
に清らかな血にはげまされ
きみたちの血潮が残した道をたどって　トルコ王宮まで
進軍しないなら
主はヨーロッパに　堪えがたい後悔を与えたもうにちが
いない。
海将よ　主教よ　つわものよ　われわれの祭壇はきみた
ちを求めてやまない、
オリュンポスと神の国が　両方ともきみたちを迎えてい
るのだから。
三人の英雄よ　殉教の三神よ！」

一八二六年六月

*1　トルコでは敵の首級を王宮にさらすならわしがあった。
*2　予言者とはマホメットのこと。その子孫たちとは、つまり回教を信ずるトルコ人のこと。
*3　敵の船を焼くため、味方の船に火をつけて放った。
*4　ミソロンギはギリシアの都市。ギリシア独立戦争の激戦地として有名。三回にわたってトルコ側に包囲された。詩人バイロンが戦いに加わるためにミソロンギにかけつけたのは、第二回の包囲戦のさいである。この詩では、一八二五年に始まって、一年後、ついにミソロンギが陥落した第三回の包囲戦が問題になっている。なお、この詩では、第一の声カナーリスが死んだことになっているが、これは誤りである。火船に乗って救援に向かった彼がミソロンギを前にして戦死したという誤報がフランスに伝わったために、この誤りが生じたものらしい。
*5　イズラはエーゲ海にあるギリシアの島。またこの島の町の名。ただしカナーリスの本当の故郷は、同じくエーゲ海のプサラ島である。
*6　カナーリス（一七九〇—一八七七）はギリシアの軍人、政治家。ギリシア独立戦争のさい、海将として活躍、火船によってトルコ海軍を撃破し、敵船を焼きつくしてしまった。当時のフランス人のあいだに非常な人気があった。
*7　この詩の第二の声ボツァリスは、カナーリスと同様、フランス人のあいだに人気があったギリシアの勇将。すでに第二回の攻防戦のさい、ミソロンギを守りとおして戦死している。しかし、第三回目の包囲でミソロンギが陥落したとき、トルコ軍の大将はスルタンに命じられた数だけの首級をあげるため、非戦闘員の首まで切ったというから、ボツァリスの墓もそのときあばかれたのであろう。
*8　ミソロンギで戦死したスイス人の義勇兵。ウィリアム・テルの名が出てくるのはこのためである。
*9　スラシヴロスは紀元前五—紀元前四世紀のアテネの将軍。
*10　回教における悪魔の長、キリスト教でいうサタンにあたる。

＊11　ギリシアの主教。ミソロンギの第三回の包囲戦のさい、戦って死んだ。
＊12　当時のスルタンはマフムト二世だった。
＊13　フランス王ルイ九世のこと。十字軍に積極的に参加した。在位一二二六—七〇。
＊14　古代のギリシアと近代のギリシア。
＊15　紀元前四八〇年、中部ギリシアにおけるスパルタ、ペルシア間の戦い。スパルタ王レオニダス以下の軍勢が玉砕。
＊16　イエルサレム郊外のキリスト磔刑の土地。

熱　情

さあ若者よ！　さあ行こう！……

アンドレ・シェニエ

ギリシアへ！　ギリシアへ！　さようなら　みんな！
出発だ！
あの国民が殉教の血を流したあとに　いまこそ
　人殺しどもの　けがれた血を流すとき！
ギリシアへ発《た》とう、さあ　みんな！　復讐《ふくしゅう》だ！　解放だ！
頭にターバンを巻き　腰にサーベルを吊《つ》ろう！
　さあ！　この馬に鞍《くら》をつけてくれ！

いつ発つのか？　今夜だ！　あすでは待ち遠しい。
武器もある！　馬もある！　トゥーロンには船が待って
　いる！
　　船というより　翼が待っている！
古びた軍隊のがらくたをもっていくだけでも
すぐにも見られよう、トルコのトラどもが
　カモシカの足をかりて逃げだすのが！

ファヴィエ[*1]よ　出陣を求められた王のように　われらの
指揮をとりたまえ！
ほかの王たちはみこしをあげず　きみだけが持場につい
ていた、
　軍規厳正の義勇軍の隊長よ
現代のギリシア人のなかにあって　きみはあの古代のロ
ーマ人
質朴で勇敢な軍人よ　きみはがっしりした手に
　一国民の運命をにぎっている！

かの地にわたって　ながい眠りからさめよ、
フランスの小銃！　戦いを奏でるおまえたち
　砲弾　大砲　するどい音のシンバル！

目をさませ、蹄《ひづめ》の音を響かせる馬
血で焼きをいれねばならぬサーベル
　たまをこめた長いピストル！

わたしは戦いを見たい、いつも第一線に身を置いて！
トルコ騎兵がおびえる歩兵隊に　奔流のように
　襲いかかるありさまや
駿馬《しゆんめ》の背に運ばれる　かれらの細身の長剣が
新月のように反った鋼鉄の刃で　首をはねるありさまな
　どを！
　いざ！……何を口走るか　哀れな詩人、

いくさ好きな興奮にかられて　いったいどうなると思う
　のだ？
老人や子供がわたしの仲間ではないのか。
　わたしは何者？――風に舞う精神《エスプリ》。
一枚の枯葉が　カバの木を離れ　流れに乗って
波から波へさまよいくだって行くように
　わたしの日々は夢から夢へ移ってゆく。

空も牧場も　山も森も　みんなわたしを夢にさそう。
ひねもす　わたしは耳を傾ける、オーボエの溜息《ためいき》に
　風にそよぐ木の葉のざわめきに。
日暮れには　暗い谷間におりる、そこで
わたしが好きなのは　深く澄んだ鏡のように
　雲を映して　銀に光る大きな湖。

わたしが好きなのは　金のように燃えて　赤々と
濃い霧のなかに昇る月、あるいは暗い雲のふちに
　しろじろとかがやく月、
重く黒い荷車、夜　農家の戸口の前を
ごろごろと音をたてて通るとき、くらがりで
　犬が吠《ほ》えかかるあの荷車。

一八二七年

＊1　フランスの将軍。政府と衝突してスペインに亡命した。のちにギリシア独立戦争に加わり、レシット・パシャに率いられたトルコ軍の手からアテナイを守った。

ナヴァリノ[*1]

おお　おお　われらが艦船は

おお　おお　亡ぼされた。
アイスキュロス『ペルシア人』

一

カナーリスよ！　カナーリスよ！　泣きたまえ！　百二
　十隻を血祭にあげたのだ！
くやし泣きに泣きたまえ！　一隻のこらずやっつけたの
　だ！――海の鬼よ
　豪胆なきみの手は　いったいどこにいっていたの
　　か？
夢ではあるまいか、きみの助けをかりもせず　トルコ軍
　を打ちやぶれたとは？
戦場に出られなかった　クリヨン[*2]のように泣きたまえ！
　きみは　あの火の海にきてはいなかった！

これまで　時として　きみの海の大波は
見る見る　地獄の湖のように　血に染まり
　広く深い微光を放った。そんな時
もしも　何か大きな船が　われわれの目の前で
やにわに　火の羽根飾りにおおわれ
　波間に口をひらく火山のように　裂けでもしよう
　　ものなら
もしも波が　ターバンや　曲がった刀
帆や　天幕や　折れたマストの新月旗
　艦隊や軍隊の残骸《ざんがい》
大臣《ヴェジール》どものマントや　水兵たちの袖《そで》なし着
あるいは　炎と波にけがされ
　水泡《みなわ》で白く染まり　煙で黒ずんだ残骸を　押し流
　しでもしようものなら

エギーナやイオルコスの海々[*3]に
爆発の音が起こり　千のこだまとなってとどろき
　遠く　空と海のかなたへ　響きわたろうものなら
ヨーロッパの人びとは　赤々と燃える東方《オリエント》にこうべを向
けたものだった。
また　船尾《とも》に腰をおろした船頭は　笑顔で
　言ったものだった――カナーリスさまのお通りだ
　　な！　と。

これまでは　戦火に煙る海原《うなばら》のただなかで
トルコの旗艦が　装備もろとも燃えあがり
　艦隊が闇《やみ》のなかで　立往生をした時は
人びとはいつでも　恐ろしい勝負の場にきみの姿をみと

めた。
敵の全艦隊を火でつつんだのは　きみの火船の仕業
　きみの松明《たいまつ》が　その火を点じたのだ！

だが　きょうは泣きたまえ、われわれはきみの助けをかりずに戦ったのだ！
なにゆえ　カナーリスの助けをかりず　敵艦隊に
　嵐《あらし》のようないくさをしかけたのだろう？
彼はもうヘラス*4を守る神の右腕ではないのか？
彼を待つべきだったろうに！　彼はいつも　このような
　戦いの宴《うたげ》につらなる
　正客ではなかったのか？

二

安心したまえ！　ギリシアはいまや自由の身。
人殺しのトルコと　瀕死《ひんし》のギリシアのあいだに
ヨーロッパは再び　勢力のつりあいをもたらした。
安心しまたえ！　もう圧制者どもはいない！
フランスが戦い　運命が変わる。
きみたちの仇《あだ》を討つフランスの手が
せめては引きかえに　摘みとるのを許したまえ、
きみの月桂樹の一枚の葉を。

バイロンの　ホメロスの　ギリシアよ
きみはわれわれの姉　われわれの母
うたってくれ！　もしきみたちの声が
悲しみのためにかれていなかったら。

哀れなギリシアよ　美しかったおまえが
墓に埋められようとは！
トルコの大臣《ヴェジール》はみな　反逆したおまえの体から
神聖な肉片をむしりとった。
酒神バッカスの巫女《みこ》たちがいたところ
恋のセレナーデが　奏でられたところに
陰惨な砲声はとどろき
まことの神の殿堂はくつがえされた。
あの　あこがれの国の空のもと
かぐわしい大空のもと
火につつまれた町という町から
ただ　雲のような煙が立つばかり。
やつらが　ギリシアを餌食《えじき》に選んだのは六年前！
それから六年　エジプトも
トルコの手助けにかけつけて
死を覚悟したギリシアに襲いかかった。

何ものも　イブラーヒーム[*5]の気をしずめられぬ。
彼は地峡地帯から　ベルヴェデーレまでとびまわる、
巣を失ったタカのように
羊小屋をおびやかすオオカミのように。
獲物を追ってかけまわり
天幕にもどるたびごとに
血のしたたる手で　いくつもの首を
ハレムに投げだす！

三

ついに！——ナヴァリノが、色とりどりの家や
金色のドームの立ちならぶ　白い町ナヴァリノが、
丘の上の　テレビンの林の中にあるあの町が、
そのあでやかな入江を　青銅の竜骨を打ちつけあう二つの艦隊の
火のようにはげしい格闘に　貸しあたえた。
両軍の艦隊があつまった！——あまたの戦艦をうかべた
海は　いまや
両軍の砲火をのみこみ　その血をすすろうと待ちかまえる。

いずれの艦隊も　きっと守り神の指図に従い　戦闘体形をとったのだろう、
一方は　海上に　十字形に伸びひろがり
他方は　重い腕をひらき　新月形の曲線をえがく。
こちらにはヨーロッパ、ついに！　かんにんぶくろの緒を切って！
並びたつ塔にも似た　多くの巨艦とともにやってきた。
あちらにはトルコ側のエジプト、あのアフリカにいるアジアの手先、
むかし　ハゲタカどもの巣にのりこんだデュケーヌ[*6]に
殺されそこなった　しぶとい海賊ども。

四

聞け！——砲声がとどろく。
おかえしの砲撃の時がきたのだ。
耐えしのぶものこそ強者《つわもの》。
舷側《げんそく》砲の一斉射撃！
おびえた船に　帆走船《フリゲート》よ
死神をぶっぱなせ！
舷側砲の吐く火の息吹きを浴びて
暴威をふるっていた船は　とけてしまえ！

港の岩に突きあたって　砕けてしまえ！
いまや　戦いははじまった。
なにもかも　いちどきに　轟音《ごうおん》と砲煙につつまれる。
砲撃をあびせれば　死神が飛んでいく。
あちらには　混沌《こんとん》とした火の海。
こちらには　か細い火船がかけまわり
敵艦のマストに鉄鉤《てつかぎ》を投げかけ
ひるまず戦うゾウに　山犬が
とびかかり　むさぼり食うように
三層甲板の船にいどみかかる。

――船を横づけにしろ！　横づけにしろ！――
水兵たちは綱にぶらさがり
張り綱をつたってとびうつる。
船尾《とも》が　船首《へさき》に突きあたる。
乱戦のなかで目にうつる
漕板《こぎいた》の上で身をかがめる漕ぎ手たち
陸地を求める歩兵たち
剣　偃月刀《えんげつとう》
兜《かぶと》　ターバン！

帆桁《ほげた》は　敵艦の帆桁に触れ
松明《たいまつ》は　まさかりなどものともせぬ。
ものみな　いちどきにぶつかりあう。
深い海の上にただよう死の影。
恐怖にみちた殺戮《さつりく》！
海にうかぶ戦場が
数しれぬ斉射をあびて
乱戦のもとでくずれ去る、
兵士たちもろともくずれ去る！

五

恐ろしい戦い！　ああ！　地上にひしめく人間が
海神《オケアノス》の頭上まで　戦場をおしひろげ
海神《オケアノス》は身をもがき　その足下で地がゆれる。
海は、大海は　人間どもの戦いをもてあそび
勝者　敗者　そのいずれにも腹をひらき
　船をのみこんで　戦いをおわらせる。

ああ　なんという見ものだ！　エジプトの艦隊は砲声を
　とどろかせて
かるはずみにも　強力なわが艦隊に打ちかかるが

舷側《げんそく》の装甲の堅固さに　怒りも力も尽きはてる。
そのまに　わが軍の誇らかな巨艦たちは　みだれさわぐ
　盗賊どもの上に
規則正しく口を開いて　雷鳴をとどろかせ
舷側のいたるところから　静かに死の炎を吐きかける！

一面の火の海、見よ！　水面に灰がちらばり
風は　炎につつまれたマストから煙を吹きとばし
火は　ゆれうごく橋となって　甲板をなめる。
すでに　あまたの船は燃え、音たてぬ　深い
炎が　黒い舷側に　海水が流れこむ道をあけた。
　　　はやくも　風の翼にのって

火は　旗艦の帆走船《フリゲート》を襲い
マストのまわりに　炎の渦をひろげ
わめきたてる水兵たちを　燃えさかる網でとらえ
船尾に炎の矢を吹きつけて　人を近よせず
あたりを圧し　はるかかなたまで　恐ろしい反映を投げ
　かけ
その反映はゆらめく、波の上に明るい輪をひろげながら！

六

カイロから来たやつらめ
どこにいったのだ、さきほど
何千という水兵どもを
戦場に運んできた　あの艦隊は？
いったい　どこにいったのだ、
異教徒どもの乗り組んでいた船、
翼のような帆を　火船の爪《つめ》に
かけられた　あの無数の船は？

おまえの　千の帆桁《ほげた》
傲然《ごうぜん》たる鐘楼は　どこにいったのだ
それに　高慢な艦長たちは、
スルタンの大艦隊よ？
おまえの破滅がはじまる、
気がくるったように　海を
ジグザグに走りまわっていた
海獣《レヴィアタン》のように巨大なおまえの！
トルコの提督《カプダン》は　ふるえあがり
こっぱみじんに　砕けるのをうちながめる、

アルジェや　テツアンの町が集めた
あの　幾艘《いくそう》もの小三檣帆船《シャッバーク》が。
仇討《あだう》ちの火が　この提督の船を包み
その大きな船体は
通りすぎざまに
海神《オケアノス》に　高いうねりをあげさせる。

波さわぐ海上を
マストも折れて　ただようのは
ぶつかりあう船また船
いろとりどりのヨット
旗艦
大型ボート　小型帆船
かつては　スルタンの妃《きさき》たちに
首や花を運んできた　さまざまな船

さらば　大胆不敵なスループ船よ
さらば　快速のジャンク*7
澄んだ水の上で　スルタンの
小姓たちをゆすっていた舟よ、
さらば　スクーナー船よ！
波にうつるのは
燃えるその骨組、
血のような　炎のなかに黒々と！

さらば　小舟よ、
その　みすぼらしい長旗は
あまたの船のまわりにひるがえる。
臆病《おくびょう》な小舟よ　おまえは逃げていく
驚いた幾艘もの帆走船《フリゲート》が
吹きわたる海風に
灰色の帆を　ふくらませ
パタパタと　はためかせているなかを！

さらば　トルコの軍船よ、
真新しい帆で
遠くからでも　それとわかる船よ
さらば　翼ある漁船よ
二本マストの小帆船よ、
その下隅索《シート》がにぶい音をたてるのは
積みかさねた　鎧兜《よろいかぶと》が
風にゆられて鳴るのを聞くようだ！

さらば　フリガンチーヌ船、

大三角帆《ステイスル》が
あれくるう波の
谷を切って進む船よ！
さらば　一本マストの大型船《バランセル》、
波の上で　ゆれ
火花のように
青い海の上できらめく船よ！

さらば　ぶざまなラガーよ
巨大なガレー船よ
ありとあらゆる形の船よ
ありとあらゆる地方の船よ
三段の長旗を掲げる小舟《ヨール》よ
大型ガレー船《マオンヌ》よ　平底の砲艦よ
六挺艪《ちょうろ》のフェラッカ船よ
二本マストの帆船《ボラクル》よ！

砲撃艇よ！
二本マストの小艇《ランシュ》よ、
その船にひるがえっていたのは
司令官旗！
臼砲を備えた船《ボンバルド》よ、大波が
くずれる波がしらの上まで
押しあげ　運びあげ　押しながす船よ、
はげしい音をたてながら！

さらば　風変わりなあまたの船よ
大型帆船《カラク》よ　運送船《ガバール》よ
野蛮な響きで　キュプロス島や
デロス島を悩ませていた船よ！
いったい　どうなったのだ、
あれほど悪名の高かった　敵の艦隊は？
海は　その艦隊を雲の高みにほうりあげ
空は　それを波の上につき落とす！

七

なんという静けさ！　一切は終わった、すべてはまた深《しん》淵《えん》におちていく。
水泡《みなわ》は　高いマストの頂をおおい
スルタンのあまたの船は　海の波になぶられ
そのあるものは　こわれた小帆船《ブリック》　立往生の平底の砲艦
など
潮にうちあげられる海の藻のように
まっくろな浜辺にのりあげて　息絶える。

ああ！　これこそ勝利！――そうだ　アフリカの敗北、
まことの神が足下に　いつわりの予言者をふみにじり
圧制者や人殺しどもが　いのちごいをする番だ、
瀕死《ひんし》のギリシアは　世界を支配するヨーロッパによって
　救われた、
　ヘラスは　血にぬれた脇腹《わきばら》を洗いきよめ
　六年の苦難の仇討《あだう》ちは　一日で終わった！

久しいまえから　諸国の人びとは言っていた――「ギリ
　シアよ！
ギリシアよ！　ギリシアよ！　おまえは死んでしまう。
　悲境に追いつめられた　哀れな国民よ
炎につつまれた地平のかなたで　おまえは日毎《ひごと》にやつれ
　ていく。
だめなのだ、名も高いなつかしい祖国よ　おまえを救お
　うとして
説教壇で眠りこける司祭を起こしてみても、
だめなのだ、諸国の王たちに　軍隊を請うてみても、
「王たちは耳もかさず　説教壇も　しずまりかえってい
　る。

おまえの名は　われわれの国では　ただ　詩人の心を燃
　えたたせるにすぎぬ。
われわれはおまえが　名誉と生命の権利を得ることを主
　張する。
ヘラスよ　尊いおまえは　ギリシア十字架にかけられた。
　……！
　ひとつの国民が　十字架にかけられているのだ！
　おなじことだ、ああ！　どのような十字架であろ
　　うとも！

「神々も　もう失われてしまう。パルテノンの神殿よ
　アクロポリスの城門よ
重い傷を負ったギリシアの町々の城壁よ　おまえたち骸《がい》
骨《こつ》は
異教徒どもの手にわたり　武器に姿を変える。
ダーダネルズ海峡の両岸の高みから　ギリシアの船を打
　ち沈めるため
おまえたちの残骸、壮麗な廃墟《はいきょ》のひとつひとつが
異教徒どもの巨砲の　大理石の砲弾にされたのだ！」
この悲しみを　楽しい音楽の響きにかえてほしい！
地峡地帯からファーロスにいたるまで　ざわめきが起こ

っている。
見たまえ、晴れた空よりも美しい　あの真っ黒な空を。
古い大国トルコは　東方《オリエント》に引きしりぞき
　ギリシアは自由をとりもどし、墓のなかから
　バイロンはナヴァリノに喝采《かっさい》をおくる。

ようこそ　アルビオン、[*8]むかしからの海の女王よ！
ようこそ　両の世界に羽ばたくツァーリ[*9]のワシよ！
美しく咲きにおう　わが　ユリ[*10]の花に栄《は》えあれ！
イギリスは　いまや競争相手をえた。
イギリスにそれを与えたのはナヴァリノ。わが海軍の栄
　光の火は
ナヴァリノの火の海でともされた。

またぬぐりあったな　オーストリアめ！——そうだ　そ
　こにいるのはおまえだな！
味方ではなく敵方——異教徒どもの艦隊のなかに。[*11]
キリスト教国の戦列に　おまえの姿を求めてもむだだっ
　た。
面目なげに首うなだれ
　パシャの長髪のもとにかくれた
双頭のワシの姿を　われわれは見つける！

オーストリアよ　それはおまえに似合いの場所！——さ
　きほども
おまえは　あのティムール[*12]のいやしい仲間イブラーヒー
　ムのそばで　人目をひいていた。
おまえは　イブラーヒームが通りすがりに踏みつけた
　死体の服をはいだのだ。
おまえは　奴隷のようにかしずく宦官《かんがん》にまじって　イブ
　ラーヒームをほめたたえ
町々を経めぐって　手あたりしだいに火をつけた。
おそろしいやつめ　火を消すときには　いつも血で消し
　たな。

おまえは　あかつきの光より　そうした火が好きだった。
だが　ついにきょう　そうした火が　逆にむさぼり食う
　のは
エジプトの港々から吐きだされた　真っ黒な無数の船
目をあけて　よく見るがいい　腐りはてたオーストリア
　め！
　この火の海を見て　おまえはなんと言う？
美しいか、おまえの放つ火と同じほど？

一八二七年十一月二十三日

＊1　ギリシア西岸の港。ギリシア独立戦争のとき、ギリシアを援助するフランス、イギリス、ロシアの連合艦隊は一八二七年十一月にナヴァリノ湾でトルコ、エジプトの連合艦隊に壊滅的な打撃を与えた。
＊2　十六世紀のフランスの勇将。負傷したためにアルクの戦いに参加できなかったとき、アンリ四世が彼をからかって「首でもくくるんだな、クリヨン。わたしたちはアルクで勝利をえたが、おまえは来てはいなかった」という手紙を送った。この言葉はヴォルテールの『アンリヤド』に引用されて有名になり、これをもじった言葉が、集まりに出なかった人に、よく言われる。
＊3　エギーナとイオルコスは両方とも、ギリシアの奥深い湾で要衝の地。
＊4　ギリシアのこと。
＊5　エジプトの王侯でイブラーヒーム・パシャ（一七八九―一八四八）のこと。ギリシア独立戦争のときトルコ側に加わって、エジプトの艦隊を指揮し、一時はナヴァリノやミソロンギを占領したが、ナヴァリノの海戦で敗れ、エジプトにもどった。
＊6　功績の高かった十七世紀のフランスの海軍軍人。一時地中海の海賊を征伐する任務についた。一六八二―八三年にはこのために、当時海賊の拠点だったアルジェの町を何度も攻撃している。
＊7　ジャンクが快速なのも、また地中海で用いられているのもおかしい。この前後に出てくる船に関するユゴーの記述は、その多くがかなり事実とちがっているので、単に押韻のために使われたものであろう。
＊8　英国の古称。
＊9　ロシア皇帝。
＊10　フランスの国花。
＊11　ギリシア独立戦争のとき、オーストリアは自国の船に、トルコのために、軍隊、弾薬、食糧の輸送に協力するのを禁止しなかった。ナヴァリノ海戦にもトルコ側に何隻かのオーストリアの輸送船が見出されたという。
＊12　十四世紀に、地中海からインドにわたる広大な第二モンゴル帝国を築いた帝王。残忍なことで有名。

律師《ムフテイ》[＊1]の激励

はがねの武器よ、目を覚ませ。
――スペイン歩兵のときの声――

往け　つわものたち！　マホメットよ！　マホメットよ！
異教の犬どもが　眠るライオンの足を嚙《か》み[＊2]
けがれた頭をもたげているぞ。
おお　尊い予言者[＊3]を信ずる者よ　ふみつぶせ、
酒に酔う　あのふらふら腰の兵士どもを、
ただ一人の妻しかもたないあいつらを[＊4]！
くたばれ　憎いフランク族とその王ども！

騎兵《シパーヒー》たちよ　在地騎兵たちよ　進め　走れ　投げよ、
　暗い混戦をつきぬけて
サーベルを　ターバンを　角笛の音を
幅広い　金色の三角形の鋭いあぶみを
　たてがみを乱したおまえたちの馬を！

エルトウルルの子オスマン*5の心が　おまえたちみんなの
なかに　生きていてほしい。
おまえたちのある者は　彼のまなざしを　またある者
は　彼の怒りをもってほしい。
　進め　進め　おお　隊長たちよ！
われわれは取りもどすのだ、おまえを、青いドームの町
美しいセティーヌを、けがれた言葉で
　外国がアテナイと呼ぶ町を！

一八二八年十月二十一日

＊1　イスラム教の教義・戒律の問題を裁く聖職者。
＊2　回教徒にとってはキリスト教徒は異端である。眠るライオンとはオスマン・トルコ帝国のこと。
＊3　マホメットのこと。
＊4　回教では飲酒を禁じている。そして、ひとりの男が最高四人の妻をもつことを許している。
＊5　エルトウルルはトルコのオスマン王朝の始祖。その子オスマン一世がオスマン・トルコ帝国を創始した。

パシャの悲しみ

すべての親しいものと別れて
わたしはひとり　悲しみにやつれていく。
バイロン

——つつましい修道者《テルヴーシュ》はこう言った。アッラーの化身*1は
どうしたのだ？
富はたんとありながら　お布施《ふせ》がひどくお粗末だ！
貪欲《どんよく》で　陰気で　身動きもせぬパシャは　悲しげに笑っ
たが
さては　伝家の宝刀に刃こぼれでもつくったのか？
それとも見たのか、住処《すみか》のまわりで部下の兵士がおこし
た
　反乱の波がほえるさまを？
——いったいパシャはどうしたのだ、総軍をひきいるこ
の大臣《ウェジル》は？
砲手たちはこう言った、彼らの火縄に火をつけて。

鉄の意志のあの頭を　導師《イマーム》*2たちが悩ますのか？
第九月《ラマダン》のきびしい断食をやぶったのか？
導師が夢に見させるのか、この世の果ての
地獄の橋に立つ　トルコの死の天使アズライルを？

――おろかな小姓たちはこうつぶやいた。いったいパシ
　ャはどうされたのだ？
早潮でなくしたとでもいうのだろうか、
若返りの香料を積んだ船を？
イスタンブールの宮廷*3のお覚えが　もうめでたくないの
　か？
さもなければ　どこかのエジプト女の予言で
　口のきけないの使者が来ることがわかったのか*4？

――妃《きさき》たちはこうたずねた。お優しいわが君はどうした
　のでしょう？
スズカケの木陰でとり押さえたの、ご子息さまと不義を
　している
さんごの唇　亜麻色の髪の妃を？
お風呂場《ふろば》が　いやな香油で匂《にお》っていたの？
兵卒《フェルラハ》のもっている袋を　土の上にあけてみると
王宮に飾りたい誰かの首が　見あたらなかったの*5？

――ご主人さまはどうしたのだろう？――そう言って奴
　隷たちはさわいでいる。
だが　誰もかれも見当ちがいだ。――ああ！　パシャ
　が　つわものたちには愛想をつかされ
侮辱をじっと堪え忍ぶ戦士のように　うずくまり
歳月の重みを背負った老人のように　身をまげて
三日というもの　長い夜も　長い昼間も
　額に両手をあてているのは

彼が見たせいではない、不忠な謀反人《むほんにん》どもが
彼のハレムを　まるで砦《とりで》のようにかこんで
不吉な火縄を　寝所《しんじょ》にまでも投げこむのを
父祖伝来の古剣の刃がにぶるのを
イズラーイールが現われるのを。また　夢に見たせいで
　もない、
口のきけない使者どもが　黒紐《くろひも》を手にしてやって来るの
　を。

ああ！　アッラーの化身は　断食をやぶりはしなかった。
妃は無事だ、息子は不義には若すぎる。
どの船も　人騒がせな嵐《あらし》などにはあわなかった。

タタール人は例の務め[*6]をよく果たした。
かぐわしくひっそりとした宮殿には　立派にあるのだ、
　生首《なまくび》も　香料も。

ことのおこりは　また　くずれさった町々や
谷あいを暗く彩る骸骨《がいこつ》や
ウマルの子孫[*7]に焼きはらわれたギリシアや
孤児や　やもめや　やもめのつらい訴えや
母親の目の前で殺された子供たちや
市場で買った処女でもない。

いや　いや　そんな気味の悪い物影が
血みどろな光をあびて　暗闇《くらやみ》に輝きながら
彼の心にやって来て　後悔を残していったからではない。
ではどうしたのか、このパシャは？　出陣をうながされ
　ても
悲しげにぼんやりして　女のように泣いているとは？
……
　ほかでもない、ヌビア産の飼いトラが死んだのだ。
　　　　一八二七年十二月一日

＊1　ここではパシャのこと。トルコ皇帝やパシャはアッラーの権力の代行者と考えられている。
＊2　イスラム教の指導者。
＊3　トルコ皇帝の宮廷。
＊4　皇帝の不興をこうむると、唖者の使者が送られてくる。臣下の者は、この男に首をしめられなければならない。
＊5　兵卒は騎兵の従卒で、敵の首級を袋に入れて運んで帰る役目をもっている。その首は王宮に飾られる。
＊6　敵の首級をもってくること。
＊7　ウマルはマホメット第二代の後継者。その子孫というのはトルコ人のこと。

海賊の歌

たいへんだ！　たいへんだ！　エッカリの海賊がやって来た、海峡を渡ってやって来た。
　　　ヴジェーヌ・ユゴー『エッカリの囚人』

おれたちは　奴隷をさらってきた、
さんごを取っていた百人ものキリスト教徒を。
おれたちは　ハレムに売りこむ女をさがして
岸辺の女の修道院を　かたっぱしから荒らしてきた。
漕《こ》ぎ出せ　不敵な海賊ども！
フェズ[*1]からカターニアに渡るとき……

かしらのガリー船[*2]に乗り組んでいた
おれたち漕ぎ手は八十人。

陸地に女の修道院があるという知らせだ。
おれたちは　岸近く錨《いかり》を投げた。
するとさっそく目についた、
修道院の娘がひとり。
波うちぎわで　波のさわぎもしらぬげに
スズカケの下で眠っていた……
かしらのガレー船に乗り組んでいた
おれたち漕ぎ手は八十人。

――べっぴんさん　声をたてずに
おれたちのあとについてきな！　風も追い風。
ちょいと修道院をとっかえるだけだ。
ハレムも修道院もおんなじさ。
スルタン様はなんでもおはつが好きなんだ。
おまえさんを回教徒にしてやろう……
かしらのガレー船に乗り組んでいた
おれたち漕ぎ手は八十人。

娘は礼拝堂へ逃げようとした。

――悪魔《サタン》の長の息子たちよ　よくもまあそんなことが
……
――やるとも　おれたちは、とかしらが答えた。
娘は泣いて　ゆるしを乞《こ》い　助けを呼んだ。
その泣きわめくのもおかまいなし
小さな帆船でさらってきた……
かしらのガレー船に乗り組んでいた
おれたち漕ぎ手は八十人。

悲しむところは　なおさらべっぴん、
その目はまるでお守り[*3]のよう。
娘は千トマン[*4]はした、
スルタンさまに売ったらよ。
死んでしまう！　と娘は言ったが　むだなこと、
修道女からスルタンの妃《きさき》になったんだ……
かしらのガレー船に乗り組んでいた
おれたち漕ぎ手は八十人。

一八二八年三月十二日

＊1　実際は、海岸から約一二〇キロ内陸にある。
＊2　ふつうガレー船は、海賊の船としては使われない。
＊3　不思議な力をもつという意味。

＊4　昔のペルシアの金貨および貨幣単位。

とらわれの女

詩のように美しい鳥の歌が聞こえていた。
サーディー『バラ園』

とらわれの身でなかったら
愛しもしよう、この国を
むせび泣くあの海を
あのもろこし畑を
数しれないあの星屑《ほしくず》を、
暗い城壁のそこここに
闇《やみ》にきらめく
トルコ騎兵《シパーヒー》のサーベルがなかったら。

たとえ黒人の宦官《かんがん》が
ギターの調子をととのえてくれ
鏡を捧《ささ》げもってくれても
あたしはタタールの女ではないのだ。

このソドムの土地を遠くはなれ
あたしの生まれ故郷にいれば
若者たちといっしょに
日暮れの語らいができるのに。

けれどあたしもここの海辺は好き、
ここにはけっして　冬の
冷たい風が吹いてはこない、
あけはなされたガラス窓から。
夏には　雨もあたたかく
あたりをさまよう緑の虫が
生きたエメラルドのように光る、
緑の草の芽の下で。

イズミールの港は女王
美しい花の冠をいただいている。
おだやかな春が　たえまなく
この港のお召しに答えておとずれ、
あでやかな　ひと群れの
水盤に浮かぶ花のように
海原《うなばら》には　くっきりと浮かぶ、
あざやかな島々の影。

あたしは好き、くれないのあの塔が
勝ちほこるあの旗が
おもちゃのような
金色のあの家々が。
あたしは好き、あたしの思いを
さらにものうくゆすってあやし
ゾウの背なかで
ゆらゆらゆれるあのテントが。

おとぎの国の宮殿のような　ここに住む
あたしの心は　歌の調べにみちて
砂漠から聞こえてくる
にぶい物音にも　ふと思う、
精霊たちが　空で歌う
たえまない合唱の
こころよい調べを　たがいに
まぜあわせているのだと。

あたしは好き、この国の
むせるような甘い香りが
金色の窓ガラスに
そよぐ木の葉が
身をかたむけたヤシの木陰の
泉から湧《わ》き出る水が
それに　白い尖塔《ミナレット》のうえの
白いコウノトリも。

あたしは好き、苔《こけ》をしとねに
スペインの歌を口ずさむのが、
そのとき　おなじ運命《さだめ》のやさしい仲間、
浮き草のような女の群れも
あふれるばかりに　笑みをたたえて
地をするように　足を運び
くるくるとロンドを踊る、
まるい日傘のかげで。

でも　とりわけ　そよ風が
そよそよとあたしにふれる
夜　すわっているのがあたしは好き、
物思いにしずんですわり
深い海に目をやれば
ほの白い　ブロンドの
月はひろげる、波のなかに

銀の扇を。

一八二八年七月七日

月の光

月の沈黙を味方にして。

ウェルギリウス『アイネイス』

月の光は澄みきって　波の上で戯れていた——
閉ざされていた窓も　そよ風にむかってひらかれ
スルタンの妃《きさき》はあたりを眺める。くだける海が
かなたに黒い島々の影を　銀波でふちどっている。

ギターが音をふるわせて　妃の手からすべり落ち、
妃は耳をそばだてる……鈍い音が呼んでいる、鈍いこだ
　まを。
あれはコス島の海からやって来た重いトルコの船が
ギリシアの島々を　タタールの櫂《かい》で打つ音か？

鵜《う》の群れが　つぎつぎに海にもぐり
水を切り　真珠のような水玉を　翼の上でころがす音
　か？
それとも魔神《まじん》[*1]が　空の中でするどく息を吹き鳴らし
塔の銃眼を海になげこむ音か？

いったい何がこんなふうに　ハレムの近くで波をさわが
　すのか？——
それは　波にゆられる黒い鵜でも
銃眼でも、調子をつけて
櫂を漕ぎ波を這《は》う　重い船でもない。

それは　すすり泣きのもれる重い袋[*2]
それをただよわす海をさぐれば　見られるだろう、
うごめく人影のようなものが袋の中に……——
月の光は澄みきって　波の上で戯れていた。

一八二八年九月二日

＊1　夜の精霊。
＊2　主人の命令に従わない女奴隷が生きたまま袋に入れられ海中に投げ込まれた。キリスト教徒がこうして海底に沈められた。

ヴェール[*1]

デズデモーナよ、こよいのお祈りはしただろうな?

シェイクスピア『オセロ』
妹

どうしたの　どうしたの　兄さんたち?
気がかりそうに頭を垂れて。
まるでお通夜のランプみたいに
いやに目つきを光らせて。
腰帯は引き裂かれてしまっているし
もう三べんも　手をかけて
半分ほど　鞘《さや》から抜いた
短刀の刃が光ったわ。
長兄

おまえはきょう　ヴェールをぬがなかったか?
妹

あたしはきょう　お風呂《ふろ》からもどって来ました、
兄さんたち　お風呂からもどって来たの、
異教徒やアルバニア人たちの
あつかましい視線をさけて。
お寺《モスク》のそばにさしかかったとき
おおいをおろした駕籠《かご》のなかで
真昼の空気に息がつまったの。
ヴェールがちょっとはずれたわ。

次兄

そのとき通りかかったな?　緑の寛衣《カフタン》を着た男が?

妹

ええ……まあ……でも　ぶしつけだったけど
その人は　あたしの素顔を見やしなかったわ……
それなのに　兄さんたちはひそひそ
ひそひそと　話しあっているのね。
あたしを殺さなきゃいけないの?　誓います、
兄さんたち　あの人には見えやしなかったって。
おねがい!　あたしを殺すというの?

兄さんたちの思いのままになる　かよわいこの女を？

三番目の兄

きょうは夕日も赤く沈んだ！

妹

おねがい！　あたしが何をしたっていうの？　ゆるして！　ゆるして！
ああ！　あたしの脇腹《わきばら》に短刀を四本も刺して！
ああ！　膝《ひざ》にすがってお願いしているのに……
あたしのヴェール！　白いヴェール！
はらいのけないで、血が流れるあたしの手を。
兄さんたち　あたしの体を支えていて！
かすんでくるあたしの目に
死のヴェールが　かぶさってくるの。

四番目の兄

それだけだ、おまえに　ぬげないのは！

一八二八年九月一日

＊1　トルコの女たちは人前で素顔を見せることを禁じられており、常にヴェールをかけていた。この禁をおかして、あるいは単にその疑いをかけられて家名をけがした者は、家族の者の手で殺されるのが当然のこととされていた。

スルタンのお気にいり

水のように浮気だった。

シェイクスピア『オセロ』

おまえのために　美しいユダヤの女よ
わしはハレムの女を大勢殺したではないか？
もうがまんして　あとは生かしておいてやれ。
おまえの扇がゆらめくたびに
斧《おの》がひらめかねばならぬのか？

おちつくがよい　年若い恋人よ。
わしに従う女たちに　情けをかけてやれ。
おまえを妃《きさき》にも女王にもしているのだから
ほうっておけ、仲間の女たちは。やめるがいい、
女たちを殺してくれと　毎晩うったえるのは。

だが　殺すのはやめろ、世界はおまえのものだから！
わしの玉座も　おまえのものだ、わしの命も！
おまえのものだ、震えおののく　わしの人民も！
おまえのものだ、イスタンブールも　あの岸辺に
千本もの尖塔《せんとう》をならべ立てて
海にゆられているありさまが
錨《いかり》をおろして眠っている　船隊のような町も！

おまえのものだ、だんじて　おまえの恋がたきどものも
のではない、
とぎれ目もなく繰りだして
漕板《こぎいた》に身をかがめた　漕ぎ手のように
馬の背に身をふせて疾駆する
赤いターバンをまいた　わしの騎兵《シパーヒー》たちも！

おまえのものだ、バスラやトラブゾンの町々も
家々にむかしの銘句が刻まれている　キュプロス島も
黄金《おうごん》の粉がふんだんにある　フェズの町も
世界じゅうの人びとが取引きする　モスルの町も
敷石の道をもった　エルズルムの町も！

そういうことを考えつくと
おまえはいっそうあまえて　わしの膝《ひざ》にやって来る。
わしにはいつもわかるのだ、宴会のさいちゅうに
おまえの目が　やさしさを増してくると
また首をねだるのだなということが。

ああ！　このうえもなく　ねたみぶかい女よ！
はがねの心をもちながら　これほどまでに美しいとは！
ゆるしてやれ、わしの蓄えているほかの妻たちは。
芝生の花々も　バラの木の陰で
ひとりでに枯れてゆくではないか。

わしはおまえのものではないのか？　かまうものか、
おまえの体をだいているときに
恋の炎に身もだえする　百人もの女たちが
わしの部屋の入口で　無益にもその息を
熱い吐息に変えて　焼きつくそうとも。

女たちには　わびしいひとり寝をさせたまま
いつまでも　おまえを羨《うらや》ませておくがいい。
まるで波がひくように　色香があせるのを見ていてやれ。

おまえのものだ、海の波がやって来て
白く洗うイズミルの町と　その新しい家々も！
やもめの恐れるガンジス河も！
おまえのものだ、五つに分かれ
髪を乱して　海にそそぐドナウ河も！

おまえは恐れているな？　ギリシアの娘たちを
ダマンフルの　青白いユリのような女たちを？
でなければ　若いトラのように
恋に吠《ほ》えて身をおどらせる
黒人女の燃えるひとみを？

そんなものがなんだ、いとしいユダヤの女よ
黒檀《こくたん》のような乳房や　とき色の顔がなんだ！
おまえの肌は白くも　あかがね色でもない、
だが　まるで　黄金色《こがねいろ》にそめたようだ、
ふりそそぐ日の光で。

だから　もうこれいじょう嵐《あらし》を呼ぶな、
女王よ　あのひかえめな花のような女たちの上に。
おとなしくおまえの勝利を楽しんで
おまえの涙が一しずくこぼれるたびに

一つの首がとぶことなど　せがまぬがいい！
ただ思うがよい、さわやかなスズカケの木や
龍涎香《りゅうぜんこう》と香油《においあぶら》を混ぜあわせた　湯あみのことや
小さな帆船がすべっている入江のことを……
スルタン[*1]には数々の妃が
短刀には数々の真珠が必要なのだ！

一八二八年十月二十二日

*1　スルタンのこと。

回教の修道者

ある人間の身の破滅が避け得られない運命の書に書き記されているときには、何をしようと、その人間は不吉な未来をけっしてのがれることができない。死神が彼をいたるところに追い求める。寝床のなかにいるときでさえ、死神は彼を不意に襲い、貪欲《どんよく》な唇で血をすすり、肩にかついでさらっていく。

パナゴ・スーツォス

ある日アリーが通りかかった。どんなに身分の高い者も
アリーのお供の　アルバニア兵の足もとにぬかずいた。
　人びとはみんな　アッラー！　と言った。
とつぜん一人の修道者が　寄る年波に腰を曲げ
人ごみをわけて出ると　アリーの馬の手綱を捕まえ
　アリーに向かってこう呼びかけた。

「アリー＝テペレナ[*1]よ、光のなかの光よ、
会議のときには　最上の席をしめる者よ、
　名声がいや増しに増す者よ、
聞け、数しれぬつわものたちを統べる大臣《ヴェジール》よ、
アッラーの化身[*2]である皇帝《ハーディシャー》の　そのまた化身よ、
　おまえはじつのところ　みじめで呪《のろ》われた奴《やつ》にす
　　ぎぬのだ！

「おまえは知らぬが、墓の灯《ひ》に照らされているぞ。
あふれる壺《つぼ》のように　おまえは怒りをぶちまける、
　ふるえおののく国民《くにたみ》の頭上に。
おまえは民の頭上にひらめく、長柄の鎌《かま》が　草のなかで
　光るように。
そしてまた　壮麗なおまえの宮殿を塗りかためる、
　血のなかでひきくだいた国民《くにたみ》の骨で。

「だが　おまえも運の尽き。滅びるヤニナの町なかで
いよいよおまえの墓穴が　足もとにくずれて口を開くの
だ。
　神は鉄の首かせを　おまえにとっておかれた、
教えにそむいた亡霊どもですずなりの　第七地獄の木の
　下に。
その暗い小枝に　亡霊どもはうずくまって　ふるえてい
る、
　第七地獄の闇《やみ》のなかで！

「おまえの亡霊は裸で逃げだすだろう。おまえの罪の台
帳を見て
悪鬼がおまえの犠牲者たちの名前を　読んできかせるだ
ろう。
　おまえは身のまわりに見るだろう、
犠牲者たちの幽霊が　血管から出つくした血に染まって
ひしめくのを、おまえが恐怖に口ごもる　空《むな》しい言葉の
　数よりも
　　なお多い幽霊どもが！

「おまえはこんな目にあうのだぞ。おまえの砦《とりで》や船隊も
進退きわまったおまえを救えまい、
　櫂《かい》で漕《こ》ごうが　大砲で撃とうが。
たとえおまえアリー・パシャが　厭《いと》わしいユダヤ人のま
　ねをして
この世の外で待ちうける　死神をあざむくために
　死にぎわに名を変えてもむだなのだ！」

アリーは毛裏のコートの下にもっていた、偃月刀《えんげつとう》を
火口のように口を開け　火をふくばかりのらっぱ銃を
　三つの長いピストルと　ひとふりの短剣を。
アリーは僧の言葉に耳をかたむけ　しまいまで言わせて
　おいて
夢みるような顔でうなずき　やおら微笑を浮かべると
　老僧に毛裏のコートをたまわった。

一八二八年十一月八日

*1　アリー・パシャはアルバニアのテペレナ地方の生まれである。なお二二二ページの注9参照。
*2　二六〇ページの注1参照。

砦《とりで》

さらば！

何を考えているのか、鎧《よろい》のように光る
あの岩の脇腹《わきばら》に　音もなく口づけする海は？
ああ！　おのが水鏡に　映してみたことはないのか、
足で海の腸《はらわた》を引き裂くあの岩が
黒い額に巻いたターバンのように
白壁に囲まれた砦《とりで》をいただくさまを？

何をしているのだ、誰に怒っているのか？
さあ！　年とったあの頭《こうべ》をめがけて　襲いかかれ
海よ！　しばし哀れな船乗りを　悩ますのをやめよ！
嚙《か》め　嚙め！　あの岩が　ゆらぎ　傾き
ついには白い砦《とりで》とともに崩れおち
まっさかさまに　波間に沈むまで！

どれほどの時がいるのか、忠実な海よ
砦もろとも　あの岩を打ち倒すには？　一日か？

一年か？　一世紀か？……あの罪人の巣に
たえまなく　砂まじりの黄色い潮《うしお》を打ちつけよ！
時の流れなど一体なんだ？　いつまでも涸《か》れぬ海よ、
一世紀も　おまえの久遠《くおん》の淵《ふち》の一片《ひとひら》の波にすぎぬ。

あの岩を呑《の》め！　大波よ　あの岩をかき消し
波に沈んだその額をたえず洗え！
緑の髪の海草で　岩の形をやわらげてやれ！
海の暗い寝床に横たえて　眠らせてやれ！
崩れた砦を　見分けがつかぬまでにしてやれ！
波よ　寄せては返すたびに　砦の石を運びされ！

この世になんの跡もとどめぬまで、人びとが
エピリスのパシャ、アリーの砦を見ようともしなくなるまで、
また　アリーの手にけがされた海辺に沿って
船を進めるコス島の船乗りが　いつか
暗い海に　すりばち形の大きな渦巻きを見て
物言わぬ船客に　あそこでしたよ！　と教えるようになるまで。

一八二八年十一月二十六日

＊1　強力な大臣。砦をつくるのが大好きだった。

トルコの行進曲

アッラーのほかに神なし。『コーラン』

腰にさしたおれの短剣から　黒血がしたたり
まさかりは鞍《くら》の前輪に吊《つ》ってある。

おれは魔王もひるませる　まことの兵士が好きだ。
顔をさらにいかめしく見せる　朝顔形のターバン、
彼はうやうやしく　父のあごひげに口づけし
家代々の剣《つるぎ》に孝心をささげ
乱戦のうちに突き破られた　長外套《なががいとう》を身にまとう、
皇帝の飼うトラの皮の斑《まだら》よりも　まだ穴の多い
あの長外套を。

腰にさしたおれの短剣から　黒血がしたたり
まさかりは鞍の前輪に吊ってある。

銅《あかがね》の楯《たて》は兵士の腕で鳴り　輝き
敵の血で　霧のなかの月のように赤い。
いななく馬は　白く泡だつ轡《くつわ》のはみを嚙《か》み
走れば　長いほこりの畝《うね》をあとにひく。
ひづめの音をひびかせて　敷石の上を駆けぬければ
鳴りをひそめて人は言う、ムーアの騎兵だ！　と。
　そして音のするほうをふりかえる。

腰にさしたおれの短剣から　黒血がしたたり
まさかりは鞍の前輪に吊ってある。

一万のキリスト教徒が　角笛の音を合図に集まれば
その音に答えて、彼は飛ぶようにかけまわり
口にしたらっぱから　荒々しく恐怖をふきだし
敵を殺しては　死体のなかで勇みたち
死者の血潮で　真紅の外套を染めなおし
疲れた駿馬《しゅんめ》を駆り　またはげまして
　なおも敵の首をかき切る！

腰にさしたおれの短剣から　黒血がしたたり
まさかりは鞍の前輪に吊ってある。

おれは好きだ、戦いに勝った彼が　太鼓の音も静まると
弓形のまぶたの　美しい女奴隷を手にいれ
酒は夜飲めと　寺で教える僧侶《そうりょ》にはかまわず
真っ昼間から酒を飲むのが！
おれは好きだ、戦いおわった彼が陽気に笑い
おたけびで声もしわがれたまま
　天国の美女《フーリーヤ》や恋をたたえるのが！

腰にさしたおれの短剣から　黒血がしたたり
まさかりは鞍の前輪に吊ってある。

兵士よ　威厳をもて、侮辱にはただちに報復せよ、
この世で人がまなぶ　年老いるすべよりも
武芸にこそ通じたいとねがえ、
空の星がいつ消えるのか　海が乾いた砂の上を
いつ流れるようになるのかなどは　知らぬがいい、
ただ勇敢で若々しくあれ、顔のしわよりも
　兵士よ　額の傷あとを好め。

腰にさしたおれの短剣から　黒血がしたたり
まさかりは鞍の前輪に吊ってある。

こうした兵士こそ砲手《フムバラジュ》だ　騎兵《シパーヒー》だ　在地騎兵だ
信仰あつい真の戦士だ！　だが自慢をするくせに
恐怖をまきちらすべきときに　ふるえるやつ
皇帝の陣営に　人におくれて駆けつけるやつ
敵の町の城門を押しあけたときに
持ちかえる戦利品の重みで　何台もの荷車の
　車軸をたわませないようなやつ、

腰にさしたおれの短剣から　黒血がしたたり
まさかりは鞍の前輪に吊ってある。

女を話題にするのを好むやつ
大宴会の席で　見事な馬の
血統を述べることのできないやつ
おのれのほかに力を　友を　助けを求めるやつ
絹ばりの長椅子《ながいす》に　だらしなく身を横たえ
太陽を恐れ　文字が読め　心づかいをして
　キュプロス島の酒をのこらず　キリスト教徒に渡
すやつ、

腰にさしたおれの短剣から　黒血がしたたり
まさかりは鞍の前輪に吊ってある。
そうしたやつは卑怯者《ひきようもの》だ、断じて戦士ではない。
そんなやつにはできっこない、激戦のさなかに
剣を手にして　幅びろのあぶみの上につっ立ち
馬被《うまおお》いを垂らした勇みたつ馬を　はげますことは。
そんなやつは　拍車で雌ラバでも駆っていろ！
祈りをはじめる僧侶のように小声で　くだらぬ
　きまり文句をつぶやきながら！

腰にさしたおれの短剣から　黒血がしたたり
まさかりは鞍の前輪に吊ってある。

一八二八年五月一―二日

敗戦

ひときわ高い丘に
彼はのぼる、長槍《ながやり》に
重い手足を託して。
見れば　配下の軍隊は敗走し

破れた天幕から
ぼろぼろのビロードは垂れさがる。
エミール・デシャン「戦場のロドリーグ」

「アッラーよ！　誰がこの手に返してくれるでしょう、
あの恐るべき軍隊を
指揮官たちを　殺戮《さつりく》に気負いたつ騎兵隊を
天幕を　また　まばゆいばかりの陣営を。
夜　そこに無数のかがり火をたくさまは
暗い丘のうえに　天が星屑《ほしくず》を降らせたと
見えもしましたが？

「誰がこの手に返してくれるでしょう、ゆったりした外《がい》
套《とう》をまとう長官たちを？
勇みたつ在地騎兵《ハーン》　あの荒れくるう軍勢を？
色とりどりの王を　神足《しんそく》の騎兵《シパーヒー》を？
また　ピラミッドの国から来た遊牧民《ベドウィン》＊1、
臆病《おくびょう》な農民たちを　おどして笑い興じ
もろこし畑に馬を進めた　日焼けした男たちを？

「炎の目と細長い足をもつ馬どもは
イナゴのように麦畑をとびまわっていたが

ああ　もう見ることはできまい、
その群れが畑をとびこえ　死神をものともせず
敵陣に雲霞《うんか》のように襲いかかり　稲妻のように
すばやく敵軍をおおうさまは！

「馬は死に　美しい馬被《うまおお》いは血潮にひたり
茶のまだらの尻《しり》も　血によごれて黒ずみ
ふくれた腹に　磨《す》りへるほど拍車をかけても
もうあの神足はよみがえらぬ、
馬のかたわらには　倒れ伏した剛勇の乗り手たち、
昼の休止に馬のかげで眠った　あの乗り手たち！

「アッラーよ！　誰がこの手に返してくれるでしょう、
あの恐るべき軍隊を？
野原一面に　まき散らされてしまったのです、
おろか者が敷石の上にばらまいた　金貨《かね》のように。
ああ！　馬も　アラビアや　タタールの騎兵も
彼らのターバンも早駆けも　軍旗も軍楽隊も
一場《いちじょう》の夢にすぎなかったのか！

「おお　勇敢な兵士たちとその忠実な駿馬《しゅんめ》よ！
もうその声は聞かれず　その足は翼をもたぬ。

いっさいを忘れてしまったのだ、剣も轡《くつわ》も。
この谷は　彼らの折りかさなった死体でいっぱいだ。
あとあとまで　ここには陰惨な野原が横たわるだろう。
こよいは血の香が　あすは死臭がただよおう。

「ああ、堂々たる軍隊が　いまは亡霊にすぎぬとは！
彼らはよく戦った、夜明けから暗い夜中まで。
死の囲みのなかに　まっしぐらに突き進んだ。
夜の黒い経帷子《きょうかたびら》が　地平に降りている。
勇士らは命を終え　いま身を休めている。
　カラスどもは仕事にとりかかる。

「はやくも　くちばしを黒い羽根で磨きながら
森のおくから　草も木もない岬の高みから
カラスが集まる。死人の肉きれをつつくのだ。
きのうの　恐ろしい並はずれてたくましい軍隊が
ああ！　いまは一羽のワシをおどすことも
カラスの群れを　追いはらうこともできぬ！

「おお！　いまでも　あの不滅の軍隊をひきいて
世界じゅうを征服してやりたい。わしは
その軍隊を　敵の王たちの頭上に君臨させよう、
それはわしの妹　恋人　妻ともなろうに。
不毛の　嫉妬《しっと》ぶかい死は　どうする気なのだ、
　永遠の眠りについた　無数の勇士たちを？

「なぜ討死しなかったのか！　なぜ戦場の土に
緑のターバン*2をまいた　傲然《ごうぜん》たるこの首《こうべ》を転がさなかっ
　たのか！
きのう　わしは強者だった。三人の将官が
トラの皮の鞍《くら》にまたがり　身動きもせず　誇らかに
駿馬の尻からとった　三本のしっぽの飾り*3を
わしの金色のテントの入口で　かかげていた。

「きのうは歩みを進めれば　無数の軍鼓が鳴り
四十人の指揮者がこの顔を見まもった、わしが
眉《まゆ》をしかめれば　その家でふるえあがる指揮官たちが。
わしは　船首に据える　役にもたたぬ石火矢《いしびや》のかわりに
四つの車輪で走り回る　みごとな大砲をもっていた、
　イギリス人の砲手ももっていた。

「きのうはもっていた、城や美しい町々
ユダヤの奴《やつ》らに売る　何千ものギリシアの女たち
そして広大なハレム　巨大な武器庫。

きょうは裸同然　打ちやぶられ　追われ傷ついて
逃げていく……この帝国に　ああ！　何が残ったか。
アッラーよ！　銃眼つきの塔ひとつないのです！

「パシャが、三本のしっぽを誇った大臣《ヴェジール》が！
広い地平　青い丘々を越えて　逃げねばならぬとは、
人目をしのび　目を伏せ　乞食のような姿で。
闇《やみ》のなかを不安な気持で逃げる　盗人《ぬすっと》のように、
道ばたの木を見るたびに　あれは死の腕をあげる
　絞首台だと思う盗人のように！」

＊

レシッド[*4]は　こう語った、敗北の日の夕暮れに。
あの戦いでは　ギリシア兵も大勢死んだのだ。
だが大臣は落ちのびた、ひとり虐殺の野を。
夢みるように彼はぬぐった、血塗《ちまみ》れの偃月刀《えんげつとう》を。
二頭の馬が　そばで大地を蹴《け》っていた、
脇腹《わきばら》で、からの鐙《あぶみ》が鳴っていた。

一八二八年五月七―八日

＊1　アラビアや北アフリカの砂漠地帯の遊牧民。
＊2　ターバンを身につけるのはトルコの王族に許された特権だったが、高官たちもこれを濫用した。
＊3　トルコの大臣は馬の尻尾の数で階級を示した。三本は最高の位をあらわす。
＊4　ギリシア独立戦争当時のトルコの将軍。

峡谷

……あの　なんの慰めもない町を
めぐる深い谷のなかへ

ダンテ『神曲』

山並みの黒い峰を切って走る　ひとすじの峡谷、
それは　どんな城壁も阻みえぬ巨人《ティーターン》の一人[*1]が
カフカーズから　セダールへ旅をしたとき
　山頂を走らせた跡ででもあろうか、
　彼の乗る馬車の巨大な車輪を。
ああ！　いくたび　われわれの争いの時代に
キリスト教徒と異教徒の血潮の波が
偃月刀《えんげつとう》や騎士の短剣を血に染め
にわかにあふれる　血の早瀬に変えたことだろう、

巨人の馬車のこのわだちを！

一八二八年四月

＊1　オリュンポスの神々以前に天と地を父母として生まれた十二人の巨人たち。

子供

おお　恐ろしい！　恐ろしい！　恐ろしい！

シェイクスピア『マクベス』

トルコ兵が通った。あたりは一面の廃墟《はいきょ》　死の影。
酒の島ヒオス[*1]も　いまはただ　暗い岩礁にすぎぬ、
　クマシデの木々におおわれていたヒオス、
高くそびえる木々を　波に映していたヒオス、
丘を　宮殿を　ときには日暮れどきに娘たちの
　歌い踊るさまを　波に映していたヒオスも。

人影も見当たらぬ。
　いや　ただひとり　黒ずんだ壁のそばに
青い目の子供　ギリシアの子供がうずくまり
　はずかしそうに　うつむいていた。
この子供をかばい　力になってくれるのは
一輪の白いサンザシ、この子のように
　荒れはてた戦場に　見捨てられた花。

ああ！　坊や　ごつごつした岩に　はだしで！
かわいそうに！　空や海のように青い
　おまえの目の涙をぬぐうには
嵐《あらし》のような涙のあふれる　その青い目のなかに
喜びと遊びの　生き生きした閃《ひらめ》きを注ぎこむには
　金髪の頭を　まっすぐにあげさせるのには、

何がいるの？　坊や　何をあげればいいの、
その髪を　楽しげに結いなおし　もとのように
　白い肩にかかる巻毛にしてやるには、
トルコ兵に切られる辱めをうけずにすんだ髪、[*2]
しだれ柳の葉のように　美しい額のまわりで
　乱れてすすり泣いているその髪を？

どうすれば消えるの、心配そうな悲しみが？
あげようか、おまえの目のように青いユリの花、イランの暗い井戸のふちに咲く　あの花を？
それともトゥバの木[*3]の実を、空高くそびえ
飛ぶように走る馬が　休みなく走りつづけても
　木陰を出るのに百年もかかる　トゥバの木の実
　を？

森の美しい小鳥をあげたら　ほほえんでくれるかい、
オーボエより優しくうたうかと思えば
　シルバルよりあざやかにさえずる小鳥を？
何がいいの？　お花　きれいな木の実　それともすばら
　しい小鳥？
――おじさん、とギリシアの子供　青い目の子供は言っ
　た。
　ぼくのほしいのは火薬と弾丸《たま》なんだ。

一八二八年六月八―十日

＊1　トルコ西岸の島。酒で有名。住民は大部分がギリシア人である。ギリシア独立戦争のとき、この島でトルコ兵による大虐殺が行なわれた。
＊2　捕虜は髪をきられる。
＊3　『コーラン』に出てくる幸福の木。マホメットの宮殿にある。

水浴びするサラ

太陽と風が　暗い森のなかで
彼女の額に　木の葉の影をゆらめかせていた。
アルフレッド・ド・ヴィニー

なまけごころの美しいサラ[*1]は
　身をゆする
ハンモックのなかで、その下の
噴泉《ふきあげ》のなかには
　あふれるばかり
イリッソス川[*2]から引かれた水。

なよなよとゆれるハンモックの
　影はうつる
すきとおる水鏡に、
自分の姿を見ようとして
　身をかがめる
色白の　水浴びする女をのせて。

この吊《つ》りかごが
　ゆれて
水面《みのも》をかすめれば
波だつ水の上に
　ちらりとのぞく、
美しい足　美しいえりあし。

サラは片足でしずかに
　波をける、
水にうつる姿がゆれる、
大理石のように白い足を　バラ色に染め
　嬉々《きき》として
水の冷たさも気にかけない。

ここに隠れて　じっとしていたまえ!
　一時間もすると
きみは燃えるような目で　見ることだろう、
水浴びからあがる無邪気な女の姿を、
　一糸もまとわず
両腕を組み胸を隠して　現われる姿を!
というのも　娘というものは
　輝く星だから、
澄みきった波の水浴び場を出ると
だれか来はせぬかと　あたりを見まわし
　身をふるわせながら
ぬれたからだを大気にさらす娘は!

娘はあそこにいる、あの葉陰に、
　見られはせぬかと
かすかな物音にも気をくばりながら
からだにとまる一匹のハエにも
　顔をあからめる、
花咲くザクロのように。

ヴェールや服の隠すものが
　すっかり見える、
燃えるような青い目の
何ものにもおおわれぬまなざしは
　星だ、
青空の深みに輝く星だ。

サラが身をふくと　水のしずくは
　雨となってしたたり落ちる、

ポプラの幹を流れ落ちるように、
あのこの真珠の首飾りが
ひとつぶ　ひとつぶ
のこらず落ちてしまうかのように。

だがのんきな気性のサラは
なかなかやめようとしない、
たのしいハンモックの遊びを。
あいもかわらず　サラは身をゆすっている、
音もたてず。
が　やがて小声でつぶやきはじめる。

「ああ！　あたしが提督《カプダン》の奥方だったら
スルタンのお妃《きさき》だったら
竜涎香《りゅうぜんこう》のかおりをつけた湯に入ろう、
黄色い大理石の湯船で
玉座のそばで
金色の二頭の怪獣《グリフォン》のあいだで！

「心地よくしなう絹のハンモックを
吊《つ》って　その上に
うっとりと　この身を横たえよう、

恋心をかきたてるような香りをはなつ
やわらかな
トルコ風の長椅子《ながいす》に寝そべろう。

「はだかのまま　うかれもできよう、
雲の下で
庭を流れる小川のなかで
暗い林の木陰に
ふいに燃えあがる
男の目をおそれることもなく。

「あたしの姿を見ようなどと思えば
おちつかぬその首を
切られるような目にあうだろう、
召使いの抜身の剣や
歯が白く　顔の真っ黒な
宦官《かんがん》たちに　つかまる覚悟が必要だ！

「それに、こんなこともできるだろう、
なまけごころを叱《しか》られもしないで
ルビーでふちどった　ラシャのサンダルを
いく枚もの服といっしょに

幅広の敷石の上に
ちらかしたままにしておくことも」
こんなふうに　王妃きどりで
　つぶやきながら　たえず
たのしげに身をゆする、
よく笑うこの若い娘は、
　飛ぶような
早い日足のことも忘れて。

水が　このなげやりな
　娘の足から
芝草の上にとびちる、
緑の茂みの枝にゆれる
　しわのよった
肌着の上にとびちる。

そうこうするうち　畑のほうへ
　サラの仲間たちは
みんな出かけていく。
ほら　そのうかれたひと群れが
　とおざかっていく、
手に手をとって。

一人一人がサラのように歌いながら
　通りすぎざま
その歌に　こんな非難の言葉をいれる。
——ああ！　なんてなまけものなんだろう、
　とりいれの日に
いまごろになって服を着るなんて！

一八二八年七月

＊1　ギリシアの女。
＊2　古代のアテナイ市の水源となっていた川。

待ちわびて

絶望して　待っていた。

のぼっておくれ、リスよ　高いカシワの木に、
天にもとどく枝の上に、
イグサのように　しなってゆれる枝の上に。

いつも古い塔にとまっている　コウノトリよ
ああ！　翼を広げて飛んで行き　舞いあがっておくれ、
教会から　お城へ
高い鐘楼から　そびえたつ天主閣へ。

老いたワシよ　巣から出て舞いあがっておくれ、
永遠の冬が真っ白に彩る
年ふりた山の上に。
それからおまえ、おちつかぬ巣のなかで
いつも夜明け前から　さえずっているおまえ、
舞いあがっておくれ　舞いあがっておくれ　元気なヒバリ、
天まで舞いあがっておくれ　元気なヒバリよ！

さあ　それでは聞くよ。カシワのこずえから
大理石の塔の頂から
高い山から　燃える大空から
はるかな地平に　もやの合間に
見えるかい、頭の羽根飾りのゆれるのが
からだから湯気をたてて　馬の走るのが
いとしいあのかたのお帰りが？

一八二八年六月一日

ラザラ

その女は非常に美しかった。

「サムエル記下」第一一章二

あのこが駆けていくよ！　ごらん！——ほこりの舞いあがる　小道を通り
野バラが一面に生い茂る　芝生をよこぎり
　ケシの花がひときわ目立つ　麦畑をぬけ
目立たぬ道　切り開いた道を通り
山を　森を　野を通って。ごらんよ
　あのこの駆けること　駆けること！

あのこは背が高い、すらりとしている。それがうれしげな足どりで
花のかごを頭にのせて　わたしたちの目のまえに
　元気で陽気な姿を見せる。そんなとき
美しい額の上に丸くかざした　白い両腕を見ると
崩れかけた聖堂のなかで　とおくから

白大理石の柄《え》の　古代の壺《つぼ》を見るようだ。

あのこは若くてよく笑い　歌をうたう。
素足で湖のほとりを　茂みから茂みへ
　緑色のトンボを追っていく。
すそをつまんで流れをわたる。
歩く　走る　立ちどまる、かと思うと　飛ぶようにかけ
だす、その足とひきかえなら
　小鳥たちは　翼をやってしまうだろう。

日が落ちて　みんなが踊りに集まるころ
家畜の群れが鳴きながら　鈴の音をひびかせて
　のろのろと家路をたどるころ
どんな飾りが自分の顔に似合うのか　そんなことはおか
まいなしに
あのこはやってくる。額につけている花は
　それなのに　いつも一番きれいに見える。

ネグロポントのパシャ　老ウマル[*1]は悔いるまい、
あのこに何をつぎこんでも。三層甲板の船も
　雷鳴のようにとどろく大砲も
持ち馬の馬具も　雌羊《めひつじ》の毛も
絹の豊かなターバンも　ちりばめた宝石が
　一面にかがやく服も。

ずしりと重い短銃も　広口らっぱ銃も
がさがさな手で磨《す》りへらした　銀の柄頭《つかがしら》も
　ものすごい音のする　らっぱ銃も
ダマスカスの曲刀も　さらに高価な贈り物、
ムガル風の矢の並ぶ　黄金のえびらを吊《つ》った
　大きなトラの皮も。

馬衣《うまぎぬ》や　幅広の鐙《あぶみ》をつぎこんでも
宝の山を　番人までつけて　つぎこんでも
　三百人の愛人をつぎこんでも
金色の首輪をかけた猟犬を　何匹つぎこんでも
日焼けしたアルバニア兵をつぎこんでも、
　彼らの長い騎銃もろとも。

パシャはつぎこんでも悔いるまい、フランク人やユダヤ
人
それに律法学者《ラビ》も　赤と緑のあずまやも
　床《ゆか》が大きな　石のモザイク張りの浴室も
四角な銃眼をうがった　高くそびえる砦《とりで》も

キレナイカの入江の青い波に　その姿をうつす
　夏の別荘も。
なにもかも！　王宮でみずから育てあげた白馬、
流れる汗が胸前《むなさき》を銀にそめる　あの白馬まで、
　黄金をはめこんだ轡《くつわ》まで、
アルジェの太守から贈られた　スペインの女まで、
かろやかなファンダンゴを踊りながら　美しいスカート
の
　　縫取りのあるひだを　つまむあの女まで！

ところが　パシャではない　トルコに刃向かうギリシア
の黒い目の山人《クレフテス》*2が
けっきょくあのこを手に入れた。この男はそのために
　何も贈ったりなどしなかった、
　　貧乏につきまとわれていたのだから。
山人の持ち物はただこれだけ、大空の空気　井戸の水
煙硝で青銅色によごれた　できのいい一挺《ちょう》の小銃　それ
と
　　山住みの気まま。

一八二八年五月十四日

*1　ネグロポントはエーゲ海のエビア島の古名。ウメルはギリシア独立戦争当時のトルコ軍の将軍。
*2　「山賊」という意味だが、ここではギリシア独立戦争のとき、武装隊の中核をなし、トルコと戦ったギリシアの山地人。

願い

バラの花を　サロンの
花飾りのなかからえらぶように
あなたもえらびなさい、花咲く乙女を
あなたの谷間のユリのなかから。

ラマルチーヌ

もしもわたしが木の葉だったら、風の
渦巻く翼にのって　舞うことができたら、
流れにただよう木の葉、人が思いに耽《ふけ》りつつ
目でそのあとを追うような　木の葉だったら、

まだ若いこの身をまかせよう、
枝からおのが身をひきちぎり

夜明けに吹くそよ風に　また
日の沈む方から流れてくる小川に。

ゴーゴーと音たてて流れる川よりも
果て知らぬひろい森よりも
ふかい峡谷よりもとおくへ
のがれよう、走っていこう！

雌オオカミの住む穴よりも
山バトの住む森よりも
泉と三本のヤシのある
野よりもとおくへ、

麦畑ににわか雨を　激流のように
注ぎこむあの岩山のむこうへ
髪もおどろな多くの茂みが　水面に垂れさがる
あの陰鬱《いんうつ》な湖のむこうへ、

何も生まない土地よりもとおくへ
幅広のアラビア刀《とう》をもつ　ムーア人[*1]のかしら、
青ざめた額のしわの数が
嵐《あらし》の日の海の波にもまさる　男の土地よりもとおくへ。

わたしは矢のようにとびこえよう、
動くかがみ　アルタの池[*2]を
またその頂がコリントスとミュコス[*3]の
逢瀬《おうせ》をさまたげているあの山を。

ふしぎな力にでもひかれたように
夜明けに　とどまろう、
真四角な町ミュコス、
錫《すず》の丸屋根が立ちならぶ町に。

わたしは司祭の娘のところにいこう、
黒い目の　色白な娘のところに、
母は窓辺でうたい　日暮れには
戸口で遊ぶあのこのところに。

風に運ばれるあわれな木の葉の
わたしも　ついには　願いどおり
あのこのこうべに身をやすめよう、
金髪の巻毛にまぎれて、

黄金《こがね》の麦畑に降りた　足早な

インコのように　いやそれよりも
天上の神の御園《みその》の
黄金の木になる　緑の果実のように。

そこで、そのこのかしげた頭のうえで
ほんの少しのあいだでも　味わうことだろう、
スルタンたちの　星をちりばめたこうべの
白い羽根飾りよりも　ほこらかな気持を。

一八二八年九月十二―二十一日

＊1　アフリカ北部一帯に住む回教徒。
＊2　アルタはギリシア北西部のアルタ湾に臨む町。アルタの池とはこの湾のことか。
＊3　コリントスはギリシア南部のコリントス湾に臨む町。ミユコスはおそらく、古代ギリシアの港の名であろう。

攻め落とされた町

火だ　火だ　血だ　血だ　そして破滅だ！
コルテ・レアル「神のいくさ」

ご命令によって放った火は　王よ　燃えひろがって　町じゅうをなめつくしております。
ゴーゴーと音をたてて　あなたの臣下どもの叫びを消し
暗いあけぼののように　屋根また屋根を　あかね色に染め
うれしげに飛びかいながら　残骸《ざんがい》のうえを　おどりくっているように思われます。
何千という腕をそなえた殺戮《さつりく》が　巨人のような姿で立ちあがり
炎につつまれた宮殿が、つぎつぎと墓場に姿を変えております。
父親も人妻も夫も　一人残らず刃《やいば》にたおれ
町のまわりでは　大ガラスどもが鳴きかわしております。
母親たちはおののき　娘たちはその身をふるわせながら
ああ　カリフ[＊1]よ！　汚された乙女の日を悲しんで泣きました。
そして　いきりたつ何頭もの駿馬《しゅんめ》が　テントの外へ引きずりだしました、
敵の剣やくちづけで傷ついた　娘たちの　まだ生きているからだを。

ごらんください、一枚の巨大な死衣《しい》につつまれた町を。
ごらんください！　あなたがひとたび　力強い腕をふるえば
身をかがめて従わぬ者はありません。祈りを捧《ささ》げていた司祭たちは斬《き》られ
楯《たて》の役にもたたぬ聖書をなげつけて　みじめな最期をとげました！

小さな子供たちは　敷石の下に押しつぶされて
死にました。剣はその子たちの血でなおも　かわきをいやすのです……
王よ　あなたの支配をうけるものどもは　くちづけをするのです、
金の輪で栄光の足に結ばれた　あなたの履物《はきもの》のちりに！

一八二五年四月三十日、ブロワで

＊1　マホメットの後嗣で回教教主、政治上の最高権威者。

アラビアの女主人の別れの言葉

わたしたちと一緒に住んでください。この土地を自由にお使いください。この土地をたがやし、ここに住んで取引きし、この土地を自分のものにしてください。

「創世記」第三四章一〇

この幸《さち》ある国にあなたを引きとめるものが、何もないのですから、
ヤシの木陰も　黄色いトウモロコシの畑も
しずけさも　ゆたかさも
あなたの声に　あたしのおともだちが若い胸を　ときめかせるのを見ることも
日暮れどき　大勢の踊りの渦で丘をとりまく
おともだちの　胸のときめきを見ることも、
だからさようなら、白人の旅のかた！　この手で鞍《くら》をつけておきました、
砂利道に　あなたを振り落としたりしないように、

強そうな目をしたあなたのお馬が。
馬はもう足で地面を蹴《け》っています、お尻《しり》は見た目にも美しく
ひきしまり　肉づきがよく　つややかな毛並みで
黒い岩が早瀬の水に磨かれたようです。
あなたは休みなく進むのですね！　ああ！　どうしてあなたは
ここで歩みをとどめようと　木の枝やテントの屋根のかげで　弱い足を
休ませるかたではないのでしょう！
物語の主人公とはならないまでも　夢みるように人の話に耳を傾け
日暮れには戸口の前に腰をおろし　星のなかへ行きたいと
願うようなかたではないのでしょう！
もしもあなたがお望みになりさえしたら　あたしたちのうちのだれかが
ああ　若いおかた　よろこんでひざまずき　あなたにかしずいたことでしょうに、
あけ放したあたしたちの小屋のなかで。
そのひとは歌をうたって　あなたの眠りをこころよくゆすりながら
あなたのお顔から　うるさくつきまとう蚊を追うために
緑の葉の扇をこしらえたことでしょうに。
でもあなたは行っておしまいになる！——夜も昼もひとり孤独をまもって。
お馬のひづめは　かたい小石にあたって
火花を散らします。
突き進むあなたの槍《やり》のため、闇《やみ》にきらめく槍のために
夜なかに飛びまわる　目の不自由な魔神たちは
たびたび　翼をひきさいてしまいました。
もしも帰っていらしったら、そしてこの小さな集落を見つけたかったら
とおくから見ると　ラクダの背のような　あの黒い山に登ってください。
昔のままの　この小屋を見つけたかったら
さがしてくださいね、ミツバチの巣箱のように先のとがった屋根を。
思いだしてね、小屋にはひとつしか扉がないことや　その扉が空に向かって

ツバメの来る方角に開いているのを。

たとえお帰りにならなくとも　ときには少し思いだして
　くださいね、
荒れ地に住む娘たちのことを、やさしい声の娘たちのこ
　とを、
　砂丘の上を　はだしでおどる娘たちのことを。
ああ美しい白人の若いおかた　美しい渡り鳥さん　おぼ
　えていてくださいね、
なぜって　おそらく　ああ　先をいそぐ外国のかた
　あなたの思い出を胸にとどめているのは　あたし
　だけではないのですから！

それではさようなら！――まっすぐにいらっしゃい。気
　をおつけなさい、太陽に、
あたしたちの栗色《くりいろ》の額は　美しく染めるけれど　とき色
　の肌は焼いてしまう太陽に、
　越えることのできない広いアラビアに、
ただひとり　ふるえる足で歩いていく老女に、
日の暮れがた　白い杖《つえ》で砂の上にいくつもの
　輪を描いている人たちに！

一八二八年十一月二十四日

呪《のろ》い

そして　彼はほかに何か言ったが
わたしはもう　それをおぼえていない。
ダンテ『神曲』

あんなひとは若いうちから腰が曲がり　気を休める間《ま》も
　なく　さまよっていくがいいわ、
果てしもしない砂漠、太陽が　いま沈んだかと思うと
　もう昇ってくる砂漠のなかを！
暗い夜のなかを　逃げていく人殺しの黒い影、そのよう
　に
足を進めても進めても　たえず闇《やみ》のなかに聞くがいいわ、
　あとを追ってくる足音を！
まさかりの刃のように磨かれた　いくつもの氷河のなか
　を
すべっていくのよ　ころげていくのよ　いくたびも倒れ
　てはまたすがりつくのよ、

爪《つめ》で　氷の壁にすがりつくのよ！
ほかの男とまちがえられて　車責めの刑[*1]をうけ　あえぎ
ながら
言うがいい、おれは何もしなかった！　と、それから釘《くぎ》
づけにされてしまうのね、
十字形のはりつけ台に！

髪をふりみだし　くちびるを紫色にしてぶらさがるの
よ！
あのひとだけに見える死神　頭のつるつるな骸骨《がいこつ》が
あのひとを見つめて笑えばいいわ！
死体になっても苦しむがいい、いつまでもくさらずにい
て
死神にかみくだかれ　食いあらされるときにも感ずるが
いいわ、
死神の歯のひとかみ　ひとかみを！

あんなひとは死んでしまえばいい、魂までも消えなくな
ればいい！
むきだしの手足に　焼けつくような日光が照りつけ
雨が　滝のように降りそそいでほしい！
来る夜も来る夜も　暗澹《あんたん》とした気持で　おどろき　目覚
め
争い　身をもがき　いたずらに泡を吹いて怒るがいいわ、
恐ろしい鳥の爪にひきさかれながら！

一八二八年八月二十五日

*1　むかしの刑罰。罪人の手足を折ったあとで、車輪の上に放置して殺した。

輪切りのヘビ

それに　むかしの賢い人も言っている、
うつろいやすいものに
心をうばわれてはならないと。
サーディー『バラ園』

わたしは眠らない、夜も昼も　燃えるような頭で夢みる
ばかり、
頬《ほお》は涙にぬれている、
アルバイダーが墓のなかで　カモシカのような
美しい目をとじてからは。

というのも　あのこは十五で　いつも無邪気なほほえみを浮かべ
いちずにわたしを愛していたから、
両腕であらわな胸をおおうさまは
天使と見まごうほどだった！

ある日　わたしは物思いにふけりつつ　二つの岬のあいだにひらけた
入江のほとりをさまよっていた、
すると　砂のうえの黄と緑のヘビが目にとまった、
黒い斑《まだら》のあるヘビが。

ヘビは生きたまま　斧《おの》でいくつにも切られ
切られたからだを　波が洗っていた、
風に吹きよせられた水の泡が　流れた血の上に
バラ色に染まって浮かんでいた。

赤く染まった輪切りのからだの　一つ一つが身をくねらせて　さびしい浜辺を
這《は》いずりまわっていた、
蛇の血はくだける波がしらを　火のような真紅の色で
ひときわ赤く染めていた。

切られてばらばらの　いまにも力尽きそうな
ヘビの輪切りのからだは
たがいに求めあっていた　求めあっていた、くちづけを求めて
ふるえる二つのくちびるのように！

わたしは憂鬱《ゆううつ》になり　口には出さぬがヘビをあわれみ
神に祈りながら
物思いにふけっていた、すると
多くの歯をもつヘビの頭は　火のような目を見ひらいて
こう言った。「詩人よ！

「かわいそうなのはおまえだ！　おまえの不幸は　おれの不幸よりひどいのだ、
おまえの傷は　おれの傷よりおもいのだ、
おまえのアルバイダーは墓のなかで　カモシカのような
美しい目をとじたのだから。

そうした不幸の一撃もまた　おまえの天《あま》がける若い魂を
打ちくだくのだ。

おまえの命もおまえの思いも
きよらかな　こよなき宝のような思い出のまわりを　ば
らばらになって
這いずりまわっている。

「天がけるおまえの天分は　輝かしく　優雅に
ツバメよりもみごとに
あるときは地をかすめ　あるときは空たかく
悠然とはばたいていたが、
「いまはおれとおなじように　波だつ水辺でほろびるの
だ、
力も尽きはて
輪切りのからだをつなぎあわすこともならず
這いずりまわり　血を流して」

一八二八年十一月十日

赤毛の女ヌールマハッル

そこにはありとあらゆる野獣がいた。

フワン・ロレンソ・
セグーラ・デ・アストルガ

黒檀《こくたん》のように真黒な　二つのいわおのあいだに
見えるだろう、あの暗く茂った森が
平野のなかで髪をさかだてる森
雄羊の二本の角のあいだに生えた
房毛のようなあの森が?

あそこでは　通る道もない木陰で
血にまみれたトラがうなり
子をもつ　おびえた雌のライオンがうなり
ジャッカルが　シマハイエナがうなり
斑《まだら》のヒョウがうなり声をたてている。
あそこには　ありとあらゆる怪獣が
はいまわっている——夢みる怪獣《バジリスク》や
ものすごく大きな腹のカバや
大きく　ぶざまなウワバミの
立木の幹とも見まごうやつが。

赤いまぶたのオジロワシや

ヘビや　たちのわるい猿などが
ミツバチの群れのように　かん高い声をたてている。
大きな耳をもったゾウが
竹をふみくだいて歩いている。

あそこには　乱暴者たちが住んでいて
金切声や　わめき声や　うなり声をたてている。
森全体がほえたて　うごめいている。
やぶというやぶのかげに　目が光り
ほら穴というほら穴で　うなり声がする。

けれど！　ただひとり裸で　苔《こけ》の上にいるにしても
あの森にいるほうがずっとらくだろう、
赤毛の女ヌールマハッル[*1]のまえにいるよりは
あの女にあまい声で話しかけられ
やさしいまなざしで　見つめられたりするよりは。

一八二八年十一月二十五日

＊1　ユゴーの注によれば、ヌールマハッルはアラビア語で「家の光」を意味し、また赤毛は、東洋のいくつかの民族にとっては、美しいものとされている。

魔神《ジン》

また　ツルの群れが長い列をつくって
悲しげに鳴きながら　空を飛んでいくように
悲鳴をあげながら　その嵐《あらし》に
吹き流されてくる亡霊たちをわたしは見た。

ダンテ『神曲』

城壁と町
と　港、
死の
隠れ家、
微風の
くだける
灰色の海、
すべては眠る。

広野《ひろの》のなかに
物音が生まれる。
それは「夜」の

ため息の音。
その音は地獄の炎に
たえず追われる
亡霊のように
泣き声をあげる！

それよりも高い音
あれは　鈴の音《ね》か
あれはとび跳ねる小人の
ギャロップの音。
とびのき　とび出し
拍子をとって小人は
片足でおどっている、
波がしらのうえで。

ざわめきが近づいてくる、
こだまが　こたえる。
それは　呪《のろ》われた修道院の
鐘のひびきのように
群衆の騒ぎのように
どよめき　鳴りわたり
あるときは小さくなり
あるときは大きくなる。

たいへんだ！　陰《いん》にこもるあの音は
魔神《ジン》だ！……すごい騒ぎだ！
逃げこもう、螺旋形《らせんけい》の
奥深い階段の下へ！
もうランプが消えてしまった。
そして階段の手すりの影が
壁をつたって這《は》いあがり
天井のところまで伸びている。

魔神どもの大群がやって来るのだ、
ヒューヒュー音をたて　渦をまいて！
その羽ばたきに砕かれるイチイの木が
燃える松の木みたいに　メリメリいう。
重く　すばやい魔神どもの一隊が
虚空《こくう》のなかを飛んでくるさまは
横腹にひとすじの稲妻を閃《ひらめ》かせた
鉛色の雲の塊のようだ。

やつらは間近だ！――戸を閉めきって
この部屋で　やつらをばかにしてやろう。

おもてはすごい物音だ！　胸くそわるい
吸血鬼や竜どもの軍勢め！
屋根の大梁《おおはり》が浮いて
しないたわむ、まるで　ぬれた草のように。
そして　さびついた古い扉は
　蝶番《ちょうつがい》がぬけるほど　ガタガタいう！

地獄の叫び！　ほえる声　泣きさけぶ声！
恐ろしい大群が　はげしい北風に吹き送られて
さあ　たいへんだ！　わが家を襲ってきた。
おぞましい大軍にのしかかられて壁がしなう。
家が悲鳴をあげる、傾いてぐらぐらゆれる。
こいつはまるで　地面から風が家を引っこぬき
一枚の枯葉かなんぞを吹き飛ばすように
渦に巻きこみ　ころがしていくみたいだ。

予言者よ！　このけがれた夜の魔神たちから
あなたの御手《みて》で救われますなら
頭をまるめて　ひれ伏しに参ります、
あなたの聖なる吊《つ》り香炉のおん前に！
なにとぞ　この信仰あつい者の扉の前で
魔神どもの火花の息を　消えさせたまえ、

彼らの翼の爪《つめ》が　この真っ暗なガラス窓を
ひっかいても　その甲斐《かい》がありませんように！

やつらは通りすぎた！――あの一隊は
飛びさっていく、やつらの足が
わが家の扉を打たなくなった、
あのめったやたらな打ち方で。
どこもかしこも鎖の音だ、
そして近くの森のなかでは
カシワの大木がみんなふるえている、
火の羽ばたきに吹きなびいて！

遠ざかる魔神の翼の
羽ばたく音が　うすれ
広野のなかに　まぎれ、
かすれると、聞く思いがする、
かぼそい声で鳴いている
バッタ　か　それとも
古屋根の鉛の板に
パチパチ跳ねる霰《あられ》の音を。

奇妙な片言が

まだ　聞こえてくる。
アラビア人たちの
角笛の音がひびいて
歌声が　砂浜に
ときおり　あがるのか、
夢を見ている子供が
すてきな夢でも見たのか！

いまわしい魔神、
死神の息子たちは
暗闇《くらやみ》のなかで
足をはやめる。
その群れが唸《うな》る
さまは　底深い
目には見えない
流れのざわめき。

消えていく
あの鈍い音、
あれは岸辺の
波の音か、
死者のために
祈る聖女の
消えいりそうな
なげきの声か。

疑心暗鬼
の　夜……
聞けば――
すべて過ぎ
すべて去り
遠く
虚空に消える
物音。

一八二八年八月二十八日

スルタン　アフメト

ああ！　かわいい娘よ　おまえの腕を
わたしの首にまきつけさせてくれ。

ハーフィズ

グラナーダ生まれの女　フワナに、
いつも歌いたわむれている女に
ある日スルタン　アフメトはこう言った。
——わしの王国を　永久にすてても惜しくはない、
かわりにメディーナの町が手にはいるなら。だが
メディーナもいらぬ、おまえの愛がえられたら。

——キリスト教徒になってね　えらい王さま！
だって　いけないことなのよ、
たのしみを求めたりするのは
遊びずきなトルコのかたに抱かれなどして。
あたしはね　罪を犯すのがこわいんですよ。
なぜって　そんなのひどい罪なんですもの。

——おまえの真珠の首飾り、ああ　わしの女王よ
乳のように白い　きれいな首を
なおさらきれいに見せる　真珠にかけて誓おう、
なんでも好きなようにしてやろう、
おまえがその首飾りを　ロザリオと
見させてくれるなら。

一八二八年十月二十日

ムーアふうのロマンス

彼は一人の男に言った——なあ　そなた
答えてくれ、わしがききたがっていることに。
ロドリーグ『ロマンセ集』

ドン・ロドリーゴは狩りをする。
剣《つるぎ》ももたず　鎧《よろい》もつけず
ある夏の日の真昼ごろ
茂る葉かげの　草の上に
腰をおろす、傲慢《ごうまん》な男、
大胆不敵な男ドン・ロドリーゴ。

火のような憎しみが身をさいなむ。
暗い気持で思いうかべるのは
マウルの父なし子　甥《おい》のムダーラのことだ。
ロドリーゴの血なまぐさい陰謀が　かつて
ムダーラの兄弟の命を奪ったのだ、
ラーラの　あの七人の公子たちの命を。

ムダーラを見つけて戦いをいどむためなら
スペインを横ぎって　ロドリーゴは
フィゲローアから　セトゥーバルまでも行くだろう。
彼かムダーラがきっと命を落とすのだ。
いましも道を　ひとりの男、
馬にのったひとりの男が通る。

——騎士よ　キリスト教徒かムーア人か存ぜぬが
カエデの木陰で眠る騎士よ
神が手をとり　あなたをみちびいてくださるよう！
——神がそなたに恵みを垂れたもうよう、
そこを通られる馬上のそなたに、
道を行かれる馬上のそなたに！

——騎士よ　キリスト教徒かムーア人か存ぜぬが
カエデの木陰で眠る騎士よ、
谷あいの草のなかで眠るかたよ、
名を名のって　おしえていただきたい、
あなたがつけておられる羽根飾りは
勇者の羽根飾りか　裏切者の羽根飾りか。
——おのぞみならば　お教えしよう。

わしはドン・ロドリーゴとよばれる男、
ドン・ロドリーゴ・デ・ラーラとよばれる男、
ドニャ・サンチャは　このわしの姉。
すくなくとも　わたしの洗礼のさいに
司祭がみんなにそう言った。

わしは　このカエデの木陰で待っている。
わしは　アルバからサモーラまで探しまわった、
あの父なし子のムダーラのやつ、
御教《みおし》えに背いた女のせがれを、
ムーアの王アリアタールの
軍艦の指揮をとるムダーラのやつを。

やつが　わしの目から逃げようとしなければ
すぐさま　やつの身分けはつく。
いつも　やつは身におびている、
わしたち一族のもつあの短剣を。
柄頭《つかがしら》には　瑪瑙《めのう》が　輝き
その刀身は抜き身のままだ。

そうとも　キリスト教徒の魂にかけても
わし以外の者の手で

あの背教の徒を殺させなどするものか。
さいわい　わしは策をめぐらし……
——きさまはドン・ロドリーゴとよばれる男だな、
ドン・ロドリーゴ・デ・ラーラとよばれる男だな？

そうか！　領主め　きさまに話しかけ
きさまの名を口にするこの若者、それが
なにをかくそう　父なし子のムダーラさまだ。
復讐者《ふくしゅうしゃ》で　さばき手のムダーラさまだ。
いまのうちに逃げ場でも探すがいいぞ！——
すると相手はこう答えた——いまごろのこのこやってき
　たのか！

——おれこそ　教えに背いた女のせがれだ、
ムーアの王アリアタールの
軍艦の指揮をとる男だ、
おれと　おれの短剣と　おれのうらみ、
この三つが　しめしあわせて　やってきたのだ！
——いまごろ　のこのこやってきたのか！
——これでも早すぎるはずだ　ロドリーゴめ
まだ　待ちくたびれるほど生きてもいまい

……おい！　こわいのか　びくびくするな
顔の色が真っ青だぞ　けがらわしいやつめ、
きさまの命はおれがもらった　魂は
受けとってもらえりゃ　天使にでもくれてやれ！

このトレードの短剣[*1]と
神が　力を貸してくれれば、
見ろ、おれの憎しみに燃える目を
おまえを生かすも殺すもおれの意のまま。
さあ　裏切者め　息の根を　とめてくれるぞ、
おまえの歯のあいだからひっこぬいて！

ドニャ・サンチャのせがれが　きさまの血で
いまこそかわきをいやすのだ、
わが身をさいなんでいたこのかわきを。
おじご　さあ年貢のおさめどきだ。
きさまの命をいまこそ消すのだ！……
——けなげなやつめ　甥のムダーラ、
ちょっと待て！　軍刀を
とってくるから待っていろ。
——待ってなどやるものか　きさまも

おれの兄弟たちとおなじように　すぐ死ね、
おれの兄弟をその手で埋めた冷たい墓穴に
きさまもつづいて降りていけ！

いまがいままで　おれさまが
抜身の刀をもちあるいたのは
この人殺しめ　おれに望みがあったからだ、
母親の仇《あだ》を討ち　きさまののどを
柄頭《つかがしら》に瑪瑙をはめたこの短剣の
鞘《さや》にしてくれようと思ったからだ。

一八二八年五月一日

＊1　トレードはスペインの町。むかし武器の製造が盛んだった。

グラナーダ

セビーリャの町を見ぬものは
すばらしいものを見たとは言えぬ。
スペインのことわざ

とおくにも　ちかくにも
スペインにも　サラセンにも
くらべものになる町はひとつもない、
美しい女のようなグラナーダの町と
まともに美のリンゴ[＊1]を
あらそえる町は、
風情《ふぜい》をそなえ　これほどに東洋の華美を
これほど魅惑的な空のもとに
くりひろげている町は。

カディスの町にあるものはヤシの林　ムルシアの町にあるものはオレンジ。
ハーエンの町にあるものは　見なれぬ小塔をそなえたゴート風の宮殿。
アグレーダーの町にあるものは　聖エドムンドの建てた修道院。
セゴービアの町にあるものは祭壇　人びとはその階段に口づけする、
　そこにあるのはまた　三段のアーチを積んだ水道。
この水道は運んでくる、山の頂から汲《く》みとった早瀬の水を。

リェールスの町にはいくつかの塔がある。
バルセローナの町はひとつの柱の頂に
海にのぞむ灯《ひ》をたかくかかげている。
アラゴーンの歴代の王に忠実な
トゥデーラの町は王の古い墓場のなかに
鉄の王杖《おうじよう》を守りつたえている。
トローサの町にあるものは暗い鍛冶場《かじば》、
それは　木陰のただなかで
地獄の明りとりの窓とも見える。

トビアの父のめしいた目を　ふたたび開けてやったあ
の魚[*2]が
入江のおくでたわむれ　そこにフエンテラビーアの町が
眠る。
アリカンテの町は教会の鐘楼に　回教寺院《モスク》の尖塔《せんとう》をまじ
えている。
コンポステーラの町にあるものは　聖者の遺体。古い
家々の立ち並ぶ
コルドバの町にあるものは　回教寺院、その美しさには
目もくらむ。
マドリードにあるものは　マンサナーレスの急流。

ビルバーオの町は波に洗われて
緑の草むらをなげかける、
黒ずんで倒れかかった城壁の上に。
メディーナの町は騎士の妻、
公爵たちのマントの下に
貧しさを隠して　つんとすましているけれど
そこにあるのは　ただカエデの木々ばかり、
というのも　見事な橋はムーア人たちの
水道はローマ人たちのものだから。[*3]

バレンシアの町にあるものは　三百の教会の鐘楼。
いかめしいアルカンタラの町は　そよ吹く風になびかせ
ている、
立ちならぶ柱に無数にかけられた　トルコの旗を。
サラマンカの町は笑顔で　三つの丘の上にすわり
マンドリンの音を聞きながら　眠りこみ
学生たちの叫び声におどろいて　とびおきる。
トルトーサは聖ペテロにゆかりの町。
ゆたかなプイグセルダーの町の中では
大理石がただの石のようにつかわれる。

八角形の城砦《じょうさい》を
トゥイの町はほこり、タラゴーナの町は
ある王さまがつくった城壁をほこっている。
サモーラの町にはドゥエーロ河がながれ
トレードの町にはムーア人の宮殿《アルカサル》が建ち
セビーリャの町には四角な塔《ヒラルダ》がそびえる。
ブルゴスの町は　その教会参事会堂の見事さをほこって
いる。
ペニャフロールの町は侯爵夫人、ヘローナの町は公爵夫
人。
ビバールの町は地味なよそおいの修道女。
いつもいくさの備えを忘れぬ陰鬱《いんうつ》なパンプロナ、
この町は　月の光をあびて眠りにはいるまえに
　立ちならぶ塔の腰帯を　しっかりしめる。

スペインのこれらの町々は
平野のなかに散りひろがり　または
けわしい山岳地帯をおおっている
どの町にもいくつかの砦《とりで》があるが
異教徒たちの手にわたっていたときは
どの砦の鐘楼も　鐘をならしはしなかった。

どの町も大会堂の屋根の上に
らせん階段のある鐘楼をもっている。
だが　グラナーダの町にあるものはなんだろう、
　それはアルハンブラの宮殿だ。

アルハンブラよ！　アルハンブラよ！　妖精《ようせい》たちが
夢のように黄金《こがね》に染め　調和でみたした宮殿よ、
花づなの飾りをつけ　崩れかけた銃眼の砦よ、
夜になれば　そこではふしぎな言葉が聞こえ
月の光が　アラビアふうのあまたのアーチ形窓をもれて
　壁の上に　白いクローバ模様をまきちらす！

グラナーダの町にあるものはすばらしい、その
　数は
グラナーダの谷間にみのる美しい果実の
赤い粒の数にもまさる。
グラナーダの町は　その名にふさわしく
ひとたび戦火が燃えさかり
テントがいたるところに張りめぐらされると
まっかなざくろ《グラナーダ》が熟れてわれるより
百倍もすさまじいいきおいで
最前線で炸裂《さくれつ》する。[*4]

この世にはこれ以上美しく　これ以上すばらしいものは
　ない、
ビバタウビンにビバコンルーが
鈴を飾った澄んだ音色の太鼓で　答えるときも、*5
カリフのように火の冠をいただいて
　目もまばゆいムーアの王宮《ヘネラリーフェ》が
明るく照らし出された頂を　夜空にそびえたたせるとき
　も。

　赤い塔《トーレス・ベルメーハス》のらっぱは
ミツバチの群れのように鳴りひびく、
風に散るあの群れの羽音のように。
アルカサーバの町には　祭のために
いつでも町のまんなかで
鳴らす用意のできた鐘がある。
その鐘の音は、さわがしいアルバイシーンの町
　の
アフリカふうの　いくつもの塔に流れていき
　するどく響く　らっぱの目をさます。

グラナーダのどこをとってくらべても　競争者の影はう
　すくなる。
グラナーダはうたう、やわらかなセレナーデをいっそう
　やわらかく。
グラナーダはいろどる、その家々をこよなくゆたかな色
　彩で。
風もしばしば息をころすと　人は言う、
夏の夜　グラナーダがまわりにひろがる野のなかに
　女たちや花をまきちらすときには。

アラビアはグラナーダの町の祖先《みおや》。*6
この町たった一つのために
むこうみずで冒険好きなムーア人は
アジアとアフリカを賭《か》けるだろう。
だがグラナーダの町はカトリック、
ムーア人などには目もくれぬ。
美しい町グラナーダは
もうひとつのセビーリャの町といっても　よい
　ほどだ、
もしもこの世にセビーリャの町がふたつあるな
　ら。

一八二八年四月三―五日

＊1　ギリシア神話で、女神たちが美を競い、一番美しい女がトロイアの王子パリスから金のリンゴをもらえることになった話をふまえている。

＊2　旧約聖書の歴史書である「トビア書」の話。トビアットはある日、目が見えなくなったが、その息子トビアが魚の胆汁で父の目をこすると目が開いた。

＊3　スペインはむかしローマ人に、またその後ムーア人に占領されていた。ただしユゴーの記述と違って、メディナの町にはムーア人の橋もローマ人の水道もないそうである。

＊4　グラナーダという名には、ざくろの実と榴弾という意味がある。

＊5　ビバタウビンもビバコンルーもグラナーダの町にある門で、前者の太鼓が鳴ると、これにこたえて後者の太鼓が鳴る。

＊6　スペインは八世紀から十五世紀まで北アフリカのムーア人に占領されていたが、ムーア人はそれ以前にアラビア人の侵入をうけて、彼らにかなり同化されていた。したがってスペインの文化は多分にアラビア文化の影響をうけたが、それが最もつよく現われたのは、当時スペインの中心地だったグラナーダの町である。

矢車菊

それがほんとかうそか　わかろうはずもない。
だが　それを忘れてしまいたくはない。

フワン・ロレンソ・セグーラ・デ・アストルガ

においをもっていない星、
夏のあいだ金の穂波にまじる星、
その星が黄金《こがね》色の麦畑を
ルリ色に染めているうちに、
花の影もまばらとなった畑から
作物が刈りとられないうちに、
さあさ　いっておいで　娘さんたち
矢車菊をつみに　麦畑に！

アンダルシーアには　いろんな町があるけれど
空のもと　どこをさがしても見あたらない、
麦畑や芝生のうえに
ペニャフィエールより見事に広がっている町は、
銃眼をそなえた城壁のうちがわに
これほど高く　砦《とりで》をそびえ立たせている町は……
さあさ　いっておいで　娘さんたち
矢車菊をつみに　麦畑に！

どこのキリスト教徒の町をさがしても
鐘楼のあるどこの修道院をさがしても

教皇や王様の領地のどこをさがしても
聖アンブロシウスの祭のころに
日に焼けた善良な巡礼が　巡礼杖《じゅんれいづえ》やひょうたんや
貝殻を身につけて[*1]　これほど　集まる所はない……
さあさ　いっておいで　娘さんたち
矢車菊をつみに　麦畑に！

どこの国の娘たちも
日が暮れて　みんな　輪になって踊るとき
頭にこれほど飾りはしない、バラの花を。
心にこれほど燃やしはしない、恋の炎を。
こんなに生き生きと輝いた目があったろうか、
こんなにすっぽりと長いスカーフに被《おお》われて……
さあさ　いっておいで　娘さんたち
矢車菊をつみに　麦畑に！

アンダルシーアの真珠のようなあの娘
アリーシアは　ペニャフィエールの娘だった。
はちみつをあつめながら　ミツバチは
花と見て　アリーシアにとまったことだろう。
ああ！　あのころもいまは遠いむかし！
どこの家でも　あのこの噂《うわさ》をしていたが……
さあさ　いっておいで　娘さんたち
矢車菊をつみに　麦畑に！

この町にひとりの見知らぬ男がやってきた。
年は若い、口のききかたが横柄だ。
グラナーダの町にいるムーア人だろうか？
ムルシアの町の男か　セビーリャの町の男か？
さびしい海辺から、あのチュニスの町の
軍船がたむろする海辺から来た男か？……
さあさ　いっておいで　娘さんたち
矢車菊をつみに　麦畑に！

誰も知らなかった——あわれな娘アリーシアは
その男に愛された、それからそいつを愛した。
ハラーマ河の流れるしずかな谷間が
ふたりの甘く美しい罪に手をかした。
日が暮れて　星のまたたく空のもと
ふたりはいっしょに　木陰の道をさまよった……
さあさ　いっておいで　娘さんたち
矢車菊をつみに　麦畑に！

町はとおく　あかりも消えていた。

月は恋人たちに　やさしい光をなげながら
暗い夜空にとけこむ多くの塔や
鐘楼のうしろにのぼり
あるいは高くあるいは低い建物の
鋭い屋根を　くろぐろと浮かびあがらせた……
さあさ　いっておいで　娘さんたち
矢車菊をつみに　麦畑に！

だが、アリーシアをねたむ女たちが
この美しい他国の男に思いをよせ
夾竹桃《きょうちくとう》やオレンジの木陰で踊っていた、
アンダルシーアの小麦色の肌の女たちが。
角笛の音はギターの音に入りまじり
楽しいカドリールに　ひとしお興をそえていた……
さあさ　いっておいで　娘さんたち
矢車菊をつみに　麦畑に！

小鳥は苔《こけ》の寝床に眠る、と　すぐに
その巣をオオタカがおびやかす。
小鳥のように眠っていたのだ、愛の巣に
人を信じやすい気立てのやさしいアリーシアは。
巻毛の　若いこの男、それは

カスティーリャの王ドン・フワンだった……
さあさ　いっておいで　娘さんたち
矢車菊をつみに　麦畑に！

ところであぶないのは　王様を愛すること。
ある日のこと　その娘は　黒い馬の背に
のせられた、王様のご命令で。
そして　この地方から連れさられた。娘の
恋に苦しんだ日々も　もうこれまで。ある修道院の
格子の扉が閉ざされた、王様のご命令で……
さあさ　いっておいで　娘さんたち
矢車菊をつみに　麦畑に！

一八二八年四月十三日

＊1　巡礼地によっては、服に貝殻をつけて行くことがあった。

幽　霊

夜はながく　まぶたは重くとじている。
さあさあ静かに去ってくれ　翼ある風よ！

一

ああ！　わたしは　何人も若い娘が死ぬのを見た！
それはこの世の運命《さだめ》。死神には餌食《えじき》がいる。
草は　いつかは鎌《かま》の刃に刈りたおされ
舞踏会の　笑いさざめくカドリールは
　バラの花を足もとに踏みくだく。

水は　谷間をかけめぐるうちに涸《か》れ
いなずまの輝きは　ほんのわずかしかつづかない。
嫉妬《しっと》ぶかい四月は　霜を降らせて焼いてしまう、
星をちりばめたような花を誇るリンゴの木、
　香りたかい春の雪とも呼べるリンゴの木を。

そうだ　それが人生だ。昼のあとには鉛色の夜。
とどのつまり　人は天国か地獄で目をさます。
無数の人びとが享楽を求めて　人生の宴《うたげ》に加わる。
だが、その多くは自分の席をからにして
　宴会のおわるまえに　立ちさってしまう。

二

わたしは何人もの娘が死ぬのを見た！——一人は色白の　バラのような娘だった、
一人は天上の調べでも聞いているように見えた、
一人は弱く　いつも肘《ひじ》をつき頭を支えていた、
小鳥が飛びたつとき　枝をしなわせるように
　心が　そのこのからだを傷つけていた。

一人は顔は青ざめ　気も狂い　真っ黒な妄想にとりつかれ
だれも覚えていない名を　小声でつぶやいていた、
一人は竪琴《たてごと》にのせてうたわれる歌のように消え、
一人はやさしくほほえみながら　息をひきとった、
　またもどってくる年若い天使のように。

みながみな　かよわい花　咲くと見るまにしおれた花！
水に浮かぶ巣とともに波にのまれた海鳥！
また　天がこの世におくったハトだった！
美しさ　あどけなさ　愛らしさで身をよそおい
　人生の春を生きていたのに！

ああ　もう死んでしまったのか！　石の下に横たわっているのか！
ああ！　大勢のかわいい娘たちが　瞳《ひとみ》も開かず声もたて

ぬ！
あんなに多くの灯火《ともしび》が消えてしまったのか！　あんなに
　多くの花が摘みとられたのか！……
ああ！　ほっといてくれ、枯葉を踏んで歩くわたしを、
　　森の奥をさまようわたしを！

やさしい幽霊たちよ！　森の木蔭で夢みていると
幽霊たちがかわるがわる来て　わたしに耳を傾け　話し
　かける。
光はほのか、見えかくれする幽霊たちの数はおぼつかな
い。
小枝や暗い葉むらをすかして
　　その目は輝く。

わたしの心は　こよなく美しい幽霊たちの妹。
この世にもあの世にも　わたしたちをしばる掟《おきて》はない。
ときにはわたしはかれらの歩みを助け　ときにはかれら
　の翼を借りる。
えもいわれぬ幻想、わたしは幽霊のように死んでいる、
　そして
　　幽霊はわたしのように生きている！

幽霊はわたしの思いのひとつひとつに　その姿を貸して
　くれる。
見える！　見える！　わたしをさしまねく！
それから　墓のまわりで腕を組んで踊り
やがて静かに去っていく、しだいに姿を消しながら。
　　すると思い出が　まぶたにうかぶ……

三

わけても一人の娘——天使のようなスペインの娘の思い
　出が！
手は白く　胸はあどけない溜息《ためいき》にふくらみ
黒い目には　植民地生まれの白人《クレオル》のまなざしが光り
未知の魅力　全身から放たれるあのさわやかな光が
　　十五歳のひたいを王冠のように飾っていた！

どうしてどうして　あの子が死んだのは　恋のためでは
ない。
あのこには恋はまだ楽しい遊びでも　苦しい戦いでもな
かった。
あのきかぬ気の心はなにをみても　まだときめきはしな
　かった。
見れば　だれでも大きな声で　きれいなこだ！　と　思

わず叫んだが
　あのこにそれを　ささやいた者はない。
あのこはほんとに踊りがすきだった、そのために死んだのだ。
目もくらむ踊り！　えもいわれぬ踊り！
そのなきがらは　いまでも静かに揺り動かされて　身をふるわせる、
晴れた夜空にうかぶ白い大きな雲が
　三日月のまわりを踊るときには。

あのこはほんとうに踊りがすきだった——祭がくれば
三日も祭のことを考えていたし　三晩もそれを夢に見た。
そして女たち　楽手《がくしゅ》たち　踊り手たちは誰はばからず
あのこの眠りに忍びいり　幼い顔をかきみだし
　枕辺《まくらべ》で笑いさざめいたものだった。

それに　宝石や首飾りや珍しい品物も！
たとえば　つややかな波形模様の毛織りの帯
ミツバチのうすい羽根よりも軽い布地
たくさんの籠《かご》にあふれるほどの花づな　リボン
　宮殿を買いとれるほどの花　花！

やがて祭になれば　笑いたわむれる妹たちと
扇をつぶれるほど握りしめて　かけつけ
絹の肩掛けをまとう娘たちのなかにすわった、
オーケストラがあまたの音色《ねいろ》を響かせると　胸は
　にぎやかな楽隊のように高鳴った。

若いあのこの踊りを見るのは　それは楽しいものだった！
スペインふうのスカートにつれて　そら色の飾りがゆれ
大きな黒い瞳が　黒いスカーフの下で、輝いた、
夜空たかく　ふたつの星が
　厚い黒雲のひだの下できらめくように。
踊りと笑いと狂おしい喜び　それがあのこのすべてだった。

かわいいこよ！——わたしたちは悲しい気持でなすこともなく　あのこに見とれていた。
踊りのときには　心ははればれとはしないものだ、
絹の上着のまわりには死の灰が、楽しみのまわりには
　薄暗い憂鬱《ゆううつ》が飛びまわるものだから。

だがあのこは　ワルツやロンドに運ばれて
飛びさり　舞いもどり　息つくひまもなかった。
ほめそやされるフルートの音《ね》に酔い
花に　金のシャンデリアに　すばらしい祭に酔い
　ざわめく人声に　足音に酔っていた。

どんなに楽しいことだろう、大勢のなかで踊り狂うのは
踊りのうちに　官能の喜びがひろがるのを感じるのは
雲のなかを踊りまわっているのか　土を離れてすべって
いるのか
それとも逆巻《さかま》く波を踏んでいるのか　なにも
　わからなくなってしまうのは！

だが　残念なことに！　夜明けがくれば
帰らねばならなかった、戸口でサテンのマントを渡され
るのを　待たねばならなかった。
そういう時だ、あの純な　踊りの好きな娘が　よく
寒さに身をふるわせながら　そのあらわな肩に
　朝の息吹きが　すべり落ちるのを感じたのは。
歌いさわいだ踊りのあくる日は　なんとわびしいことだ
ろう！

さようなら　身につけた飾りよ　踊りよ　あどけない笑
顔よ！
いくつも歌をうたったあのこは　あとでしつこい咳《せき》にお
そわれた、
バラ色の生き生きとした楽しみに　青ざめた熱がつづき
　輝く瞳は光を失った！

四

あのこは死んだ――十五だった、美しく　しあわせで
みんなから愛されていたのに！
踊りが終わってすぐのことだった、みんなでお通夜をし
てやった。
かわいそうに死んでしまった！　とりみだした母親の手
から
冷たい手の死神が　よそおいをこらしたあのこを奪いさ
り
　ひつぎの中に眠らせてしまった。
あのこはまだ、ほかの踊りのための支度をしていたのに
それほど急に死神は　あんなに美しいからだを連れさっ
た！
あのこの頭を飾っていた　はかないバラの花、

前の日　宴《うたげ》の時に咲きにおっていた花は
　墓のなかでしおれてしまった。

五

かわいそうな母親！──ああ！　母親はこうなろうとは
　思いもかけず
あのか細い葦《あし》に　あふれるような愛を注いできた、
弱かったあのこを　いつもいつも見守ってきた、
まだ幼いころの　むずかるあのこをあやして幾夜もおく
　ったのだ、
　ゆりかごにねかしつけながら！

なんのかいがあったろう？──死んだ娘はいま
鉛のようなひつぎに被《おお》われ　鉛色に変わり　ウジムシの
　餌食《えじき》になって
眠っている。あのこのなきがらをおさめた墓のなかで
死者たちの祭があって　氷のように冷たくなったあのこ
　が
　冬の美しく晴れた夜に目をさませば、
恐ろしい笑みをうかべた死神が　不気味な化粧台の前で
母親の代役をつとめて　あのこに言うのだ、時間だよ！
　と。
それから　くちづけで　あのこの紫色のくちびるを凍ら
　せながら
骸骨《がいこつ》の手の節くれだった指をすべりこませる、
　あのこの　ふさふさとした　長い髪の毛の下へ。

それから死神は　ふるえるあのこを死の踊りにつれてい
　く、
暗闇《くらやみ》を飛びまわる　空中の合唱につれていく。
灰色の地平には　月が大きく青くかかり
夜の虹《にじ》はオパール色の光で染める、
　しろがねのふちかざりをつけた雲を。

六

みなさん、にぎやかな踊りの楽しさにひかれて集まった
　みなさん、
もう帰ってはこない　スペインの少女のことを考えてく
　ださい。
娘さんたち！　陽気なあのこはその手で夢中に
人生のバラの花をつみとろうとしていたのです、
　美と楽しみと若さと愛とを！

かわいそうに　あのこは祭から祭へ飛びまわり
美しい踊りの花束の色をそろえていたのです。
だがなんとはやく　あのこは行ってしまったのだろう、
ああ！　ふしあわせな娘！
流れに沈んだオフィーリヤ[*1]のように
　あのこは花をつみながら死んでしまった！

一八二八年四月

*1　シェイクスピアの悲劇『ハムレット』中の人物。発狂して小川に落ちて水死する。

マゼッパ

ルイ・ブーランジェ氏に捧《ささ》げる

さきへ！――さきへ！

バイロン「マゼッパ」

一

こうして　泣きわめくマゼッパ[*1]は　見た、
腕を　足を　サーベルをつきつけられた脇腹《わきばら》を
　しばられた手足を、
海草で飼い育てられた　癇《かん》のつよい荒馬
からだから湯気をたて　鼻孔や足から火を噴く
　馬の背にしばられたおのが手足を。

彼は縄目のなかで　ヘビのように身をよじったが
その怒りも　勇んで死刑の支度をする男たちを
　よろこばせただけ。
やがて彼は　また暴れ馬の尻《しり》に倒れふしてしまう、
額に汗をうかべ　口から泡を吹き
　両の目を血走らせて。

そのとき叫び声が起こる、と見るまに　野をよぎり
猛《たけ》り狂う人と馬とは息をはずませ
　流砂のうえを走りさる。
マゼッパと馬だけが　雷火ののたうつ黒雲に似た
ほこりの渦に　ひづめの音をとどろかせて
　風とともに飛びさる！

さきへさきへと　多くの谷を　嵐《あらし》のように
山々のなかに幾重にも積まれた旋風のように

火の球のように駆けぬける。
それからただ　もやのなかの黒い一点となり
それから　青い大きな海に浮く一抹の泡のように
　空に消える。

行けども行けども大地は広い。茫漠《ぼうばく》たる砂漠を
砂また砂の果てしもない世界を
　人も馬も突き進んでゆく。
駆けるというより飛ぶようだ。カシワの大木が
町々が　塔が　長い鎖のように連なる黒い山々が
　ゆれながらあとへ飛びさる。

この悲運な男は　頭が割れるような気がして
身をもがくが　風よりもはやく駆ける馬は
　なおのことおびえて跳びあがり
広大な焼けつくような　越えることのできぬ砂漠、
砂の起伏を見せながら前方に
　縞《しま》のマントのように広がる砂漠に突き進む。

ものみなゆらめき　見知らぬ色にいろどられ
森が走り　大きな雲が走り
　こわれた古い天主閣が走り

山々が、その合間に光の流れる山々が走る。
見れば群れなす雌馬が　からだから湯気をたて
　地響きをたてて　あとを追ってくる！

日はすでにかたむき　大空には
雲海が浮かび　その海に
　雲また雲が重なりゆく。
太陽は雲の波をへさきでわけて進みながら
目のくらんだ彼の頭上でぐるぐる回る、金の石目《いしめ》をもつ
　大理石の車輪のように！

視線も定まらずに光る目、髪は地をすり
頭はがくりと垂れ　黄色の砂地や
　とげだらけのやぶを赤く染める血。
はれあがった手足に　幾重にも　うねる縄は
えものをとらえたヘビのように　ところきらわず
　嚙《か》みつき巻きつく。

轡《くつわ》もつけず　鞍《くら》もおかず　馬はたえまなく
駆け　たえまなくマゼッパの血は流れて光り
　肉は破れ　ぼろのように垂れさがる。
ああ！　ふさふさのたてがみを振りたてて

追うさかりのついた雌馬たちの　そのまたあとを
　追うカラスども！
それぱかりか　丸い目の臆病《おくびょう》な　ワシミミズク
戦場のありさまにおびえるワシ　またオジロワシ、
　昼は見られぬ化物じみたオジロワシ
やぶにらみのみみずく　黄褐色のハゲワシ、
死体の腹を食いあらし　赤禿《あかはげ》の首をむきだしの
　腕のように突っこむハゲワシ！

鳥という鳥が集まり　死の翼は空をおおう。
一羽のこらず　えものを追ってやってくる、
　ヒイラギガシや　館《やかた》につくった巣をすてて。
血にまみれ　心乱れたマゼッパは　鳥の歓声も
聞こえず　そのさまを見て叫ぶ、誰が空高く
　ひろげたのか、この黒い大きな扇を？　と。

星をちりばめた服をまとわず　陰惨な夜が降りる。
鳥の大群は翼ある猟犬のようにつきまとい
　湯気をたてて駆ける馬のあとを追う。
空とマゼッパのあいだに暗く渦まく鳥の姿も
やがて消え　闇《やみ》のなかに聞こえるのは　ただ
　いりみだれて飛ぶ鳥の羽音だけ。

だが　三日のあいだ狂ったように駆けつづけ
こおりついたいくつもの大河をとび越え
　大草原を　森を　荒れ野を越えたあと
ついに数千の猛禽《もうきん》の叫びにけおされて馬は倒れ
鉄のひづめは　おのれの打ちくだいた石の上で
　その四つの火花を消す。

悲運な男も裸で　みじめに倒れふす、
からだじゅう　花の季節のカエデよりも赤く
　血に染まって。雲のような
鳥の群れは　頭上に輪を描き　はばたきをとめ
無数の貪欲《どんよく》なくちばしは　ついばもうとする、
　涙にただれたマゼッパの両の目を。

だが！　うめき声をたて　はいずりまわる死刑囚、
この生ける屍《しかばね》を　ウクライナの諸部族が
　やがて　自分らの王に選んだのだ。
やがて　彼は墓のない死人たちを野にまきちらし
その山のようなえさで　オジロワシやハゲワシに
　むかしの埋めあわせをしたのだ。

野性的な偉大さが　この責苦から生まれたのだ。
マゼッパはやがて目もくらむ偉人となり　コサック族の
　首長の
　　外套《がいとう》をまとったのだ。
彼が通ると　テントに住むいろいろな部族の人びとは
ひれ伏して見送ったのだ、花やかな軍楽が
　　彼のまわりに躍るさまを！

二

そしてまた　わが身に詩神を宿す一人の男が
生きながら　おまえの不吉な尻《しり》にしばられた。
　　霊感よ　癇《かん》のつよい駿馬《しゅんめ》よ、
男は身をもがくが甲斐《かい》もない。ああ！　おまえは
躍りあがってこの世の外へ　男をつれさる、
　　鋼鉄の足で扉を蹴《け》やぶって！

おまえは男をのせて砂漠を越え　年を経た山々の
雪をいただく峰を越え　海を越え　雲のかなたの
　　暗い世界を越えて駆けていく。
幾千の悪霊どもが　そのひづめの音に目覚め
この尊大で非凡な男のまわりに
　　群れをなして迫る！
男はおまえの炎の翼にのり　ひと跳びで横ぎる、
ありとある可能の分野を　精神の領域を、
　　そして永遠の河の水を飲む。
吹きすさぶ嵐《あらし》の夜　また星のかがやく夜
男の髪は　数ある彗星《すいせい》の尾と入りまじり
　　天の頂で炎となって燃えあがる。

ハーシェル*2の六つの月、年老いた土星の環
極地の空たかく　夜のオーロラを
　　丸くえがく北極、男は
いっさいを見る。おまえが疲れも知らず飛びゆけば
刻一刻と変わっていくのだ、この果てしもない世界の
　　詩想の地平が。

悪魔や天使は別として　誰が知っていよう、
おまえと走る苦しみを　どんなにふしぎな光が
　　男の目に照りはえるかを
どれほど　はげしい火花で焼かれるかを
ああ！　また　夜には　どれほど多くの冷たい翼が
　　男の頭を打ちすえにくるかを？

おびえて叫んでも　容赦なくおまえは駆ける。
男は飛翔《ひしょう》にたえかね　青ざめ　疲れきって口をあけ
　恐怖に身をおりまげる。
まるで　おまえの一歩一歩が男の墓穴を掘るみたいだ。
だが　それも終わる……男は駆け　飛ぶように　駆け
倒れ
　立ちあがって王者となる！

一八二八年五月

＊1　マゼッパ（一六四四—一七〇九）は小ロシアの名家の生まれ。不義のかどで、暴れ馬の背に裸のまま縛りつけられ追放されたが、ウクライナに達してカザークの首長になった。この話はバイロン、プーシキン、ヴェルネ、ブーランジェなど多くの文学者や、画家によって作品の題材に選ばれた。ユゴーは友人である画家のブーランジェの作品に感興を得て「マゼッパ」を書き、これをブーランジェに捧げた。

＊2　イギリスの天文学者。一七八七年、天王星とその衛星、土星の衛星のうち六つを発見している。

怒りのドナウ

こう警告し　大きな声で闇《やみ》の中に証言した。
ウェルギリウス

ベオグラードとゼムンの町が戦っている。[＊1]
さきほどまでのどかだった床のなかで
この二つの町の父　ドナウ老人が
大砲のうなりに目を覚まし
夢かとうたがい　身ぶるいした。
それから　いくさの怒号を聞くと
うろこの生えた手をうって
二つの町の名を呼んだ。

「こら！　トルコ人！　キリスト教徒！
ゼムン！　ベオグラード！　どうしたのだ？
願わくば天もみそなわせ！
ほんの一世紀も眠らぬまに　やって来て
うるさい物音でわしを起こす、
いきりたつゼムンかベオグラードが！

「冬も　夏も　春も　秋も
たえまなくおまえらの大砲が鳴る！
わしは　ものうい流れにゆられて
葦《あし》のあいだで眠っていた。
すると　まるで雌のアザラシが
鼻から潮《しお》でも吹くように
こうして　おまえらの長砲が
わしの水面《みのも》に火を吐く始末だ！

「ひまをもてあました魔女たちが
いつか笑いぐさの種にするため
わしの両岸に　むかいあわせておいたのだ、おまえらを
一皿の料理に二人の客を
一つの塔の頂に
ワシの巣とオオタカの巣を置くように。

「なんたることだ！　仲よく暮らせないのか
娘たち？　わしは恐れおののかねばならぬのか、
おまえらをここに集めた宿命に？
おまえらは　はげしく憎みあってばかりいるのだから。
おまえらは仲むつまじい姉妹でいて

壮麗なわしの流れに映すこともできように、
ゼムン　おまえは黒いゴチック式の鐘楼を
ベオグラード　おまえは白い尖塔《せんとう》を。

「大海にそそぐわしの水が、広く澄みきって
おまえらをへだてているが　それもむだだ。
水の上にそそり出た城の頂から
おまえらは手を伸ばしあい　砲弾が
おまえらのあいだに　きらめく光の弧を描いて
火の橋を空にかけわたす。

「休戦しろ！　しずまれ　二つの町！
おまえらの内輪げんかには　あきあきした。
わしらも年だ、おだやかにしていよう。
カバの木陰で眠ろうではないか。
やめにしろ　こんな内輪げんかは！
いやはや！　こんなけんか騒ぎがなくてさえ
娘たち　わしはいやというほど聞いているわ、
耳を聾《ろう》する波音を。

「十字架と　かぼそい新月が*2
美しいこの土地を地獄にしてしまう。

おまえらが　すばやく砲弾をかわすのは
『コーラン』と『福音書』のためなのか?
そいつは音と火のむだづかいだ、
わしにはわかる、神であったわしにはな!

「おまえらの神々が天界からわしを追いだし
わしの格下げをした。それもよかろう!
木陰がわしの望む宝だから。
だが、やつらには自分の宮殿にいてもらおう、
わしの岸辺にやって来て
緑のしげみを引っこぬいたり
貝をうちくだいたりはしてもらうまい、
やつらの爆弾や砲弾で!

「おぞましくも　やつらを信仰して
あげくの果てが　こんな武器の発明だ。
わしらのころには　こんな騒ぎはなかったものだ。
石弓から飛びだす石が
夜となく昼となく町を打ったが
硝煙も爆音もたてなかったものだ。

「おまえらの姉妹の町ウルムを見なさい。
あのこのように　おとなしくするがいい。
王たちのもつれた糸がほどけるように
おまえらのつむをまわして　ほほえむがいい。
隣りの町のブダを見なさい、
サラセンの町ドゥロストルムを見なさい!
エトナ火山はなんと言う、メッシーナの町が
そのふもとで　こんな大騒ぎをおこしたら?

「ゼムンの方がけんかっぱやい、
いつもきまって先に手を出す。
おまえらは　うねりも高いわしの水が
岩の多い傾斜をくだり
両岸のあいだでやれることは　ただ
おまえらの死者を、黒海にはこぶことだと思っているの
か?

「おまえらの臼砲《きゅうほう》のすごい煙で
わしの好きなほら穴は　真っ暗だ、
たえず砲弾の閃光《せんこう》をちりばめて!
昼の景色は　とんと忘れてしまったし
夜は夜で　砲口の吐く煙霧が
すさまじい影でわしをつつむ、

寝床から眺めようというのにだ、
水をすかして星屑《ほしくず》をな。

「姉妹の町よ　満身に傷を負わせあれば
大きな名誉になるとでも思っているのか？
おまえらの宮殿は　あばら屋になってしまうぞ。
ああ！　おまえらの暗い砲眼に
戦いをやめさせろ、さもないと
このわしが、大砲を黙らせるぞ。

「わしは洋々たるドナウだからな。
大変だぞ　わしがことをおこしたら！
今はお情けに　がまんしてやっているのだ。
わしがその気になりさえすれば　牢獄《ろうごく》から
野原のなかへ解き放たれたわしの波が
おまえらと　その仲間をひっさらって
山々のつらなりのように
地平にそびえ立つんだぞ！」

そうだ、こんな大見得をきってもいいのだ、
なにしろ　砲声に答えてしゃべるのだから
なにしろ　王たちの城門さえひたすのだから
なにしろ　話し手はドナウ河なのだから
黒海やダーダネルズ海峡のように
三層甲板の巨船を浮かべているのだから。

なにしろ　ドナウは数しれぬ石の橋を嚙《か》み
バイエルンの八つの地方を横ぎり
六十の支流をあつめ
それを飲んで流されり
海のようなうねりをたて、
なにしろ　地球の上を
ヘビのようにのたうって
西洋から東洋へ流れているのだから！

一八二八年六月

＊1　ゼムンはオーストリア領でキリスト教を信じ、ベオグラードはトルコ領で回教を信じていた。
＊2　トルコの旗は新月旗である。

夢想

日は暮れようとしていた。ほの暗い大気は
地上の人や動物をときはなった、
その労苦から。

ダンテ『神曲』

ああ！　わたしに夢みさせてくれ！　けむる地平はいま
起伏のある面《おもて》を霧の輪のなかにかくし
巨大な天体は赤く燃えて　姿を消してゆく。
ただ黄ばむ大きな木立ちが丘を黄金《こがね》にそめるばかり。
秋の深まるここ数日のあいだに
日射しと雨が　森に錆《さび》でもつけたようだ。

ああ！　誰か　ふいに出現させないものか、
かなたに――わたしがひとり窓辺に夢み
夕闇《ゆうやみ》が廊下の奥で濃くなるあいだに――
きらめく　異様なムーアの町、
花咲く火矢の束のように
立ちならぶ金色《こんじき》の尖塔《せんとう》で　あの霧を引き裂く町を！

その町が浮かびでて、おお精霊たちよ！　霊感と生気を
秋空のように曇ってしまった　わたしの歌に吹きこみ
わたしの目に　魔法の反映を投げいれてほしい。
そしてたとえ　鈍いざわめきのうちに消えていくとも
その町がながいあいだ　妖精《ようせい》の住む宮殿の何千という塔
をならべ
霧につつまれながら　紫の地平をぎざぎざに刻んでほし
い！

一八二八九月九月五日

見神

また、わたしは大きな声を聞いた。
「ヨハネの黙示録」第一二章一〇、第二一章三

星かげさやかな夜半《よわ》　わたしは一人　汀《なぎさ》にたたずんでい
た。
空には雲ひとつなく、海には帆影ひとつ見えない。
わたしの目は分けいった、この世界を越えてはるかかな

たに。
立ちならぶ森も峰々も、いや　大自然のあらゆるものが
口々につぶやきをあげて　問いかけるように思われた、
　大洋の波に　天上の星に。

そして　数しれぬ軍団をつくって金にまたたく星屑《ほしくず》は
声高《こわだか》に　また密《ひそ》やかに　千の諧調《かいちょう》を奏でながら
燦然《さんぜん》たる王冠を傾けてこの問いに答えた。
そしてまた　何ものにも支配されず妨げられぬ青い波は
白く泡だつ波がしらを傾けて　この問いに答えた、
「主は統《す》べたもう、主なる神こそ！」と。

一八二八年十一月二十五日

詩人がカリフに

彼に比べれば、すべて地に住む者は無に等しい。彼はすべてを御旨《みむね》のままにされる。彼の強い手をおさえて、「あなたはなぜそうしたのか？」と言い得る者はだれもいない。

「ダニエル書」

おお　スルタン　ヌールエッディーンさま、神の愛《め》でる
　カリフさま！
あなたは治めておられます大君さま、中つ国を
　紅《あか》い海から黄の河にかけて。
諸国の王は　あなたのお顔のほうをむいて
作ります　声もなく　ひれ伏したその額で
　あなたの玉座までつづく道[*1]を。
ハレムはいとも大きく　お庭はまことに美しく
女たちは灯火《ともしび》のように燃える目をもち　その光が　ただ
　あなただけを求めてヴェールをもれます。
帝王の星のあなたが　恐れかしこむ人民に
輝けば　三百人の御子《みこ》たちは　きらめきます、あなたの
　まわりに
　きら星のお供のように。
あなたの額は羽根飾りをつけ　緑のターバンを巻いてお
　ります。
あなたは眺めることができます、身を乗りだせば窓の下
　に、
　なかば開いた浴室でたわむれる

香料よりもかぐわしい　マドラスの町の女たちや
栗色《くりいろ》の美しい胸に　白い真珠の首飾りをつけた
　アレッポの町の乙女たちを。

あなたの広い抜き身の剣は　あなたの手に握られると
　偉大な剣になるように思われます。
戦いには決まって　その剣がひらめくのが見られます、
　行く手をはばむターバンもあらばこそ
乱戦がこのうえもなく凄惨《せいさん》な変化をみるところ
巨大なゾウの群れが背なかの櫓《やぐら》を打ちつけあって
　軍馬を鼻でつかむところに。

あなたの眺めるものには、みな妖精《ようせい》がひそんでおります。
口をひらけば　カリフさま　あなたの御声《みこえ》は
　天界からこの世にくだって来るようです。
神さえもがあなたに感嘆して　数々の至福で
みたします、夢のようなあなたの日々が
　楽しく酌みかわす金の杯を。

だが　とかくあなたの心には　光り輝くヌールエッディ
　ーンさま
悲しい思いが現われがち、そして　にわかに
　凍らせます、口数少ない偉大なあなたを。
それは　たまたま昼ひなか　火の太陽のもとで
死者の星　月が白く　青空の奥の方から
夜の額をのぞかせるのに似ております。

一八二八年十月

＊1　東方諸国の王は、征服した土地でひれ伏した敵の頭の列を踏んで歩くという、言い伝えがあった。ユゴーはこの言い伝えを誇張して表現している。

ブナベルディ

世界のように偉大な。

いくたびも　ヨーロッパのフランク族のスルタン　ブナ
　ベルディ＊1は
黒いマントのような砂漠の熱風《シムーン》につつまれて
巨人の身を　巨人のような丘の頂に運び
そこからあてもなく　砂と波にまなざしを投げ
一望のもとにおさめる、足もとの

口をあけた深淵《しんえん》に横たわる　世界の両方の部分を。

その高い頂に立つのは彼ひとり。
砂漠はみぎてに身を横たえて　彼をむかえ
砂の雲を舞いあげて　その目をくらませ
ひだりてには海、かつては彼を主《あるじ》とした海が
丘の頂まで深く高い声を響かせる、
犬が飼主の足もとで　うれしげに吠《ほ》えるように。

その雲がその音が、かつての皇帝の目に耳に
かわるがわる記憶をよび覚まし　彼は思いに耽《ふけ》る、
かわいい女に思いをはせる男のように。
彼はこう思うのだ、あれは目に見えぬ無数の軍隊が
いまはこの世のものならぬわが身のために　砂ぼこりを
　舞いあげ　足音を響かせて
灰色の地平のかなたを　いまもかわらずに通っているの
　だと！

いのり

ああ！　あなたがふたたび丘の上にもどって　思いに耽《ふけ》
　られるときは
ブナベルディよ！　すこしばかりこの野に目をそそがれ
風のうなる砂漠の中で白く変わった　わたしのテントを
　ごらんください。
わたしは気ままな　貧しい　カイロのアラビア人、
わたしがアッラー！　と唱えますと　わたしの　たくま
　しい軍馬は
飛ぶように駆け　まぶたの下で　その目は二つの燃える
　炭火となるのですから！

一八二八年十一月

*1　ナポレオン・ボナパルトのアラビアなまり。

彼

当時のわたしは巨人であった、身の丈は百腕尺《クーデ》の。
ナポレオン・ボナパルト

一

とこしえに彼は立つのだ！　いたるところに！――燃え
　るような　また　凍るような
彼の姿が　たえずわたしの思いをゆする。

彼はわたしの精神に　創造の息吹きを吹きこむ。
わたしはふるえ　口には言葉があふれでる、
巨大な彼の名前が　後光につつまれて
わたしの詩のなかに　すっくと立ちあがると。

彼の姿が目に浮かぶ、すばやく飛びたつ砲弾をみちびく
　彼
また　国民公会の名において人民を虐殺する彼
また　護民院委員たちの権限をはぎとる軍人の彼
また　帝国を夢みて数々の壮挙を思いめぐらす
不眠の幾夜にやせた　若く誇らかな執政、
　黒い髪をのばした蒼白《そうはく》な彼。

ついで強大な皇帝の彼　首をかたむけ
丘のうえから戦闘を指揮し
陽気な部下の兵士たちに星を約束し[*1]
火を吐く大砲に号令をくだし
その魂で六十万の魂を武装し鼓舞し
泰然《たいぜん》　自若《じじやく》　目に稲妻をやどす彼。

ついで哀れな捕われの身、嘲《あざ》けられ虐《しいた》げられ
波だつ胸になすこともなく　腕をくみ

卑しい罪人同然に　卑しい看守どもに悩まされ
敗れ　髪も失せ　うれいにくもる額をたれて
嵐《あらし》の過ぎる岩のうえにさまよわせるのは
　止《や》むことのない嵐の思い。

とりわけそのとき、彼はなんと偉大であろう！　権力を
　失い
みじめにも　イギリスの看守どもの嘲笑《ちようしよう》を買いながら
流刑という不幸の戴冠式《たいかんしき》を経て　おのれの権利を鍛えな
　おし
その足音で東西両世界に気をもませるとき、
セント・ヘレナに押しこめられ　この流刑の地で死に瀕《ひん》
　し
諸国の王が彼をさらしものとする　この檻《おり》のなかで息づ
　まる　そのときには！

なんと偉大であろう、神そのものにまみえようとする
彼の目が閉じてひとしずく　いまわの涙を流すときは！
哀悼《あいとう》の意を捧げるかつての配下の軍隊を　死にのぞみ思
　い浮かべて
つわものたちに向かい　わびしく息をひきとるわが身を
　なげき

愛用の将校マントを死衣《しい》として
　野営の床《とこ》から柩《ひつぎ》に移るそのときは！

二

教皇選挙会が元老院のあとをつぐローマにも
白い雪や黒い溶岩の山々をもつエルバ島にも
威圧的なクレムリン　にこやかなアルハンブラの宮殿にも
いたるところに彼がいる！――ナイル河のほとりにも彼が見られる。
エジプトは　彼の曙《あけぼの》の光に照り輝き
星の王の彼は　東方から昇るのだ。

征服者　神の息吹きを受けた人　威光に輝く
驚異の人物　彼は驚異の地を驚かした。*2
長老たちは、この若く賢明な首領《アミール》をうやまい
部族の人びとは　その前代未聞の武器を恐れた。
幻惑された諸部族の前に彼は現われたのだ、気高く
　西洋のマホメットとして。
諸部族の妖精《ようせい》物語は　いち早く彼の話をとり入れ
アラビア人のテントには　彼の栄光への賛歌がみち

自由の民ベドウィン族は　こぞって彼の大胆な友となり
幼い子供たちは　目をフランスの岸辺にむけて
野育ちの足を　フランスの太鼓にあわせ
癇《かん》の強い馬は　彼の名を聞いていななく。

ときおり彼は　ヌミディアの大旋風に運ばれやって来て
巨大なピラミッドを足台として突っ立ち
砂の大海原の砂漠にながめいる。
すると彼の影は　こだまを返す墓を目ざめさせ
戦闘の用意でもするように　またここによみがえらせるのだ、
　巨大な四十の世紀を。*3

立て！　と彼が号令すれば　たちまち各世紀が、
ある者は王杖《おうじょう》をもち　ある者は剣をおびた。
ペルシアの太守《サトラップ》やエジプト王《ファラオ》が　祭司《マージュ》たちが　恐怖に凍る人民が立ちあがる。
不動の姿勢で塵《ちり》にまみれた無言の彼らを　彼は点呼する。
全員が　彼らのうえにぬきん出た彼の額を仰いで
各時代を治めるこの王の宮廷に「過去」のなかから参内《さんだい》するように見える。

こうしてすべてが　不滅の人の行くところ
すべてが彼の記念碑となる。彼が砂のうえを行けば
たとえ　アッシュール*4が砂の波におおわれようと
北の烈風が　砂上に休まず翼を駆りたてようと！
彼の巨大な足跡は不朽のあとを残すのだ、
　砂漠の動く面《おもて》のうえに。

三

歴史よ　詩歌よ　おまえたちの頂を彼は踏まえて結びつ
　ける。
感極まって　わたしがこの崇高な二つの領域で
何か偉大な題材を手がけると　かならず彼の名にふれて
　しまう。
そうだ　あなたが現われるときは　ほめたたえるにしろ
　非難するにせよ
わたしの燃える唇には　数々の歌がひしめいて飛ぶ、
ナポレオンよ！　わたしがそのメムノンの像である太陽*5
　よ！
あなたは君臨する、われらの時代に。天使か　悪魔
　か　それは問うところではない！
あなたのワシは翼に乗せて運びさる、われわれを　息を
　つかせず。
目をそむけて見まいとする者も　いたるところにあなた
　を見出す。
われらの時代のあらゆる場面に　あなたは投げる、大い
　なる影を。
ナポレオンはとこしえに立つのだ、暗く燦然《さんぜん》と
　われらの世紀の入口に。

このようにして、ヴェズービヨ火山の山域をたずね歩く
旅人が　ナポリからポルティチへさ迷うときにも
また　その旅人が　夢想にふけりながら　時ならぬその
　足音で
おだやかな潮路《しおじ》を花の香《か》にくゆらせる　イスキヤ島を騒
　がせ
潮騒《しおさい》が、恋に悩むスルタンの妃《きさき》の歌のように
芳香のなかを飛ぶ　人声かと思われるときにも、
また　旅人がペストゥムのおごそかな柱廊を　足しげく
　訪れるときにも
ポッツォーリの町で、活発なセレナーデが
トスカナ式の家の壁ぎわで歌い奏でるタランテラを　旅
　人が聞くときにも

また　あのミイラの町ポンペイを通りかかり
ある日火山に襲われて　眠りについたまま横たわる
　このむくろの町を目ざめさせるときにも、
また　ポジッリポの岬のあたりを　軽やかな小舟でさま
　よい
浅黒い船乗りが　タッソ[*6]の詩句をウェルギリウスに歌っ
　て聞かせるときにも
たえず　緑の木立ちの下に　芝草の床の上に
たえず　旅人は目にするのだ、海原や野原のなかから
岬の頂から　花咲く半島の岸辺から
たえず目にするのだ、地平に煙を吐く黒いあの　巨人
を！

一八二八年十二月

＊1　レジヨン・ドヌール勲章のこと。この勲章は星形である。
＊2　エジプトのこと。
＊3　いわゆるピラミッドの戦いのさい、ナポレオンは部下を励まして言った。「おまえたち、このピラミッドの頂から四十の世紀が見ているぞ」と。
＊4　古代アッシリアの都市。
＊5　メムノンはギリシア神話に出てくるエチオピアの王。テバイにあった彼の巨像は、毎朝、母のエオス（曙）に会うと、歌うような音を発したという。ここではナポレオンを太陽とたとえ、ナポレオンに霊感を得てうたう詩人をメムノンの像にたとえている。
＊6　タッソは十六世紀イタリアの詩人。ウェルギリウスは紀元前一世紀のローマの詩人。ポジリッポはナポリ近くにある山で、伝説によるとウェルギリウスの墓がある。

十一月

わたしは彼に言った、庭のバラは知らるると
おりわずかな命、バラの季節は、まことすみ
やかに去ってしまったのだと。

サーディー

秋が日々に食いこんで昼を短くしながら
燃えるような夕暮れの炎を消し　暁を凍らせ
十一月が青空をいちめんに霧でひたし
森が渦まき　木の葉が雪のように舞いおちると
おお　ぼくのミューズよ！　おまえはぼくの魂のなかで
　思いをひそめる、
こごえた子供が　火のそばへ身を寄せるように。

ざわめくパリの　うっとうしい冬をまえにして
おまえの東方の太陽は薄れ　おまえを見すて
おまえの美しいアジアの夢は破れて　おまえは　ただ
まのあたりに眺めるばかり、いつもの物音が聞こえる通
　りを
おまえの窓にかかる霧を　そして煙の長い帯が
流れては　黒ずんだ屋根の角《かど》をひたすのを。

そのとき　みんな消えてしまう、スルタンも　その妃《きさき》た
　ちも
ピラミッドも　ヤシの木も　旗艦のガレー船も
貪欲《どんよく》なトラも　粗食に甘んじるラクダも
荒れくるって飛ぶ魔神も　舞姫たちの踊りも
ラクダの首をかかえたアラビア人も
不規則なギャロップで走る鹿毛《かげ》のキリンも。

そのとき、栗色《くりいろ》の肌の女を乗せた白いゾウも
人々が陰暦をつかう金色《こんじき》のドームの町も
マホメットの導師も　バール神に仕える祭司も
すべて去り　消えてしまう。——ムーア人の尖塔《せんこう》も
花咲くハレムも　もう見あたらず　燃えあがるゴモラの
　町が

バベルの塔の黒い額を　赤く染めることももうないの
　だ！

ここは冬のパリ——おまえの乱れた歌にのせて
うたわれることはみんなが断る、娼婦《しょうふ》も　司令官《アミール》も　パ
　シャも。

この小さなパリでは　ギリシアの山人《クレフティス》はきゅうくつでた
　まらないだろう。
ナイル河も氾濫《はんらん》するだろう。ベンガルのバラは
セミの鳴かないあの野原でふるえている。
霧のかかったこの太陽のもとでは　妖精《ペリ》たちも寒がるだ
　ろう。

そのとき、おまえは失われた東方を悲しみながら、きよ
　らかなミューズよ
ぼくのところにやって来る、はずかしそうに　ただひと
　り　身につけるものもなく。
——あなたの心はまだ若々しいのですから　と　おまえ
　は言う。
何かうたえるのではありませんか？　あたしは気が滅入
　るのです、
あなたの白い窓ガラスに　雨が流れるのを見ていると。

なにしろあたしは　ステンド・グラスの窓に　金色の太
　陽が輝くのを見てきましたから！

それからおまえは　透きとおる両手でぼくの両手を握り
二人は腰をおろす。そしてぼくは俗人どもの目をはなれ
て
ぼくの思い出のなかの一番なつかしい思い出を　おまえ
　に贈る、
ぼくの幼いころのことや　その遊びや　強情だった小学
　校時代の話を
また　いまは誰かほかの男の腕に抱かれて　しあわせな
　母親になっている
あどけなかったある少女の　つきない愛の誓いの話を。

それからまたおまえに話す、フイヤンチーヌ[*1]では　どん
　な調べで
銀の響きをもった鐘が　ぼくの耳に鳴ったかを
幼くて野育ちの気ままなぼくが　どんなぐあいに走りま
　わったかを
また　十歳のころ　ときどき日暮れに一人でたたずみ
もの思いにふけりながら、夏のけだるい夜に開く花のよ
うな
お月さまの二つの目を見つけようとしたことも。

それからまた話してあげる、ブランコ[*2]を足であおったあ
　のときの話も。
ブランコは、葉の落ちたマロニエの老木をきしませて
高く飛ぶ、母はいつもこれが心配でたまらなかった！
それからぼくはきかせてあげる、スペインの友だちの名
　前や
マドリッドと　この町のたいくつしごくな中学の話[*3]を、
また　偉大な皇帝[*4]の肩をもってぼくたちがやった　あの
　子供らしいけんかの話を。

それからまた　ぼくのやさしい父のことも、ある若い娘
　のこと、
目が燃えて輝く年ごろの　十五で死んだ娘のことも。
でもとりわけ初恋[*5]の話を　おまえは喜ぶだろう。
初恋は　ういういしいチョウの群れ、のがれては若がえ
り
指の下にとらえると　たちまち色あせる羽根をもった
金色のチョウの群れ。ぼくらの人生の数多い日々のなか
　で　生きるのはただの一日。

一八二八年十一月十五日

＊1　ユゴーが七歳のときから一家は、広大な庭のあるパリのフイヤンチーヌ修道院のアパルトマンを借りて住んだ。
＊2　フイヤンチーヌ修道院の庭には、マロニエの並木道やブランコなどがあり、ユゴーはよくブランコにのって遊んだ。
＊3　ユゴーは子供のころ、母に連れられて父の赴任先スペインを訪れ、しばらく滞在した。
＊4　スペイン滞在時にユゴーは、ナポレオンの肩をもってスペインの学友と決闘した。
＊5　ユゴーは一八二〇年ころには、アデール・フーシェ（後のユゴー夫人）と初恋を経験している。

サテュロス

プロローグ　サテュロス

サテュロスはオリュンポスの山に棲《す》んでいた
聖なる山のふもとの大原始林に隠遁《いんとん》して。
枝の繁《しげ》みで狩りをし夢を見て暮し
昼も夜も　幽《かす》かな白い形姿《すがた》を追い求めて
十二もしくは十五の方角で待伏せすると
行きずりの快楽にあわせて牧神は向きを変えられる。
この牧神*1は何者だったのか？　誰も知らず　花神フロー
　ラも
宵の明星も　目覚めの眼差《まなざ》しを襲い
真赤な野薔薇《のばら》に話しかけ
ねぐらをたずね　風に問うても
ならず者の名を知る人はいなかった。
魔法使いはほとんどすべての森の神の名を挙げ、
半獣神《エジパン》たちは葡萄酒《ぶどうしゅ》のように名高いために
丘を見あげると誰でも牧神の名を挙げ*2、
パランティロスの牧神ストゥルカスも
夜になると　マエナルス山に座して　笑いこけていたゲ
　スも
クレタ島の半獣神ボスも知っていたし、
人間がヤニクルムと呼ぶプテュクスの森の神クリシスが
黄昏《たそがれ》のさなかに笛を吹くのを聴いていたし、
ピンドゥスの牧神アントロプスはいたるところで引きあ
　いに出されたが、
その方《かた》は何処《いずこ》にもいず、ある者は狼《おおかみ》と言い
別の者は神と言っていた、よく知っていると言いはって。
だが　いずれにせよ　彼が何者であれ
評判の悪いろくでなしの神だった。
誰もみな四六時中燃えさかるこの森の神を怖《おそ》れ、
巫女《みこ》自身も身ぶるいし、草原の精たちも
切り立つ岩の洞穴に行って逃げ込み、
山彦の妖精《ようせい》エコは危険きわまりない穴にバリケードを築
　き、
泥と蒼空《あおぞら》で象《かたど》られた*3この毛深い夢想家には
洞窟《どうくつ》にかくれるアンドリュアデ*4が閨房《けいぼう》のなかにいた。
牧神は深い森の野獣の恋人、
腹黒い牧神は　あの女《ひと》に襲いかかるのに
一切が静まり返ったときの鏡のような泉に
キラキラと輝く　水の精があらわれるその瞬間をとらえ、
逃げまどうリセラとクロエ*5をはばみ
白樺《しらかば》の影となる湖に　女の形姿《すがた》をした星のように

水面下に輝くばかりの泉の女神をうかがい
夏のうららかな誘惑のえじきを奪い
純情可憐な　花を愛《め》で
甘く激しい欲情を抱いて　鈴蘭　かぐわしい
水蠟樹《いぼたのき》　金雀枝《エニシダ》をじっと見つめ
罌粟《けし》を見れば眠りもせず。
この好き者は薔薇に身をささげ
五月になると大そう破廉恥漢になり
窓越しに見るよう何もかも眺め
気取り女フロラと少年ゼピュルス[*6]を品定め
水が「愛している！」とささやけば　鵜呑《うの》みにして
草間を逃げまわる水の精をつかまえ
花々の芳香に酔い　花々の束のあいだで寝そべっていた。
牧神は　接吻《せっぷん》で蒼ざめた百合《ゆり》や銀梅花《ぎんばいか》や七竈《ななかまど》と
大饗宴《だいきょうえん》と大恋愛を演じたので　この乱痴気騒ぎの証人の
嫉妬深《しっとぶか》い薊《あざみ》は　彼に嚙《か》みつこうとした。
牧神は過激な行為にずけずけと突き進んだので
鶉《うずら》や懸巣《かけす》から非難の宣告を受けた。
いつも金髪の編み毛に向かって伸ばす腕は
暗闇《くらやみ》を横切り、乾季の月が終ると
川という川が　一面蒸気のヴェールにおおわれて
川床を雨で満たしつつ　怖れたのは
角《つの》のはえた厚かましいあの顔に出くわすことだ。
ある日　一人ぽっちと思い　裸になって
澄み切った小川の波に身を浸すプシュケは
突然　葉蔭《はかげ》に隠れた牧神に気づくと
逃げだし　天界に訴えに行った。
牧神は地母神レアの淫蕩《いんとう》な無垢《むく》そのもの、
神々しくも獣じみた牧神の気紛れは
理想の聖なる岩までも登った
というのも鳥が飛ぶところどこにでも　この山羊《やぎ》は攀《よ》じ
　登るから。
この牧神はオリュンポスの森をみだらにし、
その上　泥棒であり　山師であった。
ヘラクレスが巣窟《そうくつ》の奥に行って彼をつかまえ
耳をつかんでユピテルの前に突きだした。

第一部　青

サテュロスが真赤な頂きに立ったとき
天《あま》の階段《きざはし》がはじまるのを見たとき
彼はふるえているようだ、それほど見事だったのだ！
そして　口を風に向けてあんぐり開け　頭が
視覚と嗅覚《きゅうかく》と聴覚にいっせいに眩惑《げんわく》され

まだ木靴に泥をつけた牧神は
穏やかな美しい天空を前にして身ぶるいしているようだ。
ユピテルが支配する陽光と稲妻に満ちた
洞穴の入口にやっとの思いで立ったけれど
牧神はプレアデス星団の隣の蒼空をじっと見つめ
ぽかんとして　絶えず流れゆくやわらかな裸形の群れの
　ように
雲と名付けたすべての神々が過ぎゆくのを眺めていた。
日輪の馬車[7]が飛びでる時だ、
天空は　光り輝く目覚めにブルッとふるえて
両開きの扉をパタンパタンと開け、
白い馬が曙《あけぼの》の光を受けて見事にあらわれる。
後には　眼だらけの　恐ろしい天球のように
輝く円形の大車輪が響きわたり
馬を御《ぎょ》する神の腕が見わけられ
北風《アクウィロ》は四頭立て二輪戦車をつなぎ終え
燃えるような四頭の馬は黄金の胸繋《むながい》を立て
暗闇の帯《ゾーン》と燃えたつ帯《ゾーン》とのはざまで
第一歩を踏みだす馬たちは　まだ後ろ脚で立ち
鬣《たてがみ》からは　真珠も青玉《サファイア》も縞瑪瑙《しまめのう》もダイヤモンドも
筋をなして　自然元素の奥底から
散らばり逃れて　飛びだしてくるようで

前方の三頭は　目は気高く、鼻の穴は照らされて
日の光のなかで朝露のしずくを振り落としていたが
後方の一頭は夜空の星々を揺すっていた。

天空　日は昇りぱっと花開く
大地は消え　影は黄金に染まる
あの高み　あの壮麗さ　あの曙の馬たちよ
そのいなきは無限を挑発し
厳粛にして幸福な　静寂にして祝福《たた》えられ
強力にして純粋な全体は光輝に満てるが、一角のみが野
　蛮だった。
ゴルゴン[8]が眠る洞窟近くに輝けるは
巨人[9]の骨の上に座して　南の烈風が厳しく監視《まも》る
大いなる神々ひとりひとりの武器だ。
そこでは**戦力**も**暴力**にあわせて休息し、
まだ熱い槍《やり》の鋼が煙をたて、
ベロナ[10]　マルス[11]　ヘカテ[12]　パラス[13]の
短剣には肉片が　三叉《さんさ》戟《ほこ》には髪の毛が
雷霆《らいてい》には血がついていた。

一粒の麦もし粉を碾《ひ》こうとする碾臼《ひきうす》を見られるならば
一粒の木苺《きいちご》もし雄山羊の歯をみとめるならば

青い衣装箪笥《だんす》に入った神々の甲冑《かっちゅう》を目のあたりにした
森の神のように　考え込んでしまうだろう。
森の神は天空に入った、大怪獣が
彼の大きな耳をつかんで離さなかったので。
善良な牧神は　一歩一歩　蒼空に亀裂《きれつ》をつくり
元々からついている泥に邪魔されて足を引きずる。
二股《ふたまた》の蹄《ひづめ》は光の海に穴ぼこをあけていた、
牧神のむき出しの怪物ぶりは
神聖な雲には鈍重で醜悪だったので。
朝のすがすがしい星の光が差し込む
夜の大きな天幕を目の前にして牧神が突き進むと、
ふいに光の波間で身をかがめ
そして　幕が一挙に引かれたので
牧神は乱痴気騒ぎのおどろおどろしい神々を見た。

あの驚くべき強者《つわもの》たちが　あの見えざる者たちが
あの深淵《しんえん》の底深い知られざる者たちがいた。
鍛冶《かじ》の神ウルカヌスが彫りきざむ黄金の十二玉座に座り
誰も満喫したことのない食卓で
神々はネクタル神酒[14]を飲み　アンブロシアの神食[15]を食べ
　ていた。
ウェヌスは前座に　ユピテルは奥座敷に。

消える白波の上に　キプロス[16]は
素裸で超自然の姿のままゆったりと横たわり
彼女にそそぐ燃える眼差しの数々に取り巻かれ
時おり、称賛と　思いと　願いをこめて
海原が彼女の髪のなかでただよっているようだった。
三つ眼[17]のユピテルは　鷲《わし》を踏みつけ　夢想にひたり、
王杖《おうじょう》は規律という花をつけた木、
彼の眼には世界の始まりが見える。
第一の眼には現在が　第二の眼には過去が、
第三の眼には夢のような未来がただよう。
ユピテルは太陽が沈む深淵に似て、
女たち　ダナエ[18]や　ラトナ[19]や　セメレ[20]が
彼の眼差しのなかに揺れ動いていた。ぼうっとした眉《まゆ》の
　下に
彼の意志は絶対権力で語り、
陰鬱《いんうつ》な必然は彼の黙説法、
すべての運命を割り当てる彼の思考は
カドムス[21]には栄光　イクシオン[22]には車輪、
恐怖の闇が光の幕に
黒い汚みを落としにくるような彼の夢想は
虎斑《とらふ》の豹《ひょう》の毛皮のよう、
寛大なそれとも不吉な決定に左右され

離れるかそれとも近づくことで
親指と小指が暗がりのなかで
アトロポス[23]の鋏《はさみ》を開けるかそれとも閉じるかする。
輝かしい平和は彼の休息から生まれ
戦争は彼の鼻の皺《しわ》から勃発《ぼっぱつ》する。
ユピテルはテミス[24]といっしょに胸を鎮めて
忍耐強く瞑想《めいそう》していたので　アラクネ[25]の妹たちは
あらわれでた知恵の女神ミネルウァの冷静な忠告と
メルクリウス[26]が待つ恐るべき命令とにはさまれて
彼が小暗い思考の底に沈むあいだ自分たちの布を織って
いた。

ユピテルの背後で輝くはクピド
涙なく　悔いなく　許しないあの残忍な子は
誕生の日に　天の高みから　悪戯《いたずら》をはじめる
年齢を感じて　破顔一笑。

静まり返り　充足した　旋律的な宇宙は
広大な神々のまわりに音楽を奏で、
その眼差しが突きあたるいたるところが壮麗、
はてしない広がりには皺ひとつなく、
天空は神々の周囲に神々の美を映し、
世界は天空を手なずけた神々をたたえ、
獣は神々の弓を愛し　人間は神々の槍を熱愛し、
神々は　おいしい果実のような
祝福されて　幸運な　贖《あがな》われぬ侵犯を味わい、
さまざまな憎しみは神々の足もとで竪琴《たてごと》となり
嗄《しわが》れた恐ろしい部分の　陰鬱なステュンパルス湖[27]の
ざわめきさえも　意気揚々とやってきた。

色鮮やかなオリュンポスの山の上
生まれでる新しい空と崩れおちる旧《ふる》い空のかなた
おびただしい残骸《ざんがい》の混沌《カオス》よりもはるかに遠く
十二の暗い檻《おり》つきの巨大な車輪がまわり
天空に鎖をよじ曲げる十二の幽霊を
車軸のまわりにかかえもつ黄道十二宮[28]、
はてしない無限の井戸の入口、
犬が磨羯《まかつ》宮の近くを逃げまどう恐ろしい輪、
混沌とした蒼空のなかで　点々と散らばる獅子《しし》座に
青い射手座を混ぜあわせる　未曾有《みぞう》の天球。
かつて　テバイの竪琴が黒檀《こくたん》の巻き貝装飾に
黄金の釘飾《くぎかざ》りを加えたはるか以前に
運命の神に導かれたこれらのすばらしい者たちは
黒々としていた、苛酷《かこく》な**夜**を母にもって。

昼があらわれて　彼らと戦いを交えた。
凄惨《せいさん》な戦闘だ！　昼は打ち勝ち、闇はまだおののいている。
それ故　アポロンの矢に射ぬかれて
これらの怪物は　いたるところ　頭から踵《かかと》まで
あの暗く輝く大敗を思い出して
今だに恒星による治らぬ傷を開けたまま。

ヘラクレスは　オッサの山[*29]を割くほどの拳《こぶし》で
急に捕虜をはなして　叩《たた》きつけた
天帯の青い大舗道の上に。
「行け」と彼が言った。すると牧神があらわれた、
毛を逆立て　黒ずみ　醜く　しかし穏やかで
スミュルナの船乗りが　牧場を思い出して
白い帆に描く毛むくじゃらの山羊に似て。
陽気な爆笑[*30]が星々まで立ち昇り
大はしゃぎなので山のふもとに鎖につながれた巨人は
頭を上げて言った。「やつらは何という罪を犯すのか」
ユピテルが　最初に　笑い、嵐《あらし》のネプトゥヌスは
波を立て　海と運命を変え、
砂時計をもって通り過ぎるホラは
立ちどまり　人間と大地を忘れさせ、
快活さは　このひしゃげた鼻の面前で
強かったので　ミューズ女神まで届きもし、
ウェヌスが額を振り向けば　それで夜明けが曇り
「あの獣は何者なの？」と言い、
ディアナは背中の矢を探し、
ポタモス[*31]の川床はびっくりして乾いたまま、
鳩《はと》は愛らしい眼をつむり　孔雀《くじゃく》は
尊大な羽で牧神をあざ笑い、
女神たちは女のようにいっせいにけたたけた笑いつづけ、
牧神は　これらの貴婦人のなかをあえぎながら
角を生やし　足をひきずり　醜いなりでウェヌスへ直行。
半人半山羊はまぶしそうに彼女の素足を見つめると
皆は気絶した。軍神マルスはミネルウァを抱き
メルクリウスは熱烈に戦いの女神ベロナの腰をつかみ
ディアナの一味はウタ[*32]の山で吼《ほ》え、
雷鳴は我慢ならず、爆発した。
身をかがめた神々は女神たちに語りつづけ、
火の神ウルカヌスは踊りつつ　黄泉《よみ》の王プルトンは
モモス[*33]が殆《ほとん》ど当惑するような事柄を言い、
女王が自由に身をよじれるように
青春の女神ヘベは肩の後ろに光の女神ユノを隠し、
冬は極地で抱腹絶倒。

このように神々はこの哀れな農民を笑い飛ばしていた。
彼のほうは、ウェヌスに低い声で「わしらについて来
い」と言っていた。

笑いの嵐が立てた神々しい音を
どんな声もつくれず　どんな言語も書きしるせぬ。
「ほら問題のならず者ですぜ」とヘラクレスが言えば
偉大なる隣保同盟代表[34]ユピテルは宣《のたま》う。「牧神よ、
お前は大理石や波に変形されるか
樹木の独房に入れられて然《しか》るべきだが、
笑い者にしたので　お前を許す。わしはお前を
洞窟へ　湖へ　ざわめく森へ戻してやる。
だが　お前を救うた笑いを続けるには
ろくでなしめ　野獣の歌をうたってくれ。
オリュンポスの神々は聴いているぞ。さあ、うたえ」
　　　　　　　　　　サテュロス神は
言った。「ぼくの哀れな牧笛は全く鳴りません。
ヘラクレスは　入るときに　気をつけず、
洞穴を横切りながらその上を踏み歩いたのです。
ところで　牧笛なしで歌うのは　大変困ります」
メルクリウスは微笑《ほほえ》みながら牧神にフルートを貸した。
控え目な牧神は　暗闇になれた顔をして
夢見心地で　暗雲の後に行って座った。
まるで王様より遠くにいるほうが快適なように。
そして不可思議な歌をうたいはじめた。
鷲だけが　笑わずに　頭をあげた。

牧神は　落ち着いて悲しげに　うたった。

　　　　　　　　　　するとタイゲトス山上で
ミシス山[35]上で　神聖なオリュンポス山のふもとで
いたるところ　森や溝の奥に　見えたのは
枝々を頭で分けいる獣たち、
深い目の雌鹿《めじか》は尻《しり》で立ち
狼たちは耳を傾けるよう虎《とら》たちに合図して
異様なリズムで樹木の高みが揺れ動き
杉の木も　楡《にれ》の木も　松の木もざわめきながら
そして樫の大木の不吉な頂は感動した。
謎《なぞ》の牧神は　憎むべき三美神のところで

神々の館《やかた》にいるのがもうわからないようだった。
サテュロスは怪物じみた大地を歌った。

第二部　黒

序章では、海面の油断のならぬ水が
曲がりくねった原野で　砂や小石や雑草や緑の葦《あし》を
通りぬけるように　さすらう趣きがあった。
次に一面泡だらけの台風のような大洋を朗誦《ろうしょう》し
次に墓穴だらけの　恐ろしき地下の穴の
漏斗状の窪地《くぼち》の　陰鬱な大地を朗誦したが、
そこでは影が波となり　そこでは黒い河が流れ
そこでは火山が　恐ろしい湖に溺《おぼ》れて
かぶとのような山を　羽根飾りのような火を惜しみ
そこでは未曾有の深淵の奥底に
消えた神々の消えた旧地獄がはっきり見える。
牧神は樹液をうたい、
夜と沈黙と孤独との大いなる充溢《じゅういつ》を
岩の眉が考えぶかげにひそめる様子をうたい、
船頭のかわりに鳥をもち　藻のかわりに藪《やぶ》をもち
海綿のかわりに泡をもつ海のような
無数の頭をもつ植物は夢想し、
風でふくれた樹木は忘れっぽくはなく、
谷間で　湖の辺りで　高地で
樹木は大地の古来の風貌《ふうぼう》をくずさず、
樫《かし》の木はすべての樹木のうちで深遠　忠実　峻厳《しゅんげん》で、
樫の木は隣り仲間の森の一角を保護し擁護《ようご》するが、
そのどんぐりは半ば開いて種子を生み
その木蔭《こかげ》は牧人の心を惹《ひ》きよせ夢見心地にさせる。
そこからこの頑固な老木を引きぬくには
手荒い樵《きこり》には何という努力と苦労か！
森の神は　ドドナ[*36]の聖域やキタイロン山を
ヘムスの奥地やエリュマントゥス山やヒュメットゥス山
に
騒がしい烈風が苦しめるものをすべて語った、
大地テルス[*37]といっしょに現行犯をおかされる四月を
河床に泉を受け入れる河を
被鞘《ひしょう》のなかに果肉を見せる柘榴《ざくろ》を
皮肉な大きい西洋杉の宗教的なさかりを
揺らぐ枝々のとげとげしい厚みのなかの
春の野生のざわめきを。
「深淵《しんえん》のすべてはその樹木の下で壺《つぼ》のように巨大だ。
植物の下の土塊《つちくれ》は　いずれ後になって風に吹きあげられ
る

葉や　花や　揺れ動く密集した枝々でいっぱいの
夜の井戸をあんぐり開け、命言する、
――生きよ！　飲み込みたまえ。諸君たちのものだよ。
吸い込め　草の芽よ！　吸い込め　樅《もみ》の木よ！――森は
　よみがえり、
崇高な木は根元の絡みあう怪物《ヒドラ》とともに地球を掘り、
ねじ曲がったひょろ長い首の恐るべき根は
真黒な深奥にあんぐりあいた数千の喙《くちばし》をつけて、
下降し　潜行し　闇《やみ》にたどり着き　闇を飲もうとし
大気と場所と季節のままに　飲み込んで
香となって天へ捧げるか　それとも毒となって唾《は》き捨て
　るか
馨《かぐわ》しいか　それとも有害な根は
愛情からは芳香となって　それとも憎悪からは有毒とな
　って生えるから。
それゆえに　英雄たちには　優美と神々
撫子《なでしこ》と夾竹桃《きょうちくとう》あるいは輝くばかりの百合《ゆり》
そして考え見つめる人には　毒人参《どくにんじん》。*38

「だが大地には構うものか！　隣り合わせの混沌《カオス》に
大地は終りなき分娩《ぶんべん》を働く。
大地は乳呑児《ちのみご》の宇宙的な空腹をおぼえる。
地下の根が伸びるのは大地の胸の奥のほうだ。
樹木は　しなやかで生命《いのち》あふれる大気に散らばる
諸成分をかじるほどの顎《あご》をそなえ、
樹木は雨をがつがつ食い　風をがつがつ食い、
何もかも　夜も死も樹木にはよく　腐敗は
薔薇《ばら》を見て　薔薇の養分を運んでき、
くいしんぼうの雑草は生い繁《しげ》る森の奥で食《は》み、
四六時中　植物の歯にかまれて　食物がガチガチと音を
　立て、
遠くのいたるところで　広大な田園が牧草を食べるのが
　見え、

樹木は一切を強力な進歩に変形する。
砂が必要だ　粘土と砂岩が必要だ
ピスタチオ樹にも必要　姥芽樫《うばめがし》にも必要
木苺《きいちご》にも必要、そして陽気な大地は
恐怖の森が食べるのを眺めている」

サテュロスは深淵《しんえん》のなかで夢見ているようだ。
牧神が描写したのは　根っこから見た樹木
殺しあう植物たちの地下の戦い
火は見えるが　太陽光線は知らぬ洞窟《どうくつ》
創造の真暗闇《まっくらやみ》の裏側

いかにして泉を濾過《ろか》し　噴火口が燃えあがるのか、
サテュロスは地中に精霊を追い求める様子
アルファベットの呪文《じゅもん》を唱えているようで、
さながら見えざる鎖が落ちているようだった。
彼は輝いていた、口元からは　漠とした荒々しい翼の音
　を立てて
サテュロスの夢が洩《も》れるのが見える。
「森は陰鬱《いんうつ》な場所、恐怖は
黒々と　朝というあの金箔師《きんぱくし》にもさからい、
樹木はその幹につながれた蔭《かげ》を落とし、
眩暈《めまい》をもよおす暗い網目の向こうには
夜明けがほの青白く　蛇のような枝々が
曙《あけぼの》に透かして　ぞっとするほど這《は》いあがるようにして
　よじれ、
そこでは一切がふるえ、刺々《とげとげ》しい茨《いばら》の上方に
山が　あの偉大な証人がそびえ立ち見下ろす。
夜になれば　霧に溺《おぼ》れた高い頂上が
啞然《あぜん》として口をあけた底冷えの洞穴が
土塊《つちくれ》　あの厳《いか》つい横顔が　岩山　あの顔面が
その顔と賢人が対話するのが闇には見え
偉大な秘密を　黙々と　首をのばして窺《うかが》い、
山々の目ははっとして見開き凝視、
鹿色《しかいろ》の深奥に　あの黒々とした禿頭《とくとう》の巨人たちが
興味津々《しんしん》　危険を冒して潜入し、
オリュンポスの神々に知られていない真の空をさぐり、
赤裸なものをとらえようとする。*39
威厳の　清浄の　厳粛の
立腹の　時には　神秘を奇襲する　広がりをさぐり
純粋な光輝に照らされた原因と
底なしの奥底に白い形姿《すがた》を見せる
遠くに　衣装を纏《まと》わぬ　聖なる謎《なぞ》を発見す。
おお　恐ろしき自然よ！　凝視する理想をかかげて
成長する森の　おお　すばらしき絆《きずな》よ！
星くずの散らばる深淵のなかでの神の入浴よ！
小暗いディアナの野性の裸身よ！
遠くから蔭を通して見つめられ眺められて
岩肌の獣のような樹木を繁殖させて、
おお　森林よ！」
　　　森の神は目を閉じていた。
発熱の発作で　彼が手にし手離す
笛は唇にはわずらわしく、
牧神は聖なる山の頂に投げ捨てた。
瞼《まぶた》は閉じていたので　まるで眠っているようだが

赤い睫毛《まつげ》を日の光は差し込むまま、
彼は続けて言った。

「幸いあれ　**混沌**《カオス》よ！　**大地**に栄光あれ！

混沌は神　その身振りは一要素、
彼だけが聖なる名、**始源**を有す。
混沌こそ　時が生まれるはるか以前に
最初の日の　最初の瞬間のまえに
住処《すみか》の奥に眠れる曙を不意打ちし、
混沌こそ　すばらしいことだが　曙光《しょこう》の唇に
夜の口を甘く押しつけ、
この接吻《せっぷん》でこそ　星がキラキラと煌《きらめ》いた。
混沌は無限の好色な夫なり。
言葉[*40]以前に　混沌は吼《ほ》え　ひゅうひゅうと鳴らし　いななないた。
万物の長の動物たちは　放蕩者《ほうとうもの》のような
混沌の生殖力を示す下絵なり。
諸君が神々であれ　動物を見つつ夢想せよ！
何故《なぜ》ならば動物は昼ではないが悪でもないから。
大地の漠たる暗い力はすべて
厳《おごそ》かで孤独な怨霊《おんりょう》の　野獣のなかに眠り、
灰色の額の巫女《みこ》はそのことを知っており
嶮《けわ》しい峡谷の放浪人の　占師《うらないし》たちも知り、
それこそテッサリアの女が　ハイエナの尻《しり》に
尻尾《しっぽ》の房をつけさせ
オルペウスは　狂暴になって　嫉妬《しっと》に狂いも狂って
狼《おおかみ》のような吠《ほ》え声から洩れる小暗い歌声を聞いていた」

「マルシュアスだ！」[*41]と藪睨《やぶにら》みのねたみ深いウルカヌスはつぶやいた。
注意深いアポロンは口元に指をあてた。
牧神は目を開けて　耳を傾けたのだろうか
落ち着いて　両手で膝《ひざ》をかかえて　言った。

「さあ、神々よ！　魂という言葉を聞きたまえ！
ヒーヒーと鳴く怪獣の近くで　ザワザワと音を立てる木の下で
だれかが話す。それは**魂**。魂は混沌より生ず。
魂なければ　風立たず　瘴気《しょうき》、波立たず
沼、魂は混沌より出でて　混沌を一掃する。
なぜなら混沌は素材にすぎず、魂は原則だから。
存在ははじめ半ば獣で半ば森。
しかし**大気**が**精霊**になろうとすれば**人間**があらわれる。
人間だって？　このスフィンクスは何者か？　人間は

知恵もて始まり　おお神秘よ！　気がふれて終わる。
おお　人間が離れ去った天空よ、　人間に黄金時代を返せ！」

牧神は　嵐《あらし》のような飛躍を止めると
種を蒔《ま》きながら数をかぞえる人のように
まず指一つ　次に二つ　それから第三の指を開き
崇《あが》められたオリュンポスの高台で　叫んだ。

「おお　神々よ！　樹木は聖《きよ》く　動物は聖く
人間は聖い、底深い大地に尊敬を！
大地　そこでは萌芽《ほうが》状態でまだ隠れている巨人候補者の
人間は創造し　発明し　建設し　建立し
大地　そこでは動物は太陽光線のまわりを彷徨《さまよ》い
大地　そこでは樹木は心動かされて神託を唱え
この奇蹟《きせき》に満ちた暗い無限のただなかで
大地は　おお神々よ　諸君たちに最も近い驚異、
この未知の地球こそ諸君たち全員の命を奪う
まばゆいばかりの諸君たちを　横柄な大軍団を
黄金の盃《さかずき》で光を飲み
夜明けに先立ち　炎が後追う諸君たちを
すばらしい夜を横切って　諸君たち神々を！」

汗が牧神の額から流れていたのは
海から引いた細い流れの水のよう、
髪の毛はリビア風に揺られるように動いていた。
ポエブス[*42]は牧神にたずねた。「君は竪琴《たてごと》が欲しいか？
　　　　　　——ええ　いかにも」
と牧神は言った。物静かに牧神は大竪琴を手にした。

それで牧神は　夢と　戦慄《せんりつ》と　暁と　天空との
錯乱状態で真直ぐ立った
眼に壮麗な二つの深淵を浮かべて。
「美男子だわ！」と恐怖にかられたウェヌスはつぶやいた。

ウルカヌスは　ヘラクレスに近づいて言った。「アンタエウス[*43]だよ」
ヘラクレスは肘《ひじ》でこの足の悪い男を押し返した。

第三部　暗色

牧神は神々の面前にいたが、目もくれなかった。

彼は**人間**を歌った。あの暗い冒険を吟じた。
人間とは　選ばれた数字　数をもつ厳かな頭[44]だが
過ちを犯して消され　無残な退潮のうちに
誰にも見えぬ夜の闇にふたたび落ちたもの、
太初の時代、幸福、アトランティス島[45]を吟じ、
いかにして清らかな芳香《かおり》が悪臭の瘴気となったか
いかにして頌歌《しょうか》は澄み切った空の下で途絶えたか
いかにして自由は束縛となったか　いかにして
沈黙が征服された大地にひろまったかと。
牧神はプロメテウスの名を口にはしなかったが
目は盗んだ火の輝きを浮かべて、
封印された人類を吟じ、
善良でない国王から忠実でない神々まで
あらゆる極悪罪　あらゆる悲惨事を歌った。
哀れな人間たち！　やつらには天空が閉鎖されるのが見
　えた。
虚《むな》しいかな、敬虔《けいけん》な人間は愛し合いはじめ、
虚しいかな、兄弟同士の人間は卑しい**憎悪**を
爪《つめ》の生えた翼の　火を吐く七つ口の怪獣を殺《や》ったが、
ああ！　カドムスのように人間は運命に挑み、
獣の歯をばらまくと、そこから生まれでるは
枯葉のように渦巻く亡霊たち
剣を手にして戦い
神秘の風が止んで生じる亡霊たち。
亡霊とは国王だ　亡霊とは神々だ。
終りなく生れ変り　絶え間なく立ち返る、
古代の平等は彼らにかかると低劣となる、
立法家ドラコン[46]はブシリス[47]に手を貸し、**死**は
法典となり　最強者の命令下に置かれ
大規模な法律のひずみの下で
自由で崇高な最後の息が途絶える。
人間はこの積み重なった法律の下で折り曲げられて　沈
　黙し
復讐《ふくしゅう》し　邪《よこしま》になり　盗み　嘘《うそ》をつく、
見知らぬ暗い魂は奴隷の悪徳をかかえ
おのが上に山が乗せられると　溶岩となって噴火し
燃えあがり、肥沃《ひよく》どころか荒廃をもたらす。
牧神の歌詞には　立ち昇るたけり狂った大災害が
次から次へと轟《とどろ》きわたるのが聞こえていた。
戦争をうたい　進軍ラッパと剣をうたい、
火中の乱戦　悔いなく喉《のど》をえぐり殺された男
栄光　そして死の恐ろしい歓喜に
ひらめく旗の官能の皺《しわ》をうたった。
夜が明け、兵士はテントの内《なか》で目覚め、

夜は　真昼間になっても　頭上を滑空して兵士につきま
　とい、
進軍は窪《くぼ》んだ道の底を波打つように進み、
作動する弩砲《どほう》が泥沼にはまりこみ、
煙を立てる一組が綱を引き、皆が後押し、
くもりなき　隊長の号令、運搬車は
狭隘《きょうあい》な溝の土手にひっかき跡を残す。
衝突しあい、おお醜悪な衝撃よ！　両軍が
対等の激しい恐怖に燃え立ちぶつかりあうのは
戦闘の怒りが恐怖の深淵《きわみ》なのだからだ。
おお　広大な動揺よ！　各軍団には王将あり。
突き刺せ　剣よ！　おお斧《おの》よ　なぐり倒せ！　棍棒《こんぼう》よ
　打ちのめせ！
馬よ　人間を踏みつぶせ　人間を　人間を　人間を！
人間たちよ　殺戮《さつりく》せよ　戦車を引け　車輪を転がせ
さあ　腐ってしまえ　ほら禿鷹《はげたか》だ！
終りなき戦争から世襲の剣が生まれ、
人間は　森の奥の　地面の　穴に逃れ、
岩を閉ざす石塊《いしくれ》をもち上げて
国王たちがあの高みで進軍するのが聞こえるか耳を澄ま
　し、
髪を逆立てて怒《いか》り、暗闇で人間は動物と混同されて、
身を落とし、女はいず　雌だけ、
子供はいず　餓鬼だけ、人間を誘惑する愛は
貧困と夜の**大気**との息子だ、
人間の聖なる本能はすべて泥に達し、
国王は　人間を黙らせて　人間を愚鈍にする、
猿ぐつわは今では馬銜《くつばみ》だが。
けれども人間がいない地平線は死も同然。
この頭文字のない創造とは何なのか？
この地上で人間の顔だけが輝き、
人間だけが話し、人間がいなければ何もかも骨抜きだ。
すると牧神の両眼にまるで炎が横切ったかのように
流れでる光の涙が浮かぶのが見えた。
牧神は魂にまといつくあらゆる深淵を
不吉な枝をからませる暗闇を
運命の森を　そして悪の群れを示した。
身を隠す人間　その足跡を追う神々。
こんな陰惨な詩節を歌い尽くしているあいだ
生命《いのち》ある一陣の烈風　この変容術師[*48]は
天の高みを牧神の足元まではこび、
彼のまわりに輪を描いてボレア風神[*49]が沈黙していると
見えざる糸に引かれたかのように
野獣たち　狼も　狐も　熊も　鬣《たてがみ》の獅子《しし》も

豹《ひょう》も　次第に牧神に近づき、
獣のあるものは神々の間近まで　一歩一歩
近づいたので　雲間に彼らの口が見えていた。

神々はもはや笑わず、あの勝ち誇った者たち
あの王たちは皆　獣からあらわれでる一種の御霊《みたま》を
真剣に受け取りはじめた。

牧神は続けて言った。

「それ故[*50]　神々と国王は頂上に
人間はふもとに、暴君に従う下僕には大災害。
粗削りの人間はからだ半分だけ混沌から突きだし
腰帯まで獣のままに浸《つか》り、
一切に裏切られ、時には戦いを止める。
一体希望はどこに行ったか？　卑劣にも逃げ去った。[*51]
難聴の物体は人間に対抗して相互理解の輪をつなぎ、
地面は彼を圧迫し　大気は彼を発熱させ　水は彼を孤立
　させ、
人間をかこむ不吉な海は嘆き節、
あらゆる罠《わな》の醜悪な陰謀のおかげで
炎や稲妻は　人間に対抗して蛇となり、
英雄のように北風は彼の頬《ほお》をひっぱたき、
ベストは剣を助け　構成分子は暴君を
補完し　夜は征服者に加担する、
かくして**事物**は人間をも齧《かじ》りにやってきて
十分な魂を摂取する故に　ひとつの勢力
うかがい知れぬ夜の拷問に加担する力となる。
そして**物質**は　ああ無念！　**宿命**となる。
けれどもこの不遇な人には気をつけなされ！
闇のなかでは近づき　ふるえる時があり
恐ろしくなる時が　良好になる時が
人間よ　お前を救《すく》いにくる時が　だって期待しているだ
　ろう
時間の容赦しない姿を変えにくる時が！
運命を知るのはだれか？　推測《プーテートル》をはかったのはだれ
　か？
そう　壮大な時間が来るのだ、一切を生まれ変えさせ
一切を征服し　花崗岩《かこうがん》を磁石に変え
陰鬱な急斜面をのぞき込ませ
人間に不可能なことを実現させる時間が。
人類を虐げるものを使って　人類を押し潰《つぶ》すものを使っ
　て
人類はおのれの支点を鍛造するところで、

私は**今日**と呼ばれるどんぐりを見つめ
そこに樫の木を見、火は消えた灰のなかで生きている。
神聖な反抗のためにつくられた悲惨な人間よ
君は這いあがったのだからずっと這いあがるのか？
いつの日か　誇り高い　最高の君が[52]
深淵の力をつなぎとめ
崇高な**未知**から電光を盗みつつ
他の者の戦車に君の馬車をつなぐ姿が見られるかは誰が
　わかるか？
そう、おそらく人間が律法となり
おのれの配下に構成要素を地ならしし
秩序が　平和と　愛と　統一という聖なる秩序が
湧《わ》きあがるまでにあの無政府状態をとらえよじ曲げ
かつて人間を迫害したものをすべて屈服させ
生命が一体となり　自然が一体となって
奇妙な馬をおのれのために作り
地獄の風で点火した馬の尻に鞍《くら》を置き
鉄の口で炎の轡《くつわ》を噛《か》むのが見られよう！
やがて見られよう、人間が　燃えかすをふるいにかけ
恐ろしい獣の主《あるじ》であり馬丁となって
あらゆる物に向かって、「従え　芽を出せ　生まれで
　よ！」と叫び
研究成果のあらゆる秘術を駆使した引き具を
青銅や鋼にはめ合わせ
風の手で暗闇の大きな手綱を取って
悪魔のように微光のなかを通りぬけ
森や　河や　山を越えて
美しいかな　七頭蛇《ヒュドラ》のような青銅の大砲と雷鳴と煙の上
　に
星々に輝く松明《たいまつ》を掲げるのを！
夜の扉を押しやぶる曙《オーロラ》の音を立てて
暗闇のなかを疾走する人間を耳にするだろう！
いつの日か　年とともに成長して　人間は
泳ぐ龍を投げ倒し[53]
額に炎を掲げて　海を越えないと誰がわかるか！
いつの日か　古《いにしえ》への侮辱を突きやぶって　人間は
物質よ　飛び立て！　と命じないか[54]
雷鳴轟く国境を二度と越えないか
突然　おのれの身体から
醜悪な泥が思想に課する重圧を
卑しい皮膚にして不潔な衣装を脱ぎすてないか
その結果　突如として　おお　驚異よ
この蚯蚓《みみず》が大空に翼を広げるのを見ないと誰がわかる
　か！

おお！　立ちあがれ　大きくなれ　人間よ！　行け　叛《はん》徒《と》よ！
人間よ　星の軌道は鎖の輪
だがその鎖は　穏やかな鎖
蒼空《あおぞら》の鎖　天空の鎖、
その鎖に　お前はつながれねばならぬ、おお　人間よ
――精霊は球体のように動くので――
光のまわりにおまえの円環をも描くために！
大合唱隊のなかに入れ！　さあ　この階段を越えよ
忌まわしいくびきを離れよ　聖なるくびきをつけよ！
夫　子供　妻　三重の**人類**[*55]になれ！
変貌《へんぼう》せよ！　行け！　ますます魂になれ！
奴隷　王の子種、悪魔　神の怨霊
光線をとらえよ　曙をつかめ　火をうばえ
翼のはえた上半身よ　神々しい額よ　朝日に上れ　玉座に上れ
そして暗がりの夜に牧神の脚を投げだせ！」

第四部　星　空

牧神は一瞬話を止めて　急流から
顔をもたげる男のように息をつくと、
まるで別人が顔面にあらわれでたようで、
神々は　不安をおぼえて　支配者のほうへ振り向き
考え深げに　茫然《ぼうぜん》自失のユピテルを見つめていた。
牧神はつづけて言った。「おぞましい重圧に苦しめられた
現実は生まれ変るだろう、[*56]けがれた悪を手なずけて。
神々よ　諸君はこの世が何であるかを知らぬ、
神々よ　諸君は打ち勝ったが　何もわかっていなかった。
諸君の頭上には別の精霊がいて
火のなか　雲間　波間　霧雨のなか
諸君の広大な滅亡を待ちながら夢見ている。
だが壮大な夜の底におびえた瞳《ひとみ》の
私にはそれでどうなるというのだ！
神々よ　テバイの老いたのとは別のスフィンクスがいるのだ。
以下のことを知れ　人間と暗黒神エレブスの潜主たちよ[*57]
血を流す神々よ　心根を見せる神々よ
大地と天空が釣りあっているような
あの大きな山の上でわれわれは両方とも山賊になった、
諸君は国王になるため　私は自由になるためだが。
諸君が憎悪や不正や死の種をばら撒《ま》くあいだ
諸君が全犯罪をひと跨《また》ぎするあいだ
私のほうは夢見ている。私は洞穴に固定された目。

私には見える。青いオリュンポスの山々と暗い地獄アウ
　エルヌス[*58]
寺院　墓地　森　都市　鷲《わし》　アルキュオネ鳥は
私の眼にはみな同じ幻視《ヴィジョン》、
神々も　大災害も　今日の災害も　明日の災害も
わが眼の微光を横切れば　みな同じ遁走《とんそう》。
私は万物消滅の目撃者。**誰か**《どなた》がおられる。
しかしその方《かた》を　人間は決して知らぬ。
人類は推しはかり　下絵を描き　試み　近づき
大理石を刻み　岩石を削り
胸像を造って言う、**これが**あの方だ。
人間はこの石像の前で目がくらくらして佇《たたず》み、
すべての近似者には　何者であれ　神宮がついている。
不滅の人となれ、さあ！　人間存在を潰滅《かいめつ》せよ
生命が脈動するこのむなしい生者の山に止《とど》めを刺せ！
支配せよ、諸君が　さらなる時間をかけて
光で青く染まった空を血染めにしたら
征服者の　諸君が限度を越えたとき
それはよし　万事はお決まり　諸君は
人間が十分と呼ぶあの最後の黒い神に代られるだろう！
何故《なぜ》ってデルフォイス[*59]とピサは走る戦車のようだから
二十まで数える間もなく

永遠と信じた事物は崩壊する」

このように語ったが　サテュロスは
並はずれた存在となり、まず独眼巨人ポリュペモス[*60]より
　大きく
うなり声をあげ　冒瀆《ぼうとく》し　金槌《かなづち》同様
にぎり拳《こぶし》をぶつけるテュポン[*61]よりも大きく
それにタイタンよりも大きく　さらにアトス[*62]よりも大き
　い、
広大な空間があの黒い形姿《すがた》のなかに入り、
水夫が岬がふくれあがるのを目にするように
神々は棒立ちでこの恐ろしい存在が大きくなるのを見、
牧神の額には異様な東方が青みがかり
頭の髪は森林、波と
河と湖が　くびれた腰から流れだし、
両の角《つの》はコーカサス山とアトラス山に似かよい、
雷が鈍い輝きをはなちながら彼を取り囲み、
横腹には牧場と田園がぴくぴく動き
その醜《みにく》い姿が山々となって、
牧神の調べに引き寄せられていた動物たち
ダマ鹿や虎《とら》たちは　彼の身体にぴったりそって登り、
花咲く四月は彼の手脚が緑におおわれ、

腋《わき》の下の皺は十二月を避難させ、
彼の手の五本の指の辻《つじ》に迷った
彷徨える庶民たちは道をたずね、
鷲たちは牧神のあんぐり開いた口のなかで旋回し、
竪琴は　彼に触れると　巨大になって
歌い　涙し　うなり　轟き　叫び声をあげ、
無気味な蜘蛛《くも》の巣にかかった羽虫のように
暴風は七つの弦にとらえられて、
恐ろしい胸には星々がいっぱいだった。[*63]

牧神は叫んだ。

「未来は　天空が作るように
底なしの無限のなかへ拡大すること
あらゆる方向から事物に浸《し》み込む精神だ！
人は原因を限定して結果を損ない、
世界よ　悪はすべて神々の形に由来する。
人は輝くもので暗きものを作り、
なぜ**存在**の上方に幽霊を置くのか？
光明も　天空も　王国ではない。
黒い空の　青い空の　正午の　曙の
夕暮れの　永劫《えいごう》の群れに代われ！
燃えるかそれとも流れる　聖なる元素に代われ！
宇宙の魂の輝きに代われ[*64]！
国王とは戦争　神とは夜。
破られた教条には　自由　生命そして信仰だ！
いたるところに光あれ　いたるところに天才あれ！
愛あれ！　一切は調和ゆえに　一切は理解しあうだろ
う！
空の蒼《あお》さは狼たちの鎮静となろう。
全体に代われ！　私は牧神パン、ユピテルよ　ひれ伏せ[*65]」

*1　サテュロスは快楽を好み、野獣的な行動をする山野の神。酒神バッコスの従者。雄山羊の脚をしている。牧神ファウヌスは田野や森に住むローマの神。すでに人間の脚をしている。ギリシアの牧神パンと同一視されている。半獣神（エジパン）はサテュロスと同義語。

*2　ここに引かれたサテュロスの固有名詞、ストゥルカス（Stulcas）、ゲス（Gès）、ボス（Bos）、クリシス（Chrysis）、ヤニクルム（Janicule）、アントロプス（Anthrops）は、すべてヴィクトル・ユゴーの造語。場所の固有名詞については、パランティロス（Pallantyre）とプテュクス（Ptyx）はギリシア語を変形した想像語であるが、マエナルス山（le Ménale）、クレタ島（Crète）、ピンドゥス（le Pinde）はギリシアの地名である。

*3　泥と蒼空で象られた（fait de fange et d'azur）……このコントラストはこの詩全体のテーマ（大地は精霊を胎胚している）をも含んでいる。

*4　アンドリュアデは樹木の精の複数形ハマドリュアデスの

変形を思わせる。

*5 リセラ（Lycère）はおそらくグリセラ（Glycère）の転用であろう。十四歳のユゴーは、ラテン詩人ウェルギリウスやホラチウスの翻訳をしていたが、自ら作った詩のなかで、「魅力的なグリセラよ！」とうたっていた。

*6 ゼピュルスは西風の神。

*7 神話の夜明けを記述するにあたり、ユゴーはオウィディウス『転身物語』（巻二）「一、太陽神の車を御するパエトン」に依拠している。

*8 怪獣女メデュッサのこと。髪の毛が蛇。

*9 巨人族はオリュンポス山をよじ登ろうとしたが、ユピテルによって雷霆で打たれた。

*10 ローマの戦いの女神。マルスの戦車の御者で、炬火・剣・槍で武装していると考えられた。

*11 ローマの軍神。ユピテルとユノとの子で、兇暴で理非をわきまえず、おなじ軍神でも、アテナ（ミネルウァ）女神が戦争の知性面を司るのに対して、マルスは戦いのための戦いを好む。

*12 ベルセウスとアステリアとの娘。本来は、人間にあらゆる富と成功と名声をあたえる万能の守護女神であったが、のち魔法・妖術・怪異の女神となり、冥界に関係づけられ、地獄の犬の群れを従え、手に炬火をもち、十字路や三叉路にあらわれ、三つの身体または三つの頭を有する。夜の女神でもある。

*13 糸つむぎや機織りなどの技芸の女神。

*14 不死の力をもつ酒。

*15 不死の意。神々の食物。蜜よりも甘い、芳香のある汁液で、これにより不老不死の生命が得られる。

*16 ウェヌスのあだ名で、キプロス島で崇められる。

*17 「ポザニアスの確信するところは、ギリシア人がユピテルの胸像に三つ眼をつけたのは、天と大地と地獄で起こるすべてのことの認識をしるすためで、過去・現在・未来に関係しうること」（モレリ）

*18 アクリシウスは娘ダナエの産む子によって殺されるだろうと予言されたので、ダナエを青銅の地下牢にとじこめた。しかし、ダナエを愛したユピテルは、黄金の雨となって屋根からしのびこみ、ダナエと交わった。

*19 巨人族のコエウスとポエベとの娘。ユピテルに愛されて妊娠したが、ユノ女神の嫉妬に追われて、デロス島でアポロンとディアナを産んだ。

*20 カドムスの娘、ユピテルに愛されて酒神バッコスを産む。

*21 ユピテルにされたエウロパの兄カドムスは、ギリシアに渡り、テバイ市を建設した。彼が殺した七頭蛇の歯をばらまき、そこから殺し合う武装した人間を生みだした。

*22 テッサリアのラピタエ人の王。妻の父を殺して最初の親族殺しとなったが、これをあわれんだユピテルは天上につれていって罪を浄めてやった。ところがイクシオンは恩を忘れて、ユノを犯そうとした。ユピテルは翼のついた火の車に彼をしばりつけて、永遠に空中を引きまわした。

*23 運命の糸を切る三検事のひとり。

*24 正義（掟）の女神。ユピテルの二度目の妻といわれている。

*25 機織りの腕くらべでミネルウァに挑戦しようとしたために、蜘蛛に変身した女。

*26 ユピテルの末子で、すばしこい性質のため父ユピテルの従者、伝令をつとめた。富と幸運の神。竪琴や笛の発明者。

*27 ステュンパルス湖はアルカディアにあって、怪鳥が頻繁にあらわれるのでヘラクレスが射落とす。

*28 惑星が回る天帯。古代占星術では十二の檻に分け、それぞれ星座の名をもつ。怪獣の名、獅子座、牡牛座など。

*29 ヘラクレスはかつて連なっていたオリュンポス山とオッサ山の頂を拳一発で叩き割いた。

＊30　ここから言わゆるホメロス的爆笑がはじまる。足の悪いウルカヌスが、オリュンポスの神々に飲ませるために進み出るときに、ホメロスは、彼らを笑わせたのである。ユゴーはいつも巨人族に共鳴している。
＊31　ギリシア語で川の意味。
＊32　テッサリアの山で、ヘラクレスは薪置場を建てた。
＊33　他人の非を鳴らし、皮肉を言う擬人神。
＊34　ギリシア国家の代議員で、デルポイやテルモピュライに集合し、共同の祭典の挙行や平和維持に留意していた。
＊35　タイゲトスもミシスもスパルタ南部の山。
＊36　ドドナ、キタイロン、ヘムス、エリュマントゥス、ヒュメットゥスは、古代ギリシア神話に出てくるが、ユゴーはこれらによって大地の神秘的な力や神々の圧制を示す。ドドナはエピルスの奥地にある町。そこに有名なユピテルの神託をあたえるという樫の木があり、その葉のさやぎによって神意が判じられると信じられた。樫はユピテルの聖木。キタイロンはボエオティアの南部、アッティカとの境をなす山脈。祭儀のためにえらばれたバッコスの山。ヘムス山ではオルペウスがバッコスに打ち破られた。エリュマントゥスはアルカディアの北部の山。ここでヘラクレスがユノに送られた怪物的な猪を殺した。ヒュメットゥス山はアテナエ近くにあるアッティカの山。ユピテルとアポロンが寺院をもっていた。民衆は、巨大な毒蟻が山腹で金鉱山を守っていると信じていた。
＊37　大地のラテン語名。四月にローマはテルス祭を行う。
＊38　ソクラテスを暗示。
＊39　自然界の物質は理想と関連があり、神々の背後に神を知覚しようと努める。「赤裸なもの」という言葉はユゴーにとって奇妙な隠喩である。自然界の物質を、水浴するディアナを襲うアクタエオンと関連づける。
＊40　「創世記」第一章を参照。ユダヤ教とキリスト教は創造を神の言葉の命令に帰する。ユゴーの想像力は物質の母体として根源的な混沌を力説している。
＊41　プリュギアのサテュロスでバッコス神の従者のひとり。アテナ女神が棄てた笛をひろい、吹き方をおぼえて名手になり、アポロンと腕くらべをしたが、敗れたので生皮をはがれた。彼は知的な芸術に対する自然発生的な芸術を象徴した。
＊42　太陽神アポロンのこと。
＊43　ネプトゥヌスとガエアの子。リピュアに住む巨人。旅人に相撲をいどみ、負かしては父の神殿にささげていた。その足が母なる大地からはなれると力をうしなうという秘密を見破ったヘラクレスは彼を空中にもちあげて殺した。
＊44　古代の哲学者、わけてもピタゴラスは、ユゴーの教義と同類の輪廻転生の教義も教示したが、現実を数の神秘的な特性によって説明した。ユゴーは人間に先立つ無数の生命形態と比較して「人間」の特権的な位置を表現する類似の意味を適用している。
＊45　黄金時代や失楽園信仰を暗示。アトランティスについては古代の地理学者は大西洋に沈んだアフリカの彼方にある豊かで幸福な大陸または島と書いている。
＊46　紀元前七世紀末のアテネ人の最初の立法家。容赦ない法律で、血で書かれたようだが、ソロンのより人間的な制度に代えられた。
＊47　ポセイドンの息子。エジプト王。飢餓を避けるためにエジプトに来た外国人を皆殺しして神にささげていたが、ヘラクレスに殺された。
＊48　変容術師トランスフィギュラトゥール（Transfigurateur）は、ユゴーの造語。
＊49　北風神の名がすべての風の一般語となる。
＊50　人間の堕落を示した後に、サテュロスは、科学と魂による救済を予言する。

＊51　パンドラの箱を暗示する。伝説によれば、パンドラは天上からすべての禍をとじこめた箱をもってきたが、地上につくや好奇心から箱をあけたので、すべての禍はとび出し、急いで蓋をしたので「希望」のみが残された。
＊52　以下、鉄道や蒸気機関や飛行機の叙事詩風予測は、『牧者の家』（一八四四）でヴィニーが機関車に呪いを投げた詩句とは対照をなしている。
＊53　蒸気船のこと。
＊54　空の航行のこと。『諸世紀の伝説』の「大空」のプレリュードであろう。
＊55　ユゴーのロマンチスム全体を支配する第一人称単数(Je)から第一人称複数(Nous)への移行形式であろう。
＊56　「現実は生まれ変るだろう Le réel renaîtra」は、この詩の鍵となる句である。ユピテルと他のオリュンポスの神々に廃止された黄金時代は、おのれの精霊的な価値を自覚するにつれて人間自身が再建するだろう。
＊57　神々は人間（暗色）を虐げ、人間よりも下等の世界（黒色）を虐げるが、それらは暗闇の王国エレブスとして象徴されている。
＊58　アウェルヌス湖は地獄の入口のひとつと見なされている。
＊59　デルフォイスはアポロンの託宣所で異教信仰の典型的な場。ピサはエリスの町。一四〇九年に西教会会議があったピサはカトリック教を象徴している。
＊60　オデュッセウスが独眼をくりぬいた巨人キュクロプス。
＊61　大地から生まれた最後の巨人。最も怪物的で、頭は星々までとどく。
＊62　マケドニアのカルキディケ半島の南端岬にある高山。
＊63　この牧神礼讃はロマン主義の想像力のなかで最も顕著な完成品のひとつ。この詩の基調であるグロテスクなものから崇高なものへの漸次的な移行を完成させる。しかし牧神は、最後の崇高さにおいてもガルガンチュア的である。
＊64　「サテュロス」の哲学と、ヴィクトル・ユゴーの進歩思想とを同時に要約する本質的な詩句。
＊65　パンとは、古代人が抱いた牧神パンのみならず、宇宙の広大さであり、その中に「宇宙の魂」が宿り、その背後には、魂とは混同しないで、唯一存在、神が気づかれる。パンはギリシア語で全体を意味する。古代の伝説によれば、キリスト教時代の初期に、地中海全域で聞かれた神秘的な大声は「偉大なるパンは死んだ」と叫んだ。ここで問題なのは、パンのよみがえりであり再生である。

解題

ページ数《ページすう》
五『オードとバラッド集』 *Odes et Ballades*

この詩集は一八二六年、ユゴーが二十四歳のときに刊行された。オードは十六世紀以降に、またバラッドは、中世や十六世紀にさかんに用いられた詩形である。こうした古めかしい詩形に、ユゴーはこの詩集の中で新しい息吹を与えようとしている。

七「鼓手の許婚《いいなずけ》」 *La Fiancée du timbalier*

この詩はバラッドのひとつとして詩集に収められた。バラッドとは、もともと中世の吟遊詩人たちが音楽に合わせて歌った詩で、十四世紀に定型詩としてほぼ確立された。ユゴーやミュッセをはじめとするロマン派の詩人たちは、中世という時代に心を引かれていた。また、イギリスやドイツで発達したバラッドの強い影響も受けて、彼らはこの古風な詩形をかなり自由な態度で用いたのである。「鼓手の許婚」は、そうしたロマン派の詩人たちの手になるバラッドのうちでもとくに有名なもののひとつである。

ところで、ちょうどユゴーがこの詩を制作していたころ、一八二五年九月下旬から十月上旬にかけて、ユゴーは妻のアデールとふたりで、パリ近郊のモンフォール＝ラモーリという小さな町に滞在している。中世の城址《じょうし》や教会の跡を残したこの町は、現在にいたるまで中世の香りとたたずまいを伝えている。こんな町の雰囲気のおかげもあって、ユゴーは、中世の悲恋を扱ったこの詩の構想を練りあげていったのであろう。なお、この詩にはユゴー自身の恋の思い出が反映しているとも見られる。つまり、この詩を書く四、五年まえ、ユゴーは彼の母親などに強く反対されて、幼なじみで恋人のアデールとの恋がなかなか成就せず、悲しい思いをしばしば味わっている。そんな思い出もこの詩に投影されていると考えても差し支えないであろう。

二『秋の木の葉』 *Les Feuilles d'automne*

『秋の木の葉』は一八三一年十一月三十日（十二月一日という説もある）に出版された。この詩集に収められた四十編の詩は、二八年七月から三一年十一月までの三年間に書かれている。ところで、この三年間はユゴーにとって、いろいろな意味で波乱に富んだ重要な時期であった。まず二七年の末に、彼はロマン派文学運動の綱領ともいえる『クロムウェル』の序文を刊行し、これによってロマン派の統帥としてのゆるぎない地位を確立した。また三〇年二月からは戯曲『エルナニ』を上演した。この戯曲は、ユゴーが『クロムウェル・序文』で主張した新しい文学理論を実践にうつしたものであるが、この劇の上演に際して起こった「エルナニ合戦」は、文学史上名高い事件のひとつとして知られている。上演を妨害しようとする擬古典派と、上演を成功させようとするロマン派の支持者とのあいだに、抗議や野次がとび交い、取っ組み合いになりかねないほどのすさまじい騒ぎがもちあがったのである。結局、この劇は成功し、ロマン派が勝利をおさめ、これを契機にロマン派演劇は十数年間文壇を制覇することになる。

三〇年には、こうした文学的な事件のほかに、歴史的に有名な事件も勃発している。七月に起こった七月革命である。この革命がきっかけとなって、当時の知識人たちは政治に強い関心を寄せることになった。ユゴーもそのひとりである。このころ執筆された小説『ノートル＝ダム・ド・パリ』（一八三一）にも、この革命の提起したさまざまな問題が色濃く影を落としている。

ところで、『秋の木の葉』はこうした時期に書かれたものであるが、この詩集に収められた詩は、ユゴーの社会的な関心というよりもむしろ、彼の内面的な思索から生まれたものが多いといえよう。これは、ユゴーが社会的な活動にどんなに心を奪われているときでも、一方ではつねに自我の深みに降り立って内省の結果を歌う、そうした能力も兼ねそなえた詩人であることを示している。

一三〔今世紀は二歳だった！……〕*Ce siècle avait deux ans!...*

詩集『秋の木の葉』の巻頭を飾る詩である。この詩を制作したとき、ユゴーは二十八歳になっていた。それまでの二十八年間に自分が歩んだ道を、ユゴーはこの詩の中で、冷徹な目で見つめなおしている。そして、自分の人生の意味と、詩人（文学者）としての自分の使命を明らかにしようとしているのである。

このときまでのユゴーの生涯を、ここで簡単に振りかえってみよう。ユゴーは一八〇二年、ブザンソンで生まれた。父親はナポレオン軍の軍人であり、母親は、フランス西部の町ナントに住む船長の娘であった。この詩の最後でユゴー自身が述べているように、父母それぞれの血筋と考え方をユゴーは強く受け継いでいる。つまり、まず、母親は王党びいきで、ナポレオンをひどく嫌ってもいた。それは、彼女が、フランス革命中にこの革命に反対して、王党派が反乱を起こしたヴァンデ地方の中心都市ナントの出身だということも関係している。この母親の影響で、少年時代、ユゴーは王党派の詩人として文壇にデビューした。その後、天才詩人ともてはやされながら、彼はしだいにロマン派の文学運動に参画していくことになる。そして、『クロムウェル・序文』を書いてこの運動の指導者となるわけだが、これと並行して、政治的な面で、間もなく、ナポレオンを偉人として認め、やがて、自由主義思想にもめざめていくのである。結局、ナポレオン軍の軍人であった父の立場を、ユゴーは理解したのである。

　ところで、自分自身の成長していったこうした姿を、彼はのちに、小説『レ・ミゼラブル』（一八六二）の中で物語に託して再現している。この小説に登場する多感な青年マリユスは、少年時代から青年時代にかけてのユゴー自身の自画像なのである。

　以上に述べたように、ユゴーは二十八年間の自分の人生を顧みる一方、この詩の中で、もうひとつの重要な主張を行なっている。つまり、詩人（文学者）としての自分の使命を明らかにしているのである。詩人は社会のかかえる本質的な問題を作品に歌い、そうした作品を世に問うて、その作品の力で社会を変革していかなければならない。すなわち、詩人は社会の「朗々たるこだま」とならなければならない、というのがユゴーの持論である。自分がこの世に生を受けたとき、「今世紀は二歳だった」と、ユゴーはこの詩の冒頭で歌っている。十九世紀という時代とともに生まれ、自分は十九世紀とともに歩むのだ、という自覚を、ユゴーはことのほか強くもった詩人なのである。

一六〔ああ、私の愛の手紙よ……〕 *O mes lettres d'amour...*

　一八三〇年五月のある日、ユゴーは、自分が若いころ、恋人だった妻のアデールに送った、愛の手紙のかずかずを読みかえした。この当時、ユゴーは戯曲『エルナニ』の上演にも大成功をおさめ、また、家庭的にも幸福な日々を過ごしていたはずであった。だが、この詩は、どことなく悲しい調子を帯びている。それは、妻アデールと友人サント＝ブーヴの不倫の恋にユゴーが気づいていたからなのではないか、とする見方もある。

一八〔子供が現われると……〕 *Lorsque l'enfant paraît...*

　当時一歳半になっていた三男フランソワ＝ヴィクトルの姿を見て、ユゴーはこの詩を書いたと言われている。彼はつねに、子供は家庭の神聖な中心であるとみて称《たた》えた。この考えはのちに、彼の孫たちを歌った詩集『よいおじいちゃんぶり』（一八七七）に大成されることになる。なお、彼はフランスの詩のテーマに、子供を初めて導きいれた詩人としても知られている。

二〇〔ああ！　きみが若者、老人、金持、賢者のいずれであれ……〕 *Oh! qui que vous soyez, jeune ou vieux, riche ou sage…*

ユゴーが妻アデールとまだ恋人同士だったころの思い出をもとにして、この詩は出来たのである。ユゴーは十七歳のときに、恋人アデールと初めて結婚の約束を交わした。だがその後周囲の人々の反対にあって、交際も手紙のやりとりも思うにまかせなくなって、苦しい思いを味わった。そのときの経験がもとになって、この詩は作られている。ところで、この詩が書かれる数か月まえに、ユゴーは妻アデールとサント＝ブーヴの不倫の恋が原因で傷つき、三人のあいだには激しい言葉の応酬があった。こうした苦い思いから、この詩は異様に暗く熱烈な調子を帯びることになったのである。

二三「夢想の坂」*La Pente de la rêverie*

現実の社会に目を向けるだけでなく、詩人は目に見えない世界までも見てしまうものだ、ということを歌った哲学的な詩である。夢想に身をゆだねると、まず、身近な人たちの顔が浮かび、やがて、死んでしまった人々の姿も浮かんでくる。そしてしだいに、時間と空間を異にする町や古代の人々の姿までもが、つぎつぎとその全体像を現わしてくるのである。こんなわけでこの詩は哲学的な思索を秘めている点では、のちの『静観詩集』（一八五六）の後半に収められた哲学詩を予告し、歴史上の過去の世界をつぎつぎに見ていく点では、のちの『諸世紀の伝説』（第一集、一八五九）を予告していると考えられる。

二七「落日」*Soleils couchants*

この詩は数回に分けて書かれた詩編を、ひとつにまとめたものである。『東方詩集』に見られるような描写的な面と、詩集『秋の木の葉』の特徴である内面的な思索が、この詩の中では共存している。

三三「万人《もろびと》のための祈り」*La Prière pour tous*

長女レオポルディーヌは、のちの詩集にテーマを供する重要な人物となるが、レオポルディーヌが詩に描かれるのは、この詩が初めてである。ここに歌われているユゴーの宗教観については、これが正当なキリスト教にもとづいているとする見方と、そうではないと否定する見方とがある。だが、ユゴーは生涯、神を信じて、祈りをささげることを人間にとって重要なことと考えていた詩人であった。

四九『薄明の歌』*Les Chants du crépuscule*

この詩集は一八三五年十月に刊行された。「薄明」というフランス語 **crépuscule** には、暁とたそがれとのふたつの意味がある。ユゴーは光と闇《やみ》が入りまじったふたつの定かならぬ状態に、彼の生きていた七月革命直後の揺れうごく時代をたとえて、こういう題をつけたのである。詩集の前半では、ユゴーはこうした社会の有様から霊感を受けて政治や社会を扱い、後半では、『秋の木の葉』の流れをくむ個人的な感慨や思索が主題となっている。後半部ではとくに、愛人ジュリエット・ドルーエへの愛が歌いあげられている。妻のアデールがサント＝ブーヴと不倫の恋に陥り、苦しみを味わったユゴーは、やがて、舞台女優であったジュリエット・ドルーエのひたむきな愛に心を動かされた。ふたりが結ばれた三三年から以後五十年ものあいだ、ジュリエットは愛人として、ユゴーに献身的な愛を捧《ささ》げつづけるのである。フランス革命期にカトリック教会の力が弱まったこともあって法律上、離婚が認められた。その後、王政復古期の一八一六年に禁止され、そのまま八四年まで禁止が続いた。ユゴーとジュリエットの関係を考えるときには、この点を考慮に入れなければならない。

五二「ナポレオン二世」*Napoléon II*

　一八三二年七月、ウィーンでオーストリア政府の監視下におかれていたナポレオン二世が若くして世を去った。ユゴーがこの詩を書いたのは、こうしたナポレオン二世の死をきっかけにしてのことである。ナポレオン二世は、父のナポレオン一世の死後、正統な帝位継承者として、フランス内外のナポレオン派の人々の期待を一身に集めていた。ユゴーも、七月革命以後の不安定な政局をいつの日か収拾し、フランス革命がはじめた偉大な事業を受け継げるのは、ナポレオン二世以外にないと考えていた。だが、ナポレオン二世の死によって、こうしたユゴーの願いもついえ去ってしまった。

　この詩の中では、ナポレオン二世の誕生に際して、ナポレオン一世が、自身の帝国の限りない繁栄をこの後継者の誕生に見る思いがした、ということからユゴーは話を説き起こしている。だが、ナポレオン一世がそう思ったのも束の間、彼は戦いに敗れて没落し、セント・ヘレナ島に幽閉されてしまった。こうした出来事の中にも、またナポレオン二世の死自体の中にも、ユゴーは、人間には計り知れない神の意向を感じとって深い感慨をいだいている。

五九〔ああ！　身をもちくずした女を罵《ののし》るのはやめなさい！……〕*Oh! n'insultez jamais une femme qui tombe!...*

　この詩で、ユゴーは産業革命下の悲惨な生活に疲れ、身を売らざるをえなくなった女性の姿を、憐《あわ》れみの気持をもって描いている。社会の犠牲者であるこうした不幸な女性たちに対するユゴーの思いは、のちに『レ・ミゼラブル』のファンチーヌのエピソードの中で大きく展開されることになる。ユゴーはこのファンチーヌを、私生児コゼットの母であるために世の非難を浴び、ついには売春婦に転落せざるをえなくなった不幸な女として描いている。

六〇〔私の唇を、いまなお満ちている愛の盃《さかずき》につけたのだから……〕*Puisque j'ai mis ma lèvre à ta coupe encor pleine...*

愛人ジュリエット・ドルーエと知り合って二年後の元日に、二人の愛の軌跡を思い起こして、ユゴーが書いた詩である。ジュリエットに対する彼の細やかな愛情が感じられる作品である。

六二『内心の声』*Les Voix intérieures*

一八三七年六月に刊行された詩集である。「内心の声」というのは、ユゴーが序文に述べているところによれば、「外界の声に答えるわれわれの心の中の声」という意味である。「外界の声」には大きく分けて三つある、とユゴーは考えている。ひとつは「人間」から湧《わ》き起こる声で、この声はとくに「心」に訴えかける。もうひとつは「自然」から湧き起こる声で、「魂」に訴えかける。さらにもうひとつは「政治・社会的な出来事」から湧き起こり、「精神」に訴えかける。そして詩人はこの三つの声に「こだま」を返すのである。詩人の「心」は幼年時代の思い出や、彼の家庭を賑《にぎ》わしていた子供たちに対する愛情、それにまた、ユゴーが心酔していたアルブレヒト・デューラーなどの芸術家への敬意や、自分自身を歌った詩編などに認められる。「魂」は自然との交感を歌った「雌牛《めうし》」などに、「精神」は十九世紀という輝かしい時代を扱った〔今世紀は偉大で力強い。……〕などに歌いだされている。

六三〔今世紀は偉大で力強い。……〕*Ce siècle est grand et fort...*

文明の進歩のお陰で、人類が輝かしい未来に向かって邁進《まいしん》するのが、十九世紀という時代である。こうユゴーはこの詩で歌っている。この世紀には、人類の進歩という点から見れば、確かにさまざまな成果があげられてはいる。だがその反面、宗教心が人人の心の中でうすらぐのではないか、という危惧《きぐ》の念もユゴーは表明している。宗教心がうすらぐことに対するユゴーのこうした懸念には、この詩が書かれる数年まえ、彼が私淑《ししゆく》していた宗教家ラムネーの身のうえに起こった出来事も、おそらく影響を及ぼしているのだろう。ローマ法王庁が政治・経済的な権力をもつことを激しく弾劾したラムネーは、ついに、一八三四年、法王庁から破門の宣告を受けたのである。

六五「アルブレヒト・デューラーに」*A Albert Dürer*

デューラーはユゴーが傾倒した画家のひとりである。ユゴーはこの画家の超自然的で神秘的な面に強く引かれていたが、こうした傾向はユゴー自身の文学作品やデッサンの中にも十分に見うけられる。この詩の中でユゴーは森の中の植物をはじめとする存在を、人間と同じように魂をもった怪物として描いている。自然の万物を生あるものとして見るこうした考えは、のちに『静観詩集』の「闇《やみ》の口の語ったこと」などの詩作の中で体系的に展開されることになる。

六六「雌牛《めうし》」*La Vache*

対象をきわめて写実的に描写しながら、その写実に哲学的な思索を託し、写実と思索という一見相容《あいい》れない要素を調和させた作品として評価されている。この詩の中で、ユゴーは、自然は学者や詩人に惜しみなく発想の源を与えてくれるものだという、自然に対する楽観的な見方を示している。こうした点で、この詩は、のちに書かれる「心安まる光景」などの詩の先がけと考えることができよう。

六九『光と影』*Les Rayons et les Ombres*

この詩集は一八四〇年五月に出版された。ユゴー自身が序文の中で述べているように、この詩集は、『秋の木の葉』（一八三一）から『薄明の歌』（一八三五）を経て『内心の声』（一八三七）にいたる一連の詩集の最後をなすものである。題材についても、自然、人間の営み、政治的・社会的な問題というように、前の三つの詩集と同様のものを扱っている。とくに、この詩集で興味深いのは、ユゴーが、詩人の社会的な使命をいっそう明瞭《めいりょう》に歌い出している点である。

ところで、この詩集が出版された翌年、四一年の一月には、ユゴーはアカデミー・フランセーズの会員に選ばれている。アカデミー入りはユゴーの長年の悲願であった。というのも、アカデミーの会員に選ばれることが、貴族院議員になって政界に進出するための登竜門のように当時は考えられていたからである。結局、ユゴーが貴族院議員に選ばれたのは、さらに四年たった四五年四月のことだった。以後、ユゴーは政治的な活動を通して社会を改善していくことに、いっそう心をくだくようになる。そして、三年後の四八年に二月革命が勃発《ぼっぱつ》すると、生命の危険もかえりみず民衆の只中《ただなか》へ積極的に身を投じることになるのである。

だが、こうして政治的な活動が華々しくなった反面、文学活動のほうはいくらか留守になったきらいがある。三〇年代には前出のさまざまな詩集や、

『リュクレース・ボルジア』(一八三三)、『リュイ・ブラース』(一八三八)をはじめとする戯曲をつぎつぎと発表していたユゴーであったが、四〇年代になると著しく寡作になった。四三年には戯曲『城主』の上演が失敗に終わり、ユゴーは落胆を味わう。さらに、この同じ年の九月に最愛の長女レオポルディーヌが溺死《できし》したこともあって、以後、十年近くのあいだ、ユゴーはひとつの作品も発表しなくなってしまう。この間はユゴーはただ『レ・ミゼール』という小説を書き継ぐだけとなる。この『レ・ミゼール』は、のちに膨大な加筆と訂正を施され、『レ・ミゼラブル』(一八六二)となる作品の母体である。

七一「心安まる光景」*Spectacle rassurant*

自然を歌ったユゴーの詩には、大きく分けてふたつの系譜がある。ひとつは「アルブレヒト・デューラーに」(六五—六六ページ)などのように、自然の神秘を前にして詩人がいだく恐怖や自然のもたらす災いを扱ったものであり、もうひとつは「雌牛《めうし》」(六六—六七ページ)やこの「心安まる光景」に見られるように、自然を前にして詩人が感じる安らぎや自然の恩恵を歌ったものである。

七三「オランピオの悲しみ」*Tristesse d'Olympio*

一八三四年と三五年の秋、ユゴーは、パリ郊外のレ・ローシュにある友人の家に家族と滞在した。その滞在期間中、友人の家からほど遠からぬレ・メスという村に一軒家を借りて、愛人のジュリエットを住まわせた。こうして、両方の住まいの中間にある森の中で、ユゴーは毎日のようにジュリエットと逢引《あいびき》を重ねた。その後、三七年、ユゴーは今度は自分ひとりだけでこの地をふたたび訪れ、かつての愛の思い出に浸った。このとき感じた悲しみを切々と歌いあげたのが、この「オランピオの悲しみ」という詩なのである。

愛とか思い出とか悲しみとか非情な自然とかいった、いわゆるロマンチックなテーマが扱われたこの詩は、ロマン主義文学が生み出した詩の中でも、ラマルチーヌの「湖」やミュッセの「思い出」と並んでもっとも有名なもののひとつとなっている。だが、忘れてはならないのは、こうした甘美なロマンチシズムは、多様性に富んだユゴーの創作活動の中では、そのほんの一面を表わしているに過ぎないということである。なお、この作品の自筆原稿は、作品が書かれて間もなく、ジュリエット・ドルーエ本人に贈られている。

七八「夜は大洋から」*Oceano nox*

一八三六年七月、ユゴーは実際に嵐《あらし》の海を目のあたりにしている。そのときの鮮烈な印象が、この詩の随所で生き生きと甦《よみがえ》っているのである。ところで、ユゴーが嵐の海を見たのはつぎのような経緯による。ノルマンディー地方を旅行してまわったあと、ユゴーがパリへの帰路につくと、間もなく嵐がやってきた。それまで一度も嵐の海を見たことのなかったユゴーは、千載一遇の好機とばかりに、踵《きびす》を返すと、ひたすら道を急いでサン＝ヴァレリ＝アン＝コーという小さな港に出た。パリに帰るのが一日二日遅れるのもかまわずに、「怒りに身をふるわせる」（一八三六年七月十七日付書簡）海を、八時間も眺めつづけたという。

　このときの体験もあって、「夜は大洋から」では、海は、人間を苦しめる強大な自然の力として描かれている。また、こうした海の描き方はこれ以後の作品にもしばしば見られる。平穏な内海が詩に描かれることはそれまでにもあったが、このように猛《たけ》り狂った大洋が叙情詩の中で歌いあげられたのは、この「夜は大洋から」が最初であると言われている。その意味で、ユゴーは、「大洋の詩」という新しいジャンルの創始者でもあったのである。

八〇「六月の夜」*Nuits de juin*

　この詩をユゴーははじめ、ほかのもっと長い詩の一部に組み入れようとして制作した。だがのちに考えが変わり、独立させてここに収録したような短詩の形に仕上げたのである。この詩には最初「夏のまどろみ」という題がつけられていた。夏の夜の移ろいやすい印象がえもいわれぬ音律の中に再現されている、という評価をこの詩は受けている。高邁《こうまい》な思想や政治問題を詩に歌いあげるばかりでなく、ユゴーは印象派絵画の小品を思わせる、このような軽やかなタッチの短詩も書いたのである。

八一『懲罰詩集』*Châtiments*

　圧政者ナポレオン三世とその政権を激しく攻撃した風刺詩集で、一八五三年十一月ブリュッセルで刊行された。この詩集には百編ほどの詩が収められているが、大部分は、亡命地のジャージー島で五二年の秋から翌年の秋にかけて制作されたものである。刊行と同時にこの詩集は、秘密裡《ひみつり》にフランスに持ちこまれ、ナポレオン三世の政治に反対する民主主義者たちのあいだで大いに読まれた。

　ところで、なぜユゴーはナポレオン三世を激しく弾劾するにいたったのだろうか？　こうした政治的な見解をもつにいたるまでの経緯を簡単に述べてみよう。話は四八年の二月革命にさかのぼる。この革命が勃発《ぼっぱつ》すると、すでに述べたように、ユゴーは積極的に民衆の中に身を投じて、集会で演説を繰りかえし、ヒューマニスティックな立場から民衆を導こうとした。こうした活動がまさに本格化しようとしたときである。ユゴーはひとりの輝かしい人物の訪問を受けた。その人物はルイ＝ナポレオンと名のり、高邁《こうまい》な政治的理想を述べたてて、ぜひあなたの力を貸してほしい、とユゴーの支援を求めた。このルイ＝ナポレオンはナポレオン一世の甥《おい》にあたり、のちにナポレオン三世となる人物である。この当時、彼は民主主義や普通選挙の代弁者、それに秩序と家庭と宗教の擁護者として、民衆の人気を勝ち得ようとしていたのである。

　この自由主義者ルイ＝ナポレオンの顧問役となって、自分の思想を政治に反映させる、これが社会を改善する近道だと、ユゴーは考えたようである。それになによりも、この人物のうしろには、ユゴーが崇敬してやまないナポレオン一世の威光が輝いていた。そんなわけで、ユゴーは以後、自身の傘下の新聞『エヴェヌマン』紙を使って、ルイ＝ナポレオン支援の一大キャンペーンを展開するのである。そして、このキャンペーンが功を奏したこともあって、四八年十二月の共和国大統領の選挙では、ルイ＝ナポレオンは他の候補者に大きく水をあけて当選した。

　だが、いったん権力の座におさまると、ルイ＝ナポレオンはそこにいつまでもとどまろうと画策し、あげくの果ては、大統領の再選を禁じている憲法の条文を改悪して、皇帝になろうとする野心をあらわにするようになる。このころにはすでに、ユゴーは保守派と急速にたもとを分かち、しだいに共和主義に向かっていたのである。そんなユゴーにとってはなおのこと、こうしたルイ＝ナポレオンの野心は許せないものだった。ユゴーは敢然と立ちあがり、この野心家に猛烈な攻撃を浴びせた。ルイ＝ナポレオンの側でも黙ってはいなかった。ユゴー自身は国会議員としての不可侵権に守られていたので、ルイ＝ナポレオンは彼には手が出せなかった。そこで、ユゴーの弟子たちや息子たちに弾圧を加え、彼らを投獄したのである。

　暗雲急を告げる中で、先に述べた、大統領の再選を禁じている憲法の条文の改悪案が議会で否決された。そこで、ルイ＝ナポレオンはクーデターを決意し、ついに五一年十二月二日武力を行使して議会を解散し、パリに戒厳令を布《し》いたのである。これに対して、ユゴーは抵抗委員会のメンバーとなり、左翼の議員たちとほうぼうの集会に出席したり、通行人に演説して抵抗を呼びかけたりした。しかし、こうした努力もむなしく、政府軍は市街戦で勝利をおさめ、とうとう官憲の手はユゴーの身辺にまでおよぶようになった。十二月十一日の夜八時、ユゴーは愛人のジュリエットが手に入れてくれた偽名のパスポートを懐に、印刷工に身をやつして、パリの北駅から亡命先のベルギーへと出発したのである。

これ以後ユゴーは、ナポレオン三世に対する攻撃の手をゆるめることなく、通算十九年にわたる亡命生活を送ることになる。まず、ベルギーのブリュッセルで半年あまりを過ごし、つぎに、イギリス海峡に浮かぶ英領ジャージー島に移り住んで、この島に三年ほどとどまった。さらに、ジャージー島からほど遠からぬガーンジー島に移って、ここで、本国に戻るまでの十五年間、家族と暮らすのである。

だがついに、七〇年九月、ナポレオン三世の政権が倒れ、共和政が宣言されると、ユゴーはパリに帰還した。亡命に出発したのと同じパリの北駅にユゴーは降り立ったのだが、このとき北駅前では数千人の民衆が集まって、ユゴーの帰国を大歓迎した。この出来事の一か月半のち、第二帝政下では禁書となっていた『懲罰詩集』がはじめてフランスで出版される。この詩集は、発売と同時に初版が二日で売りつくされるという爆発的な売れゆきをみせ、以後も、数年間ベストセラーとして読書界に君臨しつづけた。そして現在でも、この詩集は、フランス文学が生み出した風刺詩集の最高傑作のひとつとして、読み継がれているのである。

八三「四日の夜の思い出」*Souvenir de la nuit du 4*

本文の注でも述べたように、一八五一年十二月二日にルイ＝ナポレオン（後のナポレオン三世）はクーデターを起こしたが、これに対してまもなく抵抗運動が組織され、とくにパリの町では随所で市街戦が繰りひろげられた。この詩に歌われた十二月四日は市街戦がもっとも激しかった日で、政府軍による無差別銃撃もあって、一般市民のあいだにも多数の死傷者が出た。こうした市街戦のあいだもユゴーは抵抗運動に身を捧《ささ》げ、パリの町を東奔西走していた。そんなあるとき、この詩に歌われた少年の亡骸《なきがら》と嘆き悲しむ老婆の姿を、ユゴーは実際に目のあたりにしたのである。なお、この十二月四日の夜までには、抵抗運動は完全に粉砕され、パリの町は政府軍の水も漏らさぬ統制のもとにおかれたのである。

八五〔おお太陽、おお神々しい顔《おもて》よ……〕*O soleil, ô face divine...*

自筆原稿に記された日付によれば、この詩は、十二月二日ではなく十一月二十二日に作られたとされる。『懲罰詩集』に収められたかずかずの詩は、ナポレオン三世を悪の権化とみなし、この圧政者を痛罵《つうば》している。なかでもこの詩は、ナポレオン三世の罪を裁く審判者を、けがれない自然の良心に求めた点にその特徴がある。なお、この詩の日付を、のちに収めた「結語」という詩の日付と同じように、ユゴーがわざわざ十二月二日としているのは、ちょうどこの一八五二年十二月二日にルイ＝ナポレオンが第二帝政を宣言し、みずから皇帝の位についたからである。ユゴーは、こうしたナポレオン三世の動きに抗議するためにこの詩を発表したのである。

八六「あの男に呪《のろ》いあれ」*Sacer esto*

題名の **Sacer esto** というラテン語は、本文の注でも示したように、「彼は神のものであれ」という意味と、「人間世界から放逐せよ、呪われよ」という意味の両方をもっている。こうした題名からも分かるように、この詩でユゴーは、地上から圧政者ナポレオン三世を追いはらうべきだという激しい弾劾の気持と、悪人の懲罰は神の手にゆだねられなければならないとする宗教的な懲罰の考え方を、ともに表わそうとしているのである。

八八「皇帝のマント」*Le Manteau impérial*

『懲罰詩集』に収められた詩の中でも、とくに簡潔に力強くナポレオン三世に対する怒りを表現した作品である。マントに縫いこめられた蜜蜂《みつばち》に人を刺させるという非現実的な発想が、豊かなイメージのお陰で、自然に無理なく表現されている。

九〇「贖罪《しょくざい》」*L'Expiation*

この長大な詩の大部分は、一八五二年十一月二十五日から三十日にかけて、わずか五日ほどで執筆された。ユゴーはそれまでにも、ナポレオン三世の卑小さを強調するのに、ナポレオン一世の偉大さをしばしば引き合いに出している。とくにこの詩で興味深いのは、そうしたナポレオン一世の偉大さと並んで、悲劇的な運命に照明が当てられている点である。

この詩は格別長く、文脈を追いにくい点もあるので、つぎにその内容を簡単に述べてみよう。まず、ナポレオン軍のモスクワからの撤退が描かれる。食糧を絶たれ、そのうえ雪と寒さに苦しめられた撤退で、ナポレオン軍は多大な打撃をこうむった。これを境にナポレオンの運命は凋落《ちょうらく》の兆しを見せるのである。周知のように、やがてナポレオンはいったんは失脚し、ふたたび返り咲いて、いわゆる百日天下を打ち立てるのだが、この詩の第二章では、百日天下の終わりを告げるワーテルローの戦いが描かれる。この戦いでナポレオンは決定的な敗北を喫し囚《とら》われの身となって、南大西洋上に浮かぶセント・ヘレナ島に流される。第三章では、島でのナポレオンの屈辱に満ちた日々と、その死が物語られる。第一章から第三章までのいずれの章の終わりでも、ナポレオンは神に向かって「これが懲罰なのか？」ときくが、神はそれを否定する。やがてその死とともに、ナポレオンは人々の心に英雄として復活し、諸国民の崇敬の的となる。

そして、本当の懲罰はそのあとにやってくるのである。つまり、卑小なナポレオン三世が政治の檜舞《ひのきぶ》台《たい》に登場し、ナポレオン一世の後継者のような顔をして悪辣《あくらつ》な政治をつづけたのである。こうして、ナポレオン一世の栄光はけがされ、ナポレオン一世はこうした懲罰が、いったい彼の犯したどんな罪に対してなされたものかを問う。すると、答えは、《霧月《ブリュメール》十八日！》と返ってくる。つまり、一七九九年のこの日、ナポレオン一世はクーデターを起こして軍事独裁政権を樹立するという大罪を犯していたのである。

　この詩では、『懲罰詩集』の特質である風刺詩としての面が抑えられ、叙事詩としての劇的な構成に重点が置かれている。こうした壮大な構成が、詩の魅力となっているのである。

一〇五「星」 *Stella*

　この詩に歌われている星は明けの明星である。政治的な状況に照らして解釈すれば、星は、ナポレオン三世の圧政という夜が明けて新しい自由と民主主義の時代が来る、その夜明けの先触れをする星ということになる。だが、単なる政治的な解釈を越えるものをこの詩はもっている。つまり、星は世の人々を導く精神の輝き、そして「詩そのもの」までをも象徴しているのである。

一〇六「結語」 *Ultima verba*

　自筆原稿に記された日付によれば、この詩は一八五二年十二月二日ではなく、十二月十四日に制作された。この日付の変更には意味がある。五二年十二月二日に起こった出来事が、ユゴーにとってこのうえなく腹立たしいものだったからである。つまり、この日、ルイ＝ナポレオンは皇帝となり、第二帝政が宣言されたのである。そのうえ、これを祝ってルイ＝ナポレオンは、亡命者に対してきわめて寛大な帰国許可令を発布した。ユゴーはこうした卑劣な懐柔策に激怒し、それに対抗するためにこの詩を書いたのである。だから、この詩には、すでに見た〔おお太陽、おお神々しい顔《おもて》よ……〕と同様、第二帝政が宣言されたその日付をわざわざ付したわけである。

一二一『静観詩集』 *Les Contemplations*

　この詩集は一八五六年に出版された。題名で「静観」と訳した Contemplations という言葉は、表面的な現象の奥に隠された真の実在をとらえる詩人の行為を意味する。この詩集はまた、序文の言葉によれば、「ほほえみで始まり、すすり泣きのうちにつづけられ、深淵《しんえん》のらっぱの音をもって終わる」ひとつの魂の回想録でもある。全体の統一のために制作年月日と順序は適当に変えられているが、ジャージー島で書かれたものを中心にして、三四年から二十数年にわたって制作された百五十八編の詩が収められている。二部に分かれ、セーヌ河のヴィルキエで愛嬢レオポルディーヌが溺死《できし》した四三年を境として、それ以前を「過ぎさった日」、以後を「今」とする。「過ぎさった日」は、詩人の精神の発展段階を象徴する「あけぼの」「花盛りの魂」「戦いと夢」の三章から成る。少年時代の回想、家庭の団欒《だんらん》、愛児の思い出、素朴な田園生活の喜び、文学論争、優雅な宴《うたげ》の印象などさまざまな題材が扱われている。中には、文明社会の悲惨や貧困を歌った暗い内容の詩もないわけではないが、全体としては、愛情と幸福感にあふれた詩が多い。

しかし、愛する娘を失った悲しみと、それにルイ＝ナポレオンのクーデターによって祖国から追放されたことは、ユゴーに深い思索と「静観」のきっかけを与えた。この詩集の「今」と題する後半部は、「娘にあてたささやかな言葉」「前進」「無限のふちで」の三章から成る。愛する娘を失って絶望に打ちのめされた詩人は、この三つの章ではときには過酷な運命を呪《のろ》い、みずから死を夢見ながらも人間の悲惨にめざめ、神の意志に従って民衆を導くことに人生の意義を見いだそうとする気持を歌っている。

とくに、最後の章「無限のふちで」では、詩人の瞑想《めいそう》は、人間の運命から天地創造の秘密をめぐる問題などの世界観へといっそう内面的な深化を見せている。こうした思索の深まりは、広大な空と海に囲まれた亡命の地ジャージー島での生活や、この島に滞在中にジラルダン夫人に勧められてユゴーがふけった交霊術の影響などによるところが大きいのである。また、この最後の章に収められた哲学的な内容の詩編では、悪徳はもぐら、犯罪は蛾《が》、宇宙は九頭蛇《ヒュドラ》というように、抽象的な観念が比喩《ひゆ》的、視覚的イメージを与えられて、象徴の世界を作りあげている。ユゴーが、ときに最初の見者《ヴォワイヤン》とみなされるわけもそこにある。ユゴーの詩作の中で、この『静観詩集』は最大の叙情詩集であり、彼の最大の叙事詩集である『諸世紀の伝説』とならび称されている。

一二三「私のふたりの娘」*Mes deux filles*

ふたりの愛娘《まなむすめ》に対するユゴーの愛情が表われた詩である。この詩に歌われているように、このころふたりの娘は、平穏で幸せに満ちた日々を送っていた。だが、翌年には長女レオポルディーヌはセーヌ河で溺死《できし》する。そして、次女アデールはのちに失恋が原因となって精神に障害を起こし、サン＝マンデの精神病院で一九一五年に八十四歳で死ぬまで治療を受けることになる。

一二三「若い日の懐かしい歌」*Vieille chanson du jeune temps*

自筆原稿に記された日付によれば、この詩は一八三一年六月ではなく、この日付から二十年以上もたった五五年一月十八日に制作された。また、『静観詩集』の初めには、この詩のような軽い味わいの牧歌がおさめられている。ユゴー自身が五六年二月五日付の書簡で述べているところによれば、こうした構成は、詩集の終わりの黙示録的な重苦しい詩編とのあいだでバランスをとるためである。

一二四「万物照応」*Unité*

この詩は実際には一八五三年に制作されたものだが、三六年七月という日付がつけられている。この詩に表われた「照応」という考え方には、シャルル・フーリエの宇宙調和説の影響があるともいわれ、また、ボードレールの「万物照応《コレスポンダンス》」の思想とも一脈通ずるものがある。

一二五〔おいで！――目には見えないけれど、笛が……〕*Viens!—une flûte invisible...*

この詩は一八四六年に制作された。これより十年以上まえに、愛人ジュリエット・ドルーエとレ・メスで過ごした日々の思い出をもとに、ユゴーはここでもジュリエットに対する愛を歌いあげている。レ・メスでの思い出について、詳しくは「オランピオの悲しみ」に付した「解題」（三六二ページ）を参照。

一二五「一八四三年二月十五日」*15 février 1843*

長女レオポルディーヌの結婚に際して、ユゴーが作って娘に贈った詩である。ここには、嫁いでいく愛娘《まなむすめ》を前にした父親の喜びと悲しみが表現され、「家庭を歌う詩人」としてのユゴーの一面がよく表われている。

一二六〔ああ、思い出よ！　春よ！　あけぼのよ！……〕*O souvenirs! printemps! aurore!...*

幼いころの子供たちの姿を回想して出来た作品である。長女レオポルディーヌを主役として、子供たちの無邪気な様子が描かれている。あわせて、自分自身の「よいおとうちゃんぶり」を追想した作品でもある。

一二八〔明日《あした》、夜明けとともに……〕*Demain, dès l'aube...*

自筆原稿に記された日付によれば、この詩は実際には、九月三日ではなく、一八四七年十月四日に制作された。これより四年ほどまえ、四三年九月四日、ユゴーの最愛の娘レオポルディーヌはヴィルキエの近くのセーヌ河で溺死《できし》した。結婚してまだ半年ほどしかたたず、レオポルディーヌは幸福の絶頂にあったのだが、そうした最中《さなか》にこの不慮の出来事は起こったのである。

夫シャルルといっしょにヨットで帆走中、ヨットが転覆し、レオポルディーヌは波間に呑《の》まれた。そのうえ、彼女を助けようとして、泳ぎの達者なはずのシャルルまでもが溺《おぼ》れ死んでしまった。この悲劇が起こったとき、おりしもユゴーは愛人ジュリエットとスペイン旅行からの帰路にあり、この悲しい出来事を知ったのは、事故が起こってから五日もたった九月九日だった。こうした自分自身の不謹慎さと運命のきびしさを思って、ユゴーは長いあいだ懊悩《おうのう》し、これを機に彼の思想はいちだんと深みを増したと言われている。

ところで先にも述べたように、ユゴーはこの詩にわざわざ九月三日という日付を記しているが、それはつぎのような理由によるものと考えられる。つまり、レオポルディーヌの命日である九月四日の前日に、この娘の墓まで旅をしていったという印象を読者に与えたかったのである。そうすることによって、命日の九月四日に墓前にぬかずいて、つぎの「ヴィルキエにて」という詩に歌われる思索にユゴーはふけった、と読者は自然に考えるようになるわけである。こうして、この短い詩は、つぎの長大な叙情詩のプレリュードとしての効果を発揮することになる。このように、詩集に収められた個々の詩の配列にも、ユゴーはできるだけドラマチックな力を与えようとして工夫を凝らしたのである。

二八「ヴィルキエにて」*A Villequier*

長いあいだ、この詩の主な部分は、長女レオポルディーヌの一周忌である一八四四年九月四日に書かれたと考えられてきたが、第二次世界大戦後のルネ・ジュールネ、ギー・ロベール両氏の研究により、実際には、四六年十月に制作されたものと判明した。だが結局、出版に際してユゴーは、四七年九月四日という日付をこの詩に記し、長女レオポルディーヌの死後ちょうど四年たった日に作られたかのように装おうとしている。それはやはり、この詩に歌われるような思索が現実の出来事から生まれるには、それなりの時を必要とした、ということをユゴーが読者に強調したかったからなのだろう。

事実、この詩には、最愛の娘の死というこのうえなく悲しい出来事を、ユゴーが乗りこえようと懸命に努力したその苦悩の跡が深々と刻みつけられている。娘の死から数年の歳月が流れて、ユゴーはやっと冷静な目でこの出来事を見つめられるようになった。そして娘の墓前にぬかずいて、この出来事の意味を彼は神に問いかけるのである。この世界を神の光で照らすという詩人としての使命を、自分はたゆみなく果たしてきた。だが、その苦難にみちた仕事の報酬が、最愛の娘を奪われるという残酷な仕打ちだったのである。こうした不条理を前に、ユゴーは神の摂理について考えなおすことを強いられる。しかし、結局、神の業はいつでも正しく深い考えにもとづいている、と改めて信じるにいたる。そして詩人は、せめてわが子の墓前で涙を流すことだけは許してもらいたい、と神に願うのである。

これほどまでに悲痛な調子で、娘を亡くした父親の苦しみを歌いあげた詩は、フランス文学史上でも他にあまり例を見ないと言われている。

二四「死神」*Mors*

宇宙の営み全体の中で、死がいったいどんな意味をもつかということを、この詩の中でユゴーは自問している。死は、地位とか富とか勝利とか繁栄とかを一瞬のうちに灰燼《かいじん》に帰するだけでなく、いたいけな子供の命までも奪い取る。この世のありとあらゆるものを容赦なく破壊するのである。死は、まさに運命のもつ力の恐ろしさをまざまざと見せつけるものなのである。

だがその反面、死は、魂が宇宙の中でより良いものに成長していくために必須《ひっす》の一段階でもある。その意味で、死は形を変えた生の新しい姿とも言える。こうした考えを分かりやすく説明するために、ユゴーはこの詩の最後で天使という比喩《ひゆ》を用いたと思われる。このように、死は生の延長だと考えるユゴーにとっては、愛娘《まなむすめ》レオポルディーヌの魂は、不滅に思われるのである。

二五「物乞い」*Le Mendiant*

短詩ではあるが、簡潔さの中にテクニックの冴《さ》えが見られる作品である。またこの詩には、キリスト教の精神にもとづいたユゴーのヒューマニズムがよく表現されていて、同じようなテーマを扱った『レ・ミゼラブル』（一八六二）の一場面を彷彿《ほうふつ》とさせる。詩人が通りすがりの物乞いを、自分と対等の立場にある客としてわが家に迎えいれる箇所は、ミリエル司教がやはり丁重な態度で、ジャン・ヴァルジャンを家に迎えいれる件《くだり》に似ている。またユゴーは、この物乞いに貧しい人々の象徴としての意味をも与えている。そして詩の終わりで、この男の外套《がいとう》が満天の星のようにひろげられたさまに、ユゴーはつぎのような思いを託している。宗教的な見地からすれば、貧しい人々こそ偉大なのだという感慨である。

二六「砂丘での言葉」*Paroles sur la dune*

詩の終わりにユゴー自身が書きしるしているように、この詩は、亡命地のひとつであるイギリス領ジャージー島にユゴーが到着してちょうど二年たった記念日につくられた。終始、毅然《きぜん》たる態度で十九年間におよぶ亡命生活を貫いたユゴーであったが、この詩に漏らしているように、ときにはわびしさに襲われたこともあったのである。

二八〔私はこの花を摘んだ……〕*J'ai cueilli cette fleur...*

自筆原稿に記された日付によれば、この詩は、実際には一八五五年八月ではなく、これより三年前の五二年八月末に制作された。また、詩の終わりに「サーク島にて」と記されているが、ユゴーがサーク島を訪れたのは五三年七月以降のことであり、実際にはユゴーはこの詩をジャージー島で書いているのである。ユゴー一家がジャージー島に移り住んでまだ間もないころで、このころ、一家は島の北の海岸へ何度か遠足に行った。だが、一家には内緒でジャージー島に来ていた愛人のジュリエットはむろん、こうした遠足には連れていってもらえず、さびしい気持を味わった。ジュリエットの手紙によると、そんなとき、ユゴーは一輪の花と遠足の最中につくった一編の詩をおみやげに、ジュリエットのもとに戻ってきたという。その詩が、ここに収められた〈私はこの花を摘んだ……〉という詩ではないかとも考えられている。

二九「我行かん」 *Ibo*

自然界の神秘の中に果敢に身を投じ、宇宙の真の姿をとらえるのが詩人の使命である。こうした使命を、自分は万難を排して果たしていく。そんな詩人としての決意を表明したのがこの詩である。こうして宇宙の神秘に挑んだ詩人は、やがて、その結果知り得たと信じる宇宙の真実を、「闇《やみ》の口の語ったこと」を頂点とする一連の詩の中で歌いあげることになる。

三〇「闇《やみ》の口の語ったこと（抄）」 *Ce que dit la bouche d'ombre*

八百行近くにおよぶ長大な詩だが、そのうちで冒頭の約二百行ほどから重要な部分を抜粋して、ここでは抄訳するにとどめた。この詩の主要な部分が制作されたのは、詩の最後に印刷された一八五五年という年ではなく、実際は五四年の十月一日から十三日にかけての約二週間だった。だが、これに先だつ三か月ほどのあいだは、ユゴーは寝食も忘れて自身の思想をまとめるのに没頭したと伝えられる。事実、この詩はユゴー哲学の集大成で、宇宙の成り立ちから人間の倫理にいたるまで、かなり一貫したユゴーの哲学体系が力強い詩句にのせて歌いあげられている。

こうしたユゴー哲学の内容を、ここに訳出しなかった詩の部分に盛られたものも含めて、一応つぎに要約してみよう。ユゴーの宇宙論によれば、神は重さをもたないものばかりを創《つく》った。こうした被造物は不完全なものとして創られたが、それは、もしそうでなければ、創造者である完全な神と区別がつかなくなり、被造物は存在しなくなってしまうからである。こうして創られた万物は、光に満ちた天空にただよっていた。だがあるとき、この世で最初の過ちが犯された。すると、その過ちは重さとなり、これをきっかけに万物は落下しはじめた。重さは悪なのである。万物は重さを増しながらしだいに悪化し、天使は精霊に、精霊は人間に、人間は動物に、動物は植物に、植物は鉱物に堕落していった。こうして、万物はその重さつまり悪の度合に応じて空間の中に位置づけられ、闇に身をひたした鉱物から出て、光につつまれた天上の神にまで昇っていく「存在の梯子《はしご》」を形成するのである。

だが、こうして位置づけられるのは、単に物質的な面から見た被造物というものではない。ユゴーの考えによれば、万物は鉱物にいたるまで、それぞれ固有の塊を宿しもっている。したがって、ここでこうして位置づけられるのは、被造物の本質である魂なのである。さらに、ユゴーの考えるところでは、人間の魂は、人間より下に位置づけられる動植物とか鉱物の魂と異なって、物質の法則に完全には支配されず、自分自身で考え、行動する自由をもっている。そのために、人間には自分自身の行動に対して責任をとるという、特別な義務が生じる。こうしたことがもっとも顕著に表われるのが、ユゴーによれば、死後の人間の運命である。つまり、人間が死ぬと、その魂は生前の行ないの良し悪しに応じて軽くなったり重くなったりし、悪人は存在の梯子の中で下降するという罰を受けなければならない。

しかし、ユゴーはかならずしもペシミスティックな考えに終始するわけではない。こうした悪人の懲罰にもいつの日か終わりが訪れる。そして、そのときには、また、重く沈んでいた宇宙全体も呪《のろ》いを解かれ、光りかがやきながら天に向かって昇っていくのである。以上のように、この詩は高遠な思想を生き生きとした詩句に託して歌いあげ、いわば哲学と詩が渾然《こんぜん》一体となって、まったく独自の世界をつくりあげている作品なのである。

三九『諸世紀の伝説』*La Légende des siècles*

この叙事詩集は、第一集が一八五九年、第二集が七七年、第三集が八三年というように三回にわたって刊行された。なお八三年には、この三集に収められた詩編を、人類史の年代に従って編集した決定版が出版された。この三集の中で、優れた詩がいちばん多く収められているとされるのが第一集である。今回この訳書を編むにあたって、『諸世紀の伝説』の中から選び出した詩編は、すべてこの第一集に収められている。

ユゴーは、その初期の詩集からすでに叙事詩人としての腕前を発揮していた。また彼は、人類の進歩に対する宗教的・社会的な信念をいだき、この信念を叙事詩によって表現しようと考えていた。こうした抱負は、『諸世紀の伝説』によって実現をみたと言える。

　ユゴーは、人間はその「良心」に導かれ監視されながら光明へ昇っていくと考え、こうしたテーマをこの詩集の中で数多く取り扱っている。この浩瀚《こうかん》な詩集の中から、今回、本書のために選び出したのはわずかに七編であるが、これをお読みになるだけでも、人類史の各時期に「良心」がどのように人間を導いてきたかが、ある程度明らかになるように配慮したつもりである。つまり、弟殺しの罪を犯したカインを墓穴の中までも追った「良心」は、中世では、父親を殺したクヌーズ二世を追う。また現代、すなわちユゴーの時代である十九世紀では、あたたかい人間愛として貧しい漁夫の胸に美しく燃え（「哀れな人々」）、そして二十世紀には、平和な世界共和国を実現させるものとユゴーは考えるのである（「大空」）。

　この詩集は、史実の正確さや各詩編のあいだの緊密な関係を欠いてはいるが、雄大で変化に富んだ作風によって、叙事詩に乏しい近代フランス文学にきわめて優れた位置を占めている。

一四二「女性の聖別式」*Le Sacre de la femme*

　まえがき等を別に考えれば、詩集『諸世紀の伝説』の巻頭を飾る詩であると言っても差し支えない。人類の歴史を、ユゴーはアダムとエバの話から説き起こしているのである。むろん、この詩を書くにあたってユゴーがもとにしているのは、旧約聖書「創世記」の記述である。だが、聖書の記述をそのまま踏襲するのではなく、想像力を自由にはたらかせて、彼独自の絢爛《けんらん》たるエデンの園をつくりあげている。こうしたエデンの園の描写には、ミルトンの『失楽園』の影響が見られるとする研究者もいる。また、一般の解釈と異なり、アダムよりもエバのほうが重要な人物として描かれている点にも、この詩編の特徴がある。女性や母性というものに対するユゴーの賛美の念が、ここにも読みとれよう。

一四八「良心」*La Conscience*

　この詩についても、ユゴーは旧約聖書の記述から着想を得ている。つまり、旧約聖書の「創世記」や「詩編」に見られる記述からである。だが、やはり、ここでもユゴーは、自由に想像力をはたらかせ、彼独自の世界を作りあげている。そういう意味で、とくに興味深いのは、罪を犯した者が単に神の怒りから逃れようとするのではなく、彼の心の中にある神の目、つまり「良心の目」から逃れようとする点である。これは、人間の心の中に善悪を判断する力が初めてめざめたことを意味し、この良心のはたらきによってこそ、人類は以後、年代を追うごとに、輝かしい未来に向かって進歩することを示しているのである。

また、この「良心の目」というテーマは、精神分析を文学研究に応用する人々にとっては、格好の研究材料となっている。こうしたテーマが、見てはならないもの、つまり母親の肉体の秘密を見てしまったために罰を受けるというような、性の問題と関連づけても解釈できるからである。

一五二「眠れるボアズ」*Booz endormi*

この詩も聖書の記述をかなり自由に潤色しながら書かれている。ここに描かれたボアズの篤実《とくじつ》な姿は、ユゴー自身の近い将来の姿であるとする説もある。つまり、ユゴーが間近に迫った老年の自身の姿を、こうあってほしいという願いをこめて、描いたというのである。いずれにしても、この詩は自然の中の穏やかな夜の雰囲気を見事に表現したものとして、フランス詩の傑作のひとつに数えられている。

一五五「父親殺し」*Le Parricide*

時代はずっとくだって、この詩編では、中世の物語が描かれる。題材は、こんどは、北欧の歴史からとられている。歴史上の人物であるクヌーズ二世の死後の運命を扱いながら、北欧神話のもつ暗く神秘的な美しさをも、ユゴーはこの詩編に盛りこもうとしている。

ところで、北欧のこうした雰囲気にユゴーが引かれるようになったのは、もとをただせば、青年時代のことなのである。二十歳のころ、ユゴーはデンマークをはじめとする北欧諸国の歴史を読みあさり、あわせて北欧神話についても熱心に学んだ。そんなわけで、彼が書いた最初の本格的な小説である『アイスランドのハン』(一八二三)では、舞台はノルウェーにとられ、デンマーク史上実在の人物をめぐる陰謀が中心になって、物語は展開する。さらに、この小説には、北欧神話の集大成である『エッダ』などの読書を通じて得られた知識が盛られ、闇《やみ》に沈む北国の幻想的で恐怖に満ちた雰囲気が的確に表現されている。

こうして若いころになれ親しんだ北欧の神秘的な雰囲気を背景に、罪人クヌーズが「良心」につきまとわれるさまを、ユゴーはこの詩の中で描いている。こうしたテーマは詩集『諸世紀の伝説』で一貫して取り扱われており、この詩集の最初の部分に収められたカインの物語でユゴーが追究するのは、すでに見たとおりである。こうした聖書の世界における「良心」のテーマに、北欧の世界の「良心」の問題を対応させたのが、この詩であると言えよう。北国の荒涼たる風土の中で展開すると、こうしたテーマは凄惨《せいさん》さをいや増して、読む者の胸に迫るのである。

一六二「王女の薔薇《ばら》」*La Rose de l'infante*

『諸世紀の伝説』第一集が出版される約四か月まえ、一八五九年五月二十三日にこの詩は書きあげられた。歴史上に名高いアルマーダ（無敵艦隊）の敗北からこの詩は題材を得ているが、この歴史上の事件について、ユゴーは以前にも考察を加えたことがある。紀行『ライン河』（一八四二）に収められた、アルマーダに関する文章を以下に要約しておこう。

当時敵対関係にあったイギリスを一挙に押しつぶそうとして、フェリペ二世はアルマーダを派遣するのだが、ユゴーはこの艦隊のなみはずれた規模の大きさにとくに注目している。そして、この艦隊が合計三百五十艘《そう》の船舶から成り、総計九千人の船員と七万六千八百人の兵士を乗りこませていたこと。さらには、この艦隊に積みこまれた、貯蔵用の堅パン、塩漬けの肉、チーズ、ぶどう酒などの膨大な食糧までも、具体的な数字を挙げて、こと細かに描き出している。ユゴーの挙げる数字にはかなり誇張が見られるが、アルマーダが大艦隊であったことは間違いない。こうした巨大な艦隊を前に、イギリスは大きな危機に見舞われたが、そんなとき、にわかに暴風が巻き起こり、逆に無敵艦隊を吹きとばしてしまった、とユゴーは暴風という点を強調して書きしるしている。このアルマーダの敗北によって歴史の様相は一変したと彼は考え、こうした偶然の出来事の中に、ユゴーは運命の神秘的な力を読みとるのである。

暴風によるアルマーダの敗北を、彼はこの「王女の薔薇」の中では、王女が手に持っていた薔薇が一陣の風で散ってしまうことに象徴させて描いている。また、この「王女の薔薇」では、ユゴーは『ライン河』でアルマーダを描いたころよりさらに一歩進んで、アルマーダの敗北に人類の着実な進歩の足音を聞いている。つまり、この事件は、神の意志が専制君主を打ち倒し、自由に向かう人類の歩みに新しい一ページを加えようとした行為だと、彼は言うのである。こうしてアルマーダの敗北は『諸世紀の伝説』の中では、人類の進歩の神話を飾る一枚の壮大な絵画となっている。

一七〇「哀れな人々」*Les Pauvres gens*

この詩をユゴーが書くにいたった経緯には、紆余《うよ》曲折があるとされている。この詩が書きはじめられたと一応考えられるのは一八五二年だが、その前年に、これによく似た内容の韻文の物語が公にされている。シャルル・ラフォンという詩人の作品で、奇妙なことに彼の詩は、人口に膾炙《かいしゃ》するうちに、実話であると信じこまれるようになってしまった。そして、ユゴーがジャージー島に取り寄せていた『プレス』紙にこの話が掲載されたときには、まったくの実話であるとして三面記事になっていた。ユゴーはおそらくこの新聞記事をもとに彼自身の詩を書いたのだろう、と考えるのが妥当のようである。だが、ラフォンの作品から直接に着想を得たのだとする説もないわけではない。

いずれにしても、もとの話が町に住む労働者の夫婦を扱っているにの対して、ユゴーの詩の特徴は、これを漁師の夫婦の話におきかえた点にある。こうして、ユゴーは貧しい人々の善意に満ちた生活に、偉大できびしい海の大自然を結びつけて、古代の叙事詩にも匹敵するスケールの大きさを与えているのである。

この詩は、『諸世紀の伝説』第一集の中では、「現代」と題する章に収められているが、ユゴーはここに見られるように、自分と同時代に生きる民衆の善意を信じていたのである。一八四八年の二月革命がきっかけとなって、ユゴーはしだいに民衆を歴史の主役と考えるようになっていった。そして、そうした思想は『レ・ミゼラブル』（一八六二）の中で凝縮され、この小説は、輝かしい未来に向かって進む十九世紀の民衆の神話ともなっている。また、この詩に描かれた海に働く民衆の善意は、のちの小説『海に働く人びと』（一八六六）の中で大きく展開されることになる。

一八〇「大空（抄）」*Plein ciel*

五百行におよぶ長大な詩だが、その随所から重要な部分を総計約百五十行にわたって抜粋し、ここでは抄訳するにとどめた。ところで、『諸世紀の伝説』の中でユゴーは、人類が「良心」に導かれて限りなく進歩していく姿を一貫して描いてきたわけだが、この「大空」という詩編は、そうした進歩の神話の最後を飾るものである。ここで人類の進歩を象徴するのは飛行船である。実際、この詩が書かれる十年ほどまえ、フランスで飛行船熱が高まり、多くの発明家たちが独自の飛行船を考案しては実験を繰りかえした。そのほとんどは失敗に終わったが、こうした飛行船の公開実験は当時の人々を熱狂させ、とりわけ詩人や作家たちに思索の材料を与えた。そんなわけで、このころ飛行船を歌った詩がさかんに作られたのだが、そうした作品を集大成したのが、このユゴーの「大空」であるとも考えられる。

この詩は、『諸世紀の伝説』の中で「二十世紀」と題する章に収められ、人類の近い将来の姿を描いている。十九世紀にあって、貧困や社会の矛盾に苦しみながらも善意を忘れない民衆の努力は、やがて二十世紀になって実を結ぶ。科学の進歩が前時代の野蛮で残忍な社会制度から人類を解放するのである。つまり、飛行船は人々を世界じゅうのどこへでも運び、諸民族のあいだの自由な交流を盛んにする。いままで国という狭い世界に閉じこめられていた人々は、他の国民の生活や思想に触れ、自国民のおかれた境遇に対する無知からしだいに脱していく。それと同時に、諸国民のあいだには、相互理解と友情が増進されていくのである。こうして、ついには人類がひとつにまとまり、戦争のない世界共和国がこの世に出現する、というのがユゴーの考えである。

　こうした政治思想とならんで重要なのは、この詩に盛られたユゴーの哲学である。つまり、ユゴーの場合、一見ユートピア的とも思われる政治思想にも、彼なりの一貫した哲学的な考え方の裏うちがあるのである。『静観詩集』に収められた「闇《やみ》の口の語ったこと」についての「解題」でも述べたように、ユゴーは「重さ」を悪だと考えていた。原初の幸福な状態から被造物が堕落したのは、重さをもったためだったとするのである。したがって、人類が幸福で輝かしい未来に達するということは、人類が重さから解放されて限りなく上昇することにほかならない。その意味で、重力の支配を断ち切って天翔《あまかけ》る飛行船は、ユゴーにとって人類の進歩のこのうえもない象徴となるのである。

　飛行船が「物質」でありながら、重力の支配を受けないということは、ユゴーにとって重要な意味をもつ。本来、悪を内に宿し、したがって重さのために宙に浮かばないはずの物質が、科学の力によって天高く上昇するのである。これは、科学が引き起こした偉大な奇跡と言える。「闇の口の語ったこと」の「解題」でも述べたように、下降しつづける悪人の魂も、あるとき突然、奇跡のような瞬間が訪れて、天に向かって昇っていくとユゴーは考えている。その奇跡の瞬間を人類にもたらすのが、とりもなおさず科学の力なのである。

　こうした考えは、人類の歴史を宇宙の歴史との対応関係で捉《とら》えようとした叙事詩『サタンの終わり』（死後出版、一八八六）とも一脈通ずるものがある。悪人の中の悪人である悪魔《サタン》の長は神に見離され、地球の外の暗闇を未来永劫《えいごう》にわたって下降しつづけることになるが、あるとき突然、奇跡の瞬間が彼の身に訪れる。つまり、フランス革命の口火を切ったバスチーユの牢獄《ろうごく》が民衆の攻撃の前に陥落して人類の未来が約束されると、神はサタンを許して彼に命じるのである、「暗闇の外へ昇ってこい、額に暁の光を宿して」と。サタンがその罪を許されるのは、ユゴーの考えによれば、彼が「自由」という名の天使を娘にもっていたからである。人類が輝かしい未来を獲得するには、科学とともに、「自由」が重要な役割を果たすということなのである。

このように、人類の歴史を再構成した『諸世紀の伝説』は、宇宙論と人間の道徳を扱った「闇の口の語ったこと」や、さらには、宇宙の歴史を探る『サタンの終わり』とも密接な関係を保ち、ユゴー自身がその全作品を通じて創造しようと努めた彼独自の神話世界の中でも、とくに重要な位置を占めていると言える。そして、この「大空」という詩は、そうした『諸世紀の伝説』の最後にあって、ユゴーが神話創造によってめざす人類の究極の姿を予言しているという点で、とりわけ意味深い詩作となっているのである。

一八七『街《まち》と森の歌』*Les Chansons des rues et des bois*

陽気で軽妙なタッチの短い詩をあつめた詩集である。ユゴーの詩作には、厳《おごそ》かで深い味わいの長詩が主流を占めており、二十冊ほどにものぼるユゴーの詩集のうちでも、このような快楽的で軽いタッチの短詩をあつめた詩集は、これ一冊であると言える。

こうした詩集を編もうと最初にユゴーが考えたのは一八四七年のことである。だが、実際にこの詩集に収められた詩の大部分が制作されたのは『諸世紀の伝説』第一集が完成して間もない、五九年の夏から秋にかけてのことである。しかし、その後、それまで十二年間手をつけずにいた『レ・ミゼラブル』の初稿に手を加えて、ついに六二年に出版したり、評論『ウィリアム・シェイクスピア』（一八六四）を執筆したりして、ほかの仕事にユゴーは時間をとられていた。そのために、この『街と森の歌』が完成され出版されたのは、六五年ということになってしまった。

この詩集は、題材も、自然の風物とか人間の細やかな日常の感情などからとられ、詩の調子も陽気で滑稽味《こっけいみ》のあるものが多く、それまで荘厳なユゴーの長詩に親しんできた読者に少なからず衝撃を与えた。賛否両論があったが、おおむね読者の態度は好意的であった。また、この詩集には、テオフィル・ゴーチエやテオドール・ド・バンヴィルの作品をはじめとする高踏派の詩に、作詩上のテクニックの点で近い作品も収められている。なお、この軽妙な味わいの詩集にも、政治的・哲学的な内容の詩や瞑想《めいそう》から生まれた詩も、ごく少数ではあるが見いだすことができる。

一八九「パリ近郊の祭の日」*Jour de fête aux environs de Paris*

日の光が燦々《さんさん》と降りそそぐパリ近郊の野原と陽気な酒盛り、そして酔っぱらいの滑稽《こっけい》な仕種《しぐさ》というように、いかにものどかな風景をスケッチ風に描いた詩である。的確な描写、鮮やかな色彩などの点で、高踏派の詩を思わせるものがある。『レ・ミゼラブル』（一八六二）の一節（第三部第一編第五章）で述べているように、ユゴー自身、パリの郊外を散策するのが好きだった。亡命先で、そんな自分自身の散歩の思い出をもとに、パリを懐かしんで作ったものであろう。

一九〇「種蒔《たねま》きの季節。夕暮」*Saison des semailles. Le Soir*

　一八六五年の八月から九月にかけてユゴーはライン河沿いの地方へ旅行するが、そのときの旅行手帳にこの詩は最初書きつけられた。旅先からの帰路にあったユゴーは、「ラ・ローシュとロシュフォールのあいだで」と手帳の詩の原稿にも書きしるしている。そんなわけで、旅先でユゴーが目にした光景からこの詩は生まれたと考えられる。また、『種蒔く人』などのミレーの絵画からユゴーが着想を得たとする説もある。

　いずれにしても、この詩は短詩ながら、叙事詩を思わせる雄大なスケールをもっている。ぼろをまとった一介の農夫が、宇宙全体にも比べられる偉大な存在として描かれているからである。この農夫は精一杯働くことで、大自然の壮大な営みに力をかしている。こうして、この詩は大自然の神秘を彷彿《ほうふつ》とさせる神話となり、また同時に、労働の尊厳を歌う頌《しょう》歌《か》ともなるのである。

一九一〔六千年このかた、戦争は……〕*Depuis six mille ans la guerre...*

　自筆原稿に記された日付によれば、この詩は一八五九年七月二日に制作された。大自然ののどかな営みとひき比べて、戦争のむなしさを訴えている。また、ユゴーは政治的・社会的な見地からも戦争を批評し、戦争とは結局、弱者が権力者の犠牲になって戦場に屍《しかばね》をさらすだけのことだと述べている。さらに、戦争という行為の奥に、人間が本来もっている好戦的な性格をユゴーは見ぬいているのである。政治的・社会的な問題の中に自然の営みや魅力をも繰りいれるという、ユゴーの一面を表わした作品である。

一九五『よいおじいちゃんぶり』*L'Art d'être grand-père*

　この詩集は一八七七年に刊行された。ここに収められた詩の半数近くは、七四年から七六年にかけて制作された。このころまでに、ユゴーは家族のほとんどに先だたれ、天涯孤独とも言える身の上になっていた。六八年に妻を、七一年に次男シャルルを、そして七三年には三男フランソワ＝ヴィクトルをあいついで亡くしていたのである。そのうえ、子供たちのうちでただひとり生き残った次女のアデールは、七二年に精神病院に入院し、以後死ぬまで正気を取りもどすことがなかった。そんなとき、老いたユゴーの目に天の救いのように映ったのが、次男シャルルの忘れ形見である孫のジョルジュとジャンヌであった。ジョルジュは一八六八年に、ジャンヌは一八六九年に生まれ、この詩集が編まれたころは、ふたりはほぼ一歳から九歳にかけてで、かわいい盛りだったのである。

ところで、ナポレオン三世の没落を機にユゴーが、十九年間にわたった亡命生活に終止符を打ってフランスに帰国したことは、すでに『懲罰詩集』の「解題」で述べたとおりだが、これ以後死にいたるまでのユゴーの足どりを、ここで簡単にたどってみよう。

七〇年九月、パリに帰還したユゴーは市民の熱烈な歓迎を受けたが、この帰国はひとつには、風雲急を告げる祖国の有様を見かねて、自分も国民軍の一兵士として祖国を守ろうとするものだった。このころ、ナポレオン三世を捕虜にしたプロイセン軍が、着々とパリをめざして進軍していたのである。ユゴーは『ドイツ人に訴える』(一八七〇)という一文を発表して、帝政も滅びたいま、同じヨーロッパの同胞であるフランスの民衆を攻撃するのはやめてほしい、と述べた。翌年、休戦条約が締結されて、やがて国民議会がボルドーに成立すると、ユゴーはパリ選出の議員に選ばれた。しかし、議会が反動勢力に占められていることに少なからず失望し、また、次男シャルルが急死したこともあって、ユゴーは間もなくパリに戻った。そのときにはパリは内乱の巷《ちまた》と化していた。パリ・コミューンが成立していたのである。この戦いに際しても、ユゴーは声明文を発表して、フランス人同士が戦うことを強い調子でいさめた。

やがてユゴーは、ブリュッセルやガーンジー島にいったんは祖国の騒乱を逃れるが、しばらくしてパリに戻り、七六年には上院議員に選出される。このころには、ユゴーは第三共和政下のフランスで、共和政の偉大なシンボルとみなされ、国民の信望を一身に集めるようになった。政治活動だけではなく、出版活動もなおざりにせず、亡命中に書いた原稿に手をいれたりして、小説『九十三年』(一八七四)、詩集『よいおじいちゃんぶり』(一八七七)、詩集『諸世紀の伝説』(第二集一八七七、第三集一八八三)、『ある犯罪の物語』(第一巻一八七七、第二巻一八七八)、哲学詩『教皇』(一八七八)、叙事詩『至上の憐憫《れんびん》』(一八七九)、詩集『精神の四方の風』(一八八一)、劇『トルケマダ』(一八八二)などの作品を矢つぎばやに刊行した。

この間、一八八一年には、民衆から国をあげてその長寿の祝を受けた。またその二年後には、半世紀ものあいだ影のように寄り添ってきた愛人のジュリエット・ドルーエに先だたれ、ユゴーは失意の底に沈みこむ。そして、ついに、八五年五月二十二日、いっしょに生活していた、たったふたりの肉親、ジョルジュとジャンヌにみとられて、自分自身もこの世を去るのである。息をひきとる間際に、「黒い光が見える」とつぶやきながら……。ユゴーの葬儀は国葬として盛大にとり行なわれたが、この日、葬列を見送った人々の数は、二百万人にものぼったと言われている。こうして、大詩人ユゴーはパンテオンに葬られ、フランス史を飾る偉人たちといっしょにいまも安らかに眠っている。

一九七「ジョルジュとジャンヌ」*Georges et Jeanne*

ふたりの孫を歌った詩のうちでも、かなり早い時期に制作されたものである。この詩が書かれたころ、ジョルジュは二歳の誕生日を迎えようとしており、また、ジャンヌはまだ十か月の赤ん坊であった。ユゴーはこの詩の中で、ふたりの孫をまるで天使のように清らかなものとして描いていて、少々奇異な感じもしないではない。

だが、こうした描き方の奥には、ユゴーの宗教思想が隠されているのである。『教皇』（一八七八）と題する哲学詩の中でも述べているように、子供は人間のうちでもいちばん神の国に近く、そうした子供の神聖さが人類のけがれを清めてくれると、ユゴーは考えていた。こうしたユゴーの考えは、若いころから一貫しており、今回この訳詩集にも収めた「子供が現われると……」（一八—二〇ページ）や「万人《もろびと》のための祈り」（三二—四七ページ）にもすでに見られるものである。

二〇〇「開かれた窓　朝——うつらうつらしながら」*Fenêtres ouvertes. Le Matin.— En dormant*

詩の最後に、「七月十八日」とだけ日付が記されているが、この詩は一八七〇年か七三年の七月十八日に制作されたと思われる。めざめたばかりのおぼろげな耳にとびこんでくる音声を、自然な流れのままに書きつづった詩である。一見なんの巧みもないところにこの詩の真価があり、さわやかな朝の印象を、純粋に聴覚による印象としてだけ言葉で再現してみせている。

二〇一『竪琴《たてごと》の音《ね》をつくして』*Toute la lyre*

ユゴーの死後、一八八八年と九三年の二回に分けて出版された詩集である。二五年から八〇年までの五十五年間に書きつづった膨大な量の未刊の原稿を、ユゴーは晩年に整理して出版しようと計画した。七〇年には、こうした出版に、『わが心の限りをつくして』とか、『竪琴の音をつくして』とかいう題をつけようと考えている。だが、結局、この計画はユゴーの生前には日の目を見ることはなく、死後、彼の弟子たちが実行に移したのであった。そして、ユゴー自身は、巻数は何巻になってもかまわないと考えていたが、結局、二巻にまとめあげられたのである。

二〇三「テオフィル・ゴーチエに」*A Théophile Gautier*

この詩が制作されたのは、一八七二年十一月二日である。このころユゴーは齢《よわい》七十を越え、肉親だけでなく、かつての友人たちや文学仲間たち、そして弟子たちまでもがつぎつぎと他界していくのを見送っていた。彼は生き残る者の寂しさと苦しさに、胸をえぐられる思いを再三再四味わっていたのである。ちょうど、そんなときだった。テオフィル・ゴーチエの訃報《ふほう》が彼のもとに届けられた。ゴーチエはユゴーの最愛の弟子のひとりであり、彼はその作品を高く評価していた。また、ゴーチエの娘であるジュディットから相談を受けたこともあって、このころユゴーは、心臓病と貧困に苦しめられていたゴーチエのために、年金を獲得してやったりもしていたのである。だが、ユゴーやジュディットの願いもむなしく、ゴーチエはついに、七二年十月二十二日に不帰の客となったのである。

ゴーチエの訃報に接してユゴーは深い悲しみにうち沈み、やがて、その悲しみを詩句に託した。こうして生まれたこの詩は、弔意を表わした詩の傑作と言われ、ゴーチエ追悼のために友人たちが出版した『テオフィル・ゴーチエの墓』（一八七三）の巻頭を飾ることになる。そして、その後、詩集『竪琴《たてごと》の音《ね》をつくして』に収められたのである。なお、この詩の自筆原稿は、ジュディットのたっての願いで、ユゴーの手もとから彼女のもとへ送りとどけられた。

二〇七「女神よ、死に臨んだ男があなたに挨拶《あいさつ》する」*Ave, dea; moriturus te salutat*

この詩は、定型詩のひとつであるソネの形式にのっとって書かれている。十九世紀では、とくに一八四〇年以降、ソネは詩人たちにさかんに用いられるようになったが、ユゴーはこの詩形をほとんど使っていない。そうした数少ない例のひとつがこの詩なのである。ところで、この詩が制作された七二年ごろには、ユゴーは名声赫々《かっかく》たる文豪であり、女優やサロンの上流婦人など無数の美しい婦人たちから好意を寄せられていた。そんな中でユゴーがとりわけ大切に思っていたのが、この詩が捧《ささ》げられたジュディット・ゴーチエだったのである。

二〇九『大洋』*Océan*

この詩集は、ユゴーの死後、半世紀以上もたった一九四二年に出版された。死後こんな時間が経過してから日の目を見たものではあっても、この企画は後世の人が勝手にたてたものではなく、やはり、ユゴーの遺志にもとづいているのである。その間の事情をかいつまんで説明しておこう。

じつのところ、ユゴーほど、自分の作品が生前、死後を問わず世の中にひろまることに執念を燃やした作家も少ないであろう。その点でも、ユゴーは特筆すべき作家なのである。自分自身の世界観が世の人々から永久に受けいれられて、未来の人間や社会にまで影響を与えること、これを、ユゴーは自身の創作活動の究極の目的としたのである。こうした壮大な企てを実現させるために、ユゴーは生前着々と手を打っていた。そのひとつが、この詩集『大洋』の出版計画なのである。

この死後出版の計画は、驚くべきことに、一八四六年、ユゴーがまだ四十四歳の働き盛りだったころにたてられた。四六年十一月十九日付で遺言状めいた書付をユゴーはしたため、その中で、自分が死んだあと、『大洋』という題名のもとに自分の未刊の作品を集めて出版するように、息子たちに命じたのである。その後、この遺言は五九年と七五年に書き改められ、七五年のものでは、未刊の原稿の整理と出版の方針についてまで、微に入り細をうがった指示を与えている。さらに、八一年には、短い遺言状をこれに付け加え、その中で、「いつの日かヨーロッパ合衆国図書館となるはずのパリ国立図書館に、自筆原稿のすべて、それに自分の手になる文章とデッサン類のすべてを寄贈する」と明記した。

結局、ユゴーの死後、この遺志が尊重され、ユゴーの自筆原稿の大部分はパリ国立図書館に遺贈されるのである。このとき、前代未聞の膨大な寄贈に国立図書館はパニック状態に陥った、と歴代の図書館員たちのあいだで語り継がれている。ともかく、このとき以後、国立図書館は努力に努力を重ね、ほぼ半世紀かかって、なんとかユゴーの自筆原稿の整理を一応完了した。これと並行して、一九〇四年から五二年にかけてやはりほぼ半世紀を費やし、四十五巻本のユゴー全集が編集された。ユゴーの弟子たちが命の続くかぎりイニシアチブをとったこともあって、この全集はユゴーの遺志にきわめて忠実である。この全集の編集過程で未刊の原稿の整理も精力的に行なわれ、その一巻としてついに一九四二年に出版された詩集が、この『大洋』なのである。

二一二「裸の女」*Nuda*

これまで、ここに訳出した五十五編ほどのユゴーの詩をつぎつぎに読んでこられた読者には、ユゴーがどれほど変化に富んだ題材を扱っているかがお分かりであろう。若い日の恋愛、神秘的でときとしては凄惨《せいさん》な異国の風物、詩人の使命、幻想的な夢の風景、さまざまな人間の姿と感情、ほのぼのとした家庭の光景、政治や社会、大自然、人類の歴史、宗教的な宇宙観、こうしたすこぶる多岐にわたるテーマを自由自在にユゴーは歌いこなしているのである。そして、この「裸の女」という詩は、そうしたユゴーの幅の広さに、さらに新しい一面を付け加えることになる。つまり、ユゴーは官能的な女性美と快楽を歌っても、驚くべき才能を発揮したのである。まことに、ユゴーの詩の世界は広大無辺にして千変万化と言わなければなるまい。

二二三『東方詩集』*Les Orientales*

この詩集は一八二九年に刊行された。当時、ロマン派の詩人たちは異国情緒《エキゾチシズム》に魅力を感じ、主として中近東の風物に関心を寄せていた。そんなことから、ユゴーも最初はただ異国情緒を盛りこんだ詩を書こうとしていたらしい。だが、そんなとき、一八二一年以来トルコの圧制に反対して起こっていたギリシア独立戦争の火の手がいよいよ激しさを増した。二二年には、有名なヒオス島の虐殺が起こった。また、この自由を求める戦いに義勇兵として参加していたイギリスの詩人バイロンが、戦場で命を落とすというような事件も伝えられ、フランスでも、ギリシア民族に対する同情の念が湧き起こった。そんなわけで、『東方詩集』は、単なる異国情緒を盛ったものから、しだいに政治色の濃いものに姿を変えていったのである。

また、この詩集の特色は、スペインなどをも含めてギリシアや中近東の美しい風物を細部まで描きつくしている点や、古典主義の規則を大幅にふみにじった作詩法にあるとされている。こうした観点から見れば、この詩集は、のちにテオフィル・ゴーチエたちが主張することになる芸術至上主義に道をひらいたものと言えよう。さらに、この詩集に見られる物語の劇的な構成や壮大な風景描写は、ユゴーがのちに書くことになる雄大な叙事詩の源泉となっている。

二二五「天の火」*Le feu du ciel*

この詩は『聖書』の「創世記」と「出エジプト記」からヒントを得て作られた。天の火が二つの町ソドムとゴモラを滅ぼしに行く過程が見事に描かれ、読むほどに読者は気持ちを高めていくに違いない。

ユゴーはこの詩を冒頭に置いて、読者を『聖書』の世界から東方の世界へと誘《いざな》うのである。

二三四「カナーリス」*Canaris*

ユゴーは後出の「王宮のさらし首」や「ナヴァラン」の中でもカナーリスの武勲をうたっている。おそらく、カナーリスはギリシア独立戦争で大活躍したもっとも著名な人物のひとりであろう。

二三七「王宮のさらし首」*Les têtes du Sérail*

王党派と思われていたユゴーは、一八二六年夏、フランス政府がギリシア独立戦争に正面から取り組んでいないと嘆き、ヨーロッパの王たちはギリシアの援護に行くべきだと説いた。この詩は同年六月十三日、「デバ」新聞に掲載された。

二四六「熱情」*Enthousiasme*

ギリシア独立戦争に参戦したい熱情を表現しながら、一介の詩人のジレンマをうたっている。

二四七「ナヴァリノ」*Navarin*

この詩は、新聞の記事やバイロンの詩、そしてユゴーの想像力を駆使して作られたものである。

二五七「律師《ムフティ》の激励」*Cri de guerre du Mufti*

ギリシアはひとまず置き、トルコが登場する。回教徒にとって、キリスト教は異端である。両者を犬とライオンにたとえているが、ユゴーは、他の作品でもトラとライオンをあげて、ユゴー独特の対照（アンチテーゼ）の効果をねらっている。

二五八「パシャの悲しみ」*La douleur du pacha*

「……ヌビア産の飼いトラが死んだのだ」たったこれだけの短い文の中に、残忍なパシャの性格をうかがい知ることができるだろう。

二六〇「海賊の歌」*Chanson de pirates*

地中海の海賊は英雄と同様、物語には不可欠な存在である。したがって、海賊にさらわれた娘はスルタンの女になる話は、だれでも知っていた。ユゴーは、これをイメージにして、この詩を作った。

二六二「とらわれの女」*La captive*

前の詩の女とはべつの女である。ユゴーは初め、「ヨーロッパの女」という題をつけた。

二六四「月の光」*Clair de lune*

この題とはうらはらに東方の残虐な風習に、読者は驚くことだろう。

二六五「ヴェール」*Le voile*

せんさく好きな旅人にとって、ヴェールで顔をおおう習慣はひどく興味深いものなのだ。ユゴーは好奇心にかられて、この詩をつくったものと思われる。

二六六「スルタンのお気にいり」*La sultane favorite*

東方の世界では、ひとりのスルタンをめぐる女たちの争いはめずらしいことではない。その顚末《てんまつ》は、正妻たちや、元お気にいりたちが共謀して、現お気にいりを迫害することなのである。

二六八「回教の修道者」*Le derviche*

最後の二行でどんでんがえしになり、アリーはおだやかで寛大な人物に描かれている。

二七〇「砦《とりで》」 *Le château fort*

ユゴーはここでもヤニナのアリー＝パシャをテーマにして、彼の砦をうたったようだが、本当はヤニナは海に面していない。

二七二「トルコの行進曲」 *Marche turque*

理想的なトルコの兵隊を描こうとした詩である。

二七三「敗戦」 *La bataille perdue*

兄アベルがスペイン語から翻訳した『ロマンセロ』などの影響を受けて、ユゴーは独自の詩を展開した。

二七六「峡谷」 *Le ravin*

ユゴーは過去と現在を結びつけようとたえず努めていたが、この詩もそのひとつである。

二七七「子供」 *L'enfant*

一八二二年三月に起こったヒオス島の虐殺にテーマをとり、美しいヒオス島とは対照的に、戦争の悲惨さをうたった。

二七八「水浴びするサラ」 *Sara la baigneuse*

サラはギリシアの娘。水浴びは東方の人びとの日常生活で重要な位置をしめる。

二八二「待ちわびて」 *Attente*

東方に題材をとったものであろうか。戦場から帰る恋人を待ちわびる姿は、むしろ、城の窓辺に出て、十字軍から夫や恋人がいつ戻ってくるかと、首をながくして待っている中世ヨーロッパの女たちがモデルになったと言ったほうがふさわしいだろう。

二八三「ラザラ」 *Lazzara*

ここでは、ギリシア社会を構成する三つの人間のタイプを描いている。ギリシアの娘。金持ちだが、嫌われ者のトルコの官吏。最後は、貧しいが幸せ者の山人。

二八四「願い」 *Vœu*

どこの国にも、小鳥や木の葉になって空を飛びたい、といった詩はあるだろう。情熱的なユゴーは、「司祭の娘のところにいこう」とうたった。

二八六「攻め落された町」 *La ville prise*

ユゴーがこの詩をつくった最大のきっかけは、一八二四年にサロンに出品されたドラクロワのヒオス島の虐殺を扱った有名な絵画であった。全ヨーロッパが、トルコ人の引き起こした大量殺人に戦慄した。

二八七「アラビアの女主人の別れの言葉」 *Adieux de l'hôtesse arabe*

ヨーロッパの旅人が土地の女を捨てるといった話は、とくに新しいテーマではない。この詩の中でユゴーは、アラビア風の雰囲気を出すため、「黒い山」や「小屋」といった隠喩を使った。

二八九「呪《のろ》い」*Malédiction*
捨てられた女の呪いである。ユゴーは豊かな想像力を用いてこの詩を作ったが、ベースになっているのはやはり、ギリシアの詩である。

二九〇「輪切りのヘビ」*Les tronçons du serpent*
ユゴーは詩人とヘビを比較しながら、詩才に悩む自分自身の姿を描こうとしている。

二九二「赤毛の女ヌールマハッル」*Nourmahal la rousse*
東方の世界では往々にして、女の存在は英雄を苦しめ、あるときは、生と死を分けるほどの深刻な問題を引き起こす。女を語りながら、アフリカやアジアの原始林や動物を登場させているところがおもしろい。

二九三「魔神《ジン》」*Les Djinns*
『東方詩集』の中でもっとも有名なのが「魔神《ジン》」と言われている。途中からリズムがクレシェンドに、さらにデクレシェンドに変わって、読者はいつのまにかぐいぐいひきこまれてしまうに違いない。

二九六「スルタン　アフメト」*Sultan Achmet*
愛と宗教、そして回教徒のスルタンとキリスト教徒のスペインの女をうたった詩である。

二九七「ムーアふうのロマンス」*Romance mauresque*
兄アベルがスペイン語から翻訳した「ラーラのドン・ロドリーゴの死」からヒントを得た詩である。

三〇〇「グラナーダ」*Grenade*
ユゴーは三十三もの町を描いて、なかでもグラナーダが一番美しいとたたえている。

三〇四「矢車菊」*Les bleuets*
ユゴーがこの中で描きたかったのは、伝統的なスペインである。美女、横柄でハンサムな男、陽気さ、信仰心、恋愛、温暖な気候、絵のような景色を描きたかったのだ。

三〇六「幽霊」*Fantômes*
スタンダールによれば、「パリでは毎年、千百人の若い女性がダンスパーティの帰り道で、寒さのために死亡する」そうだ。『東方詩集』の中では異色の詩だが、こうした事件はめずらしくはなかったようである。

三一二「マゼッパ」*Mazeppa*
バイロンの詩に着想を得たこの詩は、マゼッパ自身の独白により、自分の計り知れない運命をうたっている。ユゴーは、霊感という汗馬にとらわれた詩人が、いろいろと苦しんだ末、詩の力によって世界を制覇する、といったことを表わしたかった。

三一六「怒りのドナウ」*Le Danube en colère*
一八二八年、ロシア＝トルコ戦争の際、キリスト教徒と回教徒の間に横たわり、ドナウ河は非常に大きな役割を演じた。

三三〇「夢想」 *Rêverie*

ユゴーの東方に対する憧《あこが》れである。薄暗いパリの秋の夕暮れ時に、かなた東方の明るい強烈な色彩を思い浮かべている。

三三〇「見神」 *Extase*

ユゴーはこの詩の中で、黙示録的な考えを示し、自分と宇宙の間を神秘的な関係で結びつけようとした。こうした傾向はその後、ユゴーのなかでだんだん強くなっていく。

三三一「詩人がカリフに」 *Le poète au calife*

ユゴーはヌールエッディーンのことを、正義の味方、征服者、敬虔な回教徒、もっとも強くて偉大なカリフのひとりと称えている。

三三二「ブナベルディ」 *Bounaberdi*

これは、次に登場する「彼」の舞台をこしらえるためのプレリュードである。

三三三「彼」 *Lui*

ユゴーは皇帝ナポレオンの偉大さを、火山、灯台、巨人、太陽などにたとえた。さてまた、天刑を執行するように遣わされた人として崇《あが》めた。

三三七「十一月」 *Novembre*

「夢想」と同様、パリにいて、東方を懐かしんでいる。

三三一「サテュロス」 *Le Satyre*

七百二十六行の壮大な詩である。この詩は、『諸世紀の伝説』のなかで、「十六世紀、ルネッサンス、異教」という時代に位置づけられているが、それは、ユゴーが、ミシュレとともに十六世紀のなかに近代精神を見ているからである。しかもこの詩は、『諸世紀の伝説』のすべてのテーマが描かれている「凝縮された鏡」なのである。すなわち『諸世紀の伝説』という大宇宙（マクロコスム）に対して、「サテュロス」は小宇宙（ミクロコスム）なのである。この「サテュロス」の中に、さらに「サテュロスの歌」が入っているという、入れ子構造になっている。

一八五八年の六月十九日に喉頭《こうとう》が痛み出し、背中にできものができて手術したが、大きな傷となり、塞《ふさ》がらず、足の腫《は》れも引かず、歩くこともできず、約三か月半の闘病のすえ、十月五日に完治した。この間、『小叙事詩集』の創作は中断したが、「女性の聖別式」「杉の木」「ジムージジミ」「ガリスの小王」「エヴィラドニュス」「ビヴァール」などの小詩篇を書いた後、一八五九年三月十七日に「サテュロス」が完成した。

そしてこれまで『小叙事詩集』というタイトルを、『諸世紀の伝説』に変えることにした。四月三日にユゴーが出版者エッツェルにあてた手紙のなかで、

「私は『小叙事詩集』は乗り越えました。あれは卵だったのです。いまやことはあれよりももっと大きくなりました。私は、フレスコ画からフレスコ画へ、断片から断片へ、時代から時代へ、ごく単純に、人類を書いていています。したがって、書物のタイトルを変えます。『諸世紀の伝説』にします」と述べている。サテュロスの創作によって、ユゴーの詩作が、確信的なものに膨らんでいったことは、想像に難くない。

解説

ユゴーの詩業

中世の大聖堂のように、かつては建築が、人類のありとあらゆる叡知《えいち》と才能を一身に集める「バベルの塔」であった。印刷術が発明されてからは、人類の「バベルの塔」は活字文化である。――このようなことを、ユゴーは小説『ノートル＝ダム・ド・パリ』（一八三一）第五編の「これがあれを滅ぼすだろう」と題する第二章で述べている。現代のわれわれの「バベルの塔」は、いうまでもなくIT（情報技術）を駆使する情報産業だが、十九世紀においてはそれはユゴーの言うように、当時、最先端であった活字メディアだったのである。

最先端の活字メディアが社会全体をどこまで表現し、その表現によって社会全体をどこまで変えられるか。

詩人（それも、フランス文学史上最大の国民詩人）、小説家、劇作家、評論家としての文学的活動だけでなく、それをはるかに超えて、政治的・社会的活動をユゴーは一生を通じて展開した。通算二十年近く国会議員を務め、ナポレオン三世の独裁政権に反対して、十九年におよぶ亡命を貫徹し、世界諸国の民族解放運動に言論をもって参画し、ついには西欧社会のオピニオン・リーダー的存在にまでなったのであった。

一九九六年、「ヴィクトル・ユゴーの世界展」と題する展覧会を読売新聞社等の主催で開催し、その展覧会および図録の監修を筆者が務めたが、この展覧会（東京、大阪、郡山、広島の四会場、約百日の会期で総入場者五万三千人）でユゴー全生涯の多岐にわたる活動を紹介するのに、なんと総計約二百点もの展示品を必要とした。例えば、通常、印象派の美術展などを開催しても空間的に余裕のある小田急美術館（東京・新宿）の展示でも、ほとんど隙間《すきま》なくびっしり展示品が並んだしだいである。

一八〇二年に生まれ、一八八五年に亡くなったユゴーは、文字どおり十九世紀とともにその人生を歩み、十九世紀の全体をカバーした。そして、そのことをユゴーは実に早くから自覚していた。一八三一年、二十代終わりにユゴーが出版した詩集『秋の木の葉』で冒頭を飾るのは「今世紀は二歳だった！」に始まる無題の詩だが、この詩でユゴーは、「今世紀が二歳だった」ときに生まれたのが「この私なのだ」と書いている。

さらに、この同じ詩の先でユゴーは十九世紀の社会と、文学者としての自分の関係をつぎのように歌っている。

それというのも、恋愛や死や栄光や人生、
つぎつぎに寄せては返すあの波動、
息吹という息吹、光という光が、好ましくあれ、忌まわしくあれ、
水晶のような私の魂を光りかがやかせ、打ちふるわせるからだ、
千もの声で鳴りひびく私の魂、私の崇《あが》めるあの神が
朗々たるこだまとして万象の中心に据えたこの魂を。

これは、ユゴー学者のジャック・セバシェールなどの指摘するところでは「放物面鏡の詩学」とのことである。放物面鏡の中心軸（正確な用語では光軸）に平行な光を当てると、その光は放物面鏡で反射したのち、一点に収《しゅう》斂《れん》する。反対に、この一点から発した光は放物面鏡で反射したのち、中心軸に平行な光となって遠くまで届く。そんなことから、放物面鏡は、例えば、自動車のヘッドライトなどにも使われている。むろん、放物面鏡に当てるのは光でなくても、音でも原理は同じと言える。あらゆる波動がこのような反射を見せるのである。

さて、詩人の魂はこの中心の点に位置し、外の世界からの波動を一身に集めて受けとり、それを外の世界に向けて強力に投げ返す、とユゴーは引用した詩の中で言っているのである。この「放物面鏡の詩学」では、詩人の精神という一点にすべてが収斂するとされていることが重要である。

これは、いうなれば、個人というものが世界認識の中心として——他のなににものにも寄りかからない主体として——強い自覚を持ったことを表わしている。例えば、現代フランスを代表する思想家ミシェル・フーコー流に言えば、表象の主体として確立した近代的人間の「知」のあり方とでも言いうる。筆者の視点からすると、この世界認識とその表現は活字メディアを通して行なわれるのであるから、このように「活字メディア」を信じることのできるオプティミズムこそが、この近代の初期といえる十九世紀前半の特徴であり、それをもっとも大規模に体現したのがユゴーであったということになる。もう一つつけ加えれば、この、一点にすべてが収斂するということには、唯一の超越的価値の担い手としての「神」、つまり一神教的「神」のあり方が反映している。この「神」の似姿として、この「神」の世界観そのものを引き継いで、「神」の後退した時代に、人間が進みでたの

である。

　そんなわけで、ユゴーの詩を考える場合いちばん大切なことは、彼がこの世の（いや、『サタンの終わり』『神』『既成諸宗教と真の宗教』などの宗教詩、宗教哲学詩を見れば、この世のみならず、あの世も含めて）あらゆる事象を歌おうとしたことである。あらゆる対象を歌うために、それまで厳密に制限されてきた詩の語彙《ごい》を自由に拡大し、作詩法上の制限も大幅に緩和し、叙事詩、叙情詩、叙景詩と詩のジャンルも縦横無尽に越境し、古今の詩形を自由奔放に取捨選択した。

　あらゆる事象をインプットし、あらゆる事象をアウトプットする「放物面鏡の詩人」は、また、世界の表象主体である自己を変革する人でもあった。とりわけ、その政治的主義主張は時代ごとに大きく変化した。一八五〇年代前半にユゴーが、ほぼこの時点までの自身の政治理念の変遷を振りかえって書いた未定稿を読めば、それは明らかである。

　　自分の時代の政治的変革や社会の変動が理解できるようになり、それらに関わりを持つようになった年齢から、以下に示す段階を私の良心は相次いで経てきた。絶え間なく、一日として後退することなく——私はこう自負するのだが——光に向かって進みつつ以下の段階を経てきたのである。
　　一八一八年——王党派
　　一八二四年——王党派・自由主義者
　　一八二七年——自由主義者
　　一八二八年——自由主義者・社会主義者
　　一八三〇年——自由主義者・社会主義者・民主主義者
　　一八四九年——自由主義者・社会主義者・民主主義者・共和主義者

　十九世紀は自己と世界が「光に向かって進む」進歩を手放しで信じていた時代であった。この力強いオプティミズムを支えとして、ユゴーは「放物面鏡」の絶え間ない像の生成に身を委《ゆだ》ねていたのである。世界が——フランスとヨーロッパが——激動につぐ激動を重ねて、いわゆる「近代社会」を建設していき、そのただなかでユゴーは変化し、ユゴーの詩も変化していった。

　一七八九年から十年近く、フランス大革命の嵐《あらし》が吹きあれ、人権宣言によって自由、平等、主権在民などの近代社会のルールが政治的・社会的に認められる反面、一七九三年の恐怖政治、反革命の内乱など血で血を洗う惨事もあった。この後、ナポレオンが台頭し、遠征につぐ遠征で領土を拡張するとともに、自由、平等の思想などフランス革命の成果をヨーロッパじゅうに広めた。ナポレオンが没落すると、一八一四年ブルボン王朝が復活し、王政復古の時代となった。王政復古になって三年目、一八一七年、ユゴーは十五歳という若さで王党派の詩人として文壇にデビューした。二四年頃からしだいに自由主義的傾向を強めるとともに、二七年頃から、自由な新しい文学であるロマン主義文学運動のリーダーとなっていった。この頃刊行した詩集が『オードとバラッド集』(一八二六)である。オードは十六世紀以降に、またバラッドは中世や十六世紀にさかんに用いられた古い詩形である。こうした古めかしい詩形をユゴーがあえて復活させたのは、一つには当時、彼が属していた王党派が自国の文化的伝統の再構築を国民統合の原動力にしようとしていたからである。もう一つには、古典主義文学以前の詩形を持ちだすことで、当時まだ文壇を支配していた擬古典主義のヘゲモニーに風穴を開けようとしたからと考えられる。つぎの『東方詩集』(一八二九年刊)は中近東のエキゾチックな風物を描いて、勃興《ぼっこう》しつつあったロマン主義文学に新しい地平を拓《ひら》いた。

翌一八三〇年七月には、七月革命が起こり、ブルボン王家傍系のオルレアン家から、ルイ=フィリップが主に金融資本家層の支持を得て王位についた。これに先立つ数か月前、ユゴーは、自身のロマン派劇『エルナニ』の上演を成功させて、擬古典主義文学を打ち倒し、その後十三年におよぶロマン主義文学の隆盛をもたらした。この頃、ユゴーは刑法の改善、とりわけ、死刑廃止に取り組み始め、以後、活発な社会運動を展開していった。四一年にアカデミー・フランセーズ会員に、四五年に貴族院議員に選ばれたのを足がかりに、ユゴーは政治の分野でも活躍するようになった。

この間ユゴーは詩作のうえでも旺盛《おうせい》な創作欲を見せ、一八三一年に『秋の木の葉』、三五年に『薄明の歌』、三七年に『内心の声』、四〇年に『光と影』と詩集を矢継ぎ早に上梓《じょうし》している。『光と影』の序文でユゴー自身が言っているように、この四冊の詩集は連作といかないまでも、扱うテーマに密接な繋《つな》がりを持った一連の詩集である。

詩集『秋の木の葉』では、すでに見たように、冒頭の詩で、ユゴーは自身の文学者としての社会的な使命を明言している。「万人のための祈り」も社会的な広がりを持った詩だが、〔ああ、私の愛の手紙よ……〕や〔子供が現われると……〕などのように、個人的な感慨、家庭内の情景を歌った詩や、「夢想の坂」や「落日」のように内面の思索を歌った詩も多く見られる。

つぎの詩集『薄明の歌』も、ほぼこうした二つの流れを受け継いでいる。「ナポレオン二世」や〔ああ！　身をもちくずした女を罵《ののし》るのはやめなさい！……〕のような社会的な内容の詩、〔私の唇を、いまなお満ちている愛の盃《さかずき》につけたのだから……〕のような個人の感情を吐露した詩が収められている。

詩集『内心の声』では、これらの傾向が三つに分類されている。家族、とりわけ、子供たちに対する愛情、幼い日の思い出、師と仰ぐアルブレヒト・デューラーへの敬慕の念は「人間」から湧《わ》き起こり、詩人の「心」に訴えかける声を響かせている。自然との交感のうちに芸術や思索のインスピレーションの源泉を探る「雌牛《めうし》」などは「自然」から湧き起こり、「魂」に訴えかける声を秘めている。人類の進歩の可能性を歌いあげた〔今世紀は偉大で力強い。……〕などは「政治・社会的な出来事」から湧き起こり、「精神」に訴えかける声を宿している。『光と影』では、自然、人間の営み、政治的・社会的な問題というように、前の三冊の詩集と同様の題材が扱われている。この詩集でとくに際立っているのは、ユゴーが詩人の社会的な使命をいっそうはっきりと歌いだしている点である。

それもあってか、このあとユゴーは詩集はおろか、戯曲『城主』（一八四三）を最後に、五二年の『小ナポレオン』まで、作品らしい作品はいっさい出版しなくなってしまう。ユゴーに本格的な政治の季節が訪れるのである。

前述のように、アカデミー・フランセーズ会員、そして、貴族院議員に選ばれたことにより、ユゴーは政界に進出した。とくに、国王ルイ＝フィリップの息子であるオルレアン公爵とその夫人の信任があつかった。この頃のユゴーの考え方はこうである。人民主権は認めることは認めるが、民衆は政治を直接担うまでにはまだ充分成長していない。だから、民衆に政権担当能力ができるまでは、共和政は時期尚早である。その間は、優れた君主が憲法に基づく政策を行なう立憲君主政が適切である。

一八四八年、二月革命が勃発して、共和政がしかれても、ユゴーはすぐにはこの考えを変えなかった。国会議員として、教育改革や貧困救済に力を尽くすうち、民衆に大きな信頼を置くようになり、さきに引用した未定稿にあったように、四九年から共和政支持の立場を取るようになった。ルイ＝ナポレオンを支援して、共和国大統領選挙に当選するよう力を貸すが、その野望が明らかになると、これに敢然と立ち向かった。五一年十二月、ついに、ルイ゠ナポレオンがクーデターを起こして、独裁的な権力を握る。すでに四九年から自分を「共和主義者」と規定しているユゴーは、クーデターに真っ向からいどみかかり、左派議員たちと抵抗運動を組織した。だが、一週間の懸命の努力もむなしく、運動の壊滅を見て、ついに、ベルギーに亡命した。ベルギーのブリュッセルから英仏海峡のジャージー島、そして、その隣のガーンジー島と移り住みながら、ナポレオン三世攻撃の出版活動を精力的に続けた。

一八五二年の評論『小ナポレオン』に続いて、翌五三年にユゴーがブリュッセルの出版社から刊行したのが『懲罰詩集』である。ナポレオン三世にまつわる、ありとあらゆる醜聞を、これでもかこれでもかと暴きだしながら、それを歴史と神の摂理の観点から、辛辣《しんらつ》かつ的確に批判した、風刺詩の傑作ぞろいである。

ジャージー島でもガーンジー島でも、ユゴーは遠くにフランスの国土を望むことのできる海辺に居を定めた。フランスという陸地、つまり、現実世界を見据えながら、同時に、それから離れて海に浮かび、無限の彼方《かなた》の世界に思いを馳《は》せる。想像力の働きからすれば、島は陸地から彼方の世界に向かう中間に位置する。それに加えて、島は、類《たぐ》い希《まれ》な閉鎖空間でもあって、島に閉じこめられるということは、自分自身の内面生活、そして、頭脳に幽閉されることでもある。ユゴーとその家族はのめりこむべくして降霊術にのめりこんだのである。それも、一八五三年九月から五五年十月までの、なんと二年間にわたってである。詳細は拙著『ヴィクトル・ユゴーと降霊術』（一九九三、水声社）を参照されたいが、降霊術とは煎《せん》じつめれば、「霊界通信」の形を借りた、自己の無意識との対話であり、この意識と無意識の曖昧模糊《あいまいもこ》とした境界領域は文学創造の場そのものに酷似している（二十世紀になってシュールレアリスムが用いた自動筆記による創作を引き合いに出すまでもあるまいが）。こうした二年間の降霊術を通して、ユゴーが飛躍的にその思想を深めたのも首肯できる。降霊術の「霊」に促されて、「霊」の言葉から得たとされるインスピレーションをもとに執筆されたのが、『静観詩集』の中心的哲学詩「闇《やみ》の口の語ったこと」である。

そもそも、ユゴーたちが降霊術に寝食を忘れるようになったきっかけは、十年前の一八四三年に若くして非業の死を遂げた長女レオポルディーヌの「霊」が呼び出され、皆が涙を流したことであった。『静観詩集』全体の構成自体がこのレオポルディーヌの死を中心としている。詩集の中程のページに、レオポルディーヌの死の日付

「一八四三年九月四日」が印刷され、そのすぐ下に点線が引かれてページを二分している。この日付を境として詩集そのものが二部に分けられ、レオポルディーヌの死以前が「過ぎさった日」、以後が「今」と題されている。詩集中の各詩編にユゴーは、実際の執筆年月日とは異なる、いわば、虚構の執筆年月日を記しているが、そのもっとも古い制作年を一八三〇年、もっとも新しい制作年を一八五六年としている。一八四三から一八三〇を引いても、一八五六から一八四三を引いても十三。すなわち、一八四三年を中心として不吉な死の数字である十三のシンメトリーの構成を、ユゴーはこの詩集に与えていることになる。内容面でも、『静観詩集』の後半の重要な詩編において、愛娘《まなむすめ》の死を契機としてユゴーが探査・考察した死後の世界を含む宇宙の成り立ちが叙述されている。

このほかにも、ユゴーは亡命時代に二冊の詩集を刊行している。『諸世紀の伝説』第一集（一八五九年刊、第二集は一八七七年、第三集は一八八三年刊）と『街と森の歌』（一八六五）である。前者は、アダムとエバの失楽園に始まる全人類の歴史を、キリスト教をはじめとする既成の諸宗教や神話、歴史の記述をもとに、まったく新しいユゴー独自の人類史に再構築したものである。後者はユゴーにはめずらしく軽妙洒脱《しゃだつ》な味わいの短詩を集めた詩集であり、詩人ユゴーのレパートリーの広さを誇示している。

十九年にわたった亡命時代は、降霊術をとおして壮大無比な宇宙的思想をユゴーに与えただけでなく、幾多の重要な詩作品、『レ・ミゼラブル』（一八六二）、『海に働く人びと』（一八六六）、『笑う男』（一八六九）などの小説、『ウィリアム・シェイクスピア』（一八六四）などの長編評論といった代表作を次々と執筆させ、その生涯でもっとも充実した作家生活を送らせた時期である。

一八七〇年九月、第二帝政が崩壊して初めてユゴーはフランスに帰国し、民衆の熱烈な歓迎を受けた。その後、第三共和政下で、民主主義のカリスマ的なシンボルとして、フランスだけでなく、諸外国の民衆の崇敬を集めて、八五年、八十三歳まで「国民的英雄」、さらには「国際的英雄」として天寿を全うした。家族のほとんど全員に先だたれ、天涯孤独とも言える身の上になっていた晩年のユゴーにとって心の支えは、次男シャルルの忘れ形見、孫のジョルジュとジャンヌであった。こうした孫を歌ったのが詩集『よいおじいちゃんぶり』（一八七七）であった。このほかにも、晩年の作品を多く収めた詩集に『竪琴《たてごと》の音《ね》をつくして』（一八八八年および九三年死後出版）や『大洋』（一九四二年死後出版）などがある。

以上、ユゴーの詩業は十五歳でデビューし神童とうたわれて以来、死後出版に至るまで生涯全体をカバーしてあまりある。出版された詩集の数は二十を超え、ここではそのうち十二の詩集から代表的な作品を全部で五十五編載録している。一九八四年に潮出版社から『ユゴー詩集』(辻昶、稲垣直樹訳)を上梓し、幸い、第二十一回日本翻訳文化賞を授与された。その際には『東方詩集』からも五作品を載録したが、今回、辻昶訳の『東方詩集』が同じ巻に収められたので、重複を避けて省くことにした。各詩集は出版年順に配列し、同一詩集にある詩編は、その詩集中に掲載された順序にしたがって配列した。フランスで出版されたユゴー詩集の目次等では、無題の詩編については通常、その冒頭の部分をイタリック体で示し、便宜的な題としている。この翻訳では、そうした仮題の日本語訳を〔　〕で囲んで無題の各詩編に付し、題の代わりとした。

なお、翻訳の底本としてはル・クラブ・フランセ・デュ・リーヴル版ユゴー全集(全十八巻、一九六七—七〇年刊)を用い、ロベール・ラフォン版ユゴー全集中の『詩編』(全四巻)、オランドルフ＝アルバン・ミシェル版(通称アンプリムリ・ナショナル版)ユゴー全集、プレイヤッド版ユゴー詩集、ガルニエ版ユゴー詩集等を参照した。

一九八四年の『ユゴー詩集』刊行に際して共に仕事をさせていただき、その後もご指導をいただいていた辻昶先生が、さる五月十五日、不帰の客となられた。ユゴーより一年長寿の、享年八十四歳であった。ユゴー作品の研究・翻訳紹介にまさに生涯を捧《ささ》げられた先生のご冥福《めいふく》を祈りつつ、痛恨の思いでこの解説の筆を執ったしだいである。

二〇〇〇年七月二十五日

稲垣　直樹

『東方詩集』

『東方詩集』は一八二九年一月、パリのゴスランとボサンジュ書店から共同で刊行された。ユゴーは最初、東方にみせられて異国主義を盛った詩を書きたかったのだが、一八二一年に勃発《ぼっぱつ》したギリシア独立戦争の発展から影響を受けた。

『東方詩集』出版に先立つ一八二七、八年ころのユゴーは、非常に幸福な家庭生活を築いていた。子宝にも恵まれ、またヴォージラール通りに借りていた部屋が手狭になったので、ユゴー一家は、ノートル＝ダム・デ＝シャン通りに家を借りて住んだ。このあたりは、当時は人家はまばらでリュクサンブール公園の小鳥たちがうたいにきた。二七年からユゴーのまわりには、これまでの古典主義に反対して新しい文学、ロマン主義を盛んにしようとする若い画家や作家たちが集まった。ユゴーは目が疲れると、夕方こうした若い芸術家たちを連れて、野原のなかに夕日を見に行った。

ユゴーは、少年のころから何回も読んだ『聖書』や、東洋学者エルネスト・フーイネの助言やバイロンの詩やスペインの思い出、こうしたものをもとにして、この詩を仕上げた。

『東方詩集』は、『聖書』に霊感を受けた巻頭の「天の火」、ギリシア独立戦争にテーマを仰いだ「カナーリス」「王宮のさらし首」などの多くの詩編、それにスペインから幻想を得た「ムーアふうのロマンス」「グラナーダ」、またナポレオンへの賛歌「ブナベルディ」などが加えられている。ユゴーがこの詩集を仕上げるについて最も大きな霊感を受けたのは、一八二一年以来行なわれていたギリシア独立戦争であった。長年のあいだバルカン半島を支配していたトルコの勢力は、十八世紀ごろから次第に衰え、ギリシアの各地では圧政から逃れようとした反乱が起こった。こうした反乱は二一年に独立戦争に発展し、ギリシアは多くの苦難を経て二九年に独立するが、ヨーロッパでは、この戦争は自由の戦いとして世人を熱狂させた。フランスの自由思想家たちの胸にも、ギリシア人に対する深い共感と同情の気持ちが湧《わ》き起こる。

ところで、この戦争とならび周囲の文壇の影響を受けて、ユゴーの思想は、一八二〇年代の初期から大きく進化している。二二年ごろのユゴーは王党派であり、その後も古典派びいきであったが、次第に自由主義に歩みより、サント＝ブーヴ等の自由主義的な文学者とつきあうにつれて、急激に自由主義に向かって動いていった。二六年に刊行した『オードとバラッド集』の中では、いろいろやかましい規則をたてて作品の作り方を規定した古典派の考え方に反対し、また翌年には『クロムウェル・序文』によって、古典派的なテーマや規則に向かって真っ向から反対している。

このような事情を考えるとき、この『東方詩集』の序文の意味は、容易に理解されるであろう。

「芸術には、手綱も手錠も猿ぐつわも無用なのだ。芸術はただ『行け！』と命じる。そして、禁断の木の実など見あたらぬ、詩というこの広い楽園に詩人を放つのだ。時間も空間も詩人のものである」

作品のできさえよければどんなものをうたってもさしつかえないという芸術上の自由な態度と政治上の自由を求める考え方は、表裏をなすものである。ユゴーはだんだん芸術的にも自由主義者になっていったのである。芸術の自由ということを望むこのような主張は自由な作詩法を導きだした。ユゴーは、ギリシアやトルコの詩の音《おん》綴《てつ》を取りあげたりして、自由な作詩法をこの詩集のなかで展開している。こうした自由な詩は「魔神」のなかに最も見事に表現されている。

このような作詩法の問題とならんで、『東方詩集』には豊かな色彩やイメージが絵画的に描写されている。こうした彼の態度はテオフィル・ゴーチエなどに受けつがれて、一八三〇年代の「芸術のための芸術」の流派を生む契機となった。ユゴーが仲間を連れて夕日をたびたび見に出かけたというのは、このような絵画的な霊感を受けたかったからであろう。

『東方詩集』のなかには近東を扱った作品のほかに、先ほども述べたように、スペインを扱ったものもある。スペインは言うまでもなくヨーロッパの国であるが、この国には昔からアラビア風の文化が浸透していて、半ばアジアの国のような印象を西ヨーロッパの国の人びとに与えていたのである。『東方詩集』が刊行された翌月、つまり二九年二月には、処刑直前の死刑囚の苦しみを描いた『死刑囚最後の日』が刊行された。ユゴーの社会思想を表現したこの作品にも、『東方詩集』と同様に過去の習慣に対する抵抗の気持ちが表われている。そして三〇年の七月革命以後、ユゴーは社会のための芸術というほうへ大きく進出していくのである。

この翻訳は、一九六〇年に平凡社の『世界名詩集大成(2)』(フランス編I)におさめられて刊行されたものである。その後、潮文庫の一冊として出版されるにあたり、

「第十四版の序文」の翻訳をつけくわえた。今回、『ヴィクトル・ユゴー文学館』の第一巻として刊行されるが、旧訳にできるかぎりの手を入れたつもりである。

この仕事を仕上げるにつき、いろいろな方に教えられることが多かった。長南実氏にはスペイン語の表記をお教えいただいた。心から感謝申しあげる次第である。

テキストは底本としてディディエ版（エリザベット・バリノー編）を使い、ル・クラブ・フランセ・デュ・リーヴル版、オランドルフ＝アルバン・ミシェル版、プレイヤッド版、ロベール・ラフォン版等を参照した。

二〇〇〇年四月二十五日　　辻　昶

「サテュロス」

この詩は、「女性の聖別式」に始まり、「最後の審判のラッパ」に終わる『諸世紀の伝説』第一集（一八五九年）において、十六世紀、ルネサンス、異教として、ほぼ真ん中に位置しており、ギリシア神話にもとづく叙事詩であると同時に、進歩思想が盛りこまれた哲学詩である。ユゴーが「サテュロス」を十六世紀に位置づけたのは、二つの理由が考えられる。古代の神話が再び生き返るのは、ルネサンスの世紀であり、人間や進歩に関する観念の母体である近代哲学思想が開花するのもまた、ルネサンス期だからであろう。

この壮大な詩は、プロローグのあと、「第一部　青、第二部　黒、第三部　暗色、第四部　星空」という四部に分けられ、そのタイトルは象徴的で、明らかに一日の空の移り変わりから取られている。

プロローグではサテュロスが提示される。好色漢で、ならず者で、怪物のような英雄である牧神サテュロスは、森を歩き回り、ヘラクレスに耳をつかまれて、オリュンポスのユピテルのもとに突き出される。オリュンポスでは笑いものにされるが、野獣の歌をうたえと、ユピテルに命じられる。原初的な混沌《こんとん》から少しずつ出てきた精霊は、大地に、植物界に、それから動物界に、次第に怪物さがうすれた生命をあたえたあとで、ついに、いつの日か、存在するものすべての全的な魂が具現されるであろう人間のなかにその偉大さを自覚することになる。サテュロスは、大地のなかからあらわれ出て、オリュンポスの不正な主である神々に対して人間の偉大さを象徴する。彼の歌は少しずつ神々を怖《おそ》れさせ、神々を支配する。歌い終わるとき、彼は世界と同じように大きくなり、宇宙そのものになる。

プロローグのサテュロス像は、明らかにヴィクトル・ユゴーの自画像になっているだろう。「泥と蒼空《あおぞら》で象《かたど》られたこの毛深い夢想家」は、神聖なものと動物的なものとのアマルガムである。「第一部　青」は、とりわけその冒険の夜明けのイメージは美しいが、オリュンポス山での神々の会議を記述している。オリュンポスとは、ナポレオン第二帝政のチュイルリ宮を指す。そこでヴィクトル・ユゴーは、グロテスクなものに崇高なものを混ぜ合わせながら、ホメロスやウェルギリウスやオウィディウスが伝えたさまざまな神話的な記憶を、彼の芸術に高めている。「第二部　黒」と「第三部　暗色」は、五百行におよぶ歌の二つのモチーフ、すなわち大地と人間に呼応している。身体になぞらえた大地や森林の活動、宇宙のエロチスム、混沌から生まれる魂を歌うユゴーの思想は、『レ・ミゼラブル』でジャン・ヴァルジャンがマリユスを背負って下水道へ潜っていく一章「泥まみれの身、しかも魂」に通ずるであろう。初めに混沌すなわち物質があり、その底に見出されるのが、魂なのである。地中の世界、樹木の根っこに目を向ける詩人ユゴーは、生命の精気を生じさせる腐敗や夜や死の世界に感じやすい。「第三部　暗色」では、人間を、人類の歴史を、すなわち犯罪、戦争、物質性、鉄道などを歌う。泥と蒼空でできた人間がやがて泥から飛び立つ魂となって跳躍せよと、訴える。

「第四部　星空」は、グロテスクなサテュロスが崇高な恒星に変貌《へんぼう》するという宇宙的なフィナーレによって、サテュロス礼賛を提示する。「現実は生まれ変わるだろう」という詩句こそ、この詩のキーとなる詩句である。「私は牧神パン」すなわち私はすべてである。

この翻訳は、一九八八年三月「慶應義塾大学日吉紀要フランス語フランス文学」第六号に掲載されたものを、今回、『ヴィクトル・ユゴー文学館』の第一巻詩集に、できるかぎり手を入れて、転載させていただいた。

テキストは、ル・クラブ・フランセ・デュ・リーヴル版ユゴー全集第十巻を底本として使用し、ロベール・ラフォン版、オランドルフ＝アルバン・ミシェル版、ガルニエ版、プレイヤッド版、エディション・デュ・スイユ版、ガルニエ・フラマリオン版等を参照した。

二〇〇〇年七月一日

小潟　昭夫

本選集に収録されている作品のなかには、今日の人権意識の観点からみると差別的表現ととられかねない箇所があります。もとよりユゴーの意図は、決して差別を助長するものではないこと、また、作品発表時の時代的状況、社会的背景、作品自体のもつ文学性および芸術性に鑑み、表現の削除、変更はあえて行なわずに訳出した箇所があります。読者各位のご賢察をお願いします。

——編集部

訳者紹介

辻　昶(つじ・とおる)1916年東京生まれ。東京大学仏文科卒。東京教育大学名誉教授。著書に『ヴィクトル・ユゴーの生涯』、訳書にユゴー『レ・ミゼラブル』『ノートル＝ダム・ド・パリ』、モロワ『ヴィクトール・ユゴーの生涯』、ルナール『にんじん』など多数。

稲垣直樹(いながき・なおき)1951年愛知県生まれ。東京大学大学院人文科学研究科博士課程修了。パリ大学で文学博士号取得。日本翻訳文化賞受賞。現在、京都大学教授。著書に『ヴィクトル・ユゴーと降霊術』『「レ・ミゼラブル」を読みなおす』ほか。訳書に『ユゴー詩集』(共訳)、ユゴー『私の見聞録』ほか。

小潟昭夫(おがた・あきお)1944年栃木県生まれ。慶応義塾大学仏文科卒。現在、慶應義塾大学教授。著書に『幻視と断片』、『わが思索のあと』(対談集)、論文に「ヴィクトル・ユゴーの想像的宇宙」、訳書にジョルジュ・ダリアン『泥棒』、ドロス『世界宗教・神秘思想百科』など。

ヴィクトル・ユゴー文学館　第1巻
詩　集

2000年10月25日初版発行

訳　者　辻　　昶
　　　　稲垣直樹
　　　　小潟昭夫

発行者　西原賢太郎

発行所　株式会社潮出版社
　　　　東京都千代田区飯田橋3-1-3(〒102-8110)
　　　　電話　販売部(03)3230-0741
　　　　振替口座　00150-5-61090

印刷・製本　大日本印刷株式会社

ISBN4-267-01561-9 C0398
落丁・乱丁本は送料小社負担でお取り替えいたします。
定価はカバーに表示してあります。
http://www.usio.co.jp